살인자의 편지

살인자의 편지

유현산 장편소설

자음과모음

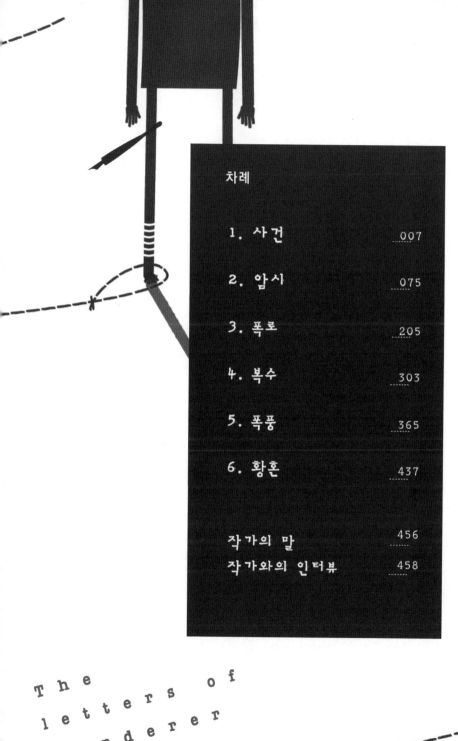

차례

The letters of murderer

1

사건

"저런 빌어먹을 년들."

2008년 10월 23일 밤 10시, 숯불바비큐집 '영홍관' 주인 안정숙은 영홍디자인센터의 뒤숭숭한 야경을 보며 중얼거렸다. 찬모 허정심이 다가와 주방 정리가 끝났다고 말할 때까지 안정숙은 찌푸린 얼굴을 펴지 않았다. 그녀의 시선은 가로등 불빛을 받아 창백하게 드러난 쇼핑몰 중앙광장과 그 왼쪽 시계탑 밑에서 담배를 피우는 어린 여자애들에게 고정돼 있었다. 소녀들은 미니스커트를 입고 있었다. 음식찌꺼기와 담배꽁초가 잠긴 작은 물웅덩이들 사이에서 소녀들의 허벅지가 허옇게 빛났다.

"가요, 졸려요."

허정심이 말했다.

안정숙은 밤 9시 30분경 저녁식사를 마쳤다. 마지막 손님이 떠난 식탁 위에서 안정숙은 조선족 직원 네 명과 남은 돼지고기를 넣어 끓인 김치찌개를 먹었다. 잘 구워진 돼지고기가 숭늉 같은 육수를 뿜어냈다. 문을 닫기 위해 직원들이 홀을 정리할 때, 안정숙은 창틀에 양 팔꿈치를 괴고 한결같은 욕을 내뱉곤 했다. 한밤의 중앙광장은 한결같이 핏기를 잃은 모습이었다.

부천시와 인천시의 길목에 위치한 영흥시는 1980년대부터 유흥가와 집창촌으로 유명한 소도시였다. 1980년대 후반에 수도권 불륜 커플들을 위한 대형 나이트클럽들이 들어서자 영흥시 도심의 유동인구가 급증했다. 1988년 영흥시와 경기도는 유흥가 뒤편에 위치한 영흥시장을 헐고 거대한 쇼핑몰을 세우는 '영흥시장 제1종 지구단위계획'을 발표했다. 낙찰을 받은 대형 건설사 두 곳이 파격적인 용적률 제한 완화 혜택을 받았다. 영흥디자인센터는 연면적 5만 3천 제곱미터의 24시간 쇼핑몰이었으며, 중심에 위치한 광장과 공원과 무대가 갖춰진 공연장을 시민에게 개방했다. 1990년대 중반에 쇼핑몰은 잠시 르네상스를 맞았으나 2000년대 초반부터 중국산 제품의 이미지가 싸구려로 굳어지면서 적자에 시달렸다. 안정숙의 입에서 욕이 늘어가던 무렵, 영흥디자인센터의 공실률은 50퍼센트에 육박했다.

안정숙은 1985년부터 십이 년 동안 서울 강남지역에 동서로 길게 누운 소류산 입구에서 해장국집을 운영했다. 큰 가마솥 안에서 사골과 우거지와 비밀 양념들이 보글보글 고아지는 해장국은 안정숙의 고향인 경남 단해의 전통적 조리방식을 따른 것이었다. 가게가 번창했다. 주말에 현금출납기에 쌓이는 지폐만으로도 외아들의 사교육비를 걱정할 필요가 없었으나 안정숙은 강남이라는 곳에 진력이 나버렸다. 등산객과 회사원들이 줄을 서는 카운터 앞에서 안정숙은 인간들의 비린내 나는 세상을 엿보았다.

건설사 임원과 간부를 모시고 주말마다 산행을 오는 서른 중반의 대리는 늘 지쳐 보였고, 어느 날인가는 토요일 새벽에 일본 출장에서 돌아와 그날 아침에 산을 올랐다고 했다. 카운터에 법인카드를 건네는 대리에게 안정숙은 산이 그렇게 좋으냐고 물어보았다.

"등산 따윈 관심도 없어요. 제가 모시는 이사님이 산을 좋아하세요. 우리는 열두 명으로 구성된 산악회 소속인데, 말하자면 이사님 '라인'인 거죠. 한번은 몸이 너무 피곤해서 등산모임에 빠졌는데 다음 날부터 이사님과 부장님 태도가 달라지는 거예요. 아차 싶었죠. 인생이 다 그런 거 아니겠어요?"

서른 중반의 젊은 것에게 인생이 다 그런 것이라는 말을 듣고 안정숙은 어떤 아득함을 느꼈다. 카운터 건너편의 아득하고 뿌연 안개 속에서 세상은 혓바닥을 날름거리며 누워 있었다.

공무원들은 급수에 관계없이 으르렁거렸다.

"우리가 누군지 알아? 국가를 위해서 일하는 사람들이야."

공무원들은 부장이든 팀장이든 회식의 좌장 격인 최고급수의 기분에 따라 컨디션이 달라졌다. 사무관이나 서기관이나 주사보 따위가 음식에 대해 투덜거리기 시작하면 새파랗게 젊은 총무가 달려와서 호통을 쳤다.

"우리가 누군지 알아? 하다못해 샐러드 한 접시라도 더 줘야 되는 거 아냐?"

의사들의 회식이 있는 날이면 제약사 영업사원이 법인카드로 먼저 계산을 했다. 경찰들은 어디서 격려금을 받았는지 회식 때 꼭 현금으로 계산했다. 굽실거리는 세상이었다. 굽실거림에 지친 사람들은 식당에 들어서면 모든 종업원이 제 발밑에서 굽실거리기를 바랐다. 7급은 5급에게 굽실거리고 대리는 팀장에게 굽실거리고 종업원은 손님에게 굽실거렸다. 안정숙은 세상의 이런 비린내를 모두 강남 탓으로 돌리곤 했다. 1997년 외환위기에 뒤통수를 얻어맞고 강남을 떠날 때, 안정숙은 차라리 안도감을 느꼈다.

안정숙은 1998년 중국산 의류로 흥청거리는 영흥디자인센터 1층에 숯불바비큐집을 차렸다. 참나무 화로에서 기름을 쪽 뺀 미국산 돼지삼겹살이 주력 메뉴였다. 그렇게 한 세기가 지나갔다. 2000년대에 들어서자 손님이 급감했다. 한계를 모르고 고개를 처박는 매출액보다 안정숙을 힘들게 한 것은 변함없는 세상이었다. 강남이나 영흥이나 세상은 돈과 권력이 돼지기름처럼 엉켜 있는 불판이었다.

2008년 영흥디자인센터 시가는 1층 메인을 기준으로 보증금 천만 원에 임대료 월 백만 원으로, 안정숙이 입주하던 당시의 절반 수준이었다. 쇼핑몰이 흉물로 변해가자 광장에 어린 여자애들이 꼬여들었다. 허벅지를 훤히 드러낸 가출소녀들은 쇼핑몰 구석구석에서 담배를 피우고 드잡이를 했다. 소녀들이 나이트클럽 삐끼들과 어떤 추잡한 짓을 벌이는지에 대해 안정숙은 관심이 없었다. 문제는 소녀들이 서로에게 굽실거린다는 점이었다. 초등학교 고학년이나 중학생들로 구성된 가출 초짜 그룹은 보다 나이 든 언니 그룹을 만나면 허리를 90도로 굽혔다. 언니들이 90도의 절을 받으며 가출소녀가 먹고 자고 용돈을 벌 수 있는 길들을 일러주었다. 소녀들은 각자 냄새나는 세상을 걸머지고 하나도 다를 것 없는 어른들의 세상과 충돌하고 있었다. 식당 창틀 앞에 앉으면 들려오는 그 충돌의 파열음 속에서 안정숙은 군대에 간 아들이 곧 진입하게 될 운명의 궤도를 예감했다.

2008년 10월 23일 밤 10시 10분, 1층 메인 복도 건너편에서 비명이 들렸다. 비명은 나직하면서도 절박하고 어딘가가 찢어진 듯이 들렸다. 디자인센터 1층은 광장과 마주한 건물 정면에는 식당가가 들어서 있고 그 뒤 메인 복도를 따라 의류 도소매점이 듬성듬성 문을 열고 있으며 복도가 끝나는 건물 후미는 화장실과 용도를 알 수 없는 서너 개의 작은 방이 어둠에 잠겨 있다. 설계사가 귀찮아서 여백으로 남겨둔 듯한 그 방들은 청소도구나 대형 옷걸이나 마네킹들을 넣어두는 창고로 쓰였다. 캐주얼 브랜드 전문점 '쁘레띠에' 주인인 마흔두 살 하영란이 건물 후미의 어둠을 가르고 형광등 불빛 아래로 뛰어나왔다.

"여자애가…… 이상한 여자애가……."

비명은 하영란을 앞질러 졸음에 겨운 의류점과 식당가 사이를 파고들고, 쇼핑몰 정문 뒤에 있는 영홍관까지 폭풍처럼 밀려왔다. 안정숙이 식당 문을 열고 뛰어나갔다. 인조대리석 바닥에 엎드려 헉 헉대고 있던 하영란이 손을 뻗어 복도 끝을 가리켰다. 안정숙은 메인 복도에 모인 아줌마들과 함께 작은 방들이 모여 있는 어둠 속으로 달려갔다. 숯불을 넣고 빼는 일을 하는 영흥관의 유일한 남자직원 김광천은 숙취가 심하다며 밤 8시에 퇴근했다. 남자들은 꼭 필요한 순간에 자리를 비운다. 남편도 가게 경영이 가장 힘들 때 위암에 걸려 살가죽과 뼈만 남기고 세상을 떠났다. 안정숙은 앞서 달리는 아줌마들의 푸짐한 엉덩이를 보며 외로움을 느꼈다.

여자애라……. 이상한 여자애라……. 안정숙은 불빛이 새어나오는 화장실 맞은편의 창고에 다가가며 버스터미널이나 쇼핑몰 화장실에서 심심찮게 반복되는 사건을 떠올렸다. 지역신문 사회면은 한 계절에도 몇 번씩 소녀들의 영아 살해와 살인 방조와 사체 유기에 관한 사연을 이단 박스로 실었다. 소녀들이 얼굴도 기억나지 않는 소년들의 아이를 변기 위에서 낳고 변기에 버려둔 채 물을 내리거나 신문지로 싸서 한구석에 버렸다. 창고 문 앞에서 들어갈 엄두를 내지 못한 채 웅성거리고 있는 두 아줌마의 어깨를 헤치며 안정숙은 탈진한 소녀의 허벅지 사이에서 꼬물꼬물 움직이는 작은 핏덩이를 떠올렸다. 방 안으로 들어갔을 때, 매캐한 화학섬유 냄새와 함께 안정숙의 눈앞에 드러난 광경은 그것과는 거리가 멀었다.

고등학생으로 보이는 소녀가 브래지어와 팬티만 입고 커다란 철제 옷걸이 밑에 누워 있었다. 팬티에는 빨갛고 파란 작은 물방울무늬들이 그려져 있었다. 소녀는 인공호흡을 바라는 것처럼 가지런히 누워 입을 벌리고 있었다. 흰 눈밭 같은 창백한 얼굴 한가운데에, 코피 한 줄기가 흘렀다. 안정숙은 소녀의 가슴에 귀를 댔다. 여물지 않은 유방과 갈비뼈 밑에서 심장이 희미하게 뛰는 것 같았다. 소녀의 입에서 진한 술 냄새가 났다. 소녀의 혀가 길게 늘어져 아무렇게나 내둘렸다. 안정숙은 겁에 질린 아줌마들을 향해 외쳤다.

"뭣들 하고 있어요? 119를 불러! 112도!"

안정숙은 약 오 분 동안 인공호흡을 했다. 아이의 가슴이 눌릴 때마다 늑골이 서로 부딪쳐 덜그럭거렸다. 숨을 넣으면 부풀어 오르는 아이의 목에서 안정숙은 사선으로 길게 난 붉은 멍을 보았다. 아이의 팬티와 브래지어는 솔기마다 때가 잔뜩 껴 있고 가장자리가 닳아 있었다. 팬티 밑에서 대변 냄새가 올라왔다. 축축한 죽음의 냄새였다.

멀리 사이렌 소리가 들렸다. 대로를 가로지르며 점점 높아지는 사이렌 소리는 자신이 119 소속인지 112 소속인지 밝히지 않았다. 바닥이 차가웠다. 안정숙은 땀에 젖어 축축해진 등에 오한을 느끼며 고개를 들었다. 철제 옷걸이 중간과 바로 밑에 안정숙이 일생 동안 본 가장 끔찍한 것이라고 회고하게 될 기이한 장치들이 늘어서 있었다. 안정숙은 비명과 같은 한숨을 내쉬었다.

영흥시 동부 소방서의 119 구급대원 두 명이 밤 10시 20분 영흥 디자인센터에 도착했다. 구급대원들은 소녀의 호흡과 경동맥 맥박이 없음을 확인하고 목에 삭흔을 발견한 뒤 소방본부에 보고했다.

"진짜 심장이 뛰었습니까?"

안정숙은 확실하진 않지만 그런 것 같다고 말했다. 구급대원들이 심폐소생술을 계속 실시하면서 현장과 가장 가까운 실로암기독병원 응급실로 소녀를 이송했다. 응급실의 당직 레지던트가 소녀의 상태를 확인하고 사망선고를 내렸다.

영홍시 계로동 지구대의 순경 두 명이 밤 10시 30분 현장에 도착했다. 순찰차가 디자인센터 정문에 주차할 때 후미에서 구급차의 사이렌 소리가 멀어져갔다. 순경들은 창고 입구에 차단선을 설치하고 목격자들을 확보하겠다고 지휘계통에 보고했다.

순경들이 차단선을 설치하던 순간 영홍경찰서 형사계 폭력1팀 정진우 형사는 후배 이진영 형사의 코란도 조수석에 앉아서 경찰서 정문을 나서고 있었다. 목이 뻣뻣해서 좌우를 돌아볼 수가 없었다. 아리고 시린 통증이 경추의 마디들을 타고 등골까지 흘렀다. 통증은 정진우에게 너무 익숙해서 오히려 자연스러웠다. 오늘은 열이 좀 나는군……. 정진우는 네온사인이 훤하게 켜진 디자인센터의 입구가 눈에 들어올 때쯤 중얼거렸다.

사 년 전 가을에 통증이 처음 정진우를 찾아왔다. 온몸이 신열에 들떴고 몸살이라도 걸린 듯 근육과 마디가 쑤셨다. 전날 저녁 8시부터 자정까지 마신 소폭 열두어 잔 때문에 머릿속이 욱신거렸다. 열 손가락이 뻣뻣하게 굳어서 차 열쇠를 제대로 쥘 수 없었다. 그때 통증이 처음으로 미소 지었다. 정확히 왼손과 오른손 가운뎃손가락 중간 마디가 쌍가락지라도 낀 듯이 아릿하고 시린 느낌을 동시에 전해왔다.

통증은 사 년 동안 시도 때도 없이 정진우를 찾아와서 온몸을 헤엄쳤다. 손가락이 아프다가 팔목이 아프고, 어깨가 아프다가 목과 발목이 아팠다. 통증은 시큰하게 시작되어 둔탁한 충격으로 증폭되고 때로는 날카롭게 몸을 찔렀다. 통증 초기에 정진우는 아픈 곳을 모두 도끼로 잘라버리고 싶다는 생각을 했다. 정진우는 팔과 다리를 모두 떼어내서 맨몸뚱이로 기어 다니고 싶었다. 피검사 결과 류머티즘 수치가 정상인의 열여섯 배였다. 관리만 잘하면 되는 병입니다. 정형외과 의사는 미소를 지으며 소염진통제를 처방했다. 그날 밤 당직을 서던 정진우는 포털사이트에서 류머티즘을 검색했다. 의료 기사와 환자 체험담을 하나씩 읽어가던 정진우는 자신이 형사실에서 뚝 떨어져나와 멀고 아득한 서해바다 한가운데에 잠겨 있는 환상을 보았다.

이 년 전 장마철에 정진우는 한 달간 병가를 냈다. 한 달 동안 정진우는 침대에 누워 꼼짝 않고 만화책을 읽었다. 침실 창밖으로 장대비가 쏟아졌다. 정진우는 아스피린과 부루펜과 그 밖의 비스테로이드성 소염제를 위장약과 함께 먹었고 경구 스테로이드제를 먹었고 항말라리아제와 라마틸과 할록신정을 먹었다. 일주일에 한 번씩 면역억제제인 MTX 여섯 알을 삼켰다. MTX를 먹으면 며칠 동안 열과 구역질이 났고 머리카락이 한 움큼씩 빠졌다. 병 때문인지 약 때문인지 온몸이 간지럽고 빨간 반점이 돋았다. 어깨관절에 물이 차서 주사기로 뽑아내고 또 그 자리에 스테로이드 주사를 맞았다.

정진우는 빗소리를 들으며 어릴 적 늘 안방에 웅크리고 있던 어머니를 떠올렸다. 어머니의 발가락은 수초처럼 뒤엉켜 굳어 있었다. 어머니는 누워서 아무에게나 욕을 퍼부어댔고 다시는 일어서지 못했다. 엄마였구나……. 나는 엄마였어……. 정진우는 다시는 세상을 몸뚱이로 부딪치며 살아가지 못할 것을 예감했다. 서른여덟 해를 몸뚱이로만 부딪치며 살아온 정진우 형사에게 몸뚱이를 무기로 쓸 수 없는 세상은 너무 두려웠다.

2008년 마흔 살이 된 정진우는 무릎 인공관절 수술을 받기로 결심했다. 열 손가락의 관절에 멍울이 불거져 울퉁불퉁했고 언젠가는 어깨도 수술을 받아야 했다. 눈물이 말라붙어 눈알이 빡빡해지고 침이 나오지 않아서 입안이 까끌까끌했다. 류머티즘 내과 의사가 2차 쇼그렌증후군이 동반됐다는 진단을 내렸다. 정진우는 사표를 내고 채권추심회사나 보험사나 아무 데나, 전화통을 붙들고 살수 있는 직업을 찾겠다고 결심했다.

정진우가 뻣뻣한 다리를 영흥디자인센터 정문에 내려놓을 때 경기경찰청 형사과 과학수사계의 파란색 밴이 도착했다. 현장팀 요원세 명이 현장으로 달려갔고 나머지 한 명은 건물 들머리부터 정문으로 프레임을 좁혀가며 사진을 찍었다. 니콘 카메라의 스트로보가검은 허공에 축포 같은 섬광을 터뜨렸다. '경축! 범죄 발생'. 카메라는 그렇게 말하는 것 같았다.

경찰의 차단선으로 봉인된 토굴 같은 창고가 부산스러웠다. 과학수사계 현장팀 요원들이 옷걸이 전체에 지문 채취용 파우더를 바르고 바닥에 엎드려 족적을 감지하고 체모와 섬유 조각과 범인의 유실물을 찾아내기 위해 모든 물건을 헤집었다. 사진담당이 메인 복도에서부터 섬광을 터뜨리며 문 안으로 들어와 증거품에 뷰파인더를 들이댔다. 사진담당은 단렌즈를 사용해 한 컷은 그냥 찍고 한 컷은 줄자를 놓고 찍었다. 문밖에서 목격자들과 구경꾼들이 뒤엉켜 웅성댔다. 육십 대의 경비원 한 명이 순경들을 도와 사람들을 통제했다. 경비원은 건물 5층의 빈방들을 순찰하다가, 혹은 그 안에서 졸다가, 구급차가 건물을 나서던 10시 25분에 허겁지겁 창고로 달려왔다. 자신의 존재를 증명하기 위해 경비원은 누구보다 열심히 뛰어다녔다.

후배 이 형사는 목격자들을 탐문하느라 분주했다. 소녀의 신원을 아는 사람이 없었다. 이 형사는 사건 발생 전후로 수상한 차량이나 사람을 본 적 있는지 물었고 답변을 수첩에 적었다. 영홍시를 드나드는 모든 차량과 인간은 수상하고 낯설었으므로, 탐문은 별 소득이 없었다. 정진우가 차단선을 들어 올리고 방 안으로 들어갔다. 어깨가 시렸다. 정진우는 등을 벽면에 기대고 난생처음 보는 기괴한 광경을 응시했다. 철제 옷걸이부터 바닥까지 이어진 장치는 하나의 제단이거나 처형장이었다.

나무 봉을 이용해야 옷을 걸 수 있는 2.5미터 높이의 옷걸이였다. 가운데에 합성수지로 만든 주황색 밧줄이 20센티미터 정도 늘어져 있었다. 전국 철물점에서 파는 빨랫줄이었다. 빨랫줄 끝의 고리에는 소녀의 것으로 보이는 머리카락 몇 가닥이 붙어 있었다. 감식요원 한 명이 핀셋으로 그것을 조심스럽게 떼어 증거 보관용 비닐봉지에 담았다. 특이한 것은 고리의 모양이었다. 누군가 고리 바로 위에 밧줄을 시계 반대 방향으로 열두 번 돌려 매듭을 지었다. 영화에서 흔히 볼 수 있는 교수형 매듭이었다. 옷걸이 밑에는 받침대가 피라미드 모양으로 쌓여 있었다. 받침대 맨 밑에 재고 의류가 가득 든 커다란 종이 상자가 있었다. 그 위에 만화책 〈알바 고양이 유키뽕〉, 〈노다메 칸타빌레〉, 상반신을 벗은 미소년 두 명이 서로 껴안고 있는 일본 만화, 샐린저의 〈호밀밭의 파수꾼〉이 높이를 맞춰 쌓여 있었다. 그 위에 판다 모양의 액세서리가 달린 폴더형 휴대폰, 빨간 하트 모양의 작은 쿠션, 카카오 함량 50퍼센트인 허쉬초콜릿, 친구들과 함께 찍은 사진 다섯 장이 놓여 있었다. 쿠션은 아이가 늘 안고 잔 듯 침과 체모로 더러웠고 사진 속의 아이는 친구들과 밝게 웃고 있었다. 콜롬비아 상표가 달린 배낭이 자질구레한 물건들 옆에 뱃가죽이 꺼진 채 엎드려 있었다. 마지막으로 하얀 털에 때가 잔뜩 낀 마시마로 인형이 받침대의 정상에서 웃고 있었다. 사진 몇 장과 자잘한 액세서리들과 분홍색 아디다스 스니커즈가 마지막 순간에 아이의 발에 채인 듯 바닥에 나뒹굴었다. 감식요원들이 하나하나 사진을 찍고 지문을 채취하면서 피라미드를 무너뜨렸다. 피라미드는 무너지면서 그토록 정성스럽게 자신을 건설한 누군가를 향해 울부짖는 것 같았다.

정진우는 예전 술친구였던 경기경찰청 과학수사계 현장2팀 김광수 경사의 어깨를 툭 쳤다.

"이게 다 뭐야?"

김광수가 말했다.

"낸들 아냐? 그건 니 일이잖아."

"지문은 좀 나왔어?"

"나왔지. 큰 지문, 작은 지문, 예쁜 지문, 못생긴 지문, 세상의 모든 지문이 다 모여 있는 빌어먹을 방이야. 지문 백화점이라고."

"족적은?"

"족적도 나왔지. 바닥에 먼지가 잔뜩 쌓여 있어서 한 트럭 정도 검출됐어. 운동화, 구두, 샌들, 슬리퍼, 여튼 세상의 모든 인간이 다 발바닥 한 번씩 찍고 간 모양이야."

"한동안 즐거운 밤이 되겠군."

"좋아, 좋아. 내가 매일 밤마다 전국 신발 매장의 제품 사진들을 끌어안고 사랑에 빠져 있을 때, 넌 뭘 하는지 지켜보겠어."

정진우는 신발 사진을 보며 자위하는 김광수를 상상했다. 김광수와 잘 어울리는 장면이었다. 스물네 시간째 근무 중인 김광수의 얼굴에 개기름이 번들거렸다.

"전문용어로 말하자면 말이야, 이번 사건은 개판이야. 현장 보존부터 망가졌어. 목격자가 우리의 불쌍한 희생자를 끌어안고 뽀뽀를 해대면서 인공호흡을 했고 우리의 마음씨 고운 응급구조대가 사체를 병원까지 실어 날랐어. 증거 먹는 하마들이야."

정진우는 형광등 불빛 아래 창백하게 드러난 죽음의 기념비를 떠올렸다. 그것은 분명히 수신자가 불분명한 메시지를, 두서없이 장

황할 것 같은 이야기를 발신하고 있었다. 정진우는 김광수에게 물었다.

"자살일까?"

"글쎄. 자살이라면 어느 얼빠진 인간이 여자애를 발견한 뒤에 밧줄에서 끌어내려놓고 줄행랑을 쳤다는 얘기일 텐데……. 옷걸이 봉에 난 밧줄 자국은 아주 좁아. 누군가가 억지로 밧줄을 당겨서 여자애를 끌어올렸다면 봉에 난 자국은 넓고 거칠어야 해. 여자애는 조용히 매달려서 몸부림치지도 않고 죽었어. 시체에 포박된 자국이 있는지 한번 확인해봐. 내 생각엔 아마 그런 자국은 없을 거야. 손톱을 봐야 알겠지만 이런 경우엔 별다른 방어흔도 없을 거야. 그런데 이게 다 뭐야? 이렇게 요란하게 자살하는 사람 본 적 있어? 교수형밧줄 매듭으로 죽는단 말이야?"

"유서는 있어?"

"아니. 없어."

정진우는 문밖으로 나왔다. 정진우의 등 뒤에서 김광수가 물었다. 몸은 괜찮아? 정진우는 대답하지 않았다. 후배 이 형사가 한 무리의 아줌마들에게 둘러싸여 곤혹스러워하고 있었다. 질문은 이 형사가 아니라 주로 아줌마들이 했다.

"선배, 목격자들 진술을 대충 들어봤는데, 건질 게 없어요."

"니가 진술하는 것 같던데?"

"아줌마들이 충격을 받은 모양이에요. 제가 좀 달래줬죠. 저기 복도에 웅크리고 앉아 있는 아줌마가 최초 목격자예요. 충격을 받아서 횡설수설인데, 여자애가 누워 있었는지 춤을 추고 있었는지도 잘 기억하지 못해요. 저 맨 앞에 있는 아줌마가 두번째 목격자예요. 방에 달려들어가서 여자애에게 인공호흡을 했죠. 조심하세요. 대가 세요."

정진우가 안정숙에게 다가갔다. 안정숙은 쥐색 실크 카디건과 청바지를 입고, 술렁이는 아줌마 대열의 선두에 서 있었다. 파마가 거의 풀린 단발머리를 가지런하게 귀밑으로 넘긴 안정숙의 얼굴은 단정했고, 그만큼 고집스러워 보였다. 정진우가 물었다.

"영흥경찰서에서 나왔습니다. 인공호흡을 하셨다고요?"

"할 얘긴 다 저 젊은 형사에게 했어요. 간단히 말해서, 비명 소리를 듣고 달려와 보니까 여자애가 누워 있었고 다급한 마음에 인공호흡을 했고 그다음에 구급차가 달려왔죠. 더 보태고 뺄 것도 없어요."

정진우는 안정숙에게서 더 말을 끌어내고 싶었다. 그것이 아무리 소용없는 말이라 해도, 정진우는 안정숙에게서 한 소녀의 죽음을 듣고 싶었다.

"사체를 훼손하셨더군요. 덕분에 수사가 아주 어렵게 됐습니다."

정진우는 '훼손'이라는 단어에 힘을 주었다.

"뭐라고요? 그래서 쇠고랑이라도 채우겠다는 거예요? 아니, 그럼 여자애가 쓰러져 누워 있는데 문밖에서 곡이라도 하라는 거예요? 난 분명히 심장 소리를 들었단 말이에요. 그 계집애가 예쁘고 애틋해서 그런 게 아니에요. 이 동네를 돌아다니는 계집애들은 다 끔찍한 년들이에요. 죽은 계집애도 가출한 지 얼마나 됐는지 팬티

가 때에 절어서 시커멓더라고요. 입에서 술 냄새도 풀풀 나고요. 그
런데도 인공호흡을 해달라고 애원하는 듯한 그 얼굴이 불쌍해서 애
입에 대고 숨을 불어넣었어요. 그게 사람이니까."

안정숙의 분노가 부풀어 올랐다. 넓고 텅 빈 쇼핑몰 건물에서 안
정숙만이 생기를 가진 유일한 인간처럼 보였다.

"아, 알겠습니다. 제가 말을 잘못했습니다. 사체가 반듯하게 누
워 있었나요?"

"예. 얌전하게 고개를 뒤로 젖힌 채로 입을 벌리고 있었어요."

정진우는 안정숙에게서 물러나며 근방의 가출소녀들을 탐문해보
아야겠다고 생각했다. 영흥시는 갈 곳 없는 비행청소년들의 서식처
로 안성맞춤이었다. 영흥시에는 철새들이 쉴 수 있는 *끈적끈적한*
영업장들과 반지하 쪽방들이 무성했다. 정진우가 경비를 불러 쇼핑
몰 안에 있는 CCTV의 위치를 물었다. 무인카메라는 1층 건물 정문
앞과 메인 복도 중간에 하나씩 있었다. 건물 각 층과 지하주차장과
엘리베이터의 CCTV 필름을 모두 수거해달라고 경비에게 요청했
다. 파출소의 순경 두 명이 목격자들의 주소와 연락처를 확보했다.
감식요원 한 명이 범인의 것과 혼동하지 않기 위해 면봉으로 안정
숙의 입안에서 DNA를 긁어내고 머리카락을 수거했다.

관리업체 직원이 밤늦게 달려왔다. 직원은 형사들에게 사의를 표
하고 수사과정에서 상인들이 피해를 입지 않도록 서에 회사 명의의
공문을 보내겠다고 말했다. 기자들은 오지 않았다. 영흥디자인센터
는 이례적으로 자정에 모든 점포를 폐쇄했다. 관리업체 직원은 전

구역에 연결된 마이크를 통해 불미스런 사고로 인한 한시적 조처임을 설명했다. 아줌마들은 해산했다. 경기도 영흥시 동구 계로동에 위치한 수도권 쇼핑문화의 중심지, 영흥디자인센터는 서서히 정적을 되찾았다.

정진우가 정문 앞에 세워둔 이 형사의 코란도 앞문을 열 때 순경한 명이 숨차게 뛰어왔다. 순경은 다급해 보였다.

"김 경사님이 전할 말이 있답니다."

"뭡니까?"

"여자애 겉옷이 없답니다. 누가 가져간 것 같답니다."

정진우는 그제야 자신이 중요한 단서 하나를 빠뜨렸다는 사실을 깨달았다. 소녀의 옷이 피라미드나 그 뒤편 옷상자 어딘가에 구겨져 있을 것이라고 정진우는 짐작했었다. 이 형사가 말했다.

"여자애가 팬티만 입고 거기까지 갔을 리는 없는데요."

"살인이군. 씨발, 살인이야."

중앙광장에 묵직하게 내려앉은 차가운 밤공기가 정진우의 발목으로 흘러들었다.

실로암기독병원 응급실은 대도시의 종합병원 응급실보다 시끄럽고 온갖 종류의 냄새로 질척거렸다. 부상당한 취객의 비율이 압도적으로 높은 응급실에는 술 냄새, 부대찌개 냄새, 치킨 냄새, 라면 국물 냄새들이 크레솔이나 피 냄새와 뒤섞여서 정문 현관 밖까지 넘실거렸다. 어떤 환자는 노래를 불렀고 어떤 환자는 먹은 것을 토했다. 정진우는 이 형사를 먼저 들여보내고 불이 훤하게 켜진 응급실 간판 밑에서 껌을 씹었다. 병원의 공기를 견뎌낼 방법이 껌밖에 없었다. 현관 자동문 안에서 이 형사는 프런트에 신분증을 제시하고 안내를 받았다. 이 형사의 재촉에 쫓긴 정진우는 응급실 복도를 황급히 돌아 지하 영안실로 내려갔다.

영안실은 추웠다. 추위가 제일 먼저 정진우에게 달려들었다. 영안실 관리인이 신분증을 확인하고 23번 냉장고 앞으로 형사들을 안내했다. 고인의 이름과 나이, 보호자의 이름을 적는 종이가 허옇게 비어 있었다. 무늬목으로 겉을 두른 냉장고 문이 열렸다. 소녀는 차가운 스테인리스 판 위에 병원 시트를 덮고 누워 있었다. 소녀의 통통한 뺨이 창백했다. 목에 난 삭흔이 브이 자형이었으므로, 소녀는 허공에서 중력의 압박에 의해 질식사했다. 소녀의 손톱에는 살점이나 체모나 그 밖에 저항의 흔적이 하나도 없었다. 몸과 팔다리에도 멍이나 포박 자국은 없었다. 소녀는 네모진 얼굴에 연필로 콕 찍어놓은 듯 눈코입이 작았다. 그래서 어린아이처럼 보였다. 귀밑을 간신히 덮은 단발머리는 파마약 때문인지 끝이 갈라져 있었다.

"깨끗하게 죽였군."

정진우는 십 년 넘는 형사생활 동안 수많은 허망한 죽음을 지켜보았다. 왕복 8차선 간선도로에서 중형차가 가드레일을 들이박고 찌그러졌다. 삼십 대 남녀가 운전석과 조수석에 뒤엉켜 즉사했다. 남자의 양복바지가 허벅지까지 내려가 있었다. 남자의 성기가 매끈하게 절단돼 있었고 차 안 어디에서도 발견되지 않았다. 영안실에서 의사가 여자의 꾹 닫힌 입속에서 긴 살덩어리를 끄집어냈다. 반지하 방 욕탕에서 여대생이 알몸으로 얌전하게 누워 죽었다. 입에서 심한 술 냄새가 났지만 몸에는 외상이나 약물의 흔적이 없었다. 욕탕 외벽에 누군가 침입한 흔적도 없었다. 학생은 술에 취해 목욕 중에 잠이 들었고 순간온수기가 딱 치사량만큼의 일산화탄소를 방출한 뒤 경보기가 작동되어 꺼졌다. 사위가 홀아비인 장인을 룸살롱에 데려갔다. 얼큰하게 취한 장인이 이차까지 부탁했다. 사위는 접대부에게 두둑한 팁을 건네며 잘해달라고 부탁했다. 장인은 접대부의 배 위에서 심장마비를 일으켰다. 복상사로 죽은 장인의 얼굴은 평안해 보였다.

죽음은 본질적으로 허망했다. 그것을 누구보다 잘 알고 있었지만, 정진우는 소녀의 허망한 죽음 앞에서 당황했다. 정진우는 자신의 깊숙한 곳에서 분노가 불기둥처럼 솟구치는 것을 느꼈다. 범인을 찢어 죽여서 살과 내장을 잘근잘근 씹고 싶었다. 느닷없고 당황스러운 분노였다.

일 년 전 정진우는 이혼을 했다. 이혼하기 한 달 전 정진우는 일찍 퇴근하여 거실 소파에 누워 있었다. 차갑고 바람이 많이 부는 가을밤이었다. 아내가 작은방에서 겨울 옷가지들을 꺼내 털고 여름옷을 서랍 깊숙이 집어넣었다. 안방에서 참나무 원목으로 만든 책꽂이가 쿵 하고 넘어지는 소리가 났다. 네 살배기 큰아들은 틈만 나면 책꽂이의 빈틈을 밟고 꼭대기까지 올라갔다. 책꽂이가 넘어지면 큰일이 난다고 수도 없이 주의를 주었으나 아이는 매일 기어올랐다.

정 형사가 달려갔을 때 안방 문은 닫혀 있었다. 문을 열려고 하자 문 앞에서 배를 깔고 잠들어 있던 돌 지난 딸의 손가락이 문틈에 끼었다. 딸의 울음소리가 고막을 찢을 듯이 커졌고 아들의 울음소리는 점점 작아졌다. 정진우는 이를 악물고 문을 열어젖혔다. 2~3센티미터밖에 안 되는 딸아이 손가락이 찢어지고 으스러지는 환청이 정진우의 귀에 천둥처럼 들렸다. 두 아이는 울음을 그쳤다. 방 안에 들어갔을 때 딸아이는 온몸을 떨며 경기를 했고 아들은 기절해 있었다.

119 구급차 안에서 정진우는 신열을 느꼈다. 통증 때문에 잇몸이 들떴다. 이유도 없고 대상도 없는 분노가 타올랐다. 아내가 맞은 편에서 울고 있었다.

"애를 안 보고 뭘 하고 있었던 거야? 어? 옷 나부랭이가 그렇게 중요해? 애가 책꽂이에 못 올라가게 하라고 그렇게 얘기했잖아. 멍청해. 멍청해서 견딜 수가 없어. 집에 돌아와도 편할 날이 있어야지. 응? 입이 터졌으면 말 좀 해봐. 이건 집이 아니라 지옥이야, 지옥. 이런 씨발."

아내가 울음을 그쳤다. 놀란 것은 구급대원뿐이었다. 아들은 갈비뼈 두 개가 부러졌고 딸은 왼손 약지 손가락이 으스러졌다. 그것뿐이었다. 아내와 정진우는 한 달 동안 거의 말을 하지 않았다. 정진우는 집에 돌아가기 전에 포장마차에서 소주 반병씩 마셨다. 썩어가는 것은 관절의 활액막이 아니라 가슴이었다. 한 달 뒤 아내가 말했다.

"애들은 다 데리고 갈게. 편히 쉬면서 몸을 좀 추슬러."

"돌아올 거니?"

"아니……. 당신이 안됐지만 나는 더 안됐다는 생각이 들어."

퍼렇게 질린 소녀의 얼굴을 보면서, 정진우는 이 오물 같은 세상에 언젠가는 발을 들여놓을 자신의 딸을 떠올렸다. 말을 배우기 시작한 아이는 주말에 찾아가면 노래를 불렀다. 아빠야— 놀아주라—.

정진우는 속으로 다짐했다. 다짐하고 또 다짐했다.

'이제 경찰이 네 체모와 DNA와 지문을 찾아낼 거다. 목격자들이 나타나면 네 몽타주를 그릴 거다. 설사 못 찾아내고 못 그린다고 해도 괜찮다. 너는 내가 잡겠다. 기다려라. 네가 내 마지막이다.'

2008년 10월 24일 아침 7시, 정진우는 영홍경찰서 숙직실에서 눈을 떴다. 손발이 장작처럼 뻣뻣해지는 조조강직이 찾아왔다. 날이 쌀쌀했다. 정진우의 날들은 따뜻하고 건조하여 몸이 가벼운 날과, 춥거나 축축하여 걷기 괴로운 날로 구분되었다. 가을에 정진우는 늘 두꺼운 모직 체크무늬 남방을 입었다. 누군가는 체크무늬에 페티시즘이 있어서 똑같은 남방을 대여섯 벌씩 사놓았느냐고 물었다. 또 누군가는 낮에는 체크무늬 남방, 밤에는 세일러복을 입고 자는 것 아니냐고 농을 던졌다. 정진우는 따뜻하고 헐렁하고 무엇보다 바람을 막아주는 모직 남방 두 벌로 가을을 버텼다.

정진우는 화장실에서 세수를 하고 근처 24시간 해장국집에서 아

침을 먹었다. 김이 무럭무럭 나는 우거지가 입안에서 녹았다. 폭력
1팀 장광석 팀장이 아침 8시에 출근하여 창가의 산세비에리아 화
분에 물을 주었다. 장 팀장은 아침을 먹고 들어오는 정진우를 불러
간밤의 상황을 물었다. 정진우는 사건의 개요를 구두로 보고한 후,
한 가지 부탁을 덧붙였다.

"이 사건은 제게 맡겨주십시오."

장 팀장이 다시 등을 돌려 아침 햇살에 반짝이는 산세비에리아의
긴 잎사귀를 보며 말했다.

"그러게."

현장의 CCTV를 분석한 결과, 사건 당일 밤 쇼핑몰을 드나든 사
람이 많지 않았고, 소녀의 모습은 1층 복도에도 엘리베이터에도 찍
혀 있지 않았다. 소녀는 무인카메라가 없는 건물 뒷문으로 들어왔
음이 분명했다. 오후에 경기경찰청은 사건현장 사진이 담긴 두툼한
앨범을 보냈다. 지문과 체모 분석이 진행 중인 책들에는 낙서나 얼
룩이 없었다. 소녀는 깔끔한 성격이고 책들을 소중히 다뤘을 것이
다. 밧줄 밑에 쌓인 사진들 속에서 교복과 스키니진을 입은 소녀는
활짝 웃고 있었다. 동년배의 소녀들이 서로의 머리를 잡아당기거나
손으로 브이 자를 그리며 깔깔거렸다. 정진우는 그중에서 소녀의
어깨에 팔을 두른 키 큰 소년을 주목했다. 고양이와 미소년이 등장
하는 알쏭달쏭한 만화의 세계, 교복 치맛단을 몇 겹씩 접거나 청바
지를 골반 위에 간신히 걸친 아이들의 세계는 정진우가 이해할 수
도 다가갈 수도 없는 세계였다. 정진우는 의문을 느꼈다. 그래, 네

게도 행복한 날들이 있었던 거지. 너는 짧은 인생의 가장 찬란한 날들을 골라 누군가에게 보여주려 했던 거야. 그가 협박했을까? 아냐, 아냐, 너는 저항하지 않았어. 그는 최소한 어젯밤 전까진 네게 친절했을 거야. 너는 왜 너만의 아름답고 천진난만한 세계를 보여주었지? 그가 원했어? 그놈은 대체 누구지?

소녀의 신원은 예상보다 빨리 확인되었다. 현장에 지갑이 남아 있진 않았으나 휴대폰 신원조회를 통해 소녀의 주민번호와 이름이 밝혀졌다. 휴대폰에는 오므라이스와 퓨전롤 등을 찍은 사진 몇 장과 친구들과 안부를 주고받은 문자들이 저장돼 있었다. 통신회사는 한 달 동안의 통화내역 목록을 경찰서로 보냈다.

소녀는 서울시 동북구 인정동에 있는 인정고등학교 1학년 학생이었다. 영흥경찰서는 즉시 학교와 부모에게 연락했다. 소녀는 한 달 전 가출을 했지만 가족과의 불화는 없었고 학교에서 왕따를 당하거나 교사들과 갈등을 일으키지도 않았다. 정진우가 이 형사와 함께 피해자의 학교를 방문하려고 점퍼를 걸쳤을 때 누군가가 그의 등을 두드렸다.

"형님, 냄새가 납니다. 냄새가."

시사주간지 『뉴스위클리』 사회팀의 유제두 기자가 말했다. 유제두는 오후의 고즈넉한 형사실 안을 고양이처럼 살금살금 기어와 정진우의 옆자리에 앉았다. 이 바닥에서 '물귀신'이라 불리는 유제두는 취재력과 감각이 탁월한 사건기자였다. 유제두의 기사는 경찰이 깊숙이 감춰놓은 정보들과 경찰 수사의 빈틈을 날카롭게 찔렀다.

『뉴스위클리』는 지난봄 세상을 뒤흔들었던 영홍시 김아람 양 유괴 살인사건에 대한 특종을 커버스토리로 실었다. 범인은 피해자의 이모와 카드빚을 잔뜩 짊어진 동거남이었다. 『뉴스위클리』는 경찰이 피의자에 대한 제보를 입수했음에도 이를 무시했고, 이모가 자수할 때까지 인근의 성범죄자들만 괴롭히고 있었다고 보도했다. 이모가 자수했음에도 경찰은 집 근처에서 잠복근무 중에 피의자를 체포했다고 발표했다. 사건이 해결된 후 경찰서장이 직위해제 되었다. 유제두는 일선 경찰서와 본청과 검찰청에 수많은 빨대를 꽂고 있으며 자유자재로 이것들을 빨아먹었다. 김아람 양 사건을 계기로 유제두는 영홍경찰서 강력계 형사들과 묘한 인연을 맺었다.

"냄새가 난다니까요."

"뭔 소리야?"

정진우는 이 순진하고 예쁘게 생긴 물귀신이 끈적끈적한 손가락을 자신에게 뻗어오는 게 싫었다. 그 손가락은 거부할수록 더 끈질기게 달라붙었다. 물귀신이 말했다.

"여자애가 하나 죽었죠? 형님 담당이라던데. 다 알고 왔습니다."

"목매달아 죽었어. 자살인지 타살인지는 아직 몰라. 별거 아니야."

유제두는 자신의 작고 오뚝한 코를 손가락으로 가리켰다.

"글쎄 저도 별거 아니라고 생각했는데, 이 코가 자꾸 냄새를 맡네요."

"나 바빠. 당직사건일지 읽어봐. 쇼핑몰에서 본드 부는 애들을 취재하든가."

"모르시는 거예요, 모른 척하시는 거예요? 이거 굉장히 큰 건이에요."

정진우는 점퍼의 지퍼를 목 끝까지 잠그고 자리에서 일어섰다. 유제두가 한숨을 쉬었다.

"알았어요. 오늘은 바쁘신 거 같으니까 이만 하죠. 언제 술 한잔해요."

"술 끊었어."

"형님이 절 싫어하는 건 당연합니다. 지극히 정상적인 일이죠. 하지만 한 가지만은 기억해주세요. 알고 보면 저는 써먹을 데가 많은 놈입니다. 또 찾아뵐게요."

유제두가 형사실 문을 열고 나갔다. 정진우는 범인이 잡힐 때까지 수없이 보게 될 유 기자의 뒷모습을 눈으로 좇으며 자신의 마지막 사건이 간단치 않을 것임을 짐작했다. 점심부터 자리를 비웠던 장 팀장이 어느새 돌아와 정진우와 유제두의 가벼운 실랑이를 감상하고 있었다. 장 팀장은 아무런 소리도 내지 않고 미동도 없이, 그들의 대화를 엿들었다. 유제두가 돌아간 뒤 장 팀장이 정진우를 불렀다.

"진우야, 이리 와봐라."

장 팀장은 일선 형사들에게 수사 지시를 내릴 때 꼬박꼬박 호칭을 붙였다. 정 형사, 이 형사, 박 형사라고 부를 때 장 팀장은 이것이 체계적이고 공식적인 지시임을 과시했다. 장 팀장은 사적이거나 은밀한 대화를 나누고 싶을 때에만 부하의 이름을 불렀다. 정진우는 햇살이 쏟아지는 장 팀장의 널찍한 책상으로 다가갔다.

"진우야, 이번 사건은 비공개 수사다. 물귀신 저 새끼한테 말려들지 말고 입 꾹 다물어라."

"예."

"그리고…… 서울청이 동북서에 수사본부를 설치했다. 넌 수사는 계속하되, 그쪽하고 공조해야 한다. 무슨 말인지 알지? 사건보고서부터 써서 올리고 수사 정보 공유하고 그쪽 지침에 따라 움직이고…… 알지?"

"예. 그러니까 시다바리를 하란 말이죠?"

"그렇지."

"그런데 유 기자도 그렇고, 왜 다들 호들갑이에요? 특별수사가 요즘 유행입니까?"

장 팀장이 고개를 숙이고 작게 속삭였다. 장 팀장의 속삭임은 묵직한 저음이어서 정진우의 귀에 간신히 닿았다.

"연쇄살인이야, 연쇄살인."

서울시 동북구 인정동 인정고등학교 정문 담장 앞에는 수령이 삼십 년 가까이 된 은행나무들이 줄지어 있다. 10월 24일 아침, 나무들은 부채꼴 잎사귀들을 간간이 떨어뜨리며 학생들을 맞았다. 며칠만 지나면 나무들은 완전히 노랗게 질린다. 과실에 구린내 나는 살이 들어차고 눈물 같은 잎사귀들이 쏟아지면 운동장 청소를 담당하는 1학년 학생들은 아침저녁으로 우울해진다. 이 새끼들이 고생대

에 생겨났대, 졸라 질긴 나무뼉다구들이지…… 청소조들이 가을서
리가 내려앉은 운동장에서 싸리비를 들고 투덜거리곤 했다. 10월
24일, 나무들은 아직 가을 아침을 견뎌내고 있었고 아이들은 교문
앞에서 재잘거렸다.

점심시간이 끝날 때까지 학교는 조용했다. 3교시 체육시간에 2학
년 남학생 두 명이 옥상에서 담배를 피우다 적발됐고 4교시 시작 전
에 모든 2학년 반에서 기습적인 소지품 검사가 있었다. 학교는 평소
와 다름없었다. 점심시간이 끝난 뒤 1학년 4반 교실에 앞머리가 벗
겨진 수학선생님이 들어오지 않았다. 4반 학생들은 5교시에 자습하
라는 지시를 받았고 전원이 책상 위에 엎드려 잠을 잤다. 5교시가
끝난 뒤 충격적인 소문이 교무실을 빠져나와 전 학년 교실과 복도와
화장실과 운동장을 뒤덮었다. 소문은 폭풍처럼 빠르게 진격했고 온
갖 추측을 덧입으며 흉측해졌다. 1학년 4반 학생 남예진이 죽었다.
교무실에서 교육기자재를 들고 나오던 누군가가, 혹은 문 앞에서 벌
을 서고 있던 누군가가 엿들은 사실은 이것뿐이었다. 학생들은 예진
이가 한 달째 가출 중이었다는 사실을 밝혀냈다. 사람은 역시 겉으
로 봐선 모르는 거야…… 얌전하고 수줍고 공부도 곧잘 했지만 중
학교 때부터 일진들과 어울렸고 원조교제도 더러 했을 거라고 누군
가가 추측했다. 환락가를 떠돌다가 잔인하게 강간당하고 알몸으로
거리에 누워 있었다는 소문이 추가됐다. 예진이가 미신에 관심이 많
아서 빈 교실에 악령을 불러내기도 했다는 괴담도 흘러나왔다. 근거
와 맥락을 찾을 수 없는 말들이 안개처럼 학교를 뒤덮었다. 몇몇은

슬퍼했고 몇몇은 심한 충격을 받았고 대부분은 알 수 없는 흥분상태에 빠졌다.

6교시를 알리는 전자벨이 울렸을 때 1학년 4반 담임교사 권하나 씨가 영어교사 김지석 씨와 함께 하얀 국화꽃 한 다발을 들고 교실에 들어섰다. 반장이 꽃다발을 넘겨받아 한 달째 비어 있는 예진이의 책상 위에 놓았다. 교실은 조용했다. 권 교사는 예진이가 불행한 사고로 세상을 떠났으며 장례일정은 아직 확정되지 않았다고 말했다. 사고일 뿐이니 쓸데없는 소문을 퍼뜨리지 말고 조용히 예진이의 명복을 빌자고 덧붙였다. 권 교사가 나간 뒤 영어수업이 시작되었다. 두런거림과 흥분을 남겨둔 채 학교는 조금씩 평온을 되찾았다.

인정고등학교 2학년 2반 김경만은 5교시가 끝난 뒤 책상 위에 두 다리를 걸치고 자이브의 리버스턴과 사셰를 생각했다. 김경만은 진행 방향이 엄격하게 정해져 있는 모던댄스보다 자유로운 라틴댄스를 좋아했으나, 모던댄스를 출 때 칭찬을 더 많이 받았다. 규칙에서 벗어났을 때 어떻게 자유로워질 수 있는지 김경만은 아직 알지 못했다.

김경만은 인정고등학교의 '대장'이었다. 중학교 때부터 그의 주먹은 인근 고등학교를 넘어 세명구 전역에 명성을 떨쳤고, 고등학교에 입학하자마자 선배들에게 특별대우를 받았다. 서열을 가리는 일대일 싸움에서 면제된 김경만은 두 손을 호주머니에 꽂고 선배들 옆에 서서 그 싸움을 구경했다. 소각장 뒤에서 친구들이 각목 세례를 받는 '물갈이'를 치를 때에도 김경만은 선배들 옆자리에 그냥 서 있었다. 김경만이 누리는 특혜는 당연했고, 선배들이 건네준 담배 맛은 달콤했다. 신입생 김경만의 능력은 부영고와의 5대 5 전투에서 눈부시게 발휘되었다. 세번째 선수로 나선 김경만의 상대는 부영고 2학년의 에이스였다. 에이스가 1학년 상대를 맞아 조급하게 판을 끝내려 한다는 것을 김경만은 본능적으로 알았다. 상대의 초반 공격을 받아치지 않고 침착하게 뒤로 물러선 김경만은 상대가 균형을 잃는 찰나에 돌려차기를 날렸다. 승자는 인정고였다. 부영고는 패배를 인정하며 인정고와 연합을 형성했다.

2학년 때 김경만은 인정고등학교의 대장이 되었고 이 모든 짓거리가 유치하다는 사실을 깨달았다. 새 학기가 시작되자 함께 놀던 친구들 대부분이 입시학원으로 발길을 돌렸다. 물갈이? 생일빵? 패싸움? 가출? 코흘리개 중학생들이나 하는 짓이지…… 친구들은 어느 날 갑자기 시간의 화살을 맞아 늙어버린 것 같았다. 진학이나 취업을 생각하지 않는 친구들도 '유치하게' 학교에 남아 후배들 주머니를 털지 않고, 도시의 네온사인 밑으로 잠행했다. 극소수는 서울 동부지역 일대에 가장 왕성한 세력을 떨치고 있는 조폭단 '동문파'의 일원이 되었다. 조폭에 스카우트된 아이들은 '생활하는 애들'이라고 불렸다. 그것은 누구도 가지 않은 길을 가는 자, 영원히 돌아올 수 없는 강을 건넌 자, 갈 데까지 가버린 자, 라는 뜻이었다. 입시를 준비하는 아이들이나, 여전히 일진 놀이를 하는 아이들이나, 심지어 나이트클럽 삐끼를 하는 아이들도 '생활하는 애들'을 상대하려 하지 않았다.

김경만은 고2 여름방학에 '생활하는 애' 한 명과 야산에서 소주를 마셨다. 숨이 턱턱 막히는 열대야였고 습기를 머금은 바람은 나뭇잎 하나 적시지 못했다. 친구는 신이 난다고 했다. 밤마다 스무 살 넘은 탱글탱글한 여자들을 '따먹고' 비싼 양주를 원 없이 마신다고 했다.

"넌 나이 든 여자애들 허벅지 맛을 좀 봐야 돼. 어우 씨발, 촉촉하고 빵빵하고 기가 막히게 달콤하지."

소주 두 병과 새우깡 두 봉지가 바닥을 드러냈을 때 친구의 몸은 벌써 흐느적거렸다. 친구가 말했다.

"나 가야 돼. 너무 늦으면 형들한테 밟혀."

"형들하고 같이 사냐?"

"응. 이 조직도 학습이 있고 훈련이 있어."

"술 먹고 여자들하고 놀 때 빼고 뭘 하냐?"

"그냥 살아. 머고 맞고, 먹고 맞고, 먹고 밌고 자지."

친구는 조직생활 몇 달 만에 몸이 찐빵처럼 부풀어 있었다. 친구의 둥그런 몸을 달빛이 비추었다. 김경만이 물었다.

"미래는 생각해봤냐?"

"이 바닥도 씨발, 경쟁이 치열해. 가진 놈이 다 갖는 거야. 재수 좋으면 떵떵거리며 살고, 아니면 교도소를 안방으로 여기고 살거나……."

김경만은 남은 소주를 비우고 자리에서 일어섰다.

"아니면 칼침 맞고 일찍 골로 가겠지. 바쁜 거 같은데 이만 가자."

친구는 선뜻 일어서지 않았다. 이마 위로 뚝뚝 떨어지는 친구의 땀에서 김경만은 피로의 냄새를 맡았다. 친구가 말했다.

"경만아…… 넌 그냥 그렇게 살아라."

"걱정 마."

"경만아…… 나 무서워."

"뭐가?"

"내가 어디까지 갈지, 그게 무서워."

김경만은 친구와 함께 산을 내려왔다. 오솔길의 축축한 벤치에 빈 소주병과 새우깡 봉지들만 남았다. 친구는 돌아갈 때가 되자 언제 술을 마셨냐는 듯 씩씩해졌다. 김경만은 그 뒤로 다시는 '생활하는 애들'을 만나지 않았다. 학생식당에서 새치기하는 놈들의 목덜미를 잡아채 뺨을 갈기지도 않았고 회식을 할 테니 돈을 모아오라고 시키지도 않았다. 김경만은 자신이 어디로, 어디까지 갈지 무서웠다.

김경만은 여름방학이 끝나기 직전에 댄스스포츠 교습소에 등록했다. 허름한 상가 2층에 자리 잡은 교습소에는 '대학 진학반 특강'이라는 팻말이 걸려 있었다. 김경만의 눈에 팻말은 눈이 부실 정도로 크고 아름다웠다. 김경만의 긴 다리가 기본 스텝을 빠른 속도로 소화했다. 김경만이 발끝을 먼저 딛고 발바닥과 뒤꿈치를 차례로 내려놓으며 학처럼 전진할 때 원장은 좋아, 좋아, 라고 말했다.

"넌 신체 조건이 정말 좋아."

김경만에게는 소질이 있었다. 주먹을 휘두르거나 발길질을 하지 않아도 열정에 몸을 맡길 수 있다는 사실에 김경만은 놀랐다. 춤을 출 때 열정은 때로는 분노처럼 타올랐고 때로는 애무처럼 잔잔하게 흘렀다. 춤은 싸움의 원리와 그다지 다르지 않았다. 춤은 싸움보다 훨씬 짜릿하고 즐거웠다. 김경만이 댄스스포츠를 시작했다는 소문이 퍼져 나가자 친구들은 낭패감에 빠졌다.

"춤이라고? 인정고등학교 대장이 반짝거리는 쫄쫄이 턱시도를 입고 춤을 춰? 오, 하나님, 나무아미타불……. 대학도 좋지만 그것만은 제발 그만두면 안 되겠어? 씨발, 나는 우리 대장이 여자애들한테 굽실거리면서 빌어먹을 마룻바닥을 돌아다니는 꼴은 못 보겠어."

김경만은 친구들의 반응에 개의치 않았다. 검은 가죽을 발바닥까지 댄 무도용 단화를 사랑했다. 그것이 인생을 헤쳐나갈 무기였다. 2008년 10월 24일, 인정고등학교 2학년 2반 김경만은 5교시가 끝난 뒤 코앞으로 다가온 학생선수권대회를 걱정하고 있었다. 자신의 인생이 걸린 대회였다.

"들었어? 가출한 1학년 여자애가 죽었다는데?"

뒷자리의 친구가 어깨를 두드렸다. 김경만은 댄스의 리듬과 규칙과 규칙을 뛰어넘은 동작들에 대한 몽상에서 깨어났다. 김경만은 '가출'과 '1학년'과 '여자애'라는 단어들에서 김경만은 숨 막힐 것 같은 불안을 느꼈다. 김경만은 복도로 달려 나갔다. 복도 끝의 화장실 앞에 2학년 아이들이 웅성거리고 있었다. 인정고 개교 이래 최대의 뉴스가 될 만한 사건이 그들의 입에서 증폭되고 있었다.

"이름이 뭐야? 죽은 애 이름이 뭐야?"

김경만은 따지듯이 물었다. 아이들이 뒤로 슬금슬금 물러났다.

"남예진이래."

김경만은 눈을 부릅뜨고 입술을 깨물었다. 앞니에 밟힌 입술 왼쪽에 작은 핏방울이 맺혔다. 아이들은 서둘러 교실로 흩어졌다. '가출'한 '1학년' '여자애' 남예진이 죽었다는 사실을 김경만은 단번에 실감할 수 없었다. 마침내 그 죽음을 인정했을 때 낙뢰처럼 온몸을 경련시키는 충격이 찾아왔다. 김경만은 회칠이 묻어나는 벽에 기대어 심호흡을 했다. 껌과 가래침이 눌어붙은 복도 바닥이 조금씩 경만을 향해 일어서는 것 같았다.

김경만이 초등학교 1학년 때 중장비 부품을 만드는 공장이 쓰러지자 아버지는 원양어선을 탔다. 인정산 자락에 새로 얻은 경만의 사글셋집 앞에 빚쟁이들이 아침저녁마다 진을 쳤다. 그들은 번호표를 받은 것처럼 한 사람씩 방 안으로 들어와 자신이 궁리한 가장 모욕적인 단어들을 쏟아놓고 일터와 집으로 사라졌다. 어머니가 빚쟁이들 몰래 치킨집을 차렸다. 빚쟁이들 중 가장 잔인한 두세 명은 하교하는 김경만을 쫓아와 치근덕거렸다.

"어머니 요즘 뭐 하시니?"

"돈다발 같은 거 집에서 봤어?"

여덟 살 김경만은 학교에서 늘 혼자였다. 수업이 끝나면 아버지와 친하게 지내던 남씨 아저씨의 집에서 놀았다. 남씨의 딸 일곱 살 예진이는 유치원을 마치면 매일 베란다를 서성이며 경만을 기다렸다. 김경만은 아끼는 공룡 그림책들을 들고 와서 예진이에게 읽어주었다. 책 속에서 트리케라톱스는 상아 같은 뿔을 들이대며 납작하게 엎드려 있었고 갈리미무스는 사막의 거친 모래 위를 뛰어다녔다. 티라노사우루스보다 큰 기가노토사우루스가 핏빛 아가리를 벌렸고 코엘로피시스 같은 징그러운 생물체가 썩은 고기를 물어뜯었다. 인간의 자취가 없는, 빚쟁이도 없고 월세와 전기세 고지서도 없는 트라이아스기, 쥐라기, 백악기를 꿈꿨다. 인간들의 세상도 언젠가는 중생대처럼 박살이 날 것이라고 생각했다. 예진이가 공룡에 싫증을 내면 김경만은 바다생물 백과를 읽어주었다. 청새치, 황새치, 돛새치의 시퍼런 지느러미를 보며 김경만은 아버지가 맡고 있을 남태평양의 비린내를 느꼈다. 예진이는 잠들기 전에 늘 오빠와 더 놀고 싶다고 칭얼거렸다. 남씨 가족이 잠들고 나면 김경만은 혼자 거실에 앉아 프라모델을 조립했다. 어머니는 자정이 돼서야 아들을 데리러 왔다. 그때까지 김경만은 어머니를 기다렸다.

남씨 부부는 김경만에게 친절했다. 아주머니는 저녁 밥상에 김경만이 좋아하는 돼지고기를 빠뜨리지 않았다. 아주머니가 예진과 경만을 대상으로 감행하는 실험들, 수제 피자나 치즈떡볶이나 퓨전롤 등은 늘 맛이 없었지만 정성스러웠다. 건설회사에 다니는 아저씨는 저녁 늦게 돌아와 김경만의 머리를 쓰다듬으며 천 원짜리를 쥐여주기도 했다.

김경만은 십 년 전 어느 밤 예진이를 처음 때렸던 순간을 기억한다. 예진이는 그날따라 귀가가 늦은 아버지를 기다렸다.

"아빠 왜 이렇게 안 오지?"

김경만은 그림책을 덮으며 말했다.

"너네 아빠는 만날 늦게 오잖아."

"오빠네 아빠는 왜 안 와?"

"돈 벌러 갔어. 금방 올 거야."

"거짓말. 오빠네 아빠는 안 와."

"거짓말 아냐. 더운 바다에서 참치를 잡고 있다고 엄마가 그랬어. 금방 올 거야."

"아냐 아냐. 오빠네 아빠는 없어. 절대 안 와."

김경만은 손바닥으로 예진이의 뒤통수를 때렸다. 예진이 거실 바닥에 머리를 부딪치며 넘어졌다. 아주머니가 주방에서 달려와 어린 딸을 품에 안고 베란다를 오가며 노래를 불렀다. 김경만은 불 꺼진 작은방으로 들어가 이불을 뒤집어썼다. 예진이가 잠든 뒤 아주머니가 이불 위에 작게 솟아 있는 김경만의 어깨를 어루만지며 말했다.

"너희 아빠는 금방 오실 거야."

어느 날 텔레비전에서 아버지와 아들이 야구하는 장면을 보며 김경만이 훌쩍였을 때도 아주머니는 말했다. 아빠는 금방 오셔. 남씨 가족은 착한 사람들이었다. 경만이 보기에 그 가족의 일상에는 1퍼센트의 결핍도 없는 것 같았다. 남씨 가족은 풍족한 만큼 너그러웠고 외동딸을 끔찍하게 사랑했다.

예진이가 초등학교에 입학하자 경만은 날마다 예진이의 손을 잡고 하교했다. 김경만은 예진이 때문에 싸움을 배웠다. 누군가가 예진이에게 험한 말을 하거나 목에 침을 바르거나 머리핀을 쥐어뜯는 것을 김경만은 참고 볼 수 없었다. 상대가 저학년이든 고학년이든 악착같이 달려들었다. 주먹질에 입술과 입천장이 다 헤져서 너덜거릴 때에도 김경만은 상대의 목덜미를 놓아주지 않았다. 초등학교 3학년인 김경만의 승률은 점점 높아졌다.

김경만이 4학년이 되었을 때 아버지가 돌아왔다. 참치의 은빛 비늘을 낚아채는 억센 팔뚝과 근육질의 몸통은 경만의 상상 속에만 존재했다. 아버지는 비쩍 마르고 초췌했으며 늘 좁은 반지하 방의 구석에 웅크렸다. 그때부터 김경만은 아버지를 증오했다. 아버지의 볼품없는 모습을 예진이나 남씨 가족에게 설명하기 싫었으므로, 김경만은 그들의 집에 발길을 끊었다. 가끔 아버지와 어머니가 남씨 가족에게 인사하러 갈 때에도 동행하지 않았다. 경만과 예진은 그렇게 서서히 멀어져갔다.

아버지는 늦은 밤에 어머니를 대신하여 치킨집을 지켰다. 김경만은 아버지를 집에서 볼 수 없다는 사실이 차라리 다행스러웠다. 김경만은 나약한 아버지를 저주했고 하루에도 몇 번씩 속으로 다짐했다. 난 강한 사람이 될 거야! 김경만은 중학교 때부터 자신이 강하다고 생각하는 아이들과 어울렸다. 자신의 잔인함과 용맹함을 과시하기 위해 경만은 가게에서 물건을 훔치고 소주를 마시고 가출하고 잘난 체하는 녀석들을 두들겨 팼다.

"이런 씹탱구리. 너네 아빠 병신이지?"

채팅을 할 때면 김경만은 일부러 상대에게 욕을 퍼붓고 다음 날 학교 대항의 싸움을 조직했다.

고1 초봄에 김경만은 인정산 약수터 부근의 으슥한 공터에서 친구들과 술을 마셨다. 그날은 영화중학교 여학생들과 놀기로 했으므로, 1학년의 '간판'인 성철이도 학원을 포기하고 끼어들었다. 성철이는 얼굴이 하얗고 샐쭉하고 쌍꺼풀이 짙어서 어느 고등학교의 '간판'에도 뒤지지 않는 용모를 가지고 있었다. 여자애들과 놀 때마다 김경만은 과시용으로 성철이를 불렀다. 친구들이 막 소주병을 따기 시작했을 때 영화중학교 아이들이 도착했다.

"오빠들, 안녕? 오랜만이네."

인정고의 노는 아이들이 흔히 '걸레'라고 수군거리는 영화중 3학년 소영이가 친한 척을 했다. 소영이 년, 남자들하고 콩을 몇 접시는 깠을 거야…… 나는 한 코 안 주나……. 친구들은 영화중 아이들이 도착하기 직전에도 이런 이야기들을 지껄였다. 소영이는 여자애들을 차례차례 소개하고 남학생들 사이에 앉혔다. 어둠 속에서 가로등 불빛 밑으로 마지막 한 아이가 다가설 때 소영이 말했다.

"앤 이런 데 처음일 거야. 공부 잘하는 모범생이시지. 이름은 남예진이야."

김경만은 아무 말도 하지 않았다. 예진이의 넓적하고 어린 티 나는 얼굴에 친구들도 관심을 보이지 않았다. 술자리가 무르익을 무렵 경만은 예진에게 다가갔다.

"너, 나 좀 보자."

예진과 함께 산을 내려가는 경만의 등 뒤에서 친구들이 농담을 던졌다.

"대장, 역시 취향이 근사하군."

"경만이는 모범생을 좋아해. 그래, 오늘은 빠구리 치면서 근의 공식을 외워보라고!"

경만은 예진이를 앞세우고 계속 걸었다. 예진이가 집 반대쪽으로 빠져나가려 할 때마다 경만은 왼쪽, 오른쪽을 외치면서 예진이를 아파트 정문 방향으로 이끌었다. 예진이의 아파트단지 정문 앞에서 경만은 처음으로 물었다.

"너, 왜 그래?"

"뭐가? 난 그냥 재미있게 놀고 싶은 거야."

"걔들은 너 같은 애가 어울릴 만한 애들이 아니야."

"오빠도 알잖아? 요즘은 공부 잘하는 애들이 더 잘 놀아. 안 그러면 왕따가 된다구."

김경만은 버럭 화를 내었다.

"너, 어린애처럼 왜 이래? 왜 소영이 같은 날라리 년하고 돌아다녀?"

예진은 한참 동안 정문 앞에 버티고 서 있었다. 예진이 입은 검은 스포츠 재킷이 경비실에 솟아 있는 가로등 불빛을 받아 반짝거렸다. 예진의 어깨는 앙상하고 무거워 보였다. 예진이 말했다.

"오빠, 나…… 가출하고 싶어."

경만이 말했다.

"가출은 한 번 하면 두 번 하고 싶어지고 두 번 하면 세 번 하고 싶어져. 놀이터나 쇼핑몰 같은 데 돌아다니다 보면 강간하고 싶어서 침을 질질 흘리는 놈들이 꼬여들어. 인생 망가지는 거 한순간이야. 너처럼 순진한 애들이 가출하면 더 위험해. 소영이처럼 까질 대로 까진 애들은 가출해도 자기를 지키는 법을 알지. 그럼, 소영이나 나처럼 되고 싶은 거야? 선생들이 오며 가며 머리통을 몽둥이로 통통 때리고 이번엔 누구 꾀어서 가출할 거냐고 비웃는 소리를 듣고 싶은 거냐고? 제발 정신 좀 차려라. 너네 부모님은 좋은 분들이셔. 너, 뭐가 부족해서 이러는 거야?"

예진이 대답했다.

"엄마 아빠는 옳아. 늘 옳아. 나…… 엄마 아빠가 흔들리는 모습을 보고 싶어."

김경만은 예진의 등을 현관 안으로 밀어 넣고 십여 분 동안 정문 앞에 서 있었다. 예진이 다시 도망쳐 나오지 않을 거라는 확신이 든 뒤에 경만은 집으로 돌아갔다. 예진을 괴롭히던 놈의 목덜미를 조이던 초등학교 4학년 시절로 돌아가기 싫었다. 예진이의 인생은 예진이가 알아서 해야 할 것이었다.

일 년 뒤 남예진은 인정고등학교에 입학했다. 이따금 하굣길에서 예진은 경만에게 몰래 다가가 팔짱을 끼고 사진을 찍자고 했다. 경만은 무뚝뚝하게 예진의 팔을 밀쳐냈다. 친구들이 누구냐고 물어보면 예진은 활짝 웃으며 대답했다.

"어릴 때부터 친한 오빠야. 멋있지?"

예진이가 가출했다는 소식을 들었을 때도 경만은 딱 한 번 중얼거렸을 뿐이다. 그래, 했구나……. 경만은 다른 아이들처럼 예진이도 제풀에 지쳐 돌아올 것이라고 생각했다.

　남예진이 죽었다. 한때 친동생처럼 사랑했던 아이, 예진이가 죽었다. 김경만은 휴대폰으로 어머니에게 전화를 했고 예진이의 부모가 영안실로 달려갔다는 사실을 들었다. 경만은 죄의식을 느꼈다. 죄의식은 자신과 세상의 모든 인간들에 대한 분노로 전이됐다. 김경만은 6교시 내내 머리를 쥐어뜯고 입술을 깨물었다.

　소문이 무서웠다. 6교시가 끝났을 때 예진이가 이중생활을 하고 있었으며 거리에서 창녀처럼 살해당했으며 악령을 부르는 신들린 아이라는 수군거림이 들려왔다. 김경만은 소문의 근원지로 짐작되는 1학년 4반 교실로 달려가, 슬리퍼를 신은 발로 교탁을 있는 힘껏 찼다. 아이들의 재잘거림으로 흔들리던 교실이 갑자기 조용해졌다. 김경만이 소리쳤다.

　"잘 들어. 예진이가 이랬느니 저랬느니 입방아를 찧는 새끼들은 주둥이를 다 돌려버릴 거야. 학교에 걸어서 나오지 못하게 만들겠어. 내가 씨발, 요즘 조용하니까 좆밥같이 보이나 본데, 나 열 받게 하지 마."

　김경만은 교실을 나오며 창가의 책상에 놓인 하얀 국화꽃 한 다발을 보았다.

　7교시는 지구과학 수업이었다. 인간이 다가갈 수 없는 수억 년의 세월을 이야기하는 지구과학을 김경만은 교과목 중 유일하게 좋아했다. 김경만은 아직도 공룡의 시대를 꿈꾸었다. 열과 압력의 무저갱 속에서, 헤아릴 수 없는 시간을 짊어지고, 암석과 지층들이 명멸

했다. 이제는 사라져버린 생명체들이 그 안에 음각으로 기입됐다. 김경만은 인간이 개입할 수 없는 지구와 생명의 아귀다툼에 희열을 느끼곤 했다. 이날, 화강암의 생성과정이 도식으로 펼쳐지던 수업 중간에, 학생주임이 교실 문을 열었다.

"선생님, 죄송합니다. 경만이 있나요?"

김경만은 학생주임의 뒤를 따라 상담실로 걸어갔다. 이런 일이 처음은 아니었다. 무릎을 꿇으면 냉기가 뼛속까지 파고드는 상담실 바닥에 김경만은 익숙해 있었다. 넌 새꺄, 그렇게 살든지 말든지 상관 안 해…… 딴 애들 건드리지 말란 말이야……. 김경만은 교사들의 비웃음에도, 허벅지에 쏟아지는 당구 큐대에도 이골이 났다. 벌점을 주고 부모에게 연락하고 한 시간씩 상담을 하는 것보다는 맞는 게 깔끔했다. 때리고 맞으면서 교사와 학생은 시원하게 서로의 부채를 털어냈다.

김경만이 상담실 문 앞에 도착했을 때 여학생 두 명이 상담실에서 나와 복도를 달려갔다. 1학년 4반 학생들이었다. 상담실 책상에는 담임인 김종성 교사와 낯선 남자 두 명이 앉아 있었다. 옅은 베이지색 레인코트를 입은 젊은 남자는 짧은 머리에 젤을 발랐고, 김경만을 쏘아보았다. 나이 든 남자는 긴 머리를 눈 위까지 늘어뜨린 채 창가를 바라보고 있었다. 오후의 햇살이 깡마르고 광대뼈가 튀어나온 얼굴에 짙은 음영을 드리웠다. 겨울용 점퍼를 입고 있는 그 남자는 어딘가 지쳐 보였다.

"경찰서에서 오신 분들이야. 인사드려라."

담임이 말했다. 담임은 김경만이 7교시를 마치고 댄스학원으로 사라질 때마다 골칫거리를 해치워 후련한 표정으로 바라보곤 했다. 젊은 형사가 물었다.

"네가 김경만이지?"

"네."

"남예진 학생을 알고 있지?"

"네."

"친했나?"

"…… 어릴 때는요."

"어릴 때라니?"

"어릴 때 우리 옆집에 살았어요. 그 집에 가서 논 적이 많아요."

"최근에 예진이를 만난 적 있지?"

"아뇨. 중학교 때부터 걔를 본 적이 거의 없어요. 같이 놀지도 않았어요."

"왜? 어릴 때 친했다면서?"

"그냥…… 뭐, 나이가 드니까 멀어졌어요."

"예진이가 같은 학교에 다니는데도 만나지 않았단 말이지?"

"네."

"한 번도?"

"네."

"예진이가 전화하거나 그러지 않았니?"

"네."

"어제는 뭘 했어?"

"7교시 마치고 집에 가서 저녁 먹고 댄스학원 갔어요. 스포츠댄스를 하거든요."

"그건 들었다. 몇 시까지 학원에 있었지?"

"밤 열시요. 두 달 뒤에 대회가 있어요."

"끝나고 집에 바로 갔어?"

"네."

형사의 질문은 짧고 끝이 날카로웠다. 김경만은 이런 취조 같은 질문에 익숙해 있었다. 나이 든 형사가 고개를 돌려 김경만을 보았다. 그의 눈동자는 오래된 계란처럼 탁하고 경계가 풀어져 있었다.

"얘기는 들었지? 친구가 죽어서 마음이 안 좋겠구나. 우리는 널 취조하려는 게 아니라 예진이에 대해서 듣고 싶은 거야. 걔가 왜 가출을 했는지, 가출을 해서 어디를 돌아다녔는지 알아야 되거든."

"지금은 할 말이 별로 없어요. 걔랑 연락을 끊은 지 오래돼서요. 저도 걔가 왜 가출을 했는지 궁금해요."

나이 든 형사가 인상을 찡그렸다. 형사의 눈썹이 양미간에 모일 때 잔주름들이 출렁거렸다.

"그런데 이상하구나. 예진이가 죽을 때까지 소중하게 간직한 사진들 중에 이게 있었어. 이거 너 맞지? 연락도 끊은 지 오래인 네 사진을 왜 이렇게 아꼈을까?"

운동장에서 예진의 성화에 못 이겨 찍은 사진들 중 한 컷이었다. 저무는 해가 등 뒤에 걸려 있는 역광이어서 예진의 활짝 웃는 얼굴이 어두워 보였다. 사진 속에서 김경만은 굳게 입을 다물고 있었다. 김경만은 그때 예진에게 무언가 말을 했어야 했다. 예진에게 무언가를 묻고 대답을 재촉했어야 했다. 쏟아지는 회한 때문에 김경만은 눈물이 나올 것 같았다.

"예진이는 저랑 다시 친해지려고 노력했어요."

김경만이 간신히 입을 열었다.

"그래, 널 아꼈나 보다."

나이 든 형사가 두툼한 점퍼의 지퍼를 열고 명함을 꺼냈다.

"혹시 뭐라도 생각나는 게 있거든 연락해라. 아무거라도 좋아."

명함에는 정진우라는 이름이 박혀 있었다. 형사들이 일어서려고 했다.

"잠깐만요. 물어볼 게 있어요."

나이 든 형사가 고개를 돌려 경만을 보았다. 그는 또 인상을 찡그리고 있었다.

"예진이는 살해당했나요?"

"사고인지 타살인지 아직은 몰라."

"살해당한 거예요. 맞죠? 그렇지 않으면 이렇게 캐물을 이유가 없어요."

김경만이 벌떡 일어섰다. 덜거덕, 의자가 비명을 질렀다.

"제가 도와드릴 수 있어요. 전 가출한 애들을 잘 알아요. 수사에 도움이 될 거예요."

김경만은 형사들을 그대로 돌려보낼 수 없었다.

"진정해라. 뭔가 알게 되면 연락해. 설치고 다니진 말고."

나이 든 형사가 김경만의 어깨에 손을 얹었다. 형사의 손이 얼굴보다 늙어 보였다. 김경만은 교실로 돌아가 가방을 싸고 7교시가 끝나자마자 학원 원장에게 전화를 걸었다.

"당분간은 교습받으러 갈 수 없을 것 같아요."

"뭐라고? 대회가 코앞이야. 그게 얼마나 중요한지 알지?"

수화기 너머에서 원장의 목소리가 가늘게 떨렸다. 원장은 김경만의 과거를 알고 있었다. 김경만이 그 길고 곧은 다리를 도시의 어둠 속에 또 들여놓는 것은 아닌지, 걱정하는 눈치였다.

"너, 무슨 일이야?"

"별일 아니에요. 한 달이면 돼요. 한 달만."

김경만은 일방적으로 전화를 끊었다. 교문을 나서며 김경만은 형사의 말을 떠올렸다. 널 아꼈나 보다……. 김경만은 중학교 3학년인 예진이가 아파트 정문 앞에 버티고 서서 내뱉은 말을 떠올렸다. 엄마 아빠가 흔들리는 모습을 보고 싶어……. 그것은 세상의 끝에 선 남예진이 보낸 구조요청이었을 것이다. 김경만은 그것을 외면했다. 남예진에게 응답하기 시작하면, 어린 시절의 상처가 봉합선을 찢고 튀어나와 피 묻은 아가리를 벌릴 것 같았기 때문이다.

김경만은 상가 뒤편에서 담배를 피워 물었다. 담배는 김경만에게 남아 있는 유일한 일탈이었다. 연기와 함께 갈증과 어지러움이 밀려왔다. 김경만은 형사들을 믿을 수 없었다. 형사들은 아이들의 비밀에 다가갈 수 없다. 사건현장 주변에서 결코 비밀을 털어놓을 리 없는 아이들 몇 명을 심문하다가 제풀에 지쳐 나자빠질 것이다. '너 어젯밤에 뭐 했니?' 따위의 질문으로 아이들을 움직일 수 없다. 아이들이 무엇을 원하는지, 어떤 비밀을 속삭이는지, 왜 가출하는지, 거리에서 누구를 만나는지, 누구를 따라가는지, 알 수 있는 사람은 김경만뿐이었다. 김경만은 예진의 퇴로를 영원히 차단해버린 누군가를 향해 다짐했다.

그래, 기다려라. 웃으면서 기다려라. 내가 널 반드시 잡겠다.

사건은 사람들을 압도한다. 사건은 폭발하는 순간 폭풍과 함께 사람들을 밀어내고 다시 그만큼의 흡입력으로 사람들을 폭심지까지 끌어들인다.

부산의 태양은 적당히 이글거린다. 아침에 장산 너머로 떠오른 태양은 해운대와 수영만을 골고루 핥은 뒤 내륙으로 도망간다. 부산의 태양에 비하면 대구의 태양은 팔팔 끓어오르고 싸늘하게 식는 양은냄비다. 부산은 한여름 밤에도 에어컨을 켤 필요가 없고 한겨울 밤에도 수도관이 동파되지 않는다. 부산의 넉넉한 햇살은, 여름에 자제하고 겨울에 저항한다. 부산 시민들은 말한다. 경기만 좋으면 살기 딱 적당한 곳이지예, 경기만 좋으면…….

2006년 봄에 육군 군수사령부 제1탄약창장으로 부임한 정해일 대령은 부산의 적당함이 싫었다. 부산은 처음부터 싫었고 갈수록 끔찍했다. 정해일은 최전방의 맵고 알싸한 공기를 그리워했다. 11사단 대대장으로 일하던 시절, 겨울에는 주먹만 한 눈송이들이 툭툭 군화 코 위로 떨어졌으며, 한여름에는 태양이 정수리 위에서 작열했다. GOP 이중철책 앞에서 정해일은 어떤 열정의 냄새를 맡았다. 그것은 사선(死線)의 긴장감에서 나오는 열정이었다. 부산에 부임함과 동시에 정해일의 열정은 사라졌다.

2007년 11월 8일 저녁 6시, 정해일은 육군본부 방문을 마치고 부산역에 도착했다.

"다 왔는가?"

정해일이 얕은 잠에서 깨어 당번병에게 물었다. 요즘 정해일은 한밤중에도 깊은 잠을 자지 못했다. 밤마다 꿈과 현실이 몸을 섞으며 악다구니를 썼다. 아침이 되면 속옷이 식은땀으로 축축했다.

"네, 그렇습니다. 내리실 때입니다."

당번병으로 발령받은 지 한 달밖에 안 된 강진호 병장이 서류가방을 들고 일어섰다. 명문대 출신인 병장의 얼굴은 하얗고 해사했으며, 상관의 불편한 심기를 의식하고 굳어 있었다. 정해일이 강 병장의 뒤를 따라 플랫폼을 나섰다. KTX는 폭주하는 괴물이라고 정해일은 생각했다. 속도에는 품위가 없다. KTX의 플라스틱 의자는 새마을호 특별석의 우아한 플란넬 좌석에 미치지 못한다. 빠르기만 하면 체면이고 뭐고 필요 없단 말인가…… 부산역을 나서며 정해일은 살갗에 달라붙는 햇살을 털어버리듯 두 팔을 내저었다.

정해일은 이날 새벽 4시에 일어났다. 아내가 침대에 누운 채로 말했다.

"여보, 이렇게 일찍 안 가도 되잖아."

아내는 가을부터 다이어트를 시작했다. 아침저녁을 생식 분말로 때우는 아내의 얼굴은 주름투성이였다. 아내의 뱃가죽은 지방이 빠질수록 축 늘어졌다. 정해일은 대답하지 않고 세면대로 갔다. 고혈압 때문에 상복하는 아스피린 통들로 화장실 찬장이 가득했다. 정해일은 아스피린 두 알을 삼키고 세면대에 찬물을 가득 받았다. 아내가 침대에서 일어나 화장실 문 앞에 섰다.

"여보, 무리하지 마. 이제 쉴 때도 됐어."

"알았어. 들어가 자."

정해일은 찬물을 얼굴에 끼얹었다. 찬물은 피로를 마비시킨다. 정해일은 천천히, 오랫동안 세수를 하고 거울을 보았다. 얼굴이 일그러진 초로의 사내가 물을 뚝뚝 흘리고 있었다.

2007년은 정해일의 계급 정년이었다. 진급하지 못하면 이듬해 봄 인사 때 군복을 벗어야 했다. 그해 여름부터 가을까지 정해일은 군수사령부를 뻔질나게 들락거렸다. 군수사령관과 인사과장은 갈 때마다 딴청을 피웠다. 애들은 잘 크는가…… 건강관리 잘하게, 나는 심비대증이라네…… 심장이 심히 비대해졌다지…… 피로 푸는 데는 터키탕이 최고야…… 유성탕 미자 년 방뎅이 때문에 요즘 회춘 중이지…… 회충 같은 년이야……. 술자리에서 사령관은 과묵했고 인사과장은 수다스러웠다. 그뿐이었다. 늦가을이 되자 탄약사령관 자리에 제3탄약창장이 낙점되었다는 소문이 흘러나왔다. 육본과 군수사령부는 탄약을 보관하는 창고에 정해일을 처박아두고 서서히 말려 죽였다.

정해일은 포기하지 않았다. 그해 가을 정해일은 어느 때보다 열심히 일했다. 참모들에게 정보화시대에 맞는 새로운 탄약관리 시스템을 개발하라고 지시했고, 병사 사기 진작 방안을 직접 입안했다. 명령은 잘 이행되지 않았다. 다그칠 때마다 정작과장이나 군수과장은 예하 부대를 조사 중이라고 말했다. 그들은 한결같이 내년엔 누가 책임질 거냐고 묻는 얼굴이었다. 휴게실에서 커피를 마시던 참모들은 정해일이 나타나면 황급히 경례를 하고 사라졌다. 소위부터 소령까지, 모두가 정해일을 기피했다.

한 달 전부터 정해일은 권총을 품에 넣고 귀가했다. 38구경 K-5 리볼버의 손잡이가 기분 좋게 묵직했다. 품 안에 넣고 손잡이를 어루만지면, 권총은 쪼그라든 남근을 대신해 안도감을 주었다.

이날 오후 1시 육본은 군수물자 관리 시스템의 선진화에 대한 심포지엄을 열었다. 정해일은 이날의 발표자 중 한 사람이었다. 제1탄약창 정작과는 한 달 전부터 빔 프로젝트용 AVI파일을 만들고 수차례 시연했다. 정해일은 발표 내용을 한 자도 빠짐없이 외우고 또 외웠다. 잠자리에 누우면 빔 프로젝트의 뿌연 광선 속에 드러나는 영상이 차례차례 지나갔다. 정해일은 직접 해외의 관련서적을 뒤져서 내용을 보완했다.

이날 새벽 정해일은 세수를 마치고 미리 다려놓은 군복을 입었다. 아내가 다시 코를 골았다. 정해일은 침실장 서랍 깊숙한 곳에서 K-5를 꺼내 야상 안주머니에 넣었다.

육군본부 강연장이 만원이었다. 정해일은 심포지엄 세 시간 전에 도착하여 샌드위치로 점심을 때웠다. 발표자 중 한 사람인 제3탄약 창장은 참모총장을 모시고 점심식사를 했다. 정해일은 그동안 빔 프로젝트를 조작하는 관리병들을 감시했다. 한 치의 오차도 용납될 수 없는 자리였다. 오후 1시 5분에 참모총장과 군수사령관이 제3탄 약창장과 함께 나타나서 자리에 앉았다. 총장은 단상 위의 정해일 을 향해 미소를 지은 뒤 등받이에 몸을 기댔다.

정해일은 미리 연습한 어조와 음량으로 발표를 진행했다. 정해일 의 연설에는 막힘이 없었고 모든 단어에 적당한 리듬과 악센트가 가미됐다. 해외 사례가 공개될 때, 어렵사리 구한 미군 동영상들이 스크린을 압도했다. 청중들은 조용했다. 총장은 발표 오 분 뒤부터 눈을 감고 다시는 뜨지 않았다. 영관급들이 시계를 흘끔거렸다.

"이상 말씀드린 것처럼 우리 군의 비효율적인 재고물자 관리를 개선하기 위해 통합 데이터베이스 시스템을 구축해야 하며……."

정해일은 발표 후반부에 더듬거렸다. 뒷좌석에 앉아 있던 소령들 이 허리를 잔뜩 굽히고 강연장을 빠져나갈 때부터, 정해일의 발표 가 리듬과 악센트를 잃었다. 저런 개새끼들이…… 어떻게 감히 내 앞에서…… 어떻게 감히……. 정해일은 남은 발표를 최대한 빨리 마치고 착석했다. 발표문의 마지막 문장이 입 밖으로 나가지 못하 고 입천장에 갇혀 헐떡였다.

소령들은 제3탄약창장이 발표를 시작할 때 뒷문을 열고 돌아왔 다. 제3탄약창장은 빔 프로젝트도 준비하지 않고 예하 부대의 사례를 열거하며 군수지원체계의 개혁 필요성을 역설했다. 짧은 발표 뒤에 우레와 같은 박수가 강연장을 뒤덮었다.

정해일은 야상 안주머니에 넣어둔 권총이 발기하는 것을 느꼈다. 권총의 손잡이가 점점 뜨거워지고 정해일의 심장 고동에 맞춰 요동쳤다. 늑골을 사이에 두고 권총과 심장이 터질 듯이 부풀어 올랐다. 정해일은 권총을 꺼내 제2군단장의 주둥이에 총알을 박아넣고 싶었다.

여보, 무리하지 마…….

아내는 새벽에 그렇게 말했다. 무리하지 말라고? 이 세상에 무리하지 않고 살아남을 길이 있나? 내가 얼마나 몸부림치는지 알아? 왜 아무도 이해해주지 않지? 세상이 왜 이런 거야? 손바닥이 축축해졌다. 정해일은 이를 악물었다.

심포지엄은 2시 30분에 끝났다. 참모총장이 일어나 발표자들의 노고를 치하했다. 저녁에 장성들과 발표자들만 참석하는 간단한 회식이 예정돼 있었다. 정해일은 부산에 긴급회의가 있어서 회식에 참석할 수 없다고 총장에게 보고했다. 그것은 거짓말은 아니었다. 제1탄약창 참모들이 긴급대책회의를 요청하고 있다는 메시지가 심포지엄이 끝나기 직전에 정해일에게 전달됐다. 정해일은 황급히 육군본부를 빠져나왔다.

부산역 주차장에 운전병 김인식 상병이 차를 대기해놓았다. 2003년식 하늘색 아반떼였다. 장성들 눈치가 보여 중형차도 마음대로 타지 못하는 게 대령의 처지다. 차는 붐비는 역 앞을 지나 도시 고속화도로에 진입했다. 수영구의 고층 주상복합 아파트와 신세계백화점이 멀리 보일 때부터 정체가 시작됐다. 신세계백화점 앞에서 수영만의 바닷물이 저녁 햇살을 받아 반짝였다. 보트 한 대가 뽀얀 거품을 물고 바다를 가로질렀다. 신세계백화점 건물을 짓기 시작했을 때 지하에서 해수온천이 터졌다. 백화점은 온천물을 이용해 대형 사우나를 만들고 주말마다 대박을 터뜨렸다. 되는 놈은 뭘 해도 돼……. 부산의 부자들이 다 모여 있다는 수영구에 아파트를 사놓지 않은 것을 정해일은 후회했다. 정해일은 군복무 내내 관사를 고집했다. 정해일은 인생을 바보처럼 살았다.

"인식아……. 밥은 먹었나."

"네, 먹었습니다. 창장님."

운전병은 거짓말을 하고 있는 게 틀림없었다. 정해일이 급작스럽게 내려왔으므로, 허겁지겁 차를 몰고 부대를 나왔을 것이다. 김 상병은 숫기가 없었다. 아침에 관사 앞에 차를 대놓고 담배를 피우다가, 대학교 2학년인 딸이 나오면 김 상병은 얼굴을 붉혔다. 정해일은 딸을 보는 운전병의 눈 안에서 성욕을 읽었다. 어린것들은 억눌린 성욕을 비수처럼 가슴에 담고 있는 법이다.

"인식아……. 광안대교 건너봐라. 좀 돌아가자."

"네? 네, 알겠습니다."

하늘색 아반떼가 저녁노을을 등지고 광안대교를 달렸다. 조수석의 당번병이 의아한 표정으로 백미러를 흘깃거렸다. 지금쯤 창장실에 모인 참모들은 애가 달아 있을 것이다. 정해일은 그들을 기다리게 하고 싶었다. 누군가를 기다리게 하는 것은, 누군가를 지배하는 것이다. 기다리는 사람은 기다림의 대상에게 굴복할 수밖에 없다.

저녁 7시 32분, 차는 마침내 제1탄약창 정문을 통과했다. 위병들이 요란한 몸짓으로 일동 경례를 쏘아붙였다. 정해일은 천천히 창장실로 들어갔다. 정작과장, 행정과장, 탄약과장, 제1경비중대장이 모과차를 앞에 놓고 앉아 있었다. 그들은 모두 기다림에 지쳐 있었다. 정해일은 그들의 표정이 마음에 들었다.

"이거 미안하네. 내가 좀 늦었군."

"아닙니다. 괜찮습니다. 고생이 많으셨습니다."

정작과장이 일어서서 경례를 올리고 말했다. 아무도 심포지엄이 잘 진행됐는지 묻지 않았다. 그것은 누구의 관심사도 아니었다.

"응. 그런데 무슨 일이라고? 투서가 왔어?"

"예. 익명의 투서입니다. 어떤 놈이 십 년 전에 제1경비중대에서 자기가 저지른 범죄를 적어 보냈습니다. 창장님 자리 앞에 편지 원본이 있습니다."

정해일은 A4용지에 워드프로세서로 입력한 편지를 읽었다. 편지는 발신자의 마음속에 고인 어둠을 드러내고 있었다. 문장이 거칠고 투박했으며, 분노로 가득 찬 비명처럼 보이기도 했다. 불가해하고 근원을 알 수 없는 공포의 수렁이 편지 안에서 꿈틀대고 있었다.

"미친놈이군. 미친놈."

정해일이 중얼거렸다. 행정과장이 말했다.

"장난이 아닌 것 같습니다. 창장님을 기다리면서 당시 상황에 대해 저희끼리 얘기를 나눴습니다. 편지에 적힌 십 년 전 날짜에 실제로 자살 사건이 있었습니다. 당시 날씨나 주변 정황도 정확하게 일치합니다."

정해일이 물었다.

"아직 탄약사령부나 군수사령부에 보고하진 않았지?"

제1경비중대장이 말했다.

"네. 아직 보고하지 않았습니다. 창장님께서 결정하실 문제라고 판단했습니다. 제 앞으로 배달된 편지를 읽자마자 참모님들께만 연락했습니다. 당시 부대일지를 뒤져보면 당직 근무자가 누구였는지 쉽게 알 수 있습니다. 투서를 한 놈의 신원은 금방 파악이 가능합니다."

"아직 파악하진 못했나?"

"네. 행정반에 기록을 뒤져보라고 지시는 해놨습니다."

"그때 가혹행위를 한 아이는 어떻게 됐지?"

정작과장이 말했다.

"오늘 오후에 헌병대와 군형무소에 전화해서 알아봤습니다. 그 상병은 구타와 가혹행위 혐의로 군사재판을 받고 불명예제대를 했습니다. 항소하지는 않은 것 같습니다. 민간 형무소에서 일 년 살고 출소했다고 합니다."

행정과장이 말했다.

"그냥 덮어둘 일은 아닌 것 같습니다. 투서를 한 놈은 살인에 대해 묘한 환상 같은 것을 갖고 있습니다. 제대 뒤에 놈의 환상은 더 커졌을 겁니다. 이런 놈은 잡힐 때까지 계속 범행을 저지를 확률이 매우 높습니다. 추가 범행을 막기 위해서라도 경찰과 공조해서 놈을 잡아야 합니다."

정해일은 일 분 동안 눈을 감았다. 가슴 밑바닥에서 어떤 결단이 떠올랐다. 그 결단은 군생활 중 처음 해보는 일탈 같은 것이었다. 정해일은 희미한 쾌감을 느꼈다.

"미친놈이야. 그냥 묻어둬."

창장실에 침묵이 흘렀다. 침묵은 불안하게 흔들렸다. 동의할 수 없고 받아들일 수 없는 창장의 결정에 참모들은 무언으로 저항했다.

"그만 가서 저녁들 먹어."

참모들은 일어나지 않았다. 제1경비중대장이 입을 열었다.

"제 부대에서 일어났던 일이라 두고만 볼 수가 없습니다. 심상치 않은 놈입니다. 놈의 신원이라도 파악하게 허락해주십시오."

"그만 됐다니까. 탄약창 전체가 미친놈 장난에 놀아났다고 말이라도 나오면……."

"아니, 그럴 일은 없을 겁니다."

경비중대장이 창장의 말을 잘랐다. 대위가 감히 대령의 말을 가로챘다. 경비중대장은 사과 없이 계속 말을 이었다.

"미연의 사태를 방지하기 위해서라도 조사를 철저히 진행해야 합니다. 나중에 진짜 큰 사건이 터지면 누가 책임을 집니까?"

누가 책임을 질 것인가…… 당신이 책임질 수 있는가…… 퇴출

이 몇 개월도 남지 않은 퇴물이……. 경비중대장의 말은 정해일에게 이런 의미로 다가왔다. 정해일은 분노를 느꼈다. 분노가 너무 갑작스럽고 맹렬하게 치솟아서, 가슴이 터질 지경이었다. 심장이 헐떡였다. 점퍼 안주머니의 권총이 다시 뜨거워지고, 정해일의 가슴에 달라붙어 거머리처럼 꿈틀거렸다. 정해일은 고개를 들었다. 머릿속에 부산의 폭풍이 쏟아졌다. 윙윙거리는 바람 소리 때문에 정해일은 숨을 쉴 수 없었다. 바람은 고함을 쳤다. 네가 뭘 원하고 있다면 지금 바로 해! 지금이야! 권총 손잡이가 발기했다. 손바닥이 다시 축축해졌다. 정해일은 벌떡 일어섰다.

축축한 주먹을 쥐고 정해일은 창가로 걸어갔다. 창장실 뒤편 공터에서 신병들이 부대창설기념일 행사에 선보일 열병식 연습을 하고 있었다. 제1탄약창 깃발 서너 개가 똑같은 각도로 떠올랐다. 처음부터 다시! 경비중대 고참 한 명이 그렇게 외치고 있었다. 정해일은 심호흡을 했다. 폭풍이 서서히 가라앉았다. 여보, 무리하지 말라고? 이제 쉴 때도 됐다고? 여보, 당신 말이 맞아……. 정해일은 주말마다 아내와 등산을 하겠다고 결심했다. 더 이상 무리한 프로젝트를 밀어붙이지 않겠다고, 군수사와 육본 문턱을 드나들지도 않겠다고 생각했다. 그러나 자신이 몇 분 전에 내린 한 가지 결단만은 수정하고 싶지 않았다.

"다 나가. 해산해. 투서 건은 더 이상 조사를 진행하지 않는다. 편지는 내가 직접 폐기한다. 향후 이 일에 대해 왈가왈부하는 지휘관이나 참모는 중징계하고 인사고과에 반영하겠다."

참모들이 떠난 후 정해일은 창틀에 기대 편지를 정독했다. 편지는 누군가의 소환장 같았다. 십 년 전의 살인자는 죽음에 관련된 가해자와 피해자와 그들의 동료들과 징계권자와 탄약창 전체를, 자신만의 법정으로 소환하고 있었다. 정해일은 다시 창가로 몸을 돌려 신병들을 구경했다. 그리고 작게 중얼거렸다.

내 책임이 아니야…….

정해일은 편지를 찢어버렸다.

육군 탄약사령부 제1탄약창 제1경비중대장 귀하.

나는 나의 시작에 대하여 이야기할 수 없다. 나는 태어날 때부터 시작했거나, 어쩌면 태어나기 전부터 시작했을지 모른다. 나는 나의 계기들만을 이야기할 수 있다. 내가 새로운 세상에 눈뜬 첫 계기는 군복무 시절에 찾아왔다. 그 계기는 찰나의 순간에 정확하게 나를 찔렀다.

상병 계급장을 갓 달았을 때 얼굴이 하얀 신병이 들어왔다. 내무반에서 각을 잡고 앉아 있는 박현철의 얼굴은 찐빵 같은 군모 밑에서 진빵의 속살처럼 허여멀겠다. 소위 명문대 국문과 재학생이라는 박현철은 관심사병이었다. 중대 역사상 그만큼 뜨거운 관심을 받는 사병은 없었다. 자신의 이름이 호명되면 박현철은 두려움에 온몸을 떨었고, 삽질을 하다 기절하거나 훈련 중에 탄띠를 잃어버리기도 했다.

자대배치 첫날, 말년 병장이 박현철에게 총을 피엑스에서 사오라고 말했다. 박현철은 피엑스로 달려가 만 원짜리 한 장을 내밀었다. 피엑스 관리병은 선임을 대동하지 않고 들어온 신병을 멍하니 쳐다보다가, 총을 유류고 뒤편에 두었으니 빨리 가져오라고 말했다. 박현철은 그날 밤늦도록 민들레가 진을 치고 있는 유류고 뒤편 공터에서 총을 찾았다. 중대가 발칵 뒤집혔다. 말년 병장이 제대를 두 주일 남겨놓고 완전군장으로 연병장을 돌았다. 자대배치 둘째 날, 식당에서 고참이 퍼주는 대로 밥을 받아먹던 박현철은 식당 바닥에 음식을 게워냈다. 그날 저녁 인사계가 중대원들을 집합시켜서 신병 가혹행위에 대한 소원수리를 받았다.

어머니가 처음 위병소로 면회 왔을 때 박현철은 면회를 거부했다. 관물대 모서리에 부딪혀 박현철의 눈가는 시커먼 멍투성이였고 눈동자가 섬뜩하게 충혈돼 있었다. 박현철은 자신의 이런 꼴을 어머니에게 보여주기 싫다고 고집을 부렸다. 어머니는 두 시간 동안 위병소에서 기다리다가 서울로 돌아갔다. 어머니가 돌아갔다는 이야기를 듣고 박현철은 막사를 뛰쳐나가 연병장을 뛰었다. 박현철은 숨이 막혀 쓰러질 때까지 달렸다.

나는 박현철에게 관심이 많았다. 스무 해를 살아오면서 나는 박현철만큼 속살이 여린 아이를 보지 못했다. 나는 그런 여린 존재가 육식동물들의 세계에서 처절하게 짓밟히고 무너지고 단련되는 모습을 구경하는 것이 즐거웠다.

박현철을 가장 괴롭힌 선임은 이중엽이었다. 야간 근무를 마치고 돌아오면 이중엽은 박현철 옆에 앉아 새끼손가락 끝으로 이마를 살짝 건드렸다. 이런 개새끼! 고참이 건드렸는데 관등성명도 안 대? 이중엽은 잠에 젖어 흐물거리는 박현철을 끌고 보일러실로 내려갔다. 박현철은 주먹과 각목으로 한 시간 동안 맞으며 잠에서 깨어났다. 박현철이 다시 침상에 누우면 이중엽은 엉덩이를 붙잡고 흘레붙는 흉내를 냈다. 신병의 엉덩이와 고참의 하복부가 충돌하는 소리가 밤마다 들렸다.

박현철의 동기들은 종종 목욕탕에 집합했다. 여덟 명의 동기들이 목욕탕 타일 바닥에 머리를 박고 일렬로 늘어서면, 이게 다 너희 잘난 동기 박현철 때문이야, 라고 이중엽이 느물거렸다. 이중엽은 맨발로 동기들의 배를 걷어찼다. 물에 젖은 알몸들이 10센티미터쯤 공중으로 떠올랐다가 타일 바닥에 추락했다.

박현철은 어떻게든 버텨냈고 나는 병장이 되었다. 그해 여름에 중대 단위 사격훈련이 있었다. 박현철은 그날따라 침착했다. 박현철이 사격장에서 허둥대지 않는 건 이상한 일이었다. 나는 박현철의 얼굴을 유심히 살폈다. 그늘이 없는 사격장 앞 공터에서 박현철은 이중엽 상병을 보고 있었다. 땀이 이마를 지나 눈동자 위로 뚝뚝 떨어졌다. 이중엽 상병이 시시덕거리며 공터를 돌아다닐 때 박현철의 눈동자는 그를 좇아 좌우로 움직였다. M16 총신에 삽입된 꽂을대가 방향을 잃고 덜거덕거렸다.

나는 중대 서무계를 불러 박현철을 사격에서 제외시키라고 말했다. 서무계가 고개를 내저었다. 빼란 말이야, 새꺄! 몸이 안 좋다든지 정신상태가 불안해 보인다든지 인사계한테 무슨 이유를 둘러대서라도 빼! 빼! 나는 으르렁거렸다. 그날 박현철은 사격을 하지 못했다. 박현철은 막사로 돌아오는 대오의 뒷줄에서 이중엽 상병의 뒤통수를 노려보았다.

그날 밤 태풍이 남지나해를 건너 한반도에 상륙했다. 부산이 태풍의 오른쪽 반원 안에 들어왔다. 비가 사선으로 들이쳤고 막사 지붕 위에서 떨어진 기왓장이 머리 위를 날아다녔다. 나는 그날 당직 하사 완장을 차고 행정반에서 철야근무를 했다. 초소로 근무를 나가는 병사들의 복장을 점검하고 암구호를 확인한 뒤 나는 공포탄을 지급했다. 병사들이 판초우의를 뒤집어쓰고 둘씩 짝지어 막사 현관을 나섰다. 현관문이 열리면 판초우의들이 맞바람을 맞아 펄럭거렸다.

새벽 1시에 당직사관을 서던 이상진 중사가 중대장실로 들어가 잠들었다. 바람이 유리창을 핥으며 웅웅거렸다. 각 초소에 연결된 TA는 딸각거리지 않았다. 나는 좋았다. 경계가 풀어진 내 의식 속으로 빗발이 휩쓸어버린 창밖의 세계가 고여들었다. 들창이 덜그럭거리는 각 초소에서 사수들은 부사수를 세워놓고 졸았다. 바람은 해운대를 지나 장산 능선을 넘어 수영만을 흔들었다. 새벽 2시에 전화벨이 울렸다. 탄약사령관이 지금 각 탄약중대와 경비중대 행정반을 순찰하고 있다고 사령관 당번병이 말했다. 아, 씨발, 그걸 왜 인제 얘기해요? 나는 당번병의 변명을 듣지 않고 전화를 끊었다.

이 중사가 중대장실에서 버클을 풀어헤치고 뛰어나왔다. 불침

번들이 중대 복도에 일렬로 늘어섰다. 씨발, 오늘 된통 걸렸군, 씨발, 씨발. 이 중사의 입에서 씨발이라는 단어가 끝나기도 전에 복도에서 불침번들이 경례 구호를 외치는 소리가 들렸다. 충성 구호는 온 힘을 다해 내지르는 비명 같았다. 준장 한 명이 중대 행정반으로 걸어왔다. 이 중사와 나는 입구에서 동시에 거수경례를 붙였다. 사령관은 새치가 많은 오십 대 사내였다. 그래, 수고들 하는군. 사령관이 빙그레 웃으며 이 중사와 나에게 손을 내밀었다. 나는 관등성명을 내질렀다. 온몸에 식은땀이 흘렀다. 이마에서 땀방울 하나가 내려와 왼쪽 눈으로 스며들었다. 나는 그날 밤 처음으로 '별 하나'와 조우했다. '별 하나'는 그냥 피곤해 보이는 중년의 남자였다. 태풍 피해를 조심하라는 말을 남기고 사령관이 복도 너머로 사라질 때 나는 군화를 내려다보며 안도의 한숨을 쉬었다. 내 왼쪽 군화에는 군화 끈이 없었다.

이 중사는 삼십 분 동안 각 초소 상황을 점검했고, 사령관의 귀가를 확인한 뒤 중대장실로 다시 들어갔다. 나는 의자에 기대 잠을 청했다. 새벽 3시에 유류고 초소의 TA가 달각거렸다. TA 수화기를 들자마자 이중엽 상병의 다급한 목소리가 바람 소리에 섞여 쏟아졌다. 현철이가 없습니다, 자다가 깨보니까 없습니다, 다 찾아봤는데 없습니다……. 이중엽의 이야기에는 두서가 없었다.

나는 이 중사를 깨우지 않았다. 불침번 한 명을 행정반에 앉혀놓고, 나는 판초우의를 쓰고 유류고 초소로 달려갔다. 빗방울이 콧속으로 들어와 숨이 막혔다. 나는 이상한 희열에 사로잡혔다. 천둥이 고막을 찢을 듯이 울부짖었다. 끈 없는 군화를 신은 왼쪽 발 때문에 나는 절뚝거리며 걸었다.

이중엽은 초소 앞에서 부동자세로 서 있었다. 저는 아무 짓도 안 했습니다, 그냥 잠만 잤습니다……. 이중엽은 자신을 지키기 위해 필사적이었다. 나는 이중엽을 데리고 유류고 깊숙이 들어갔다. 끝이 보이지 않는 드럼통들의 숲 사이로 샛길을 찾아가며 나는 깊숙이, 더 깊숙이 들어갔다.

유류고 담장 끝에서 허공에 매달린 검은 물체가 바람에 흔들렸다. 이중엽이 손전등을 비추자, 밤송이처럼 짧게 깎은 머리가 허연 빛을 반사했다. 이중엽이 비명을 지르며 바닥에 쓰러졌다. 나는 담장 끝까지 천천히 걸어갔다. 박현철이 거기에 있었다. 번개가 칠 때마다 줄에 묶여 대롱거리는 박현철의 몸이 긴 그림자를 드리웠다. 박현철은 지붕의 서까래에 군화 끈을 걸어 목을 맸다. 박현철의 발끝과 10센티미터도 떨어지지 않은 드럼통 위에는 군용수첩, 사진첩, 어머니가 선물한 무좀 파우더, 편지들이 놓여 있었다. 박현철이 간직해온 소중한 생의 파편들이었다.

나는 이중엽에게 지체 없이 행정반으로 달려가 이 중사에게 보고하라고 말했다. 이중엽이 휘청거리며 빗속으로 달려 나갔다. 죽은 박현철의 얼굴은 하얗고 순결했다. 나는 박현철에게 속삭였다. 이제 만족하니? 편안하니?

나는 드럼통을 밟고 올라가 박현철의 목에서 군화 끈을 풀었다. 박현철이 지상으로 추락했다. 나는 박현철의 체액이 묻은 군화 끈을 도로 내 왼쪽 군화에 채우고 박현철의 군화에서 끈을 풀어 서까래에 묶었다. 나는 증거를 없앰과 동시에 박현철의 체액을 갖고 싶었다.

사령관 순찰 삼십 분 전에 나는 초소 근무 교대자의 신고를 받았다. 박현철의 사수는 공교롭게도 이중엽이었다. 박현철은 낮에 사격장에서 본 모습 그대로, 꿈을 꾸고 있는 것 같기도 했고 서서 졸고 있는 것 같기도 했다. 나는 박현철을 화장실로 끌고 들어가 88라이트를 한 대 건넸다. 오늘 사고 치지 마라. 박현철은 아무 말 하지 않았다. 나는 다시 속삭였다. 중엽이를 죽이면 속이 후련할 것 같으냐? 너만 평생 낙인찍혀 살아가는 거야. 박현철이 담배연기를 내뱉으며 웃었다. 왜 죽일 거라고만 생각하십니까? 죽을 수도 있습니다. 박현철의 말장난에 나는 짜증이 났다. 너같이 겁 많은 새끼는 남을 죽일 순 있어도 자살 같은 건 못해. 박현철의 웃음소리가 커졌다. 못할 거라고요? 그럼 병장님 군화 끈을 풀어주십시오. 그건 왜? 글쎄 주십시오. 박 병장님을 놀라게 해드리겠습니다. 이중엽을 건드리지 않겠다는 약속을 받아내고 장난삼아 군화 끈을 풀어주며 나는 이상한 설렘을 느꼈다.

유류고 정문으로 중대 지프차의 헤드라이트가 스며들었다. 나는 판초우의를 벗어 박현철의 주검에 덮었다. 할 수만 있다면 주검과의 독대를 조금 더 연장하고 싶었다. 나는 생애 처음으로 행복했다. 박현철이 내 첫 제물이었다. 나는 군용수첩과 사진첩과 무좀파우더가 있는 드럼통 위로 하얀 꽃잎들이 나부끼는 환상을 보았다. 이 중사가 달려와서 시신을 지프차에 실었다.

박현철은 자신과 이중엽에게 폭력을 휘둘렀다. 폭력은 효과적이었다. 군사재판을 받기 전까지 이중엽은 사단 영창에 부동자세로 앉아 성경책을 읽어야 했다. 폭력은 과거를 불사르고 미래의 문을 연다. 누가 법이 폭력을 중단시킬 수 있다고 말하는가. 법은 모든 폭력에 선행하는 폭력이며 모든 폭력에 뒤따르는 최종적 폭력이다. 세상을 움직이는 모든 것은 폭력이다. 세상에는 체계적인 폭력과 무질서한 폭력이 있을 뿐이다. 나는 무질서한 폭력을 더 사랑한다. 그것은 약자에게 주어진 단 하나의 가능성이다.

박현철을 죽인 뒤 나는 이런 일이 또 일어나야 한다는 것을 알았다. 폭력이 나와 세상을 동시에 정화할 것이다. 그것은 최초의 깨달음이었고 나는 그 깨달음대로 살아왔다. 나를 찾아라. 나를 당신의 법정에 세워놓고 단죄하라. 그렇지 않으면 내가 너희들을 단죄하겠다.

2008년 10월 27일 오후 1시, 서울 동북경찰서 수사본부 임시회의실은 어수선했다. 긴 테이블을 마주 보는 벽면에 사건현장 사진들이 덕지덕지 붙어 있었다. 사진들마다 범인의 동선을 나타내는 빨간색 동그라미와 화살표들로 어지러웠다. 살인현장이 형광등을 반사하며 반짝거렸다.

"아직 확신은 들지 않습니다."

서울경찰청 과학수사계 행동과학팀 범죄분석관 서영혜 경사가 말했다.

"확률이 커. 확률이 크다고."

수석 범죄분석관 박용훈 경위가 중얼거렸다. 십일 년 전 과학수사계에 처박힌 뒤부터 박용훈은 확신이 든 적이 한 번도 없었다. 과학수사는 뜬구름 잡기였다. 미세섬유와 체모와 혈흔과 정액과 DNA의 뜬구름 뒤에서 범인의 얼굴이 희미하게 일렁였다. 2000년 프로파일링을 시작하면서 박용훈은 이마에 의문을 달고 살았다. 이게 범인을 찾아내는 건가, 창조하는 건가. 범죄유형데이터 SCAS는 오차범위를 줄여가며 속삭일 뿐이었다. 그런 것 같아, 혹시 그럴지도 몰라……. 범죄분석관은 망설임을 확률로 돌파하는 길밖에 없었다. 박용훈이 다시 중얼거렸다.

"자네가 주무잖아. 밀고 나가."

서영혜 경사는 사회심리학 석사를 마친 뒤 2002년 범죄분석관 경장 특채로 경찰에 들어왔다. 2003년 서울 서남부 일대에서 여덟 건의 강간살인을 저지른 안경모가 잡혔을 때, 서영혜는 네 시간 동안 그를 단독으로 심문했다. 안경모는 피해 여성의 얼굴 부위를 수십 차례 해머로 때렸고 피해자가 절명한 뒤에도 구타를 멈추지 않았다. 피해자들의 광대뼈가 두개골 근처까지 함몰됐다. 안경모는 서영혜를 좋아했다. 여자 경찰이 자신을 두려워하거나 혐오하지 않아서 좋았다고 안경모는 나중에 말했다.

서영혜는 안경모의 왼쪽 턱부터 뺨까지 에스 자로 새겨진 화상자국을 파고들었다. 3도 화상의 뭉그러진 피부 밑에 어머니의 학대와 따돌림이 숨어 있었다. 네 시간 만에 안경모가 울면서 범행 일체를 자백했다. 서울시경 한영준 과학수사계장은 당시 서영혜의 공로를 기억하고 있다며 박 경위의 지휘 아래 이번 수사본부의 범죄분석을 전담하라고 명령했다.

"알겠어요. 세 건의 범행은 동일범의 소행일 가능성이 아주 높습니다."

"그래, 거기서부터 출발하자고."

연관성 분석은 범죄분석관의 가장 중요한 임무다. 범인의 의식적 행동과 범행수법이 세 건 모두 독특한 조합을 이루고 있었다. 범죄분석관은 여기서부터 출발해야 했다.

박용훈과 서영혜가 동북경찰서 3층의 복도를 걸었다. 형사과 한 귀퉁이에 여덟 개 형사팀 오십여 명 규모의 조촐한 수사본부가 있었다. 동북경찰서는 비공개 수사본부에 칸막이만을 허락했다. 번듯한 팻말도 없었고 흔한 빔 프로젝터 한 대도 없었다. 인간 세상이 배설한 오물들로 술렁이는 형사과에서, 네 개의 칸막이에 갇힌 수사본부는 조용한 섬이었다.

수사본부장인 서울경찰청 형사과장 김준우 총경이 맨 앞자리에 앉아 있었다. 총경의 좌우에 부본부장과 수사전임관이 생각에 잠긴 척을 하고 있었다. 부본부장은 자신의 거대한 덩치가 총경을 압박하지 않도록 한없이 어깨를 웅크렸다. 책상들을 다닥다닥 붙인 뒷줄에 수사반 요원들이 정좌했고 그들의 등 뒤에서 관리반장 곽정식 경위와 관리반 여경 두 명이 졸린 얼굴로 앉아 있었다. 범죄분석관의 1차 브리핑은 다소 심드렁하게 진행될 예정이었다. 요원들이 기다림에 지쳐 술렁거렸다. 경기청 광역수사대에서 파견 온 김장훈 경장이 말했다.

"죽은 자식 불알 만지기지."

옆자리의 서울시경 형사과 폭력2팀 길준호 경장이 물었다.

"뭐가?"

"이거 말이야. 이거. 범죄분석인가 뭔가 하는 거."

김장훈은 오른손 검지로 곧 범죄분석관이 등장하게 될 앞자리의 빈 공간을 가리켰다.

"몽타주랑 똑같아. 범인 잡는 데는 아무 소용 없어. 살인범을 잡아다가 대령해놓으면 그때부터 예상이 정확하게 들어맞았네, 과학수사의 계가네 한단 말이야. 우리 일은 찬 서리 맞고 개고생 해가며 범인을 잡는 거고, 범죄분석관 일은 칭찬을 듣는 거지."

"그래. 불알이야. 축 늘어진 불알."

길준호는 자신의 목소리가 총경의 어깨에 닿지 않도록 톤을 낮추며 말했다.

박용훈과 서영혜가 칸막이 안으로 들어왔다. 좌중이 조용해졌다. 박용훈은 부본부장 옆에 앉았고 서영혜는 맨 앞의 탁자에 서류를 올려놓았다. 서영혜 뒤에 서류 몇 장을 한 귀퉁이에 클립으로 달아놓은 화이트보드가 있었다. 서영혜는 좌중에 가볍게 목례하고 입을 열었다.

"시간이 없으니 바로 시작하겠습니다. 먼저 사건들을 간단히 정리해보겠습니다. 올해 8월 21일 아침 8시 경기도 가평군의 한 별장 창고에서 살인사건이 접수되었습니다. 피살자는 예비역 대령이고 주소지는 서울시 남구 해평동 124번지입니다. 별장 주인과 피살자는 아무 관계도 없으며 사건 당시 주인은 삼 개월째 별장에 들르지 않았습니다. 창고는 별장 안채와 100미터가량 떨어져 있고 평소에 사람이 드나들지 않는 곳입니다. 별장 관리를 맡고 있는 지역주민 권 씨가 아침에 청소를 하던 중 창고 자물쇠가 예리한 도구로 절단 돼 있는 것을 발견했습니다. 피살자는 알몸으로 바닥에 쓰러져 있었습니다. 대들보에 밧줄이 걸려 있고 피살자의 목에 난 삭흔이 이 밧줄과 일치하는 것으로 보아, 피살자는 대들보에 매달려 죽은 뒤 끌어내려진 것으로 보입니다. 사망 시각은 새벽 3~4시경으로 추정됩니다. 피살자의 옷이 없었기 때문에 가평서는 살인으로 결론짓고 피살자의 주소지인 남서에 공조수사를 요청했습니다. 이 과정에서 저희는 사건이 심상치 않음을 깨달았습니다."

뒷줄의 수사반 요원이 중얼거렸다.

"저 여자 오늘 화장이 잘 먹었네."

옆 좌석의 누군가가 말했다.

"어제 잠을 푹 잔 모양이야."

서영혜는 확대된 현장사진 한 장을 꺼냈다.

"피살자의 몸에는 저항의 흔적이나 체모나 혈액, 정액, 미세섬유 등이 하나도 발견되지 않았습니다. 증거를 감추기 위해 옷을 가져 갔을 수도 있고 아닐 수도 있습니다. 혈액에서 수면마취제로 쓰는 프로포폴이 검출되었습니다. 피살자는 프로포폴을 주입하는 수술을 한 번도 받은 적이 없으므로, 범인이 약물을 주입하고 정신을 잃은 피살자를 그곳까지 끌고 온 것으로 보입니다. 사체의 팔뚝에서 주삿바늘 자국이 네 개 발견되었습니다. 프로포폴의 마취효과는 보통 십오 분 정도이므로, 범인은 시차를 두어가며 약물을 주입해서 피살자를 마취시킨 것으로 보입니다. 범인이 차량을 이용했다는 것이 명백하기 때문에 관할 경찰서는 범인의 예상 이동로 상에 있는 CCTV 310대에서 범행시간 전후로 찍힌 차량 7200여 대를 모두 분석했습니다. 아직까지 큰 성과는 없습니다. 수도권 병원들을 대상으로 프로포폴 도난사고가 있었는지 조사 중이지만 워낙 남용되는 약물이고, 인터넷에서 음성적으로 거래되고 있어서 추적이 어렵습니다."

뒷줄에서 또 누군가가 중얼거렸다.

"가평서 애들 좆뺑이 쳤겠군."

서영혜는 확대 사진 한 장을 더 꺼냈다.

"이 사건은 무엇보다 밧줄의 매듭이 특이합니다. 범인은 철물점에서 흔히 파는 빨랫줄을 범행도구로 사용했습니다. 흔한 도구일수록 추적이 어렵다는 사실을 알고 있는 것 같습니다. 빨랫줄은 고리 위에 시계 반대 방향으로 열두 번 돌려 감은 교수형 매듭으로 묶여 있었습니다. 통계적으로 자살자가 이런 매듭을 짓는 경우는 거의 없습니다. 국과수 부검 결과 피살자는 공중에 목을 매달아 죽은 '의사'로 판명되었습니다. 의사의 경우 타살 가능성이 매우 낮습니다. 피살자가 의식소실 상태라 해도, 목을 매달려면 엄청난 힘이 필요합니다. 공범이 있다면 더 쉽겠지만, 이런 유형의 무동기 범죄들은 대부분 단독범행입니다. 범인은 잘 풀리지 않고 한 번에 신속하게 목을 조이는 교수형 매듭이 필요했을 겁니다. 매듭이 풀리거나 헐거우면 피살자를 다시 들어 올려야 하기 때문입니다. 이런 실용적인 이유 외에도, 범인은 교수형 매듭에 특별한 애착을 갖고 있을 겁니다. 또 한 가지가 있습니다. 범인은 창고의 상자들을 받침대로 쓰고 그 위에 군모와 군화를 올려놨습니다."

"미친놈이지. 미쳐도 단단히 미친놈이야."

작은 웅성거림이 시작됐고 총경은 손목시계를 들여다보았다.

"저희는 장시간 토론 끝에 이 사건이 심상치 않다는 결론을 내렸습니다. 모든 정황이 전형적인 무동기 범죄를 가리키고 있었습니다. 저희는 피해자가 더 있을 가능성이 높다는 판단 아래, 각 지방청에서 접수되는 강력범 검거보고서와 수사보고서 등 삼백여 건을 분석했습니다. 그중 지난 사월에 발생한 서울시 가명동 모터사이클 선수 피살사건이 이 사건과 동일범의 소행임을 확신했습니다. 피살자는 자신의 15평 원룸 빌라에서 살해당했습니다. 역시 알몸이었고 발견 당시 바닥에 쓰러져 있었습니다. 주검의 목에 난 삭흔은 브이 자형으로 방문 대못에 걸려 있는 교수형 매듭 빨랫줄과 일치했습니다. 피살자는 공중에서 목을 매단 뒤 바닥으로 끌어 내려졌습니다. 저항이나 침입의 흔적, 지문, 혈흔, 정액 반응 역시 깨끗했습니다. 피살자를 죽일 때 받침대로 쓴 20센티미터 높이의 거실 TV장 위에 애인들의 사진첩이 놓여 있었습니다. 국과수 부검 결과, 사체에서 프로포폴이 검출되었고 피살자의 위에서 소화되지 않은 라면이 나왔습니다. 살해당하기 직전에 먹은 것으로 보아, 피살자는 범인의 방문을 전혀 두려워하지 않은 것으로 보입니다. 피살자의 팔뚝에선 주사 자국이 한 개밖에 발견되지 않았습니다. 저희는 두 사건을 면밀히 분석하며 수사본부 설치를 요청했습니다. 동북경찰서에 수사본부가 설치된 23일, 경기도 영흥시 영흥디자인센터 살인사건이 터졌습니다. 피살자는 고1 여학생이었고, 입에서 술 냄새가 심하게 났습니다. 부검 결과가 나와봐야 알겠으나, 일단은 만취 상태인 것으로 보입니다."

서영혜는 자신이 작성하고 박용훈 경위가 검토한 범죄분석 보고서를 탁자 위에 폈다. 좌중이 조용해졌다. 서영혜는 보고서를 바로 읽어내려가지 않았다. 어색한 침묵이 흘렀다. 흰자위를 떠다니던 수십 개의 동공이 한 점으로, 연분홍색 라인을 그린 도톰한 입술 끝으로 집중됐다. 서영혜가 입을 열었다.

"여러분, 백상아리를 아십니까? 지구상에서 가장 뛰어난 사냥꾼입니다. 백상아리는 사냥감에게 소리 없이 다가가서 이빨로 치명적인 상처를 남깁니다. 한 번 베어 문 다음엔 뒤로 슬슬 물러나 기다립니다. 사냥감이 몸을 뒤흔들다가 자신에게 상처를 입히지 않게 하려는 거지요. 침착하고 끈질기고 인내심이 강한 놈입니다. 여러분, 이놈이 바로 백상아리입니다. 이 정도 솜씨라면 놈을 잡기는 거의 불가능할 정도입니다. 놈은 매우 조심스럽지만 게걸스럽습니다. 우리가 잡지 않는 한 희생자가 계속 나타날 겁니다. 언론이 오히려 사태를 악화시킬 것이라는 전문가들의 충고에 따라 저희는 비공개 수사로 방침을 정했습니다."

침묵 속에서 동공들이 촛불처럼 흔들렸다. 침묵은 조금씩 엷어지고, 뒷줄의 속삭임에 밀려 찢어졌다.

"저 여자 겁주는데."

"영화를 너무 많이 본 모양이야."

"니미. 이번엔 아주 제대로 걸렸어."

서영혜는 속삭임을 진압하듯 보고서를 읽어내려갔다.

"피살자는 오십 대 중반의 남성, 삼십 대 남성, 십 대 여성입니다. 우리는 흔히 무동기 살인범들이 여성만을 타깃으로 삼는다고 알고 있는데, 잘못된 상식입니다. 범죄자들은 남녀노소를 가리지 않습니다. 저항을 진압하기 더 쉽다는 점 때문에 여성 피해자가 더 많을 뿐입니다. 범인은 삼십 대 중후반의 남성으로 보입니다. 십 대나 이십 대보다 훨씬 조심스럽고 치밀하며, 건장한 성인 남성의 목을 매달 만큼 근력이 있는 연령대입니다. 범행장소가 밀폐된 곳임을 보아, 범인은 활동적인 인간은 아닙니다. 하지만 폐쇄적인 성격은 아닙니다. 은둔형 외톨이들은 돌아다니기를 싫어하기 때문에 주로 집 주변에서 범행을 저지릅니다. 범인은 서로 떨어진 여러 장소에서 범행을 저질렀습니다. 범인은 적어도 형식적으로는 정상적인 인간관계를 유지하고 있습니다. 사무직에 종사할 확률이 높으며 회사에서 한 번도 문제를 일으킨 적 없는, 오히려 유능하다는 평가를 받고 있는 남성입니다. 피살자들이 경계심을 풀 만큼 말쑥하고 호감 가는 인상입니다. 아주 치밀하고 지적인 두뇌의 소유자일 겁니다. 오래전부터 살인에 대한 환상을 키워왔지만 폭행이나 강간 전과는 전혀 없을 가능성이 큽니다. 대부분의 연쇄살인범과는 달리 범인은 섣불리 환상을 실현시키기보다는 아주 조심스럽게 감춰놓는 길을 선택했습니다. 어떤 계기로 폭발했는지는 모르겠습니다만, 범인은 멈추지 않을 겁니다. 놈은 모든 것을 완벽하게 준비해놓고 시작했습니다."

서영혜가 물을 마셨다. 앞줄의 총경이 물었다.

"어떤 준비를 완벽하게 했다는 건가?"

"이런 유의 범죄자들은 즉흥성을 싫어합니다. 범행의 모든 단계를 미리 연습해보고 실수의 가능성을 줄이기 위해 모든 방법을 생각합니다. 놈은 피살자를 샅샅이 조사했습니다. 범행을 하기 전 수차례 피살자의 집에 드나들었을 가능성이 큽니다. 놈은 피살자의 물건들을 살피고, 편지를 몰래 뜯어보고, 쓰레기통까지 뒤졌을지도 모릅니다. 첫번째 희생자인 모터사이클 선수는 옛 애인들의 사진첩을 애지중지했습니다. 두번째 희생자인 예비역 중령은 최전방 근무 때 입은 군모를 옷장에 가보처럼 모셔놓았습니다. 범인은 이걸 알고 있었습니다. 세번째 희생자인 가출소녀의 인형과 만화책과 사진들 역시 마찬가지입니다. 지금부터 우리가 해야 할 일은 피살자의 집에서 일어난 도난과 가택침입을 조사하는 겁니다. 아주 사소해서 신고조차 들어오지 않은 일들을 캐내야 합니다. 그들이 스토킹을 당했는지도 파악해야 합니다."

"그건 일차 수사 때 다 했을 텐데요."

수사반 요원 한 명이 물었다.

"그렇습니다. 하지만 우리가 지금부터 조사해야 할 것은 사건이 아니라 사소한 불평불만입니다. 우리는 피살자의 가족과 친구와 이웃들을 모두 탐문해야 합니다. 집이 헝클어져 있었다든지, 편지가 없어졌다든지, 누가 시비를 걸었다든지 하는 불평들이 피살자의 입에서 나왔는지 조사해야 합니다. 누가 얼쩡대는 걸 본 이웃이나 집 근처 쓰레기통 지문 조사는 물론이고요. 하지만 이런 조사보다 더 중요한 문제가 있습니다. 수사본부가 밝혀내야 할 가장 중요한 문제입니다."

서영혜가 서류 파일을 덮었다. 오후의 식곤증에 마비된 형사들 너머 어디론가로, 서영혜는 시선을 던졌다.

"우리는 범인의 욕망을 알아야 합니다. 놈이 어떤 욕망에 이끌려 피살자를 죽이는지, 어떤 기준으로 피살자를 선택하는지 알아야 합니다. 놈은 피살자를 구타하거나 사체를 훼손하지 않았습니다. 증오심에 이끌려 저지른 범죄가 아닙니다. 아까 저는 사체가 알몸으로 발견된 것이 증거를 숨기기 위해서일 수도 있고 아닐 수도 있다고 말씀드렸습니다. 대부분의 무동기 범죄에서 옷이 벗겨진 사체는 성적 암시를 가지고 있습니다. 우리는 놈이 가학성애자인지를 고려해 봐야 합니다. 놈이 성적인 동기를 가지고 있다면 가장 중요한 문제는 어떤 이유로 피해자를 선택하는가입니다. 왜 연령대와 성별이 다른 세 명의 시민을 같은 방식으로 죽였을까요? 여기에 이 사건의 열쇠가 있습니다. 범인의 욕망을 이해하기 위해 우리는 피살자가 어떤 사람이었는지 더 조사해야 합니다. 오늘 중으로 수사반에 피살자의 주변 인사들에게 물어봐야 할 질문 목록을 배포하겠습니다. 피살자가 생전에 어떤 성격, 취미, 인간관계를 가지고 있었는지 수집해주시면 저희가 데이터를 만들겠습니다. 또한 피살자의 집에 있는 물건들의 목록도 숙지해주십시오. 이 목록을 친구나 가족들의 기억과 대조해보면 없어진 물건들이 나올 수 있습니다. 놈은 피살자의 물건에 집착합니다. 아마 기념품으로 한두 개쯤은 가져갔을 겁니다."

브리핑이 끝났다. 총경이 자리에서 일어나 청장께서도 이 사건에 지대한 관심을 기울이는 만큼 수사에 총력을 다해 달라고 당부했다. 수사에 관련된 모든 사항은 대외비이므로 입단속을 철저히 하라고 수사반장이 지시했다. 박용훈과 서영혜는 서류를 들고 복도를 걸었다.

"백상아리? 멋진 비유였어. 형사 나리들이 이해를 하셨는지는 모르겠지만."

박용훈이 말했다.

"다들 너무 느긋한 것 같아요."

서영혜가 말했다. 서영혜는 오후에 벌써 지쳐 있었다.

"잘했어. 형사들은 웬만하면 다 괜찮고 다 아무것도 아니라는 식이야. 범인이 어린아이를 칼로 난자했어? 괜찮아, 심심했나 보지. 흉악범이 시체의 장기를 꺼내 먹었어? 괜찮아, 배고팠나 보지, 아무것도 아니야. 뭐 이런 식인 거야. 잘했어."

박용훈은 동북경찰서를 나와 서울경찰청으로 돌아갔다. 사건들이 박용훈의 어깨 위에 먼지처럼 켜켜이 쌓여 있었다. 저녁에 박용훈은 서울 동북부 일대의 모텔 방화 현장을 조사해야 했다. 야구 모자를 눌러쓴 범인은 복도에 휘발유를 뿌리고 불을 붙인 뒤 바람처럼 빠져나갔다. 놈이 반라의 차림으로 쏟아져 나오는 불륜 커플들을 구경하고 있었을까? 분명히 그랬을 것이다. 놈은 공포와 희열이 섞인 비명을 지르는 구경꾼 틈에 끼어 있었을 것이다. 놈은 괴물이었을까? 박용훈은 고개를 흔들었다. 놈은 외로웠을 것이다. 놈은 고립되고 고립되어서 심리적 막장까지 몰린 뒤 어떤 계기로 폭발했을 것이다. 놈은, 놈들은, 조사와 분석과 연구의 대상이다. 박용훈은 무동기 범죄자들을 괴물로 묘사하는 서영혜의 말에 찬성하지 않았다. 그러나 서영혜가 브리핑에서 보인 자신감 있는 태도는 마음에 들었다.

백상아리?

서울경찰청 형사과 폭력1팀 피해자심리전문요원 박은희 경장은 관리반 여순경들과 함께 범죄분석관의 브리핑을 들었다. 브리핑은 흥미로웠다. 범죄분석관이 범인의 욕망을 알아야 한다고 말했을 때, 하얀 생물체가 식칼 같은 지느러미를 번뜩이며 화이트보드를 헤엄치는 것 같았다. 박은희는 경찰청 다이어리 가장자리에 유선형 괴물들을 그렸다. 네 면이 상어 그림으로 가득 찼을 때 브리핑은 끝났다.

박은희는 수사본부 관리반 책상으로 돌아왔다. 서류철의 행렬이 네 명이 앉는 큰 책상 한가운데를 가로질렀다. 현장사진 앨범은 횡대의 한쪽 끝에 솟아 있었다. 국과수와 서울시경 다기능 현장분석실의 감정서들이 앨범에 어깨를 기댔다. 보고서들은 가벼웠다. 지문, 족적, 혈흔, 미세먼지, 섬유질, DNA에 대해 보고서들은 아무 말도 하지 않았다. 사건수사 지휘 및 진행부, 수사일지, 수사요원 배치표, 수사보고서철, 용의자 명부, 참고인 명부 등의 원본과 사본이 대오의 후미를 이루었다. 서류철들은 모두 속이 허해 보였다. 범인을 잡지 못한다면 공소시효가 끝나고 일 년 뒤 찢어질 운명이었다. 서울청 조사과에서 파견 온 관리반장 곽정식 경위가 말했다.

"이 정도는 아무것도 아냐. 책상 위에 작은 산 하나를 만들고 저 뒤편 캐비닛이 꽉 차야 돼. 그때쯤 돼야 감이 오지. 범인을 잡거나, 미제로 남거나."

임상심리사였던 박은희는 이 년 전 경장 특채로 경찰에 들어왔다. 피해자심리전문요원은 주범이 잡힌 뒤 종범이나 피해자의 입에서 진술을 끌어낸다. 심리는 상대의 마음을 적당히 주무르는 것으로, 상담이나 마사지와 비슷했다. 박은희가 상담했던 스무 살도 안된 새끼조폭들은 진술 도중에 울음을 터뜨리곤 했다.

연쇄살인 수사본부에서 박은희가 할 일은 별로 없었다. 범인은 입을 열지 않았고 피해자는 입을 열 수 없었다. 박은희는 하루 종일 관리반의 서류작업을 거들었다. 본청이든 시경이든 높으신 양반들은 범인을 새끼조폭 정도로 생각하시나 보다. 박은희는 자신이 수사본부에 파견된 이유를 그렇게 짐작했다.

수사본부에 온 뒤 박은희는 수사반을 따라 세 건의 살인현장을 탐문했다. 박은희는 형사들보다 현장에 먼저 와서 더 많이 기록하고 더 오래 남았다. 범죄현장에서 건진 단상들이 다이어리 전 페이지에 걸쳐 빼곡했다. 자신의 이해할 수 없는 열의를 박은희는 분석해보았다. 그래, 즐기고 있는 거야. 수사본부에 와서 박은희는 십자 퍼즐을 풀거나 추리소설을 읽고 있는 어린 날의 자신을 발견했다. 소녀 시절 박은희는 습관이나 외양으로 사람의 핵심을 분석할 수 있다고 생각했다. 왜 어떤 사람은 남방 윗주머니에 볼펜을 가득 꽂고 다닐까? 왜 어떤 사람은 티셔츠 소매를 접어 올리거나 양말을 뒤집어 신는 것일까? 사람은 자신의 과거와 미래를 가리키는 표지판을 어딘가에 달고 다닌다고 어린 박은희는 생각했었다. 그래, 난 심심한 거야. 오후의 한나절 동안, 서류들의 무덤 앞에서 박은희는 범인의 욕망을 생각했다. 범인의 욕망을 이해하려면 그의 불필요한 행동들을 추적해야 한다. 살인을 위해 반드시 필요한 행동이 아님에도 범인이 한 일은 무엇인가. 인간의 행동은 늘 어떤 잉여를 가지고 있고 그것으로 자신을 드러낸다.

첫번째 살인은 4월에 일어났다. 모터사이클 선수가 살던 서울 가명동의 원룸 빌라에는 이미 다른 세입자가 들어왔다. 현관문은 칠이 벗겨져 군데군데 벌건 속살을 드러냈고 가운데가 움푹 꺼져 있었다. 사진으로 본 현장은 지나치게 깨끗했다. 가명동은 낡고 더러운 원룸들이 중국집들과 섞여 있는 곳이다. 작은 원룸 방들의 9할 정도는 주먹만 한 미국바퀴벌레들을 기르고 있다. 피살자는 삼십대 남성이다. 사건 당시 원룸에는 침대 쿠션과 20인치 구형 텔레비전과 소형 냉장고와 비키니 옷장 외엔 아무것도 없었다. 피살자는 방을 꾸미려 하지 않았다. 사진에 담긴 네 벽면이 담뱃진과 커피 얼룩으로 지저분했다. 박은희는 사진에서 수컷의 불결한 구린내를 맡았다. 사건 직전까지 그곳은 잠자리 빼고는 발 디딜 틈이 없는 쓰레기 소굴이었음이 분명했다. 그런데 범죄현장은 깨끗했다. 모든 사물이 각을 세우고 제자리에서 부동자세를 취하고 있었다. 박은희는 다이어리에 썼다.

정리, 재배치, 무대효과.

살인은 미리 쓰인 대본에 따라 연출됐다. 피살자의 사망 추정시각은 새벽 2~3시다. 현관문의 자물쇠는 멀쩡했다. 피살자가 문을 열어주었을 것이다. 놈은 어떻게든 피살자를 설득하여 팔뚝에 프로포폴 주사를 놓았다. 피살자는 놈을 신뢰하고 놈에게 의지했다. 놈은 안방 문 위에 박아놓은 콘크리트 대못에 밧줄을 걸었다. 놈은 못이 그 위치에 있다는 걸 알았거나 직접 박았다. 물론 못에는 지문이 없었다. 놈은 문 밑에 받침대를 가져다 놓고 피살자를 어깨에 맨 채 끙끙대며 받침대를 올라가서 목을 매달았다. 프로포폴에 취한 피살자는 꿈틀거리지도 않았다. 놈은 슬그머니 받침대를 앞으로 당겼다. 피살자가 조용히 숨을 멈췄다.

놈은 장갑 낀 손으로 방을 정리했다. 증거를 없애기 위해서였을까? 그럴 수도 있고 아닐 수도 있다. 놈은 물건들을 제자리로 돌려놓지만은 않았을 것이다. 놈은 방을 자신이 원하는 대로 재배치했을 것이다. 그곳이 놈의 무대였다.

놈은 자신이 만든 무대 위에서 첫 작품을 감상했다. 얼마나 자랑스러웠을까? 얼마나 짜릿했을까? 혹시 사진을 찍지 않았을까?

놈은 형광등을 끄고 어둠 속에서 시체를 바라보았다. 피살자의 이웃들이 아직도 그곳에 살고 있었다. 왼쪽 방에 사는 대학생은 아무 소리도 듣지 못하고 잠을 잤다고 했다. 오른쪽 방의 공무원 수험생은 새벽에 물건을 옮기는 듯한 기척 때문에 선잠을 깬 것 같다고 했다. 기척이 끊이지 않아 완전히 잠을 깬 뒤 수험생은 창문을 열었다. 옆방의 불이 꺼져 있었다. 그때 놈은 어둠 속에서 공중에 매달린 육체의 실루엣을 감상하고 있었다. 놈은 시체를 만지고 싶어서 죽을 지경이었다. 그때, 놈은 피살자의 옷을 벗겼을 것이다. 놈은 시체를 끌어안고 칼질하고 핥아대는 대신, 조심스럽게 닦아내었다. 놈은 물에 젖은 티슈로 시체를 닦으면서 가벼운 쾌감을 느꼈다. 변사체에서 미세섬유나 지문 대신 티슈조각으로 보이는 작은 알갱이가 발견됐다. 주변 정리를 한 뒤 놈은 피살자를 끌어내렸다. 왜 시체를 그냥 걸어놓지 않고 끌어내렸을까? 박은희는 다이어리에 썼다.

목록이 아니라 배치.

피살현장의 물건 목록과 주변 인사들의 기억을 대조해보는 것은 어쩌면 부질없는 짓이다. 누구도 타인의 방에 있는 물건들을 기록해놓지 않는다. 피살자들의 물건 목록을 대조해보는 것도 부질없는 짓이다. 오십 대 중반의 남자와 삼십 대 초반의 남자와 십 대 소녀가 공유하는 물건이란 화장지 정도다. 가장 중요한 문제는 이것이다. 사건현장들의 배치는 어떤 점이 특별했는가. 박은희의 퍼즐이 여기에서 막혔다. 머릿속에서 수십 번 재생하여 너덜너덜해진 현장 사진들을 떠올렸으나 박은희는 답을 찾을 수 없었다. 박은희는 퍼즐의 다른 면을 풀기로 했다.

두번째 살인현장은 경기도 가평의 별장 창고였다. 놈은 이곳에 와본 적이 있다. 현장은 놈의 기억 중추에 샅샅이 입력돼 있지만, 경찰이 추적할 만큼 놈과 가깝진 않을 것이다. 놈은 그곳에 MT를 왔을 수도 있고 주변 공사장에서 아르바이트를 했을 수도 있다. 그곳은 놈의 기억 속에 잠복하여 모락모락 환상을 피워내는 성소다. 놈은 CCTV에 걸리지 않는 샛길을 골라 빠져나갔다. 놀랄 만한 솜씨다.

별장 창고는 참나무로 만든 낡은 성채 같았다. 나무 패널을 이어 붙인 지붕이 군데군데 빗물에 썩어 있었다. 창고 문을 열자 케케묵은 먼지 냄새, 니스 냄새, 나무 위를 기어 다니는 곰팡이의 매운 냄새가 달려들었다. 그 고풍스런 냄새의 대열을 비둘기똥 냄새가 흩어놓고 있었다. 형사들의 발걸음 소리를 듣고 지붕 위에서 비둘기 한 마리가 퍼드덕 날아올랐다. 낡은 판자가 삐걱거렸다.

별장 주인은 유명한 뮤지컬 연출가였다. 창고에는 주인이 관계하고 있는 문예단체의 월간지 재고들이 쌓여 있었다. 놈은 책 상자 두 개를 쌓아 발판을 만들고 지붕 서까래에 밧줄을 걸었다. 피살자의 군모와 군화가 발판 주변에 널려 있었다. 현장사진에서, 그 물건들은 아무렇게나 던져놓은 것처럼 보였다. 박은희는 현장의 무질서한 배치를 이해할 수 없었다. 두번째 현장에서 박은희가 이해할 수 있는 건 하나뿐이었다. 박은희는 다이어리에 썼다.

진화.

퇴역 대령은 식구들을 부산에 남겨놓고 서울 해평동의 전세 빌라에서 혼자 살면서 공기업이나 군수지원사업단 따위의 문을 계속 두드렸던 것 같다. 첫 살인 이후 놈은 독신자의 전세방을 피하고 싶었을 것이다. 놈은 자신만의 무대, 별장 창고를 찾아냈다.

피살자는 아무 저항 없이 프로포폴 주사를 맞고 잠들었다. 프로포폴은 비교적 안전한 수면마취제지만, 작용시간이 짧다. 피살자를 차에 태워 별장으로 가려면 프로포폴을 계속해서 주입해야 했을 것이다. 덩치 큰 남자를 태우고 시골길을 달리려면 SUV가 필요했다. 창고 주변에 남아 있는 타이어 자국은 SUV용이었다. 발판 위에서 피살자의 목에 밧줄을 건 뒤 놈은 숨이 끊어지지 않도록 다리를 붙들고 기다렸다. 피살자가 눈을 떴다. 검은 어둠 속에서 희뿌연 안개 같은 의식이 피살자의 뇌로 흘러들었다. 놈은 피살자의 다리를 놓았다. 첫번째 살인과 달리 퇴역 대령의 몸에는 포박 자국이 있었다. 옷 위로 묶었기 때문에 억압흔에서 섬유들이 발견되지는 않았다. 목에 난 삭흔은 브이 자형이었고 밧줄을 건 서까래가 거칠게 긁혀 있었다. 피살자가 몸을 흔들었다는 증거다. 놈은 피살자를 산 채로 잡아먹고 싶었다. 받침대를 뒤로 밀어 피살자를 허공에 던져놓고, 놈은 늙은 군인의 동공이 점점 수축되다가 터진 계란처럼 풀어지는 것을 보았다. 첫번째 살인보다 더 섬세하고 미학적이라고 범인은 생각했을 것이다. 놈은 만족했다. 시체를 바닥에 내려놓고 놈은 옷을 벗겼다. 군모와 군화가 남겨진 현장에서, 군복은 발견되지 않았다. 놈은 대령의 몸에서 군복을 벗겨내고 맨손으로 시체를 만진 뒤

지문을 물티슈로 닦아냈다. 시체를 만지고 싶은 충동은 놈의 그 엄청난 자제력으로도 억누를 수 없었다.

박은희는 세번째 피살자를 생각했다. 뺨이 통통하고 얼굴이 넓적한 가출소녀를 떠올리며 박은희는 다이어리에 썼다.

확장.

놈은 완력을 쓸 가능성이 거의 없는 소녀에게 술을 먹였다. 놈은 적당한 시간에 소녀를 쇼핑몰 창고 방으로 꼬여냈다. 술에 취한 소녀의 흐물흐물한 몸은 쉽게 생명을 놓았다. 깨어 있는 생명체를 대상으로, 놈은 자신이 가장 원하는 방식의 살인을 즐길 수 있었다. 놈에겐 이색적인 먹잇감이었다.

박은희는 첫번째 피살자의 책장 사진을 자세히 보았다. 책장은 한 사람의 인생을 거울처럼 반사하는 물건이라고 박은희는 늘 생각해왔다. 낮에는 모터사이클 선수, 밤에는 난봉꾼인 피살자의 인생은 앙상한 책장에 드러나 있었다. 모터사이클 관련 서적 몇 권, 무협지 몇 권, 스포츠 만화 몇 권, 처세서와 경영학 서적 몇 권이 피살자가 소유한 지식의 전부였다. 언제나 '잉여'가 중요하다. 당연히 갖고 있을 모터사이클 책이나 무협지들보다 중요한 것은 처세서와 경영학 서적이다. 『사이버 인맥 만들기』, 『3년 안에 자산가가 되는 법』, 『스포츠 마케팅 개론』 등이 피살자의 욕망을 가리키고 있다. 피살자는 고졸이지만 신분 상승의 욕구가 강한 남자다. 피살자의 아랫도리는 수많은 여자를 섭렵하고, 대뇌는 상승을 꿈꾼다. 아랫도리는 강하지만 대뇌는 약하다. 애인들의 사진첩과 『스포츠 마케팅 개론』 사이에 피살자의 인생이 놓여 있다. 결론적으로 피살자는 야심을 가진 거친 짐승이다. 두번째 피살자인 퇴역 대령 역시 완고하고 깐깐한 성격이었다고 수사보고서에 기록돼 있다. 놈은 이 거칠고 완고한 짐승들 앞에 함정을 파고 목덜미를 움켜쥐면서 성취감을 느끼는 스타일이다.

소녀는 첫번째와 두번째 피살자를 잇는 일차함수의 자연스런 직선 밖에 튀어나와 있었다. 놈은 왜 소녀를 노렸는가. 현장에서 소주병이 발견되지 않았다. 소녀는 술에 취해 있었지만 제 발로 걸어 창고 방까지 갔다. 약물을 쓰지 않고, 저항도 받지 않고, 어떻게 소녀의 목을 매달 수 있었을까. 놈은 소녀의 브래지어와 팬티를 놔두었으며 시체를 닦지 않았다. 한 치의 오차도 없는 놈이, 왜 소녀에게 예외를 허락했을까. 영흥디자인센터의 창고 방은 범행대상과 범행방식의 확장을 보여준다. 일차함수를 그리던 범인의 욕망은 소녀를 시작으로 어지럽게 튀어나갈 것이다. 소녀는 변수 X다. X, X, X······.

"박 경장, 얘기 좀 하지."

박은희가 큼지막한 X를 그렸을 때 등 뒤에서 수사반장이 말했다. 박은희는 급하게 다이어리를 덮고 고개를 들었다. 서울시경 형사과 강력1팀장 이경훈 경위가 검고 네모난 얼굴을 들이밀었다. 사각의 틀에 갇힌 이경훈의 두툼한 입술은 아무리 환하게 웃어도 무미건조해 보였다. 마흔여덟 살의 무미건조한 남자였다. 카키색 사파리 두 벌로 가을을 나고 앞섶에 담배 구멍이 난 오리털파카로 겨울을 버티는 남자였다. 사파리들과 파카의 지퍼를 열면 오래된 담배 냄새가 비어져 나왔다. 이경훈은 이십 년째 스포츠형 헤어스타일을 고수했다. 흥분할 때마다 수만 개의 성게 바늘들이 머리 위에서 번득였다. 언젠가 이경훈의 지갑 안쪽에서 더벅머리를 한 중학생 시절의 사진이 나왔을 때 형사과 전체가 충격에 빠졌다. 저렇게 귀엽던 중학생이 불행하게도 경찰신이 강림하여 변해버린 모양이라고 여경들이 수군거렸다. 온몸으로 '나는 형사요'를 외치고 있는 이경훈 수사반장이 박은희에게 말했다.

"쌉쌀한 커피 한잔하자고."

박은희는 이경훈을 따라 휴게실로 갔다. 종이컵들이 갈색의 체액을 흘리며 나뒹굴었다. 이경훈은 활짝 미소를 지었다. 그러나 미소는 무미건조해 보였다.

"뭐 하고 있었어?"

"그냥……. 뭐 하고 있을까 궁리하고 있었어요."

"좀 답답하지? 수사본부란 데가 원래 답답해. 쉬운 사건이라면 누가 수사본부를 만들겠어. 사건은 안 풀리고 말만 많은 데가 수사본부지."

박은희는 말꼬리를 끌며 사람을 배려하는 이경훈의 태도가 마음에 들지 않았다. 이경훈은 이경훈다워야 한다. 이경훈이 이경훈답지 않다면, 뭔가 불길하다.

"무슨 일이세요?"

이경훈이 성게 같은 머리를 긁었다.

"어…… 일이 좀 복잡하게 됐어. 범죄분석관 브리핑이 끝난 뒤에 기자 한 놈이 김 총경, 그러니까 우리의 본부장님을 찾아왔어.『뉴스위클리』유제두 기자라고 아나? 아마 모를 거야. 이 바닥에선 물귀신 같고 쥐새끼 같은 놈이지. 하지만 냄새 하난 기가 막히게 잘 맡아. 이놈이 총경님한테 다 알고 왔으니까 오리발 내밀지 마시라, 다그쳤던 모양이야. 물론 총경님은 손사래를 쳤겠지만 소용없었어. 기자놈이 비공개 수사본부가 설치된 것까지 알고 있더라, 이 말씀이야."

박은희는 기억의 페이지들을 뒤적였다. 유제두라는 이름이 어느 모퉁이에 낙서처럼 기입돼 있는 것 같았다. 이경훈은 박은희가 회상할 틈을 주지 않았다.

"유제두 기자란 놈이 수사를 비공개로 하는 건 이해한다, 나도 사회의 안녕을 위해 봉사하는 놈이다, 공개수사로 전환할 때까지 기사를 쓸 생각은 없다, 뭐 그렇게 지껄였대."

"그럼 됐네요."

"그런데 엠바고를 거는 조건으로 수사 진행상황을 취재할 수 있게 해달라는 거야. 나중에 공개수사가 되면 한 방 크게 터뜨리겠다는 거지. 아주 영악한 놈이야. 기자놈들에 비하면 도둑님들은 순한 어린양이지. 기자에 비하면 조폭들은 순결한 한 떨기 백합꽃이야."

"그거 안됐네요. 근데 왜 그런 얘기를 저한테……."

박은희는 자신의 검은색 실크 재킷 위에 뭔가 귀찮고 잘 떨어지지 않는 것이 들러붙는 것 같았다.

"이건 우리 수사본부에서도 대외비인데 말이야…… 자네가 좀 한가하잖아. 아아, 그렇다고 자네가 놀고먹는다는 소린 아니고, 지금 당장은 할 일이 없다는 얘기지. 기자놈이 찾아올 때마다 간단하게 브리핑을 좀 해줘. 총경님이 아침저녁으로 기자님 문안인사 받을 일은 없지 않겠어? 이건 총경님 지시야."

"홍보관을 두면 되잖아요?"

"이봐, 이건 비공개 수사본부야. 뭘 홍보한단 말이야? 비공개라는 걸 홍보해? 여러분, 찾아주셔서 감사합니다만, 수사는 죄다 비밀이에요, 하고? 귀찮겠지만 자네가 좀 수고해줘. 조폭들 후려치던 솜씨로 기자놈 엉덩이나 톡톡 두드리면서 달래주란 말이야."

"차라리 서류철이나 만드는 게 낫겠어요."

"하하. 아직은 철할 서류도 없어. 다 자네를 믿고 맡기는 거야. 사회의 안녕을 위해서."

이경훈은 대답을 기다리지 않았다. 이경훈의 발소리를 들으며 박은희는 이백 원짜리 커피를 뽑았다. 오후의 졸음이 가라앉았다.

유제두 기자는 관리반 간이의자에 앉아 수첩에 무언가를 적고 있었다. 서류를 훔쳐보거나 주의를 두리번거리지 않고, 유제두는 고개를 푹 숙였다. 반곱슬머리와 밤색 숏 트렌치코트 깃 사이로 허연 목덜미가 보였다.

"유제두 기자님이시죠?"

유제두가 고개를 들었다. 풀어져 있던 눈코입이 한순간에 수축했다. 잠에서 깬 고양이 같았다.

"아, 예, 제가 유제두입니다. 박 경장님이시죠?"

유제두는 코트 안주머니에서 명함을 내밀었다. 고양이가 발톱을 내미는 것 같았다.

"귀찮게 해서 죄송합니다."

유제두가 허허 웃었다. 어색한 웃음이었다. 기자 같지 않아……. 박은희는 생각했다. 기자 같은 조급함이 없어……. 유제두의 얼굴은 지나치게 하얬다. 반곱슬머리칼이 눈썹 위에서 출렁거렸다. 머리를 감지 않아서인지 머리칼들이 지나치게 반짝였다. 유제두의 몸은 마르고 길어서 소년 같았다. 박은희는 명함을 주머니에 넣고 자리에 앉았다.

"자, 어디서부터 말씀 드릴까요?"

다이어리에 가득 적힌 살인범의 동선을 떠올리며 박은희가 물었다.

"아, 너무 급하시네요. 전 경장님 신문하러 온 건 아닙니다."

유제두가 또 어색한 웃음을 머금었다.

"신문은 제 전공이에요."

"예. 압니다. 피해자……심리요원인가…… 그렇다고 들었어요."

"대충 맞아요."

유제두는 손으로 형사실 문을 가리키며 말했다.

"여기서 이러지 말고 우리 어디 커피숍이라도 가서 얘기하죠. 전 경찰서를 아주 싫어하는 경찰기자랍니다."

"뭐, 그럴 필요까진……. 그냥 여기서 하시죠. 할 일도 있고."

"수사반장님이 대외비라면서 귀뜸해주시던데요. 박 경장님이 요즘 한가할 거라고."

이런 비열한 성게자식! 박은희는 쓴맛을 다시며 유제두를 따라 경찰서를 나왔다. 큰길 모퉁이에 스타벅스가 새로 문을 열었다. 따가운 가을 햇살이 직선으로 박은희의 피부를 찔렀다. 박은희가 따가운 얼굴을 들어 푸른 습자지 같은 하늘을 보았다. 적당하게 데워진 공기가 상쾌했다.

스타벅스는 비지스의 〈홀리데이〉로 가득 메워져 있었다. 이 노래를 들으면 박은희는 엉뚱하게 기형도를 연상했다. 심리학과 신입생 시절 박은희는 처음 연애를 했다. 철학학회 간사를 맡고 있던 3학년 복학생은 묵직하게 처진 어깨를 갖고 있었다. 그 어깨가 박은희를 유혹했다. 복학생은 박은희에게 『입 속의 검은 잎』을 선물했다. 박은희는 시로 여자를 유혹하는 고리타분한 방식이 마음에 들었다. 그때 박은희는 모든 고리타분하고 우울한 것들을 사랑했었다. 기형도는 죽기 육 개월 전에 「가는 비 온다」라는 시를 썼다. "언젠가 이곳에 인질극이 있었다/ 범인은 〈휴일〉이라는 노래를 틀고 큰 소리로 따라 부르며/ 자신의 목을 긴 유리조각으로 그었다." 어느 비 오는 여름날에 만취한 복학생은 박은희의 자취방을 찾아와서 징징거렸다. 날 사랑하지 않아? 응? 날 사랑 안 하는 거야? 복학생은 눈물과 땀을 뚝뚝 흘리며 전희도 없이 박은희의 처녀막을 파고들었다. 박은희는 쏏내 나는 아픔 속에서 이상하게도 기형도와 홀리데이를 떠올렸다. 이것은 어쩌면 섹스가 아니라 인질극 같은 것이라고 박은희는 생각했었다. 복학생은 그해 가을 무렵 다른 여학생에게 시집을 선물했다.

경찰서 앞의 스타벅스는 늘 옛 팝송을 틀었다. 스타벅스는 커피가 아니라 문화를 파는 곳이고, 한국에서 문화는 오래된 서양의 것들을 뜻한다. 자판기 커피를 이미 마셔버린 박은희는 민트티 톨사이즈를 시켰다. 유제두는 아메리카노 그란데사이즈와 초콜릿 가루가 뿌려진 티라미수 한 조각을 시켰다. 계산은 유제두가 했다. 티라미수를 포크로 뒤적이는 남자, 유제두는 아무래도 기자답지 않았다.

"박 경장님은 경찰 같지가 않아요."

유제두가 포크를 놓고 말했다.

박은희는 스타벅스에 내려 깔린 커피향의 운무를 맡고 있었다. 자판기 커피의 향은 노골적이다. 프리마와 설탕은 노골적으로 달착지근하다. 서울에 살기 위해선 이런 노골적인 것들에 있는 힘껏 익숙해져야 한다. 서울 시민들이 스타벅스의 터무니없는 가격을 받아들이는 이유는 노골적인 것들에 대한 저항이라고 생각했다.

"경찰은 뭐, 얼굴에 경찰이라고 써 붙이고 다니나요?"

박은희는 유제두의 말이 싫지 않았다. 전 세계의 모든 경찰은 경찰 같지 않다는 말이 싫지 않을 것이다. 유제두가 말했다.

"기자질을 하면서 알게 됐는데, 사람은 자신의 신분을 숨길 수 없어요. 습관이란 편리한 거예요. 누구나 주변 사람들의 습관에 적응해요. 비슷한 습관을 가지고 있으면 불필요한 마찰을 줄일 수 있으니까요. 그래서 직업군마다 독특한 태도나 어법을 갖게 돼요. 그런데 박 경장님한테는 경찰 냄새가 안 나요."

"유 기자님도 기자 냄새가 거의 안 나네요."

"그건 우리 둘 다 조직 내에서 외톨이라는 뜻이 될 수 있겠어요."

"유 기자님은 몰라도 저는 그렇죠."

유제두는 찰랑거리는 곱슬머리를 이마 위로 쓸어 올렸다. 손가락이 가늘고 길었다. 스타벅스 로고 밑으로 쏟아지는 오후의 햇살이 손가락을 관통했다. 가늘고 긴 그림자가 유제두의 얼굴에 깔렸다. 유제두의 인상을 부드럽게 만드는 결정적인 소품은 저 손가락일 거라고 박은희는 짐작했다. 그것은 박은희의 둥그렇고 쌍꺼풀진 눈과 같은 임무를 맡고 있었다. 박은희는 늘 귀엽다는 소리를 들었다. 원형에 가까운 큰 눈 때문에 박은희는 단발머리를 벗어난 적이 없다. 단발머리가 자신의 눈과 가장 잘 어울렸다. 박은희가 눈을 치켜뜨면 얼굴에 쌓인 세월의 더께들이 떨어져 나가고 어린아이가 드러난다. 박은희가 말했다.

"경찰에 들어온 지 삼 년밖에 안 돼요. 아직 적응을 못한 거 같아요."

"그…… 피해자심리요원인가…… 하는 건……."

"피해자심리전문요원이요."

"예. 그건 심리학 전공자 위주로 선발한다면서요?"

"임상심리학 석사 마치고 병원과 복지관에서 임상심리사로 일하다가 특채됐어요."

"실례되는 질문일지 모르지만, 왜 경찰에 지원했어요?"

"실례되는 질문이지만, 대답해드리죠. 답은 간단해요. 임상심리사란 직업이 지겨워졌어요. 경찰에 들어가지 않았으면 학원 강사라도 했겠죠."

"심리상담은 상당히 거룩한 일이라는 생각이 드는데요."

"사람들이 얼마나 자기 상처에 입을 닫고 사는 줄 아세요?"

"모르겠는데요."

"사람들은요, 자기 상처를 이야기하지 못해서 미쳐가고 있어요. 제가 심리상담을 한다는 걸 알면 분식집 아주머니까지 제게 개인적인 상처를 이야기해요. 오뎅꼬치 하나 더 주면서, 아주 진지한 얼굴로. 하지만 어느 순간, 책에 쓰인 공식대로 치료되는 사람은 하나도 없다는 걸 깨달았어요. 고대 그리스에선 여성의 신경증은 자궁이 불안정해서 발병한다고 생각했죠. 현대 임상심리학이 그보다 얼마나 발전했다고 생각하세요? 사람들을 더 잘 치료하는 건 심리학이 아니라 의사들의 메디케이션이죠. 투약이요. 알약 한 방이 수십 시간의 상담보다 나은 거예요. 현대 정신의학은 약발로 버티고 있어요."

"홈…… 그래서 경찰이 되셨다?"

유제두는 말꼬리를 올리며 가늘고 긴 손가락으로 턱을 받쳤다. 박은희는 그럴 필요가 없다는 것을 알면서도 유제두의 질문에 말려들었다. 유능한 기자라고 박은희는 생각했다.

"꼭 그래서는 아니지만…… 결과적으론 그렇죠. 저는 심퍼시가 강하다고 할까, 상대의 상처에 쉽게 공감하는 편이에요. 그게 문제였어요. 간호학과를 나와서 중환자실에 근무하던 선배 언니가 있었어요. 매일 사람이 죽어나가는 걸 봤죠. 그 선배가 병원을 때려치우고 뭘 한 줄 아세요? 생명보험 설계사예요. 말기암 환자를 도울 수 있는 건 간호사가 아니라 생명보험이라고 생각했답니다."

"박 경장님은 경찰로는 성공하신 것 같던데요? 형사과 폭력팀에 명성이 자자하더군요. 조폭들의 누님이라고."

"하하."

수사반장이 잘도 지껄였군! 박은희는 까르르 웃었다. 웃음을 그치고 눈을 동그랗게 뜬 박은희는 어린아이 같았다.

"새끼조폭들한텐 제가 도움이 됐나 보죠. 사실 걔들 마음은 하얀 백지 같아요. 취조 기술에 대해선 좀 아시죠? 불독처럼 생긴 형사 아저씨들이 얼굴을 구기고 잔뜩 겁을 준 다음에 제가 취조실에 들어가요. 살살 달래주면 위축됐던 애들은 금방 애착을 가져요. 누구에게나 배꼽이 있는 것처럼 누구에게나 마음에 급소가 있어요. 스무 살도 안 된 애들의 급소는 엄마일 가능성이 커요. 달래가면서 급소를 톡 건드리면 눈물이 쏟아지기 시작하고, 조직의 범행을 고백하는 건 시간문제죠. 그런 아이들은, 뭐랄까, 정이 가요. 그런 정은 심리학적 전이만은 아닐 거예요."

"박 경장님 마음에도 급소가 있나요?"

"있겠죠."

박은희는 가족을 떠올렸다. 부모를 마음대로 바꿀 수 있다면 악마에게 영혼이라도 팔겠다고 울부짖던 날들을 잊을 수 없었다. 가족은 외면할수록 깊어지는 상처 같은 것이었다. 박은희는 고개를 흔들었다.

"자, 취조는 그만하시고, 우리 본론으로 들어가요. 기자들은 굉장히 바쁘다고 들었는데 참 느긋하시네요."

"오늘은 좀 한가해요. 박 경장님처럼."

유제두는 이 대화를 즐기고 있는 것이 분명해 보였다.

"기사 첫머리에 제가 등장하는 건 아니겠죠? 서울경찰청 형사과 박은희 경장은 무척 한가한 경찰이었다. 수사본부 설립 당시 박 경장은 심심해서 몸부림치고 있었다, 하고? 이번에는 내 차례예요. 유 기자님은 왜 기자가 되셨어요?"

"아, 죄송하게도 그 질문엔 별로 이야기할 게 없어요. 무슨 이유에선지 어릴 때부터 기자가 돼야겠다고 생각했어요. 특별히 글을 잘 쓰는 것도 아니고 거창한 사명이 있었던 것도 아닌데, 그냥 그렇게 생각했어요. 보통 이런 질문을 받으면 거짓말을 지어내죠. 어릴 때부터 문학소년이었다느니, 밤마다 르 클레지오 같은 시적인 문장을 고민한다느니……."

"그 작가, 들어본 적 있어요. 얼마 전에 무슨 상을 탔다던데……."

"노벨문학상이요. 무슨 상이냐는 말은 상당히 당혹스럽네요."

"뭐, 소설은 잘 안 읽어요. 제가 좀 무식한 편이죠. 그런 점에서 조폭하고 궁합이 잘 맞는 것 같아요."

유제두는 씩 웃으며 종이컵을 들었다. 검은 아메리카노가 내려갈 때, 유제두의 목울대가 가볍게 오르내렸다. 유제두의 후골이 긴 목의 한가운데에 톡 튀어나와 있었다.

"그럼 박은희 경장님이 그렇게 원하시는 본론이란 걸로 들어가 보죠. 세 건의 범행에 대해선 대강 알고 있어요. 저는 유능한 기자랍니다. 분석관의 브리핑도 알고 있어요. 백상아리 같은 놈이라고…… 그거 어디서 인용한 거 같지 않아요?"

"분석관은 많이 긴장하고 있어요. 그게…… 좀 불안해요."

"불안이요?"

"판단을 내려야 하는 사람이 긴장하면 자기 확신에 빠지게 마련이죠. 추론하기보다는 결론을 먼저 내려놓고 거기에 끼워 맞추는 위험에 빠지기 쉬워요. 프로파일링에는 그게 제일 치명적이죠. 이런 얘기는 기사에 쓰지 마세요. 그건 그렇고, 범행 개요와 범죄분석 브리핑을 알고 계시면, 지금은 더 드릴 말씀이 없는데요. 궁금하신 게 뭐죠?"

"놈이 왜 죽이는 것 같습니까?"

"오, 그걸 알면 여기서 기자님과 이야기할 이유도 없어요. 그냥 가서 잡으면 되니까."

"놈이 현장에서 살인을 한 건 맞습니까?"

"무슨 말씀이세요?"

"그러니까 놈이 희생자를 어디서 죽인 뒤에 현장으로 끌고 온 건 아닌가 하는 거죠."

"두 건의 현장에는 검시관도 동행했어요. 직장의 온도를 볼 때 죽은 지 다섯 시간이 넘지 않았어요. 가출소녀의 경우는 말할 것도 없죠. 현장에서 죽은 게 확실하니까. 시체들에는 사망 뒤 바닥에 끌린 자국 같은 게 없었어요. 인위적인 손상도 없었고."

박은희는 서울시경 현장분석실에서 작성한 미세증거물 분석보고서를 떠올렸다. 첫번째 피살자인 모터사이클 선수의 사체에선 작은 티슈 조각밖에 발견되지 않았다. 두번째 피살자인 예비역 대령의 사체에선 진드기, 바퀴벌레, 귀뚜라미 등의 조각, 면섬유, 수성페인트 조각 등이 나왔다. 차 뒷좌석이나 창고에서 나올 수 있는 평범한 증거물들이었다. 놈이 마취된 피살자를 차량으로 운반했으므로, 분석하지 않아도 예상 가능한 증거물들이었다. 세번째 희생자인 가출 소녀의 몸에서는 과자부스러기나 창고에 널려 있는 중국산 섬유들이 나왔다. 지문과 체모는 없었다. 없어도 너무 없었다. 그것이 문제였다.

"타살은 맞습니까?"

유제두의 질문에 박은희는 사체검안서와 부검감정서를 떠올렸다. 유제두는 박은희 머릿속에 저장된 서류를 하나하나 뒤적이며 밑줄을 긋고 있는 것 같았다.

"부검 결과에 따르면 모두 경부 압박에 의한 질식사예요. 밧줄에 매달려 죽었기 때문에 설골 손상 같은 건 없었지만, 목에 삭흔이 선명했고 그 자국은 밧줄과 일치했어요. 약물 주입이나 옷 도난 등 주변 정황으로 보면, 타살을 의심할 순 없어요."

유제두가 바지 뒷주머니에서 수첩을 꺼내며 말했다.

"이 사건은 뭔가 좀 이상해요. 귀신이 죽인 것 같지 않아요? 희생자들은 왜 놈을 두려워하지 않았을까요? 성적인 매력 때문이라면 가출소녀나 꼬여낼 수 있는 거죠. 남자들은 잘생기고 건장한 남자에게 호감을 느끼지 않아요. 오히려 경계하지요. 모터사이클 선수나 대령이 게이인 것도 아니고."

박은희가 고개를 끄덕였다. 유제두는 날카로웠다. 부스스한 얼굴로 현장에 달려와서 피해자 옷 색깔이 뭐냐고 질문하는 수습기자들과는 차원이 달랐다. 유제두의 질문은 사건의 약한 고리들을 정확하게 짚었다. 저 여린 얼굴 어디에 사건기자의 차가운 피가 흐르고 있는지 박은희는 짐작할 수 없었다. 박은희는 네 가장자리가 닳아 버린 유제두의 수첩을 보며 말했다.

"이상한 건 그것만이 아니에요. 범죄현장은 범인의 욕망을 보여 주는 거울이죠. 놈은 현장을 청소하고 물건들의 배치를 건드렸어요. 하지만 그게 너무 자연스러워요. 피살자의 옷 말고는 가져간 물건도 없는 것 같고, 주변을 요란하게 꾸며놓지도 않았어요. 아무것도 가장하지 않은 것처럼."

"가장?"

"현장은 범인에게 무대예요. 이게 우발적인 살인은 아니잖아요? 보통 이런 유의 무동기 범죄들, 특히 연쇄살인은 범죄현장 자체가 환상을 실현하는 도구예요. 어떤 놈들은 여성 사체에 웨딩드레스를 입혀 소파 위에 앉혀놓아요. 사체를 여행가방이나 가전제품으로 두 겹 세 겹 덮어놓는 놈도 있어요."

"그냥 죽이는 놈은 없습니까?"

"놈들의 목적은 피살자를 죽이는 게 아니에요. 놈들이 원하는 건 피살자의 고통이에요. 고통을 통해서 상대를 지배하고 있다는 쾌감을 느끼는 거죠. 살인이 목적이었다면 피살자의 눈이나 성기를 형체가 없어질 정도로 난자하지도 않고, 친애하는 주인님이라고 부르라거나 무릎을 꿇으라고 요구하지도 않죠. 피살자의 몸을 묶고 목을 서서히 조르면서 얼굴이 부풀어 오르고 동공이 풀리는 걸 감상하지도 않고. 놈들은 살인을 위한 가장 효율적인 지름길을 포기하고 에둘러 가는 거예요. 이런 행위들이 현장과 사체에 고스란히 남아 있게 마련이에요. 그런데, 이놈은 무서울 정도로 단순해요."

"현장을 정리하거나 뭔가를 가져가는 게 아니라 뭔가를 가져다 놓는 놈들은 없습니까?"

유제두의 질문에 박은희는 정신이 번쩍 들었다. 졸다가 찬물을 덮어쓴 것처럼, 박은희의 팔뚝에 소름이 돋았다. 왜 그 생각을 못했을까. 놈이 현장에 무언가를 가져다 놓은 것은 아닐까? 아주 작고 눈치챌 수 없는 무언가가 모터사이클 선수의 더러운 자취방 벽 틈이나 산장 창고 기둥 뒤나 쇼핑몰의 어둠 속에 웅크리고 있는 건 아닐까? 박은희는 현장사진들을 다시 살펴봐야겠다고 생각했다.

"예리한 질문이에요. 하지만 아직까지 그런 흔적은 발견되지 않았어요."

유제두는 수첩을 뒤적였다. 스프링에 묶인 낡고 얼룩진 갈피들이 날개를 퍼덕거렸다. 유제두는 중요한 질문들을 수첩에 적어놓고 되새김하는 것 같았다. 질문들이 바지 뒷주머니에서 유제두의 체중에 눌려 더욱 단단해졌을 것이다. 박은희는 중얼거렸다.

"기자한테는 수첩이 보물이겠어요."

"보물이라기보다는 무기죠."

"수첩을 잃어버리면 어떡해요?"

"언젠가 중요한 인터뷰를 끝내고 화장실에서 볼일을 보다가 수첩을 변기에 빠뜨렸어요. 어떻게 했냐고요? 먹을 걸 앞에 두고 할 얘기는 아닌데, 수첩을 건져내서 변기 위에 한 장 한 장 늘어놓고 화장실 손 건조기에 말렸어요."

긴 손가락으로 변기 속의 수첩을 건져내는 유제두를 박은희는 상상할 수 없었다. 계속 수첩을 뒤적이던 유제두는 마침내 질문 하나를 찾아냈다.

"사체는 정말 흔적 하나 없이 깨끗했나요?"

"놈이 티슈로 닦아냈어요. 지문도 체모도 미세증거물도 나오지 않았어요."

"사체의 자세는?"

"자세요?"

"놈이 사체의 자세를 제 맘에 맞게 조작하지 않았나 하는 거예요. 그것도 흔적이라면 흔적이죠. 놈은 시체를 일부러 끌어내렸어요. 시체에 뭔 짓이건 하지 않았겠어요?"

박은희는 현장감식 보고서를 떠올렸다. 박은희가 잊고 있던 중요한 문제들을 유제두가 공략했다. 유제두는 상대의 허술한 가드 위로 스트레이트를 날리는 권투선수 같았다.

"특별한 자세는 없었어요. 시체가 요가를 하거나 공중부양을 하는 것도 아니고. 모터사이클 선수는 알몸으로 양말만 신고 다리를 대자로 벌리고 있었어요. 퇴역 대령과 가출소녀는 그보다는 더 얌전한 자세였던 것 같네요. 제대로 확인은 안 해봤지만."

"양말을 신었다고요?"

"네. 그냥 평범하고 냄새나고 증거 한 오라기 없는 양말."

"거참 이상하네요."

듣고 보니 이상한 것 같다고 박은희는 생각했다. 그렇게 치밀한 놈이 왜 양말은 남겨뒀을까? 보기 좋아서? 유제두가 물었다.

"그러니까 놈이 기괴한 환상을 가진 변태 자식이라서 이런 짓을 저지르는 건가요?"

"이런 범죄는 대부분 지배욕 때문에 생겨요. 무력한 상대를 제 맘대로 주무르면서 쾌락을 느끼는 거예요."

"그런데 교수형 매듭은 무슨 의미죠?"

"아시겠지만, 교수형 매듭은 한 번 조이면 절대 풀리지 않아요. 단단하고 부드럽게 목을 조여요. 놈은 살인을 위해 집에서 고리 위로 열두 번 밧줄을 감는 매듭을 연습했을 거예요. 밧줄을 미리 만들어서 현장에 가져왔을 가능성이 커요."

"그건 혹시 단죄나 처형의 의미는 아닐까요?"

"글쎄요……. 놈이 피살자에게 증오심을 가지고 있었다면 사체가 그렇게 멀쩡하진 않았을 거예요. 구타나 자상의 흔적이 있어야 해요. 어쨌든 특이하긴 하죠."

유제두는 수첩을 덮었다.

"오늘은 이쯤 해두죠. 아주 훌륭한 답변이었습니다. 놀라울 정도로. 그냥 서류나 정리하는 수준이 아니에요."

박은희는 창 너머를 바라보았다. 햇살이 사선으로 기울었다. 낙엽들이 긴 그림자를 끌며 보도블록을 배회했다. 가을의 오후는 짧고 쓸쓸하다. 박은희가 말했다.

"이 사건은 왠지 구미를 당겨요. 흥미진진한 천 피스짜리 퍼즐 같다고 할까……. 지금 상태로는 이 퍼즐을 맞추는 게 불가능해요. 하지만 가능성은 있어요."

"가능성?"

"놈을 잡을 수 있는 유일한 방법은 놈이 입을 열도록 하는 거예요. 놈은 무언가를 말하고 싶어 해요. 지금은 아주 조심스럽지만 점점 더 대담해질 겁니다. 그게 놈의 유일한 빈틈이에요."

"그럼 그때까지 손 놓고 기다릴 수밖에 없나요?"

박은희는 어깨를 으쓱했다.

"아직까진 할 일도 별로 없잖아요. 경찰이나 기자나."

유제두는 식은 커피를 마셨다. 줄리 런던의 졸린 목소리가 스타벅스 바닥을 기어 다녔다. 커피 잔을 내려놓고 유제두는 씩 웃었다. 소년처럼 장난기가 넘치는 미소였다.

"저도 이 사건에 관심이 많습니다. 업무적 관심 그 이상이에요. 한국 사회에서는 아마 최초로 나타난 범죄유형인 것 같아요."

"뭐, 그럴 테죠."

"그래서 말인데요. 우리, 이 퍼즐을 같이 풀어보는 게 어때요?"

"왠지 언론의 정보원이 되라는 말처럼 들리네요."

"천만의 말씀. 탐정놀이라고 해두죠."

박은희와 유제두는 거리로 나섰다. 공기가 벌써 차가워지고 있었다. 유제두는 트렌치코트 깃을 세우고 경찰서 지하주차장으로 달려갔다. 어깨가 축 처져 무거워 보였다.

박은희는 수사본부 관리반 책상으로 돌아왔다. 수사반 책상들이 거의 비어 있었다. 시큼털털한 김밥 냄새가 책상 어딘가에서 흘러들었다. 형사들은 매일 김밥을 먹고 거리로 나가 사용가치가 없는 단서들을 물어왔다. 관리반 책상 위에 단서들이 시체처럼 쌓여갔다. 박은희의 머릿속은 어수선했다. 유제두 기자의 질문 몇 가지가 가장자리를 간신히 맞춘 퍼즐을 흩어놓았다. 박은희는 체계적이지 못한 것들을 경멸했다. 밤중에 귀가하여 집이 어수선한 것을 참고 잠이 들었다면, 박은희는 새벽에 깨어 청소기를 돌렸다. 박은희는 서울경찰청 행동과학팀 구내번호를 검색하고 전화를 넣었다. 범죄분석관 서영혜 경사가 자리에 있었다.

"안녕하세요. 서 경사님. 전 폭력1팀 박은희 경장이에요."

"네, 안녕하세요. 지금 수사본부 소속이시죠?"

통화음이 약했다. 서영혜는 수화기를 어깨에 낀 채 서류에 코를 박고 있을 것이다.

"바쁘신데 죄송해요. 범죄 관련 기록을 정리하다 이상한 점이 있어서요. 모터사이클 선수가 양말을 신고 쓰러져 있었죠?"

"음…… 맞아요. 그게 이상하셨군요."

서영혜의 대꾸가 심드렁했다. 양말에 대해서 서영혜는 수차례, 혹은 수십 차례 검토를 거쳤을 것이다. 박은희가 물었다.

"다른 피살자는 양말이 벗겨져 있었는데요, 혹시 양말에 어떤 의미가 담겨 있을까요?"

"저희도 분석을 해봤습니다. 별로 중요하지 않은 문제일 수도 있어요. 하지만 특별히 의미를 부여한다면…… 양말은 나신을 더 성적으로 보이게 하죠. 섹슈얼리티를 강화한달까……. 어떤 사람들은 양말을 신고 성교를 해요. 혹시 〈메두사호의 뗏목〉이라는 그림 아세요?"

"잘 모르겠는데요."

"메두사라는 난파한 배의 선원과 승객들을 그린 그림인데요, 제리코란 화가가 그려서 센세이션을 일으켰죠. 그림에 양말을 신고 성기를 드러낸 채 죽은 남자가 등장해요. 이미지가 아주 강렬하면서도 가학적이죠. 첫번째 피살자의 자세가 〈메두사호의 뗏목〉과 비슷하다는 전문가의 의견도 있었어요. 하지만 놈이 그림을 모방했는지는 아직 확실하지 않아요. 우연일 가능성이 더 크죠."

"어쨌든 양말이 가학적인 섹슈얼리티를 드러내기 위한 도구일 수도 있다는 거죠?"

"어, 쩌, 면. 어쩌면 그럴 수도 있다는 거예요."

서영혜는 '어쩌면'에 힘을 주었다. '어쩌면'에 강세를 주기 위해, 서영혜는 서류 더미에서 고개를 들었을 것이다. 비전문가의 확대해

석은 전문가를 늘 귀찮게 한다. 비전문가들은 늘 시끄럽다. 조금씩 서영혜는 박은희를 불편해하는 것 같았다.

"고마워요. 그냥 궁금해서 여쭤봤어요. 수고하세요."

박은희는 서둘러 전화를 끊었다. 포털사이트에서 '메두사호의 뗏목'을 검색하고 박은희는 모니터를 노려보았다. 양말을 신은 시체의 발이 검푸른 바다 위에 떠 있었다. 강풍에 밀려 작은 돛이 찢어질 듯이 부풀고 뗏목 뒤로 태산 같은 파도가 몰려왔다. 알몸의 시체가 고개를 뒤로 꺾고 죽어 있었다. 수염이 덥수룩한 남자가 시체를 다리 사이에 끼고 있다. 시체를 동료가 아니라 최후의 식량으로 여기는 것 같은 남자는, 얼굴에 어떤 슬픔의 흔적도 없다. 시체는 사타구니를 벌리고 남자에게 안겨 있다. 시체의 성기가 그림의 정면에 드러났다. 세네갈을 영국에서 되찾기 위해 배를 타고 가다 난파한 프랑스인들에게 박은희는 흥미를 느낄 수 없었다. 그들이 죽은 동료의 고기를 뜯었던 것은 두 세기 전의 일이다. 박은희의 관심을 끈 것은, 가학적 변태들이 좋아할 만한 저 시체의 포즈였다.

박은희는 가명동 원룸 빌라의 현장사진을 꺼냈다. 메두사호의 시체가 그 사진 안에 있었다. 모터사이클 선수의 유일한 무기였던 성기가 벌린 사타구니 사이에 도드라져 보였다. 시체의 성기는 박은희가 경험했던 것들보다 털이 뻣뻣하고 사이즈가 크고 귀두가 오른쪽으로 휘어져 있었다. 어쩌면 놈은 저 성기를 부각시키기 위해 양말을 신겼을지 모른다고 생각했다. 그랬다면 놈이 인위적으로 배치한 방 안의 모든 소품이 저 성기의 광휘 아래 복종하고 있을 것이다.

뭔가를 가져다 놓는 놈들은 없습니까? 박은희는 유제두의 질문을 떠올렸다. 원룸은 좁았다. 놈이 뭔가를 가져다 놓을 작은 틈은 보이지 않았다. 박은희는 현장증거 목록을 살펴보았다. 책장에 꽂힌 몇 권의 책들에는 메모나 밑줄 하나도 없었고 책갈피에 종이쪽지 한 장 끼어 있지 않았다. 옷장에는 쫄쫄이 나일론 티와 모터사이클 재킷들이 걸려 있었다. 매트리스에서 검출된 체모는 전부 피살자의 것이었다. 시체의 성기에도 뭔가를 끼워놓은 흔적이나 외상이 없었다. 박은희는 고개를 절레절레 흔들었다. 놈이 뭔가를 가져왔다면 일찍 발견돼야 했다. 숨겨놓는 게 아니라 전시하는 물건이기 때문이다.

박은희는 마지막으로(이번이 마지막일 거라고 생각하면서) 현장 사진들을 하나씩 확인했다. 박은희의 머릿속에서 수십 번 재생된 풍경들이 그 안에 담겨 있었다. 사진을 보면서 박은희는 자신이 좁고 더러운 그 방에 갇혀 있는 느낌을 받았다. 박은희의 손은 다섯번째 사진에서 멈췄다. 애인의 사진첩을 찍은 사진이었다. 애인들은 사진첩 안에서 속옷 차림으로 다리를 꼬고 있었고 가슴을 드러낸 여자들도 있었다. 큰 유방에 유두가 튀어나온 여자들이었다. 사진첩 너머로 프레임 왼쪽 상단에 소형 냉장고가 보였다. 자취생들이 즐겨 쓰는 50리터짜리 원도어 냉장고였다. 박은희는 다시 증거 목록을 살폈다. 냉장고 속은 가난했다. 오비 캔맥주 몇 개, 소주 두 병, 곰팡이가 핀 계란말이, 한 주먹 분량의 고기가 있었다.

고기?

증거 목록에는 종별과 부위를 표시하지 않고 '고기'라고만 표기돼 있었다. 박은희는 어떤 고기인지 알고 싶었다. 자신이 신뢰할 수 없는 가정에 사로잡혀 모든 것을 과잉 해석하고 있는 건 아닌지 불안했지만, 고기는 확인할 필요가 있었다. 박은희는 가명서에 전화를 넣어 담당형사의 휴대폰번호를 받았다.

"여보세요? 누구쇼?"

중년 남자의 걸걸한 목소리가 수화기에서 흘러나왔다. 목소리와 함께 자동차의 소음과 행인들의 말소리가 섞여 나왔다. 형사는 길거리에 있는 것 같았다.

"안녕하세요. 서울청의 박은희 경장이에요. 강경태 경사님이시죠?"

"무슨 일이쇼?"

강 형사는 무뚝뚝했다.

"사월에 발생한 가명동 살인사건 담당이셨죠? 한 가지 궁금한 게 있어서요."

"아…… 그거? 수사본부분이신가?"

"맞아요."

"그거 보고서에 다 있잖아? 지금 좀 바쁜데……."

"한 가지만 확인하면 돼요. 피살자 냉장고 말이에요, 그 안에 고기가 있었어요?"

"있었지."

"어떤 고기였어요?"

강 형사가 갑자기 키득거렸다.

"개고기였수. 삶은 개 껍데기하고 만년필."

"만년필?"

"숙녀분한테 얘기하기가 거시기한데 말이야……. 쉬운 말로 해서 개 자지야. 남자들 세계에선 만년필이라고 부르지."

"그런 것도 먹어요?"

"난 안 먹어봤지만 정력에 아주 좋대요, 그게……. 피살자 생활을 보아하니, 정력이 많이 필요하겠두만."

"그건 보존돼 있어요?"

"뭘 그런 것까지 보존하나. 감정 결과 삶은 개 자지라는 게 확인됐고 아무 증거도 안 나왔어."

"아, 감사합니다."

"그럼 수고하쇼. 범인 잡으면 내가 얼굴 보고 싶어 한다고 전해주고."

남자들이 수캐의 성기를 먹는 이유를 박은희는 알 수 없었다. 아마도 그건 중년 남자들의 미신이나 희망일 것이다. 늙어가는 사람은 미신과 희망 없이는 살 수가 없다. 박은희는 남자들이 코끼리 성기나 고래 성기에 희망을 걸지 않아 다행이라고 생각했다. 전화를 끊고 박은희는 메두사호의 뗏목을 생각했다. 시체의 사타구니에 늘어진 성기를 떠올리는 순간, 박은희는 '만년필'을 범인이 가져다 놓았다고 확신했다. 근거가 너무 희박해서 누구에게도 말할 수 없었지만, 박은희는 그렇게 믿었다. 첫번째 살인극의 주제는 성기였다.

박은희는 두번째 피살자인 퇴역 대령의 자세를 확인했다. 대령은 두 다리를 가지런히 뻗고 모로 누워 있었다. 시체의 왼손이 손바닥을 위로 향한 채 바닥에 놓여 있었고 오른손은 대령의 입가에 살짝 얹혀 있었다. 마디가 굵은 검지가 대령의 창백한 입술을 가로질렀다. 시체는 주변의 비둘기들에게 조용히 하라고 신호를 보내는 것 같았다. 시체에는 어떤 메시지도 담겨 있지 않은 것 같았다. 공중에 매달렸다가 추락한 상태 그대로, 시체는 자연스러웠다. 그러나 박은희는 이제 시체를 다른 시각으로 보기 시작했다. 대령의 자세는 조작되었을 것이다. 상상력을 동원하고 가정을 억지로 짜 맞춘다면, 두번째 살인극의 주제는 '입'이 아닐까. 불안했지만, 박은희는 그대로 밀고 나가기로 했다. 밀고 나가도 된다. 그냥 밀고 나가도, 아무도 피해를 입지 않는 탐정놀이일 뿐이다.

박은희는 가평 별장 창고의 증거 목록을 살폈다. 이번에는 의심 가는 냉장고 같은 것은 없었다. 증거 목록은 창고의 어수선한 풍경 그대로 어수선했다. 쓰다 만 공구들, 망가진 의자와 탁자, 종이박스 안에 가득한 문예단체 잡지들이 꼴사납게 뒤엉켜 있었다.

"관리반장님. 범행현장인 별장 창고를 허물거나 하진 않았죠?"

박은희가 물었다.

"그런 얘긴 못 들었어."

박은희는 가평에 다시 가보기로 결심했다. 오후 6시, 박은희가 가방을 들고 사무실을 나설 때 전자결재 목록을 훑어보던 관리반장이 고개를 들고 눈살을 찌푸렸다.

"아주 신났군."

　일 년째 덜거덕거리는 불구의 미션을 끌어안고 달리는 박은희의 빨간색 마티즈는 흔들림이 심했다. 차 안은 깨끗했다. 운전석 깔개에 작은 얼룩 하나도 없었다. 박은희는 자신의 청결하고 완벽한 체계에 누군가 침입하는 것을 좋아하지 않았다. 자동차 정비공이 마티즈의 내장을 뒤적이는 순간을, 박은희는 계속 미루고 있었다. 흔들리는 차 안에서 박은희는 외곽순환도로의 전 차선이 서서히 지체되는 것을 보았다. 맞닿은 범퍼들 사이로 어둠이 깔렸다. 도로에는 전조등의 잔치가 시작됐다. 외곽순환도로를 빠져나와 23번 국도를 타자 시야가 트였다. 국도변에 논밭이 펼쳐져 있었다. 머리가 노란 벼들이 목 밑까지 어둠에 잠겼다. 벼들은 가을 저녁을 떠다니는 황금 알갱이들 같았다. 박은희는 어린 딸의 손을 잡고 어느 가을 들녘을 걷던 아버지를 기억했다. 그곳이 어디인지는 기억나지 않았다. 아버지는 통통하게 익은 벼들을 손으로 훑어 쌀 알갱이 몇 개를 건네주었다. 고소하지? 아버지는 그렇게 말했던 것 같다.

　차는 가평 시내를 지나 전원주택들이 많은 구영면으로 향했다. 피살현장은 전원주택촌에서 1킬로미터 떨어진 산자락에 있었다. 전원주택촌부터 별장까지는 포장되지 않은 좁은 길을 달려야 했다. 날이 완전히 어두워졌을 때 박은희는 별장 담 옆에 차를 주차했다. 별장 본채에선 불빛이 새어나오지 않았다. 박은희는 손전등을 가져오지 않은 것을 후회했다. 별장 뒤에 2급 지방하천인 정인천이 흐르고 있어서 졸졸거리는 개울물 소리가 들렸다. 물소리에 맞춰 살찐 개구리들이 울었다. 별장의 담은 아담해서, 별장지 경계에 허리 높이의 흰색 판자를 줄지어놓은 정도였다. 넓은 정원으로 들어가는 문이 열려 있었다.

박은희는 어둠을 더듬으며 별장지 안으로 들어갔다. 현관까지 자갈들을 그냥 깔아놓은 길이 이어졌다. 자갈들이 박은희가 걸을 때마다 달각거렸다. 정원은 손질이 잘돼 있었다. 넓은 잔디밭 한가운데에 바비큐 파티용일 것 같은 파라솔과 나무의자들이 보였고 정원수들 밑에 누군가 쓸어놓은 낙엽들이 소복이 쌓여 있었다. 사건이 일어나기 전까지 이곳은 한적하고 안전한 별장이었다. 별장 주인은 개방적이고 자연친화적인 구조를 좋아하는 사람인 것 같았다. 박은희는 현관 앞에서 벨을 눌렀다. 인기척이 없었다.

박은희는 원목에 흰 페인트를 칠한 벽을 더듬으며 본채 뒤로 돌아들어갔다. 벽이 이슬방울들로 축축했다. 건물이 달빛을 가려 어둠의 밀도가 높아졌다. 점액질의 어둠이 박은희의 눈꺼풀에 들러붙었다. 별장 창고는 검은 망토를 뒤집어쓴 것처럼 실루엣만 보였다. 목재 조각과 시멘트 통 같은 것들이 좁은 길에 널려 있었다. 참나무 각목이 발목에 걸려서 박은희는 넘어질 뻔했다.

제길!

박은희는 묵직한 시멘트 통을 발로 찼다. 깡통의 비명 소리가 허공으로 흩어졌다. 길 위에 강아지풀, 괭이밥, 질경이, 민들레 들이 무성했다. 길은 들풀의 정글이었다. 강아지풀이 송충이 같은 혓바닥을 사방에서 날름거리고 바람이 불 때마다 수상하게 흔들렸다. 범인의 완벽한 족적이 발견되지 않은 이유는 풀 때문이었다. 놈은 박은희처럼 담벼락에 차를 세우고 정원의 자갈길을 가로질러 창고로 들어갔을 것이다. 대령은 놈의 어깨 위에서 잠에 빠져 있었다. 범인의 차량을 본 목격자가 없는 건 당연했다. 이곳은 인적을 찾아볼 수 없는 요새였다. 박은희는 놈이 이곳을 다시 방문했을지도 모른다고 생각했다. 왜 이제까지 그 생각을 못 했을까. 인터넷 매체가 발달한 요즘은 범인이 현장을 다시 찾지 않는다는 것이 통설로 굳어 있다. 범인들은 마우스를 클릭해서 현장상황과 경찰의 수사방향을 확인한다. 그러나 놈이라면 이곳을 맨눈으로 다시 보고 싶었을 것이다. 놈은 참아도 너무 참았다. 시체의 오른손 하나만 얌전하게 입가에 올려놓고 돌아서서, 놈은 매일 밤 아쉬움에 몸부림쳤을 것이다. 놈은 이 적막한 곳에서 풍겨오는 풀 냄새를 다시 맡고 싶었을 것이다. 놈은, 어쩌면, 뭔가를 가져다 놓거나 가져갔을지 모른다.

박은희는 놈의 숨결이 등에 달라붙는 것 같아 소름이 끼쳤다. 어둠이 그녀에게서 전의를 빼앗았다. 귀뚜라미들이 미친 듯이 울부짖었다. 마티즈의 안락한 운전석으로 달려가고 싶은 마음을 박은희는 간신히 다독였다. 별장 본채의 그늘이 끝나고 달빛이 살아났다. 썩은 나무 냄새가 나는 창고의 넓적한 문이 보였다. 문 한가운데 굵은 쇠사슬과 자물쇠가 달빛을 받아 번쩍였다. 박은희는 온몸에 힘이 빠졌다. 어처구니가 없군……. 창고 문이 다시 봉쇄돼 있을 거라는 생각을 하지 못할 만큼 박은희는 성급했다. 박은희는 자신의 퍼즐에만 빠져 있었다. 갑자기 등 뒤에서 회중전등 불빛이 다가왔다. 전등이 일직선으로 박은희를 향해 돌진했다. 저벅저벅, 누군가의 발에 잔가지가 밟히는 소리가 났다. 박은희는 어디에도 숨을 곳이 없다는 사실을 깨달았다. 박은희가 등을 돌렸을 때, 전등의 불빛이 눈을 아프게 찔렀다.

"누구야? 여기서 뭐 해?"

덩치 큰 사내의 그림자가 고함을 질렀다. 긴장이 느껴지는 목소리였다. 박은희는 두 눈을 손으로 가리며 전등 너머의 얼굴을 쏘아보았다. 앞머리가 벗겨진 초로의 남자였다.

"경찰이에요. 전등 좀 치워요."

사내가 전등을 내리고 얼굴을 쑥 내밀어 박은희를 탐색했다. 입이 튀어나오고 주름이 많은 남자였다. 박은희는 지갑에서 신분증을 꺼냈다.

"경찰? 젊은 처자가 이 밤중에 왜 왔수?"

"누구세요?"

"이 별장 관리하는 사람이요."

"아, 여름에 일어난 사건 때문에 조사할 게 있어서 왔어요."

박은희의 다리가 후들거렸다. 사내가 투덜거렸다.

"조사는 무슨……. 만날 조사만 하다가 볼일 다 보겠군."

"경찰들이 자주 오나요?"

"계량기 검침하듯 수시로 오지. 하지만 이렇게 밤중에 오진 않아."

"창고 열쇠 가지고 계시죠? 잠깐 둘러보고 갈게요."

관리인은 투덜거리며 자물쇠를 열었다. 가을이지만 관리인은 벌써 모자가 달린 겨울 파카를 입고 있었다.

"그 지랄 맞을 사건 때문에 주인이 별장을 내놨수. 헌데 사려는 사람이 없어. 주인이 참 안됐어."

"별장에서 사세요?"

"아니. 마누라랑 읍내에서 식당 해. 아침저녁으로 여기 들러."

창고 문이 열렸다. 묵은 나무와 먼지 냄새, 비둘기 똥 냄새가 다가왔다. 관리인이 들어가서 백열등을 켰다. 노란 불빛 아래에서 창고는 더욱 음산해 보였다. 책 상자와 부서진 가구들이 한쪽에 쌓여 있었다. 박은희가 눈여겨볼 것은 아무것도 없었다. 관리인은 부지런한 사람이었다. 정원수와 잔디처럼 사건현장도 말끔히 정리돼 있었다. 밧줄에 긁힌 서까래를 올려다보며 박은희는 관리인에게 물었다.

"시체를 보고 꽤 놀라셨겠어요."

"말도 마슈. 난 심장이 약해. 쓰러질 뻔했어. 아침에 일어났는데 꿈자리가 안 좋더란 말이야. 그래서 일찌감치 별장으로 갔어. 본채 둘러보고 창고로 가는데 목 뒤가 왠지 으슬으슬하더라, 이 말씀이야. 쇠사슬이 끊어진 걸 보고 첨엔 도둑놈이 든 줄 알았어. 근데 이 빌어먹을 창고에 훔쳐갈 게 있어야지. 바닥에 허연 고깃덩어리가 쓰러져 있을 줄 누가 알았겠어?"

"시체를 건드리거나 하진 않으셨죠? 혹시 손을 입에 가져다 놓거나……."

"어떤 인간이 시체를 만지나? 보자마자 뛰어나가서 신고했지."

"시체의 입을 보셨어요?"

"기억도 안 나. 근데 왜 입을 자꾸 물어? 입에 범인 이름이라도 써 있나?"

범인은 이 창고에 한 번 이상 와본 적이 있다. 범행 전부터 놈은 창고의 구조와 주변 지리를 잘 알고 있었다. 관리인이라면 여기 드나든 인간들을 기억하고 있을 것이다.

"별장 관리 오래 하셨어요?"

"뭐, 한 십오 년 됐는가…… 싶네."

"주인이 바뀐 적은 없어요?"

"지금 주인이 세운 별장이야."

"창고엔 어떤 사람들이 드나들었을까요?"

"이런 똥 냄새 나는 창고에 누가 오겠어? 주인도 잘 안 와. 무슨 예술단첸가 어디선가, 거 왜 별장 주인이 감투 쓰고 있는 단체 있잖아. 거기서 잡지나 책 남는 거 모아다가 이리로 실어 나르지. 알바생 두어 명하고 트럭 운전사하고 가끔 들락날락해."

"혹시 수상한 행동을 하는 알바생은 없었어요?"

"젠장. 그런 게 기억이 나겠나. 알바 애들은 다 착했어."

트럭 운전사는 아닐 것이다. 범인은 그런 직종과 거리가 멀다. 십여 년 전 무거운 책 상자를 나르는 어느 대학생을 박은희는 상상해보았다. 허여멀건 얼굴에 구슬땀을 흘리는 그 얌전한 대학생은, 창고를 보며 흥분했을 것이다. 박은희는 그에게 다가갈 길을 찾고 싶었다. 박은희는 그를 보고 싶어 미칠 지경이었다.

박은희와 관리인은 창고를 나왔다. 관리인이 자물쇠를 다시 채우는 동안 박은희는 창고 지붕 위에 떠 있는 검푸른 하늘을 올려다보았다. 납작한 상현달이 중천에 떠 있었다. 어둠이 달의 가장자리를 베어 먹었다. 그때 박은희는 범인이 왜 이 창고를 선택했는지 깨달았다.

"아저씨, 창고 지붕 뒤쪽에 피뢰침처럼 서 있는 것들은 뭐예요?"

"아…… 저거? 예술단체 회원인가 하는 사람들이 만든 거야. 무슨 설치미술인가 하는 작품이라지."

"왜 저기 있죠?"

"별장 짓고 얼마 안 돼서 주인이 가져왔어. 전시장에 있었는데 안 팔린 모양이야. 창고 위에 놔두면 되겠다고 주인이 말하더군."

"저게 무슨 모양이죠?"

"입이야, 입. 우라질 입들이지. 웃는 놈, 우는 놈, 화내는 놈, 별 희한한 주둥아리들이 다 있어."

창고 지붕 뒤쪽에 20센티미터 길이의 철봉 너덧 개가 꽂혀 있었다. 붉은색 페인트를 칠한 나무조각들이 철봉 위에 매달려 흔들렸다. 페인트는 비바람에 절어 반쯤 벗겨졌다. 검게 눌어붙은 비둘기 똥이 피처럼 보였다. 관리인의 말대로, 나무 입들은 웃고 울고 화내고 있었다. 달빛이 입들을 비추었다. 구름이 달을 가리면 입은 침묵했고, 달이 다시 나오면 입은 노래를 불렀다.

박은희는 밤 10시 넘어 합정동 자취방으로 돌아왔다. 저녁을 건너뛰어 속이 쓰렸다. 박은희는 냉장고에서 흰 우유를 꺼내 전자레인지에 데웠다. 뜨거운 우유가 위벽을 따라 흘렀다. 우유의 부드러운 흰 손이 곤두선 신경을 어루만졌다. 마침내 피로가 몰려왔다. 박은희는 욕조에 물을 받아 캐나다에 유학 간 동창이 보내준 단풍나무 향 거품비누를 뿌렸다. 여긴 임상심리학의 천국이야! 선물과 함께 동봉한 편지에서 친구는 그렇게 말했다. 캐나다로 유학 갈 생각은 없었지만 박은희는 단풍나무 시럽, 단풍나무 비누, 단풍나무 과자에 묻혀 사는 친구가 부러웠다. 욕조에 앉아 캐나다의 향기를 맡는 것은 박은희에게 허용된 거의 유일한 사치였다.

검은색 재킷와 베이지색 면바지가 먼지투성이였다. 그것들을 빨래통에 넣고 박은희는 거실의 긴 거울 앞에 섰다. 할인마트 매대에서 산 연분홍색 브래지어와 팬티가 거울에 드러났다. 속옷을 고르려고 인터넷 쇼핑몰에 들어갈 때마다 박은희는 엉뚱한 조리기구나 건강식품을 장바구니에 담고 도둑질이라도 한 것처럼 허둥지둥 빠져나왔다. 그럴듯한 속옷 하나 장만하는 게 왜 그렇게 어색한 일인지 박은희는 알 수 없었다. 쇠락을 앞둔 서른셋 여자의 나신이 긴 거울에 비쳤다. 박은희는 오늘따라 자신의 몸매가 마음에 들지 않았다. 박은희는 팬티와 브래지어를 소파 위에 던져놓고 욕탕에 몸을 담갔다.

단풍나무 냄새가 나는 거품 속에서 몸이 따뜻해졌다. 박은희는 통통한 유방 두 개를 손으로 주물렀다. 유두가 고개를 들었다. 박은희의 몸은 통통했으나 비만은 아니었다. 옆구리에 살이 늘어지기 시작했지만 아직 허리의 곡선을 가리지는 않았다. 문제는 짧은 다리였다. 허벅지와 종아리가 너무 굵었다. 아직까진 괜찮아, 아직까진……. 박은희는 욕조에 고개를 기대고 눈을 감았다. 번잡스런 하루가 머리 위로 지나갔다.

박 경장님 마음에도 급소가 있나요? 유제두는 그렇게 물었다. 급소라고? 있지, 있어. 급소는 배꼽처럼 누구에게나 있는 거야……. 박은희는 부드러운 털로 덮인 자신의 외음순을 만졌다. 박은희의 음부에는 털이 적었다. 목욕탕에서 하복부가 까슬까슬한 털로 덮인 여자들을 볼 때마다 박은희는 징그럽다고 느꼈다. 유제두의 길고 가는 손가락, 피아니스트에게나 어울릴 손가락이 떠올랐다. 졸음이 목욕탕의 증기처럼 피어올랐다.

오늘은 박은희에게 이상한 날이었다. 해독할 수 없는 육체의 코드들이 박은희의 체계 안으로 쳐들어왔다. 양말을 신은 시체의 성기, 삶은 개 자지, 입 모양의 조각들은 박은희가 정신을 차릴 틈을 주지 않았다.

혹시 단죄나 처형의 의미는 아닐까요?

유제두는 교수형 매듭을 그렇게 해석했다. 박은희는 눈을 감고 교수형 매듭과 성기와 입을 하나의 약호로 배열해보았다. 범인의 문법이 조금씩 드러나는 것 같았다. 놈은 4월에 피살자의 성기를 처형했다. 놈은 8월에 피살자의 입을 처형했다. 가출소녀의 무엇을 처형했는지는 아직 모른다. 소녀의 마지막 자세는 사진에 찍히지 않았다. 놈의 행위가 처형이라면, 피살자의 성기와 입이 죄를 저질 렀기 때문일 것이다. 무슨 죄일까?

박은희는 눈을 떴다. 목욕타월만 걸치고 방으로 달려가 컴퓨터를 켰다. 검색창에 첫번째 피살자의 이름인 곽태진을 치자 포털사이트 가 빈약한 검색결과를 토해냈다. 인물검색란에는 지방대 법대 교수 의 사진이 떠 있었다. 뉴스검색란에도 시국 사건에 대한 교수의 멘 트가 잔뜩 올라 있었다. 그 밖의 정보들은 너절했다. 오늘 아빠 됐 어요, 중간고사 망쳤어요, 사회관계망 서비스 개인정보들이 검색엔 진에 줄줄이 엮였다. 인터넷카페 검색란에 모터사이클 동호회가 하 나 걸렸다. 카페는 몇 달 전에 폐쇄되어 페이지를 찾을 수 없었다. 곽태진이 활동한 동호회였으나 살해당하자마자 폐쇄되었으리라고 박은희는 추측했다.

박은희는 '모터사이클 선수'를 검색했다. 이번에도 쓸 만한 정보 는 거의 없었다. 국내외 유명 선수들의 활약을 다룬 기사가 화면을 가득 메웠다. 박은희는 뉴스검색 결과를 꼼꼼히 읽었다. 2006년 지 방자치단체가 후원하는 모터사이클 행사에서 곽태진이 시연을 했 다는 기사가 하나 나왔다. 사진은 없었다. 뉴스검색란 세번째 페이 지에 주간신문 『옐로야담』의 짧막한 기사가 떠 있었다. 『옐로야담』 은 〈세상에 이런 일이〉 유의 기사들을 지치지 않고 토해내는 선정 적인 신문들 중 하나인 것 같았다. 2007년 12월 18일 작성된 기사 의 제목은 '모터사이클 선수, 동호회 여인들을 거침없이 유린하다' 였다.

삼십 대 중반의 유명 모터사이클 선수 K씨가 모터사이클 동호
회에 가입한 여성들과 문란한 성관계를 즐기다 들통 났다. K씨는
한 피해자에게 혼인빙자간음으로 고발당한 상태다. 경찰관계자에
따르면 K씨는 2004년부터 인터넷카페를 개설하여 동호회 회원들
을 모으고 모터사이클 기술을 가르쳐준다는 명목하에 주기적으로
오프라인 모임을 열었다. K씨는 모임에서 마음에 드는 대상을 고
른 후, 끈질기게 구애하여 잠자리를 같이하고, 싫증나면 차버리는
행태를 계속했다. 이십 대 초반의 한 피해자는 "순결을 바치고 결
혼까지 약속했지만 한 달이 안 돼 다른 여자를 만났다"며 분노했
다. 방탕에도 끝은 있는 법이다.

짤막하고 선정적인 기사였다. 모든 기사는 흉기가 될 수 있다. 기
사들은 팩트의 힘으로 가해자는 물론 피해자의 인생까지 짓밟을 수
있다. 모터사이클 동호회 카페가 폐쇄된 이유는 살인사건이 아니라
이런 추문 때문이었다. 박은희는 기사 밑에 딸린 수십 개의 댓글을
읽었다. 저런 놈은 물건을 잘라버려야 한다, 거침없이 휘두르는 인
간망종, 한 세상 화끈하게 사셨네, 이 인간의 성 식단은 한정식이나
뷔페로구나, 오 당신을 따르렵니다, 등등 남성 독자들의 댓글이 이
어졌다. 댓글들은 화장실 타일 바닥에 떨어진 끈적한 가래침이나
정액을 연상시켰다. 박은희는 그중에서 큰 고딕체로 휘갈긴 댓글에
흥미를 느꼈다.

"이런 놈은 추적해서 발가벗겨야 합니다. '공개수배'로 오십시오."

'공개수배'란 글자는 다른 사이트에 링크돼 있었다. 박은희가 클릭했다. 포털사이트의 인터넷 카페 첫 화면이 박은희의 눈앞에 펼쳐졌다. 카페 대문에는 셜록 홈즈의 조잡한 캐릭터가 걸려 있고 '네티즌 수사대 공개수배'라는 배너가 깜박였다. 메인화면은 세상의 막장 같았다. 원조교제 하던 여고생을 폭행한 사십 대, 친딸을 상습 성폭행한 아버지, 폐지를 줍던 할머니에게 욕을 퍼부은 아가씨, 초등학생 제자를 강간한 교사들의 엉성한 몽타주가 죄명과 함께 정리돼 있었다. 그것들을 클릭하면 네티즌들이 여기저기서 주워 모은 죄인의 혐의와, 신상과, 운 좋으면 휴대폰번호까지 알 수 있었다. 박은희는 카페 검색창에 '곽태진'이라고 쳤다. 컴퓨터는 잠깐 망설이는 것 같았다. 화면이 서서히 흔들리고, 메인화면의 장막이 걷어 올려지고, 한 남자의 몽타주가 드러났다. 몽타주는 너무 엉성해서 실물을 분간할 수 없었다. 박은희는 그 몽타주를 클릭했다. 『옐로야담』기사와 함께 네티즌들이 취재한 죄인의 혐의들이 한 페이지 가득 펼쳐졌다.

이 인간, 건드린 여자들이 스무 명이 훨씬 넘는 것 같습니다. 생각보다 심각합니다. 일단 기사에 나온 아가씨의 친구들이 싸이에 올려놓은 글들을 종합해보겠습니다. 이 아가씨의 나이는 스물두 살이고 작은 무역회사 경리로 일하고 있습니다. 놈의 나이가 서른여섯 살이니까, 무려 열네 살 차이가 납니다. 놈은 동호회 모임에서부터 아가씨에게 치근댔답니다. 데이트 한 달 만에 아가씨가 임신하자 놈은 자기 책임이 아니라며 헤어지자고 했습니다. 그때쯤 동호회의 다른 여자를 만나고 있었겠지요. 아가씨를 만나는 동안에 놈은 오토바이를 수리한다며 용돈을 뜯어낸 모양입니다. 아가씨가 병원에 가서 애를 떼는 동안 놈은 연락 한 번 하지 않았습니다. 아가씨는 그 충격으로 회사까지 그만두고 집에 은둔하고 있습니다. (아이디: 무파마)

이놈이 유린한 여자들 중에는 여고생도 있었습니다. 기가 막힐 노릇이지요. 그 여고생은 평소부터 터프한 모터사이클 선수를 선망했습니다. 여고생이 동호회에 가입하자마자 놈이 이메일을 보냈답니다. 주변 사람들에겐 팬클럽 회장이라고 소개했다네요. 놈은 여고생에게도 성관계를 계속 요구했습니다. 나중에 한 피해자가 동호회 여성들을 조사하다가 사실이 밝혀졌습니다. 이놈의 이름은 곽태진이고 고향은 충청남도인데 가명동에 혼자 살고 있습니다. 놈의 휴대폰번호는 확보하지 못했습니다. 동호회 사이트에 나와 있는 놈의 이메일을 여기 띄워놓겠습니다. 우리의 분노를 담아 이메일을 날려줍시다. (아이디: kcf0009)

경찰 기록에 따르면 곽태진은 전과가 없었고 기소당한 사실도 없었다. 결국 피해자가 소를 취하했을 것이라고 박은희는 짐작했다. 혼인빙자간음이나 간통의 경우 경찰조사가 진행되면 피해자의 상처만 커질 뿐이다. 네티즌의 글에는 저놈의 물건을 잘라버려야 한다고 아우성치는 댓글들이 수십 개 달려 있었다. 연쇄살인범은 이 모든 아우성을 끌어안았다. 바다를 갈라 애급을 탈출하고 하늘에서 언약을 받아내는 모세처럼, 범인은 대중의 분노와 갈망을 대변했다.

박은희가 손가락으로 이빨을 두드렸다. 똑똑똑 이빨이 내는 경쾌한 소음을 박은희는 좋아했다. 박은희는 두번째 피살자를 생각하고 있었다. 경찰 자료에 따르면 퇴역 대령은 사소한 벌금 기록도 없는 건강한 시민이었다. 국가에 충성했지만, 국가로부터 충분한 대가를 받지는 못했다. 예편 뒤 대령은 흔한 군무원 자리도 얻지 못했고, 공기업 재취업 기회도 놓쳤으며, 마침내 살해당했다. 기록상으로 대령은 완벽한 피해자였다. 정말 그럴까. 박은희는 '공개수배' 카페 검색창에 대령의 이름인 '정해일'을 쳤다. 이름이 입력되기 무섭게 몽타주 하나가 떴다. 박은희는 대령의 이름이 이렇게 쉽게 나오리라고 기대하지 않았다.

'폭언과 폭력을 일삼는 변태 군바리'

정해일의 죄목이었다.

몇 년 전 일이지만 아직도 이놈만 생각하면 피가 끓습니다. 저는 2005년 10월 강원도 ○○사단 수색대대에서 군복무를 마쳤습니다. 이놈은 당시 대대장이었습니다. 놈은 출세를 위해서 부하들을 개처럼 부렸습니다. 대대의 모든 대원이 놈을 변태라고 불렀습니다. 놈이 부임하면서부터 우리는 온갖 작업에 시달렸습니다. 진지 구축이나 숙영지 정비 같은 일반적인 작업은 아무것도 아니었습니다. 놈은 어떤 날은 김장용 무를 묻기 위해서라며 구덩이를 파게 하고 다음 날은 장소가 안 좋다며 다른 곳을 파게 했습니다. 그러곤 다시 구덩이를 메우게 했지요. 온 산에 쓸데없는 길을 만들고 겨울에는 눈을 흔적도 없이 쓰는 불가능에 도전했습니다. 놈은 이런 일을 벌이는 이유를 공공연하게 떠들고 다녔습니다. 애들이 일을 안 하고 잠을 푹 자면 군기가 빠진다는 이유였지요. 특히 놈은 입이 거칠었습니다. 입이 아니라 항문이었습니다. 보통 대령쯤 되면 사병들에게 잔소리를 안 하게 되는데, 놈은 이등병에게까지 욕을 퍼부었습니다. 저도 한 번 당한 적이 있었습니다. 주머니에 손을 넣었다는 이유로 놈은 제 부모님을 '호래자식을 키운 에미 애비'로 만들었습니다. 피가 거꾸로 솟더군요. 제 남은 인생을 위해 간신히 참았습니다. 놈이 아침마다 대대 지휘관들을 일렬로 세워 놓고 차례로 조인트를 깐다는 소문이 사단 전체에 퍼져 있었습니다. 놈은 사이코패스였어요. 어떤 날은 실실 웃다가 어떤 날은 미친개처럼 덤벼들었습니다. 놈의 별명이 왕뚜껑이었습니다. 한 번 뚜껑이 열리면 말릴 수 없다는 뜻이지요. 놈이 부임한 이후로 하루하루가 지옥이었습니다. 정해일 대령, 이 인간을 공개수배 합니다. (아이디: 검은심장)

'공개수배'는 회원들이 죄인을 자발적으로 지목했다. 한 회원이 죄인의 혐의를 공개하면 다른 네티즌들이 수사를 시작한다. 어떤 죄인은 수십 개의 수사보고서와 함께 메인화면에 찬란하게 떠 있고 어떤 죄인은 단 한 개의 글로 잊혀진다. 죄의 무게는 조회 수와 댓글이라는 대중의 참여로 결정된다. '공개수배'는 완벽한 인민재판이었다. 정해일에게는 많은 글이 달라붙었다. '변태 군바리'가 남긴 파장이 예상 외로 컸다.

검은심장 님의 글을 읽고 대령놈을 수소문해보았습니다. 놈을 추적하는 건 쉽더군요. 가는 곳마다 추문들을 몰고 다녔으니까요. 놈은 2006년 4월에 부산에 있는 제1탄약창장으로 부임했습니다. 인터넷 전우카페를 수소문해봤는데, 당시 부대에서 근무하던 사병들이 아직도 놈의 이름만 들으면 치가 떨린다고 하더군요. 대령계급정년이 다가오고 있었기 때문에 별 한번 달아보겠다고 중대장들과 사병들을 박박 굴렸답니다. 아시다시피, 대령이 정년 앞두고 전방에서 후방 군수부대로 내쫓겼으면 조용히 군생활 정리하라는 뜻 아니겠습니까? 그런데 이 인간은 똥오줌 못 가리고 설쳤습니다. 진급이 좌절될 것이 확실해지자, 정신병자처럼 굴었다는군요. 기분이 안 좋은 날은 누구든 트집을 잡아서 욕을 퍼부어댔답니다. 놈의 당번병과 운전병이 특히 불쌍하지요. 급기야 이 대령놈이 군복 벗기 전에 사고를 쳤습니다. 당시 부대원 중 한 분이 전우카페에 남긴 제 글을 보고 메일을 보내주셨어요. 2008년 2월경에 탄약중대장이 개겼답니다. 장교식당에서 밥을 먹는데, 맛이 없다고 취사병을 너무 다그치기에, 그만하시라고 한마디 한 거지요. 이놈이 군복 야상 안주머니에서 느닷없이 권총을 꺼내서 중대장을 겨눴습니다. 옆에 있던 장교들이 재빨리 총을 뺏지 않았으면 진짜 쏴버릴 기세였답니다. 대대장이라 하더라도 규정상 평상시에 권총을 안주머니에 넣고 다니거나 집에 가져가는 건 허락되지 않습니다. 부하에게 별 이유 없이 권총을 겨눈 건 중징계 사항이었습니다. 하지만 전역을 코앞에 둔 대대장급 지휘관이고, 근무평정이 좋다는 이유로(그렇게 부하들을 닦달했으니 근무평정이 안 좋겠습니까?) 군수사령부가 눈감아준 모양입니다. 다시는 군대에서 이런 사이코가 나오지 않았으면 좋겠습니다. 놈은 전역한 뒤 가족들을 부산에 남겨두고 혼자 서울로 갔다고 하는군요. 어디 몸 비빌곳 있는지 알아보고 있을 겁니다. 제게 이메일을 보낸 분이 부탁하데요. 놈의 주소나 전화번호를 알면 가르쳐달라고. 가서 한 방 멋있게 먹여주고 온다고. (아이디: 삶은계란)

범인은 '공개수배' 카페의 모든 글을 보았을 것이라고 박은희는 생각했다. 한밤중에 범인은 캔맥주를 홀짝이며 조잡한 몽타주들 속에서 범행대상을 골랐을 것이다. 네티즌들의 아우성을 들으며 범인은 쾌감을 느꼈을 것이다. 박은희는 세번째 피살자의 이름인 '남예진'을 카페 검색창에 넣었다. 몽타주가 나오지 않았다. 그렇다면 범인은 '공개수배' 카페만이 아니라 여러 사이트를 백상아리처럼 유영하고 있는 것이다. 박은희는 다시 포털사이트로 돌아가서 남예진을 검색했다. 쓸 만한 정보는 없었다. 가출소녀를 검색하자 수많은 기사가 쏟아져 나왔지만, 죄다 수상하고 근거가 빈약한 팩트들을 담고 있었다. 박은희는 지갑을 뒤져 유제두 기자의 명함을 찾아냈다. 통화음이 꽤 길게 울린 뒤에 유제두가 전화를 받았다.

"안녕하세요. 낮에 만난 박은희 경장이에요."

"아, 박 경장님. 이 시간에 웬일이세요."

유제두의 목소리는 낮보다 발랄했다. 주위가 조용했으므로, 술집이나 차 안은 아니었다. 박은희가 물었다.

"회사세요?"

"박 경장님. 지금 밤 열한시가 넘었어요. 집이죠."

"기자들은 새벽까지 일한다던데."

"일 못하는 기자나 그렇죠."

전화기 너머에서 유제두가 크게 웃었다.

"웬일이세요?"

"탐정놀이 하자고 전화드렸어요."

"그거 반가운 소리네요."

박은희는 하루 동안 자신에게 일어난 일들을 간략하게 설명했다. 성기와 입이 처형 대상이었다는 박은희의 분석에 유제두가 동의했다. '공개수배' 카페의 주소를 받아 적으면서 유제두는 음 하고 신음소리를 냈다.

"바쁜 하루였네요. 그 인터넷카페 주인장을 조사해봐야 할 것 같아요."

"물론이죠. 부탁이 있어요. 유 기자님 동업자들 중에서 남예진에 대한 기사를 쓴 사람이 있는지 알아봐주세요. 지면이든 인터넷이든 누군가가 그 애에 대해 썼을 거예요. 놈은 검색으로 희생자를 고르는 것 같아요."

"알겠습니다. 지금 바로 착수하죠. 자더라도 휴대폰은 켜놓으세요."

잠은 오지 않았다. 전화를 끊고 박은희는 아사히 흑맥주캔을 땄다. 맥주가 입안에 고소한 뒷맛을 남겼다. 고소하고, 아릿하고, 뭔가 그리운 뒷맛이었다. 박은희는 목욕타월만 두른 채 맥주 한 캔을 다 비웠다. 합정동의 20평짜리 우울한 빌라에서 냉장고가 우웅 하고 울었다. 박은희는 메일함에서 스팸메일을 지우며 시간을 죽였다.

박은희는 외로웠다. 삼 년 전 마지막 섹스를 했던 남자는, 박은희가 경찰이 되자마자 결별을 통보했다. 남자는 서둘러 옷을 입고 침대에 엎어져 있는 박은희의 엉덩이에 입을 맞추고 모텔 방을 떠났다. 너는 사람을 완전히 받아들이지 못해, 너한테 묘한 거리감을 느껴. 남자는 그렇게 말했다. 상처받지 않기 위해 자신이 모두에게 거리를 둔다는 사실을 박은희는 알고 있었다. 누구도 박은희의 두터운 외피 안으로 침입할 수 없었다. 박은희는 모든 책임을 아버지에게 돌렸다. 우울증에 시달리던 어머니가 삼 년 전 세상을 떠났을 때 박은희는 아버지와의 지겨운 인연도 끊겼다고 생각했다. 그때, 사람의 마음을 치료한다는 일이 끔찍해졌다. 일 년 전 아버지의 상가에서 박은희는 긴 비극이 끝났다는 생각에 오히려 후련함을 느꼈다. 마음의 상처는 그러나, 끊임없이 덧났다. 상처가 주기적으로 곪고 피를 흘렸다.

박은희는 의자에 그대로 앉아, 잠과 현실 사이의 경계를 헤맸다.

새벽 1시에 휴대폰이 울렸다.

"유 기자예요. 잤어요?"

"아뇨."

"남예진에 대해 알아냈습니다."

"이 밤에요?"

"일 못하는 기자들이 많아요. 당직인 놈들도 있고."

"남예진에 대한 기사가 있던가요?"

"있어요. 놀랍게도 우리 주간지에 실렸어요. 가출청소년을 다룬 기사였는데, 남예진이 익명으로 인터뷰를 했어요. 기사를 쓴 사회팀 후배 말에 따르면 참으로 맹랑한 아이였답니다. 부끄러운 얘기까지 서슴없이 했다고……."

"부끄러운 얘기?"

"애인과의 성관계, 원조교제, 이런 얘기들을 다 털어놨어요. 그 인터뷰가 인터넷에서 조금 화제가 된 모양입니다. 독자들이 항의전화를 할 정도였으니까요."

"기사를 메일로 보내주세요. 남예진이 확실해요?"

"확실해요. 익명으로 처리하고 나이도 바꿨지만, 범인은 어떻게든 신상을 파악했겠죠. 요즘 같은 시대에 그런 건 식은 죽 먹기 아니겠어요?"

"범인은 남예진의 '방탕'을 처형한 거군요."

"우리의 이론에 따르면 그럴 가능성이 크죠."

"제 이론이에요."

"우리 이론이죠. 우리는 한 팀이니까."

유제두가 웃었다. 잠시 침묵이 흘렀다. 유제두는 조심스럽게 물었다.

"그런데 수사본부에 알려야 하지 않을까요?"

"아직은 아니에요. 막연한 가정뿐이잖아요."

"그러죠. 그럼 안녕."

"안녕."

내일 봐요, 라고 말하려다 박은희는 입을 닫았다. 경찰과 기자 사이에 내일 봐요, 라는 인사는 아무래도 불길하다. 전화를 끊고 박은희는 소파 위에 누웠다. 마침내 하루가 끝났다.

10월 28일, 비공개 수사본부는 활기를 찾았다. 피살자들의 주변 탐문수사가 조금씩 전진했다. 모터사이클 선수 곽태진은 섹스 스캔들로 동호회가 폐쇄된 뒤 피살 전까지 집에서 두문불출했다. 곽태진은 자신의 명예회복을 위해 해외 대회에 출전할 계획을 세웠고 피살 당시 스폰서를 찾고 있었다고 동료들이 증언했다. 형사들은 스폰서가 아니라 스폰서 마나님들을 찾았을 것이라고 추측했다.

퇴역 대령 정해일은 화약이나 군수물자들을 납품하는 공기업 본사를 들락거렸다. 본사 로비 안내원들에게 정해일은 성질 더러운 군바리로 소문이 나 있었다. 가출소녀 남예진에 대한 수사는 답보 상태였다. 쇼핑센터 인근 가출소녀들을 대상으로 연고선을 추적하고 있으나 아직 단서가 될 만한 사항은 없다고 관할서가 보고했다. 소녀의 부검감정서가 나왔다. 소녀는 사망 당시 혈중 알코올 농도가 0.1퍼센트로 만취상태였고 강간의 흔적이 없었으며 위에 과자류와 초콜릿이 남아 있었다. 입과 성기와 처형의 관련성에 대해선 수사반에서도 분석반에서도 아직 관심을 기울이지 않았다.

오후 1시경 수사팀 길준호 경장은 정해일 대령의 이웃 주민들을 탐문했다. 서울시 해평3동은 다세대주택들이 다닥다닥 붙은 한적한 주택가였다. 오후의 호젓한 골목에 '안 쓰는 냉장고 삽니다'라는 고철장수의 확성기 소리가 울려 퍼졌다. 정해일은 골목 안쪽의 큰 다세대주택 1층 골방을 전세 내었다. 그 방의 세입자는 주인집 거실을 거치지 않고 바로 자신의 방으로 들어갈 수 있었다. 피살 당시 정해일의 방은 끔찍할 정도로 단출했다. 사각의 골방에 여름 양복한 벌과 면 티셔츠와 라면 상자밖에 없었다. 정해일은 퇴역임에도 군복을 입고 다녔고 아침 일찍 나가 밤늦게 들어왔다. 주민들과 말을 섞지 않아서, 이웃들 대부분은 정해일의 얼굴조차 기억하지 못했다.

정해일의 이웃집 3층은 과일 도매업을 하는 사십 대 남자가 통째로 전세 냈다. 남자는 아내와 새벽 3시에 출근해서 밤 10시경 귀가했다. 초등학생 아들 한 명을 할아버지가 돌보고 있었다. 올해로 일흔셋이 된 추철영 씨는 일반적인 노인들과 달리 밤잠이 없었다. 추씨는 새벽까지 온 집 안을 돌아다녔고, 낮에는 소파 위에서 병아리처럼 졸았다. 한밤에 노인이 쿵쿵거릴 때마다 아들 부부가 침대 위에서 투덜댔다. 유령 같은 노인네! 오후 1시 30분경 길준호 형사가 그 집의 벨을 눌렀을 때 추 씨는 졸음에 겨운 눈을 비비며 문을 열었다.

"경찰인데 뭣 좀 물어보려고 왔습니다. 집에 아무도 없습니까?"

"여기 있잖아. 난 사람 아니요?"

추 씨는 잠을 설쳐 기분이 안 좋아 보였다.

"예, 실례했습니다. 올해 여름에 요 옆집에서 사람이 하나 죽었죠?"

"그걸 왜 나한테 물어? 경찰이 더 잘 알겠지."

추 씨는 불타는 황혼 같았다. 늙음이 추 씨에게 모든 것을 가져가고 공격성만 남겨두었다. 깔깔한 성격이 추 씨에게 남은 마지막 테스토스테론 몇 방울이었다.

"어르신께서 그 사람을 보셨습니까?"

"일단 이리 들어오슈. 문밖에서 뭐 하는 게요? 외판원도 아니고."

길 형사는 거실로 들어섰다. 베란다에 큼직한 유리창들이 줄지어 있었다. 노인은 유리창 앞에 놓인 가죽 소파에 앉았다.

"내가 불면증이 좀 있어. 낮에는 피곤해 못 살겠어."

"죄송합니다. 빨리 끝내고 가겠습니다. 죽은 그 사람을 보신 적 있으세요?"

"난 말이야, 밤에 잠이 안 올 때는 베란다를 열고 밖을 내다봐. 동네 사람들이 축 처진 어깨로 퇴근하는 것도 보이고 옆집 거실에서 밥을 먹는 것도 보이지."

집들이 다닥다닥 붙어 있는 해평동에선, 이웃의 숟가락이 몇 개인지도 셀 수 있을 것 같았다. 길 형사가 다시 물었다.

"그럼 가끔 밤에 그 사람이 귀가하는 것도 보셨겠네요?"

"그 인간이 뭔 짓을 했건 내가 왜 말해야 되나? 말하지 않으면 날 잡아갈 텐가? 응?"

노인이 괜히 화를 내었다. 자신이 추 씨의 장난감이 된 것 같아 불쾌했던 길 형사는 베란다로 다가가서 창밖을 내다보았다. 한참 동안 말없이 거리의 풍경을 보던 길 형사가 문득 입을 열었다.

"저기 아래 자취방 욕실도 보이네요. 여자가 살고 있나……."

"술집 년인 거 같아. 새벽에 들어오는데 몸매 하난 끝내주지."

추 씨는 말을 뱉어놓고야 정신이 번쩍 들었다. 형사의 덫에 걸렸다는 것을 깨닫자, 추 씨의 머리에서 졸음이 달아났다.

"그래요? 밤마다 여자 목욕하는 걸 보시려고 잠을 안 주무시는 군요."

추 씨는 이 빌어먹을 형사를 빨리 거실에서 내쳐야겠다고 생각했다.

"이런 니미럴. 안 보려고 해도 보이는 걸 어쩌란 말이야! 여자를 훔쳐보려고 베란다에 나가는 건 아니야. 동네 사람들을 관찰하는 거지. 그 죽은 놈도 가끔 봤어. 근데, 사건이 나기 보름 전쯤인가부터 검은 양복을 입은 사람들이 밤에 찾아오더군."

"검은 양복이요?"

"그래. 검은 양복에 덩치가 큰 놈들이었어."

길 형사는 구미가 당겼다. 노인의 말은 이 동네에서 유일하게 건진 증언이었다.

"집으로 들어가던가요?"

"아니. 집에 들어가진 못한 것 같아. 밖에서 휴대폰으로 죽은 놈을 부르는 것 같았어. 부르다 안 되니깐 몇 번 돌아가더니, 한 번은 끈덕지게 기다리더군. 그래서 죽은 놈이 나왔는데, 서로 실랑이를 하는 것 같았어. 검은 양복 중에 한 놈이 죽은 놈의 멱살을 잡더군. 이렇게, 이렇게……."

노인은 깡마른 손을 모아 멱살을 잡는 시늉을 했다. 파란 정맥이 불거진 손이었다.

"그래서, 어떻게 됐어요?"

"그냥 멱살을 잡고 잠깐 말싸움을 하는 거 같더니 차를 타고 횡허케 가버렸어. 죽은 놈은 다시 집으로 들어가고. 그 뒤론 검은 양복들을 못 봤어. 죽기 전까지 말이야."

정해일은 사채를 쓴 기록이 없다. 검은 양복이 누구든 길 형사는 피살자에 관한 매우 중요한 증언이라고 판단했다. 길 형사가 집을 나올 때 노인이 현관 바닥에 침을 뱉었다. 노인은 오늘도 잠을 설칠 것 같았다.

프로포폴에 대한 추적도 시작됐다. 수사본부는 최근 몇 년 동안 전국 병원에서 프로포폴이 도난당하거나 의료인에 의해 남용된 사례들을 수집했다. 사례는 수백 건에 이르렀다. 마약류로 지정되지 않았기 때문에 프로포폴의 입출고 관리는 허술한 편이었다. 프로포폴을 상습적으로 투약한 의사, 치과의사, 간호사들이 수십 명에 이르렀다. 성형수술이나 위내시경 검사를 허위로 기재하고 일반인들에게 프로포폴을 주사한 병원들도 많았다. 수사본부는 그중에서 남용량이 특히 큰 병원들을 대상으로 수사를 전개하기로 결정했다. 일선 병원들의 프로포폴 관리 실태를 점검하기 위해서는 식약청의 협조가 필수적이었다. 관리반이 협조공문을 작성하여 본부장의 결재를 받았다. 인터넷에서 음성적으로 거래되는 프로포폴은 아직 단서를 잡지 못했다.

대령의 몸에 붙은 페인트 조각에서 1차 수사 때 밝혀지지 않은 사실이 드러났다. 페인트는 은마화학에서 생산하는 FA다크블루로 판명됐다. 주로 현대차 SUV에 사용하는 제품인데, 제조 연도는 2005년에서 2007년 사이로 추정됐다. 이 제품은 2007년 이후 절판됐다. 범인은 범행 전에 차량을 새로 도색했고 범행 뒤 다시 차를 도색했을 가능성이 크다. 수사본부는 2007년부터 2008년 사이, 수도권 정비공장에서 도색한 SUV들을 조사했다.

차량 도색 능력이 있는 수도권 정비공장들을 수배하던 요원들은 차의 색상을 산뜻하게 바꿔주는 것으로 유명한 가리봉동에 있는 비인가 정비소 한 곳을 주목했다. 그 바닥에서는 '색칠공장'이라는 별명으로 통했다. 매일 그곳에 수상한 차들이 드나들었고 도난 차량이나 뺑소니 차량들이 다시 태어난다는 소문이 무성했다. 요원들은 조선족 출신인 정비소 주인을 닦달하여 작년 2월에 FA다크블루로 다시 태어난 렉스턴의 명세서를 확보했다. 차량번호는 서울 라 1836에 ○○○○였다. 차적 조회를 통해 드러난 차량 소유주의 이름은 천성철, 직업은 성산병원 내과 전공의, 34세의 독신으로 대한대학 심리학과를 졸업하고 의대 본과에 편입했다. 천성철이 2005년 구입한 흰색 렉스턴은 2007년 '색칠공장'에서 FA다크블루로 도색되었고, 지금은 다른 색일 가능성이 높았다.

"의사야. 아주 딱 걸렸어. 프로포폴 빼돌리는 것쯤은 감기약처럼 쉬웠을 거야. 주사도 쑥쑥 잘 놓고 목도 아주 예쁘게 매달고."

묻지도 않은 박은희에게 용의자의 신상을 설명하며 이경훈 수사반장은 활짝 웃었다. 수사본부에 들어온 후 이경훈이 저렇게 호탕하게 웃는 것은 오랜만이었다. 이경훈은 할렐루야, 라도 외칠 것처럼 보였다.

페인트 조각은 천성철을 참고인으로 소환할 만한 증거도 되지 못했다. 수사본부는 천성철을 스물네 시간 감시하기로 했다. 천성철은 일주일 내내 집과 병원을 오가는 단조로운 생활을 하고 있었다.

오후 3시, 박은희는 두통을 느꼈다. 양미간을 지그시 누르며 박은희는 유제두가 보내준 기사를 다시 읽었다. 남예진은 기자에게 자신의 성생활을 거리낌 없이 이야기했는데, 그것은 성생활이라기보다는 거리의 생존방식이었다. 남예진은 고등학교 일진들과 잤고, 하룻밤에 십만 원씩 건네주는 삼십 대 남자들과 잤다. 거리에선 그래도 원조교제가 제일 편한 일이었다고 남예진은 말했다. 기사를 읽을수록 박은희의 두통은 심해졌다. 휴대폰이 진동했다. 유제두의 전화였다.

"박 경장님. 유제두예요. 나오세요."

"어디예요?"

"스타벅스."

"공무원이 함부로 자리를 비울 수 있나요. 이리로 오세요."

"짭새들 있는…… 아, 죄송해요. 경찰들 있는 곳에선 맘 편히 얘기할 수 없어요. 한가한 거 다 아니까 나오세요."

박은희는 남방 위에 더플코트를 입고 커피숍으로 갔다. 바람이 거세게 부는 날이었다. 행인들의 코트와 머리가 바람에 펄럭였다. 유제두는 창가 자리에서 머그잔에 담긴 아메리카노를 홀짝거리고 있었다. 유제두의 맞은편 의자에 앉으며 박은희가 말했다.

"짭새를 오라 가라 하는 건 기자의 도리가 아니죠."

"아, 죄송해요. 꼭 해야 할 얘기가 있어서."

유제두는 잠을 제대로 못 잔 것 같았다. 하얀 피부가 푸석푸석했고 앞머리가 이마 위에 헝클어져 있었다.

"취재는 잘돼요?"

"다른 기사를 제쳐놓고 여기에 매달리고 있어요. 저도 몇 건 건졌습니다."

유제두는 커피 잔을 내려놓고 수첩을 꺼냈다. 수첩이 하루 사이에 더 낡고 무거워진 것 같았다.

"오늘 정해일 대령 밑에서 일하던 중대장을 만났습니다. 올봄에 수도방위사령부로 옮겨 왔더군요. 제가 전화를 거니까 비밀을 꺼내 놓고 싶어서 안달이 난 사람처럼 반가워했어요. 그 대위 얘기가 꽤 재미있더군요."

유제두는 어린아이처럼 들떠 있었다. 박은희는 자신이 지을 수 있는 가장 진지한 표정으로 유제두에게 추임새를 넣어주었다.

"작년 가을쯤에 부대로 이상한 편지가 한 통 왔대요. 내용인즉 슨, 십 년 전 그 부대에서 근무하던 사병이 가혹행위를 당하던 이등 병을 부추겨서 자살하게 만들었다는 겁니다. 중대장이 확인해보니 십 년 전 진짜 자살 사고가 있었어요. 가혹행위를 한 고참은 불명예 제대를 했죠. 그 편지가 심상치 않은 게, 앞으로도 계속 범행을 저 지를 것처럼 말미에 써놨대요. 중대장은 이 편지의 발신자를 조사 해보자고 강력히 주장했지만 정해일 대령이 없던 일로 하라고 지시 했다네요. 뭐, 워낙 괴팍한 양반이었으니 무슨 의도를 가지고 그랬 는지는 모르겠어요. 아마 그날 기분이 안 좋았나 보죠. 중대장은 대 령의 지시를 어기고 몰래 당시 사고를 더 조사해봤답니다. 발신자 가 사고 당일 당직하사를 선 것처럼 편지에 써놨으니까, 부대 일지 만 뒤져봐도 신상이 나오는 거죠. 그런데 그날 당직을 섰던 병사는 사고와 아무런 관계가 없었어요. 자살 현장에 달려간 것도 그 병사 가 아니라 당직사관이었답니다. 지금은 생수통 배달을 하는 가장이 라니까, 우리의 범인과는 아무래도 일치하지 않죠."

"편지가 어딘가에 보관돼 있어요?"

"아뇨. 중대장 말로는 대령이 찢어버린 것 같답니다. 사건 정황을 잘 알고 있으니, 편지 발신자가 부대에 근무한 것 같긴 하지만, 십 년 전 부대원들을 전부 조사할 수도 없는 일이고 해서, 덮어버렸답니다. 중대장은 그냥 장난 편지인 줄 알았대요. 놈의 다음 범행대상이 정해일 대령이 될 줄은 꿈에도 몰랐던 거죠. 중대장이 헤어질 때 그러더군요. 편지를 찢어버린 정해일 대령이 자기 무덤을 판 거라고. 아마 놈은 부대에서 근무했거나 어딘가에서 사건에 대해 주위들은 다음, 대령을 범행대상으로 지목하고 편지를 보낸 것 같아요. 일종의 살인 예고장이죠."

박은희는 편지의 의미에 대해 생각했다. 유제두 말대로 그 편지는 처형의 예고장이었다. 유제두가 고개를 가까이 들이밀며 말했다.

"박 경장님, 놈은 쓰는 걸 즐깁니다. 계속 쓸 겁니다."

놈은 자신을 글로 표현하려는 욕망을 갖고 있다. 박은희는 유제두의 말에 동의했다. 놈은 계속 쓸 것이다. 그것이 어쩌면 놈의 발목을 잡을 것이다. 유제두가 수첩을 들추며 말을 이었다.

"대령과 관련해서, 또 한 가지 재미있는 소식이 있습니다. 대령이 들락거렸던 그 공기업에는 비자금 조성 의혹이 있어요. 납품을 받는 국방부나 군부대 고위 간부들에게 뇌물을 계속 뿌린 거예요. 덕분에 그 공기업은 다른 민간기업을 제치고 입찰에 승승장구했고, 우수경영기업으로 정부 포상까지 받았어요. 검찰이 아직 움직이진 않았지만, 업계에 소문이 파다합니다. 대령이 뭔가 여기에 대해 알고 있었던 건 아닐까요? 입 다물 테니 이사 자리 하나 내놓으라고 기업 관계자들을 협박했을 가능성도 있어요."

"음, 그렇다고 해서 기업 간부가 대령을 살해했다고 보긴 힘들어요."

"그냥 그렇다는 겁니다."

"비보도를 전제로 한 가지 말씀드리자면, 오늘 용의자 한 명을 확보했어요."

"그래요? 누구예요?"

"의사예요. 아직 확실한 건 없어요. 알리바이도 확인 못 했고."

"의사라……. 그럴듯하군요."

"자세한 내용을 알고 싶으면 수사반장님께 물어보세요. 전 여기까지만."

"그러죠. 의사라면 프로포폴 입수 경로가 확실해지겠네요."

"유 기자님께는 죄송한데요, 이쯤 되면 드러난 사실들을 본부에 보고해야 할 것 같아요."

유제두는 아무래도 상관없다는 듯 어깨를 으쓱했다.

"박 경장님, 우리 탐정놀이가 점점 흥미로워지는데요."

수사본부로 돌아와서도 박은희는 편지의 의미를 생각했다. 놈은 쓴다. 놈은 쓰는 걸 좋아한다. 놈은 계속 쓸 것이다. 박은희는 자신이 조사한 내용과 유제두가 취재한 내용에 대해 간략한 보고서를 작성했다. 보고서 작성이 다 끝나갈 무렵, 고슴도치 머리를 한 형사반장 이경훈이 다가왔다. 이경훈의 네모진 얼굴이 상기돼 있었다.

"어이, 박은희 경장. 이제야 할 일이 생겼네."

"전 벌써 할 일을 받았잖아요. 기자와 놀아주는 거."

"그거보다 더 중요한 일이야. 충청남도 병산시로 출장 좀 갔다 와야겠어."

"왜요?"

"범인이 모터사이클 선수 어머니에게 편지를 보냈어. 어머니가 충격을 받아서 쓰러지기 일보 직전이야. 여기로 데려올 수가 없네. 피해자심리전문요원이 필요한 시점이지."

"지금 당장?"

"당장."

11월 1일, 가을비가 내렸다. 습한 공기가 정진우의 신경을 타고 전신으로 흘러내렸다. 거리에는 비에 젖은 가랑잎들이 질척거렸다. 11월의 첫날, 정진우는 멀리서 다가오는 겨울의 포성을 들었다. 사람들은 겨울이 길고 단조롭다고 생각한다. 정진우에게 겨울은 가장 변화무쌍한 계절이었다. 가을의 기온은 단조로운 내리막길이다. 봄의 기온은 단조로운 오르막길이다. 여름의 기온은 어제도 오늘도 똑같은 열기의 고원이다. 겨울의 온도는 예측하기 어렵다. 어떤 날은 영하 15도까지 내려가고 어떤 날은 영상이다. 겨울의 추위는 다양하다. 건조하고 매운 추위가 있고 습하고 뭉근한 추위가 있다. 습한 겨울은 정진우의 파카를 뚫고 은근히 스며들어 관절의 염증을 키웠다. 류머티즘에 걸린 뒤부터 정진우는 겨울을 두려워했다. 류머티즘은 환자들을 겨울의 발밑에 무릎 꿇린다.

남예진의 집은 인정동 신시가지에 있었다. 구동벨트가 낡아서 시동을 걸 때마다 끼기긱 소리를 내는 구형 아반떼가 아파트단지로 들어갔다. 분양한 지 몇 년 안 된 고층 아파트들이 숲을 이루었다. 피살자 가족을 방문하는 것은 모든 경찰에게 가장 곤혹스러운 일이었다. 정진우는 뺑소니에게 아들을 잃은 부모를 떠올렸다. 한 달 뒤에 뺑소니 운전자가 잡혔고, 정진우가 부모를 방문했다. 한 달이 지났는데도 아버지는 정신을 차리지 못했다. 여기서 도저히 빠져나올 수가 없어요. 오, 하나님, 어떻게 이 지옥에서 벗어날 수 있을까요……. 그 아버지는 그렇게 울부짖었다. 남예진의 아파트 현관에서 정진우는 심호흡을 했다.

남예진의 집은 12층에 있는 40평형대 아파트였다. 최근에 이사한 듯, 아직도 제자리를 찾지 못한 세간들이 베란다에 널려 있었다. 남예진의 어머니는 침대에 누워 있었고 아버지가 정진우를 맞았다. 남 씨는 잘생기진 않았지만 단정한 얼굴이었다. 정진우는 병원 영안실에서 남 씨를 잠시 만난 적이 있다. 넋을 잃은 아버지에게 몇 마디 질문만 던지고 정진우는 황급히 영안실을 빠져나왔다. 그날 담당검사가 시신에 대한 압수수색영장을 받았다. 딸의 시신은 국과수 법의학 별관으로 실려 갔고 이틀 뒤 누더기처럼 기운 모습으로 돌아왔다. 부모는 간단한 장례를 치르고 벽제 화장터에서 딸을 태웠다. 형사를 맞는 남 씨의 눈동자는 아직도 심하게 흔들렸다. 당연한 일이었다.

"심려가 크시겠습니다. 예진 양의 명복을 빕니다."

정진우는 의례적인 인사를 건넸다. 남 씨가 한숨을 쉬었다.

"아내가 기운을 못 차려요."

"범인을 잡기 위해 최선을 다하고 있습니다. 지금 예진 양의 연고를 조사하고 있습니다. 가출한 뒤에 예진 양이 연락을 했나요?"

"마지막 가출 때는 전화도 하지 않았어요."

"마지막이라면…… 예진 양이 가출을 여러 번 했나요?"

"네. 중학교 때부터. 친구를 잘못 사귄 모양이에요. 처음 가출했을 때는 며칠 안 돼서 들어왔어요. 잠시 쉬고 올 테니 걱정 말라고 쪽지도 써놓고 나갔죠. 하지만 머리가 굵어질수록 기간이 길어지더군요."

"예진이가 가출해서 만난 친구들을 아시나요?"

"아니요. 친구들에 대해 물어보면 아이가 화부터 냈어요. 친구들 전화번호도 숨겼어요. 어르고 달래고, 안 해본 일이 없어요. 집이 좁다고 불평을 해서 최근에 넓은 집으로 옮겼고, 주말마다 같이 외식도 나갔죠. 밖에서 뮤지컬도 보고 영화도 봤어요. 하지만 아이는 자기한테 잘해주지 말고, 너무 잘해주니까 반발심이 생긴다고……."

"학교에서는 누구와 제일 친했나요?"

"학교에선 친구가 거의 없었던 것 같아요. 왕따가 아니었나 싶어요. 선생님한테 물어보니까 왕따는 아니라고 하더군요. 인정고등학교엔 일진이나 왕따가 없다고."

정진우는 더 이상 물어볼 말이 없었다. 남 씨가 건넨 녹차를 마시며 정진우는 그냥 앉아 있었다. 굵은 빗줄기가 베란다를 때렸다. 투두둑 소리가 거실에 울려 퍼졌다. 일어서기 전에 정진우는 명함을 내밀며 남 씨에게 말했다.

"혹시 예진 양 친구들에게 수상한 사람을 봤다는 얘기를 듣거나, 수상한 전화가 걸려오면 즉시 제게 연락해주십시오."

정진우가 일어섰을 때 안방에 누워 있던 어머니가 달려 나왔다. 어머니의 얼굴은 눈물과 콧물로 범벅이 돼 있었다. 어머니는 입술을 격렬하게 떨고, 침을 질질 흘리며 외쳤다.

"내가 잘못했어요. 내가, 내가 죽일 년이야. 예진이는 밤마다 남자애들 전화를 받았어요. 가출해서 돌아왔을 때 내가 걔 앞에서 소리쳤어요. 이번에는 또 어떤 놈이랑 자고 왔느냐고. 내가 그랬어요. 내가."

남 씨가 아내의 어깨를 안았다. 정진우는 도망치듯 아파트를 빠져나왔다.

오후 3시, 차창 밖으로 비가 세차게 내렸다. 빗줄기가 바람에 밀려 사선으로 앞유리를 때렸다. 정진우가 히터를 높이 올렸다. 경인 국도는 벌써부터 교통 지체가 시작됐다. 정진우는 저녁 6시에 영흥 디자인센터 뒤편의 커피숍에서 남예진을 아는 가출소녀를 만나기로 했다. 소녀가 정말 나올지, 정진우는 자신이 없었다. 소녀와 약속을 잡기까지 정진우는 실패를 거듭했다. 영흥시 가출소녀 탐문수사는 실패를 무한반복으로 틀어 놓은 레코드 같았다.

정진우는 통신회사로부터 남예진의 통화목록을 입수해서 번호를 하나하나 조회했다. 목록에 찍힌 휴대폰번호들은 대부분 미성년자들의 것이었다. 소녀들은 하나같이 친절한 목소리로 바쁜 일이 있다며 끊었다. 몇 시간 뒤에 다시 걸면 전화기가 꺼져 있었다. 아예 휴대전화를 해지하는 아이들도 있었다. 경찰이라고 밝히지 않아도 아이들은 본능적으로 정진우의 직업을 눈치채는 것 같았다. 정진우의 음색 속에 큼지막한 경찰청 로고가 찍혀 있는지도 모른다. 거리의 아이들은 세상의 미세한 전파를 감지하는 유선형의 안테나를 장착한 외계인이었다. 거주지가 불분명했으므로 아이들을 쫓는 일은 난감했다. 경기청 여성청소년과나 지검 소년부에 협조를 요청할 생각도 해보았으나, 그들은 그들 나름대로 바빴다. 정진우는 직접 거리로 나서 아이들을 만나보았다. 아이들은 고분고분했으며, 슬금슬금 뒤로 물러섰고, 상냥한 웃음을 가장하며 어둠 속으로 사라졌다.

통화목록에 남아 있는 마지막 소녀인 임소영에게 전화를 걸 때, 정진우는 조바심에 반쯤 미쳐 있었다. 임소영 역시 고분고분 응대하다가, 기회를 봐서 전화를 끊을 태세였다. 정진우는 외쳤다.

"안 돼! 끊지 마! 할 얘기가 있다니까! 할 얘기가 있다고! 끊었니? 벌써 끊었어? 응? 왜 자꾸 끊어? 응? 왜 끊냐고! 내가 씨발, 시간이 남아돌아서 전화통을 붙들고 있는 줄 알아? 너도 생각해봐. 내가 이 짓을 하고 싶겠냐? 나쁜 놈을 잡으려고 이러는 거잖아. 나는 그놈을 꼭 잡고 싶어. 그놈밖에 관심 없어. 넌 털끝 하나 안 건드려. 니가 씨발 뭔 짓을 하고 다니는지 내가 알 바 아니야. 그냥, 그냥 얘기를 듣고 싶다니까! 무슨 얘기든! 알겠어?"

전화기에 침방울이 튀겼다. 닥치는 대로 내뱉고 나서야 정진우는 후회했다. 수화기 너머에서 아이의 웃음소리가 들렸다. 명랑하고 맑은 웃음이었다. 임소영이 말했다.

"아저씨, 재밌어요."

정진우는 임소영과 드디어 약속을 잡았다.

정진우는 경인국도를 빠져나와 영흥 시가지를 달렸다. 습하고 차가운 공기가 차 안에 스며들었다. 정진우는 물기 많은 가을의 사타구니 냄새를 맡았다. 쓸쓸한 냄새였다. 류머티즘을 앓으면서부터 정진우는 햇살과 바람과 기온의 냄새를 맡기 시작했다. 빗줄기를 사선으로 난사하는 검은 하늘 위로 날이 저물었다. 보이지 않는 태양이 보이지 않는 노을을 끌며 어둠을 재촉했다. 오후 5시 30분, 정진우는 커피숍 주차장에 차를 세웠다. 경인국도의 정체 때문에 시간이 꽤 걸렸다.

커피숍에는 사람이 많지 않았다. 정진우의 맞은편 테이블에 타이트한 검은색 미니스커트를 입은 젊은 여자가 다리를 꼬고 앉아 남자들과 시시덕거렸다. 정진우는 성욕을 느꼈다. 여자의 옅은 갈색 스타킹 속에 숨은 매끄러운 다리와 솜털을 떠올렸다. 통증의 나날 속에서 성욕이 튀어나올 때마다 울적해졌다. 정처 없는 성욕이었다. 6시 10분까지 임소영은 나타나지 않았다. 정진우는 뻣뻣한 허리를 의자에 기대고 창가를 내다보았다. 갑자기 휴대폰이 울었다.

"아저씨, 임소영이에요. 커피숍에 있어요?"

"응."

"밥 안 먹었죠? 밥 먹으면서 얘기해요. 옆 건물 3층에 미스터피
자가 있어요. 보여요?"

"보여."

"그리로 오세요."

정진우는 주차장으로 내려가서 우산을 꺼냈다. 비바람을 뚫고 옆
건물까지 걸어가는 것도 고역이었다. 몸이 서걱거리며 무거워졌다.
통증의 전조였다.

임소영이 매장 구석자리에서 손을 흔들었다. 휴대폰을 확인하거
나 이름을 묻지 않고, 임소영은 단번에 정진우를 찍었다. 갸름한 얼
굴에 속쌍꺼풀진 두 눈이 귀여운 아이였다. 미장원에서 붙인 것 같
은 긴 생머리에 윤기가 흘렀다. 스키니 청바지와 가슴이 파인 울 스
웨터가 아이의 몸을 꽉 죄었다. 타이트한 옷들은 성을 내며 아이에
게 여성의 굴곡을 짜내는 것 같았다. 정진우가 우산을 내려놓고 자
리에 앉자, 임소영은 쉬림프골드피자 라지사이즈를 시켰다.

"내가 경찰인지는 어떻게 알았어?"

임소영이 웃었다.

"우리가 바보예요? 죄송하지만 짭새 아저씨들은 온몸에 짭새라
고 써 있어요. 일단 경찰들은 항상 뒷주머니에 지갑을 넣고 다니고,
넣은 게 많아서 주머니가 불룩해요. 파카 쪼가리 같은 거나 입고 다
니고. 그런 걸 안 봐도 분위기만 보면 한눈에 알아채요."

"훌륭하군."

"이런 생활 하려면…… 눈치가 빨라야 돼요. 경찰들은 전화 통화에 익숙하지 못해요. 말투가 무뚝뚝하고 첨부터 어디 사는지 몇 살인지를 캐물어요."

"그래서 내가 그렇게 퇴짜를 맞았구나."

"아이구, 아저씨 전화 목소리는, 나는 경찰이다아아 하고 절규하고 있어요. 헌데 만나보니까 일반 경찰들하고 좀 다른 면이 있네요."

"뭐가 달라."

"일단 머리가 길어요. 깡말랐고. 얼굴이 우울해 보이고. 눈을 부릅떠도 하나도 안 무서울 것 같아요."

"내 머리 마음에 드니?"

"아뇨. 추접해요."

임소영이 웃음을 터뜨렸다. 꼭 죄는 스웨터에 갇힌 아이의 여린 가슴이 흔들렸다. 정진우는 성욕을 느끼진 않았지만, 아이의 가슴이 아름답다고 생각했다. 모든 아름다운 것은 너무 빨리 사라진다. 정진우는 딸을 생각했다.

"전화로도 얘기했지만, 가출생활 얘기했다고 해서 너한테 피해 가는 일은 없을 거야. 난 예진이에 대해서 몇 가지만 확인하면 돼."

"예진이에 대해서 말하려면 좀 지저분한 얘기도 해야 해요. 나는 다 말할 수 있어요. 거리낄 게 없으니까요. 애들이 지 얘기 하는 게 부끄러워서 아저씨를 피하는 게 아니에요. 집으로 끌려갈까 봐 피하는 거지. 오히려 이런 얘기 듣기 싫어하는 건 어른들이에요."

종업원이 피자를 테이블에 놓았다. 구운 통새우에서 김이 모락모락 났다. 고구마무스의 달콤한 향이 피망 냄새와 섞여서 코를 찔렀다. 정진우는 피자를 한입 베어 물었다. 체다치즈와 묽은 소스가 바닥에 떨어졌다. 피자는 정진우가 먹기엔 너무 달콤했지만, 어금니 사이에서 느껴지는 밀가루의 질감은 좋았다. 임소영은 허겁지겁 피자를 베어 물고 냅킨으로 입가를 닦았다. 따뜻한 피자가 아이의 위장으로 들어가는 모습이 보기 좋았다.

"예진이는 언제 어디서 만났어?"

"오우, 경찰다운 질문!"

임소영은 피자를 오물오물 씹으며 말했다.

"작년에 길빵하다 만났어요."

"길빵?"

"길에서 자는 거요. 노숙, 노숙! 첨에 대책 없이 가출한 애들은 알바도 모르고, 재워줄 오빠 언니들도 없으니까 24시간 쇼핑몰 같은 데 돌아다녀요. 거기 화장실이나 안 쓰는 광이나 소파 같은 데서 잠깐 눈을 붙여요. 하루 이틀 그러다 돌아가는 거죠, 뭐."

정진우는 영흥디자인센터의 그 비현실적인 창고 방과 그곳을 감도는 차가운 공기와 정적을 떠올렸다.

"너도 대책 없이 나온 거야?"

"예진이에 비하면 저는 이 바닥에서 베테랑이에요. 그땐 재워주던 오빠하고 싸우고 잠깐 돌아다니던 중이었어요. 예진이는……좀 이상한 애였어요. 친구도 없이 혼자 가출해서 막무가내로 돌아다녔거든요. 남자애들한테 인기가 없어서 가출하는 애들이 끼워주지 않았어요."

"남자한테 인기가 있어야 가출생활도 편한가?"

"당근이죠. 생긴 게 좀 반반해야 오빠들도 좋아하고, 그래야 재워주죠. 가출하고 싶은 애들은요, 예쁜 애들부터 섭외해요. 예진이는 생긴 것도 평범하고 영 애교가 없었어요. 무뚝뚝하고, 희한한 말이나 하고……."

"무슨 말을 했는데?"

"지금은 치워버렸지만, 문 닫은 옷가게 뒤쪽에 소파들이 있었거든요. 거기서 졸고 있는데 예진이가 다가왔어요. 그러더니 대뜸 나한테 너도 외롭니? 하고 묻는 거예요. 세상에, 기가 막혀서. 외롭니, 라니……. 다음엔 철학 강의가 나올 거 같았어요. 근데 전 엉뚱한 소리를 하는 사람을 좋아해요. 그래서 아저씨랑도 이렇게 만난거고. 그날 예진이가 소주를 사줘서 친해졌어요. 예진이는 쇼핑센터 옥상에 올라가서 뛰어내리려고 했대요. 하지만 바닥이 너무 차가운 거 같아서 포기하고 내려왔대요. 이쯤 되면 또라이라고 봐도 무방하죠. 얘기를 들어보니까, 걔 부모는 성인군자예요. 이거는 그냥 잘해준 게 아니라 재벌 외동딸 안 부럽게 존나 물고 빨면서 키워준 거예요. 왜 나왔냐고 물어보니까 잘해주는 게 너무 싫어서 나왔대요. 그래서 내가 넌 미친년이라고 그랬죠."

죽은 예진이의 말소리가 들리는 것 같아서 정진우는 잠시 눈을 감았다. 스테인리스 냉동고 위에 누운 아이의 육신은 창백했다. 아이의 속옷은 때가 끼고 너덜너덜했다.

"부모가 잘해줘도 나오는 애들이 있구나."

"따지고 보면 꼭 그렇진 않아요. 하루 이틀 놀다 들어가는 거면 몰라도, 이유 없이 장기 가출하는 애들은 없어요. 나중에 들어보니까, 예진이도 참 갑갑했겠구나 싶었어요."

"뭐가 갑갑해?"

"걔는요, 집 안에서 농담 한마디 못 한대요. 부모가 너무 진지하고 올바르셔서, 자식의 비뚤어진 말 한마디도 못 참는다는 거죠. 한번은 학교가 양계장 같다고 한마디 했다가 부모가 담임을 면담하고 심리상담까지 할 뻔했대요. 걔 엄마가 우리 병원 같이 갈까, 그러는데 미쳐버릴 것 같더래요. 따지고 보면 맞는 말이죠. 학교는 애들을 우리에 가둬놓고 사료 먹여가며 알만 빼먹는 양계장이잖아요. 그런 말은 그냥 웃고 넘겨야죠."

"너도 집에 불만이 많아서 나온 거야?"

"집에 불만이 없는 애가 어딨어요? 견디다 못해서 나오는 거지. 우리 아빠는 내가 초등학교 때 죽었어요. 엄마 혼자 옷가게 하면서 저랑 남동생을 키웠는데요, 밤만 되면 술을 먹고 들어왔어요. 너희들 때문에 이 고생을 한다고 생난리를 쳤죠. 그것도 매일 밤마다. 엄마가 남동생은 되게 아꼈어요. 뭐 사달라면 군말 없이 사주고. 저는 완전 찬밥 신세였죠. 참고서 사야 된다고 하면 공부도 못하는 년이 지랄한다고 욕이나 하고. 중학생 되면서부터 가출을 시작했어요. 이젠 다 컸다고 생각했으니까."

정진우는 비 오는 가을 저녁에 아이의 한탄이나 듣고 있을 여유가 없었다.

"예진이는 학교 친구들하고 연락도 하고 그랬어?"

"별로 친구도 없었나 봐요. 하긴 또라이 같은 애였으니까. 그런데요, 가출 몇 번 해본 아이들은 절대 학교 친구들하고 연락을 안해요. 뭘 모르는 애들이나 연락했다가 잡혀가는 거죠. 우리 같은 애들한텐 학교가 지옥이거든요. 저도 가출 몇 번 하고 돌아오니까 선생들한테 완전 찍혔어요. 아저씨는 찍히는 게 어떤 기분인지 모르죠? 존나 싫어요. 교복치마 줄여 입으면 여선생들이 오다가다 허벅지를 쿡쿡 찔러요. 문란한 애들은 역시 다르다고. 우등생들도 줄여입는데 걔들한텐 암말도 안 하고. 어떤 변태 같은 남자선생은……아, 그 새끼가 얼마나 변태 같았냐면요. 교복치마 입은 애들한테 엎드려뻗치라고 시켜요. 빤스가 다 보이는데도 그래요. 여튼, 그 새끼가 어느 날은 내 엉덩이가 크다고 놀렸어요. 남자랑 다니면 그렇게된다고. 친구들하고 얘기하고 있으면 담탱이가 와서 물어봐요. 또애들 데리고 나가려고 그러냐고. 이런데 내가 어떻게 얌전하게 학교를 다니겠어요?"

임소영의 말은 막힌 둑이 터지듯 흘러나왔다. 정진우는 아이의 말에 갈팡질팡하면서 핵심을 찾으려고 애썼다.

"예진이한테 남자친구는 없었어?"

"예. 생긴 게 평범해도 호감 가는 인상이라 애교만 있으면 남자도 사귈 텐데, 걔는 그런 거 싫어했어요. 하지만…… 콩은 많이 깐거 같아요."

"콩?"

"아우, 아저씨 왜 이래요. 다 알면서. 섹스요 섹스. 누구나 다 하는 거. 빠구리."

"애인도 없는데 남자랑 잤다고?"

"그냥……. 달라 그러면 다 대주는 거 같았어요. 그러니까 희한한 애죠. 누가 한번 하자면 웃지도 않고 고개를 끄덕여요. 그러고선할 때는 눈 감고 신음소리도 안 낸대요. 내가 왜 하냐고 물어보니까, 걔는 그냥 섹스 같은 거에 거부감 없다고, 하지 말라는 어른들이 더 싫다고. 그러대요. 원조도 좀 했고……."

"원조교제 말이야? 그런 것도 하니? 왜 그런 짓을……."

임소영은 한숨을 쉬며 먹고 있던 네 조각째의 피자를 내려놓았다. 손톱에 기름이 묻어서 빨간 매니큐어가 번들거렸다. 콜라를 마시고, 아이는 경멸이 묻어 있는 정진우의 눈을 탐색했다. 정진우는고개를 돌렸다.

"아저씨, 가출해서 살려면 따먹히는 것쯤은 각오해야 돼요. 우리도 이렇게 살고 싶겠어요? 다른 방법이 없으니까 그러는 거죠. 저는요, 돈이 좀 모이면 미용학원 가서 자격증 따고 싶어요. 하지만지금은 딴 방법이 없어요. 저도 처음에 가출했을 땐 이삼일 쇼핑몰돌아다니다 집에 가고 그랬어요. 집이나 학교나 견딜 수가 없으니까 점점 혼자 살 생각을 하게 돼요. 저는 그래도 지킬 건 지키고 싶었어요. 채팅으로 만난 오빠들하고 같이 살 때도 내 몸은 지키려고했어요. 거기 오빠들 중에 착한 오빠가 있었거든요. 내가 그냥 사귀자고 했어요. 오빠가 싸움을 잘해서 다른 놈들이 날 못 건드리게 지켜줬어요. 전 오빠랑 섹스하지도 않았어요. 그냥 애무하고 딸딸이 치게 도와주고 그런 거만 했죠. 오빠도 이해해줬고. 근데, 주머니에 천 원짜리 한 장도 없는데, 만날 놀고먹을 수만은 없잖아요. 그래서 알바를 시작했어요. 전단지 알바도 하고, 고깃집 알바도 하고, 주유소 알바도 하고, 미용실 알바도 하고. 거기서 일하는 게 얼마나 더러운 건지 아세요? 보통 사람은 한 달을 못 버텨요. 고깃집은 아침 아홉시에 출근해서 저녁밥을 밤 열시에 먹고 밤 열두시까지 일해요. 일주일에 수요일 딱 하루 쉬었어요. 술 따라보라는 손님도 있고 쉬는 날 밖에서 보자는 아저씨들도 있어요. 출장 가는데 데려간다는 새끼도 있더라고요. 미용실은 아침 아홉시에 출근해서 밤 아홉시까지 일하는데 내가 자격증이 없어서 한 달에 삼십오만 원 받았어요. 패스트푸드점에서는 매니저랑 일하는 언니 오빠들이 막 못살게 굴어요. 동작 느리다고 뒤에서 욕하고, 어떤 새끼는 깍듯하게 인사 안 한다고 때리고. 이렇게 일하다간 평생 돈도 못 모으고 몸살 나서 죽겠다 싶었는데, 한 친구가 다방 가서 일하자고, 그래서……."

"예진이도 다방에 같이 갔어?"

"아뇨. 그땐 걔 만나기 전이었어요. 예진이는 그런 데서 일할 타입이 아니에요. 걘 잠깐 가출했다가 집에 들어가는 걸 반복했어요. 일부러 엄마 아빠를 놀리는 것 같았어요."

"다방은 누구한테 소개받았어?"

"친구가 채팅했는데 어떤 아저씨가 다방에서 일해보지 않겠느냐고 쪽지를 날렸어요. 한 달에 이백만 원은 벌 수 있다고 했대요."

정진우는 더 이상 듣고 싶지 않았다. 창밖에서 빗줄기가 가늘어지고 있었다. 빨간 우산을 든 소녀 두 명이 거리를 가로질렀다. 정진우는 임소영에게 위로하듯 한마디 던졌다.

"고생 많았겠다."

임소영은 말을 멈추지 않았다. 정진우가 더 듣고 싶어 하지 않은 기색을 보일수록, 임소영은 일부러 노골적인 이야기들을 꺼내놓았다.

"처음 배달 나가면 단골들이 신고식이라고 이상한 걸 시켜요. 배불뚝이 아저씨들인데, 존나 변태예요. 티켓 끊는 아저씨들은 다 개예요. 미친개. 신고식이 어떤 거냐면, 홀딱 벗고 서 있는 거예요. 아저씨들이 옆으로 돌아봐라, 뒤돌아봐라, 다리 벌려라, 그러고 밑을 막 만지고 그래요. 황당해서 말이 안 나와요. 거기서도 최대한 내 몸은 지키면서 돈 좀 벌려고 그랬는데 불가능하더라고요. 첨에 소개받을 때부터 소개비 조로 빚을 땡기고 매달 무슨 화장품이니 옷장사니 불러서 터무니없이 비싼 값에 강제로 사게 해요. 돈은 못 벌고 빚만 쌓여가니까 몸도 팔게 돼요. 단골 중에 한 명이 내가 아다인 걸 알고 한 번 대주면 삼십만 원 주겠다고 했어요. 그래서 깨버렸죠, 뭐. 별로 후회도 없어요. 처음엔 존나 아픈데 눈 감고 있으니까 괜찮아요. 결국엔 견디다 못해서 심부름한다고 말하고 도망쳐버렸어요. 그때 다방 마담이 나한테 한 삼천 정도는 땡겨놨을 거예요.

빚 말이에요, 빚. 다방에."

"그다음에 예진이를 만난 거야?"

아랫도리에 피를 흘리며 사내의 배 밑에 깔려 있는 아이가 떠올랐다. 정진우는 남예진에 대한 이야기로 빨리 돌아가고 싶었다.

"예. 다방에서 도망쳐 나온 다음에 피시방에서 채팅하다 만난 오빠 집에서 살았어요. 그 오빠랑 싸우고 집을 나와서 예진이를 만났어요. 아, 오빠랑 왜 싸웠냐면요. 첨엔 날 지켜주다가 어느 날 그러는 거예요. 자기랑 진짜 친한 친구가 있는데, 걔가 한 번도 안 해봤다, 걔랑 한 번 자주면 안 되겠냐, 하고. 너무 기가 막혀서 말이 안 나왔죠."

"예진이 만나고 나선 계속 길에서 잤어?"

"아뇨, 또 다른 오빠들 집에서 살았어요. 이 근처에 '왕언니'라고, 가출한 지 오래된 언니가 있어요. 그 언니가 가출해서 잘 데 없는 애들 보면 오빠들 집 소개해주고 그래요. 원조도 알아봐주고."

"그 언니 이름이 뭐야? 연락처 있어?"

임소영은 눈을 크게 치켜떴다. 마스카라 조각이 살짝 묻어 있는 아이의 흰자위에서 분노가 느껴졌다.

"아저씨, 왜 이래요? 내가 그런 거 가르쳐주면 여기서 살 수 있겠어요? 폐 안 끼친다면서요?"

정진우는 한숨을 쉬었다.

"알았다, 알았어. 다음 얘기나 해줘. 그래서 예진이랑 원조를 했어?"

"예. 한 번 하면 십만 원은 주고, 마음씨 좋은 아저씨는 이십만 원도 주니까 살 만해요. 다방보다는 백배 낫죠."

"원조 하는 사람이 많아?"

"존나 많아요. 처음 가출했을 때, 친구들이랑 강릉에 놀러 간 적이 있거든요. 새벽에 도로를 걷고 있으니까 트럭이 한 대 멈춰 서요. 나이 많은 아저씨가 운전석 창문을 열고 물어봐요. 야, 너희들 돈 줄 테니까 한번 할까, 하고요. 뭐 자기들은 전국을 돌아다니며 여자들을 정복하는 남자들이래요. 웃겨서 말도 안 나오죠. 그런 인간들이 쌔고 쌨어요. 여기 영흥 주변에 밤에 돌아다니면요, 술 취한 아저씨들이 슬쩍 다가와요. 야, 너희들 남자 맛 보여줄까? 오늘 우리랑 놀래? 하고요. 우리는 야, 니 엄마랑 해라, 그러고 막 도망치죠. 첨에 원조 할 때는 주로 인터넷으로 했어요. '하룻밤 알바' 같은 채팅방 개설해놓고 기다리면 쪽지가 막 날라와요. 그중에서 말투가 괜찮은 아저씨랑 약속 잡는 거죠. 장난만 치고 안 나오는 인간도 많아요. 왕언니가 소개시켜주는 아저씨들이 더 괜찮았어요. 언니는 그런 아저씨들 목록을 갖고 있나 봐요. 그런 아저씨들은 돈도 많이 주고, 여러 번 하지도 않고, 좋아요. 저는 일주일에 한두 번 했고 예진이는 두세 번씩 했어요."

"그때가 중학교 삼학년 때고, 예진이는 다시 집에 들어갔지? 고일 가을에 예진이가 다시 가출했을 텐데……."

"맞아요. 예진이는 원조 해서 돈 받으면 친구들 사주고 싶은 거 다 사주고, 자기 것은 화장품 하나 안 샀어요. 그래서 애들이 좀 달

라붙었는데, 예진이를 좋아해서가 아니라 얻는 게 많아서죠. 뒤에
선 수군거렸어요. 쟤 왕또라이 아냐? 하고. 내가 예진이한테 그랬
죠. 걔들한테 돈 줘봤자 너 좋아하지 않으니까, 그만하라고. 예진이
는 그냥 웃었어요. 오빠들이랑 살고 있던 그 집에서도 문제가 생겼
어요. 밤에 오빠 친구들이 술 취해서 돌림빵 하려고 나한테 막 달려
들었거든요. 사귀던 오빠가 오히려 실실 웃으면서 먼저 나섰어요.
저는 막 욕을 퍼부으면서 간신히 도망쳐 나왔는데, 나올 때보니까
예진이는 옆방에서 하고 있더라고요. 그러곤 한참 예진이랑 연락이
안 됐어요. 저는 원조 하는 친한 언니랑 같이 살았고. 한참 뒤에 예
진이한테 잘 살고 있느냐고 전화가 왔어요. 그래서 가끔 밥도 먹고
카페에서 수다도 떨고 그랬어요. 저는 항상 예진이한테 인제 집에
서 나오지 말라고 그랬어요. 부족한 것도 없는 년이 왜 그러냐고.
그런데 또 기어 나오더라고요."

"예진이를 마지막으로 만난 게 언제야?"

"걔 죽기 보름 전쯤에 전화가 와서 한 번 봤어요. 집에서 돈 많이
갖고 나와서, 여관에서도 자고 찜질방에서도 잔다고 그랬어요. 원
조는 계속 하고 있다고, 돈 필요하면 말하라고 했어요. 그냥 술만
먹고 헤어졌어요. 예진이가 죽었다는 소문이 확 퍼지니까 애들이
입을 완전히 닫아버렸어요. 우리끼리도 예진이 얘기 안 해요."

"예진이랑 원조교제 하던 아저씨 중에 아는 사람 있어? 이건 중
요한 문제야. 폐 끼치지 않을 테니까 얘기해줘."

"별루 없어요. 예진이도 저도 원조 하는 아저씨들 얘기는 별로

안 해요. 해봤자 뻔하고. 아저씨들은 흔적이 남을까 봐 휴대폰번호
도 안 가르쳐줘요. 그냥 인터넷으로 채팅해서 약속을 잡는다든가,
공중전화를 쓰죠. 근데…… 예진이가 자주 만나는 아저씨가 있다
고 했어요. 서른 살 넘었는데 착하고 돈도 많이 주고 매너도 좋대
요. 아마 왕언니가 소개시켜준 것 같아요. 요 근처에서 술 마시다가
예진이랑 팔짱 끼고 있는 아저씨를 한 번 본 적 있어요. 한 달쯤 전
이었나, 싶어요. 더벅머리에 키도 작고 존나 못생긴 아저씨였어요.
예진이랑 급하게 어디로 걸어가던데요. 아마 여관에 갔겠죠."

"얼굴이 기억나? 사진을 보여주면 알 수 있겠어?"

"사진을 보면 아마…… 기억이 날 것도 같아요. 하지만 절 경찰
서로 데려가진 말아요. 아시죠?"

"그래, 알아. 의심 가는 아저씨들 사진 가지고 한 번 더 여기 올
게. 전화하면 꼭 받아줘."

"근데 예진이가 살해당한 거예요? 여기선 소문이 다양해요. 자살
했다고도 하고, 누가 죽였다고도 하고, 귀신에 홀렸다고도 하고. 나
도 얘기했으니까 아저씨도 얘기해줘요."

"너만 알고 있어. 예진이는 살해당했어."

임소영은 살며시 아랫입술을 깨물었다. 살인이라는 사실을 알았
을 때, 아이의 반응은 그것뿐이었다.

"그 새끼 꼭 잡아주세요."

임소영은 짧게 말했다. 정진우는 아이가 자제하고 있다는 걸 알
았다. 아이는 조숙했다. 아이가 말하지 않은 슬픔이 그냥 감으로 느

꺼졌다.

"예진이에 대해 다른 걸 알게 되거나 이 근방에서 수상한 사람을 보면 꼭 연락해줘."

임소영은 고개를 끄덕였다. 정진우는 슬쩍 물어보았다.

"예진이가 죽어서 많이 슬펐니?"

"그냥 좀, 놀라고 울적하고 그랬어요. 괴상한 구석이 많았지만, 저는 예진이를 좋아했어요. 걔는 조용하게 반항하는 거 같았어요. 어른들아 이거 봐, 여자가 몸 버리는 거 아무것도 아냐, 넌 술집 여자랑 놀면서 애들한테 정조 지키라는 말 좀 하지 마, 하고 외치는 것 같았어요. 원조 할 때도 우리처럼 악착같이 돈 뜯어내려고 애교를 떨지 않았어요. 어른들을 비웃는 것 같은 느낌이었죠. 전 그런 분위기가 좋았어요."

정진우와 임소영은 자리에서 일어섰다. 굵은 빗발은 안개비로 변했다. 검고 딱딱한 어둠이 파스텔 톤으로 뭉개졌다. 행인들이 검은 안개 위로 흘러 다녔다. 멀리 뿌옇게 빛나는 네온사인을 향해 사람들은 사라졌고, 거리는 안개의 동굴 속에 갇혔다. 태홍빌딩이라는 현판이 붙은 현관 앞에서 정진우는 아이에게 작별인사를 하려 했다. 적당한 인사말이 떠오르지 않아서, 정진우는 쓸데없는 질문을 던졌다.

"예진이가 귀신에 홀려 죽었다고 말하는 애들도 있어?"

임소영이 고개를 끄덕였다.

"미신 같은 거죠. 걔의 수백만 가지 이상한 점들 중에서 가장 이상한 점은, 미신 같은 걸 좋아했다는 거예요."

"어떤 미신?"

"분신사바 같은 거요. 불 끄고 볼펜을 돌리거나 하는 거. 아니면 밤 열두시에 화장실 불 꺼놓고 세숫대야에 물을 담은 다음 식칼을 물고 들여다보는 거. 그러면 미래가 보인다고들 하잖아요."

"말도 안 돼."

"맞아요. 말도 안 돼요. 하지만 여기 가출생활 하는 애들은 그런 거 많이 믿어요. 답답하니까 그러는 거죠, 뭐. 예진이는 그 정도가 심해서 마녀라고 불릴 정도였어요. 아, 나 가야겠다. 아저씨 안녕!"

아이가 뛰어나갔다. 아이의 어깨를 영흥시의 어둠이 잡아먹었다. 아이가 어디로 가는지 정진우는 알 수 없었다. 알 수 없는 것들은 늘 두렵다. 정진우는 옆 건물의 지하주차장으로 가서 차를 찾았다. 운전석에 앉아서 정진우는 소염진통제 두 알을 먹고 기어 옆에 기대어둔 미지근한 생수를 마셨다. 저녁 8시, 옅은 하늘색 아반떼가 영흥서로 출발했다.

남예진이 죽은 후 김경만은 옛 친구들과 다시 어울렸다. 범생이의 나라로 영원히 건너가버린 친구들을 제외해도, 놀 만한 애들은 많았다. 예진이가 죽은 다음 날, 경만은 혼자서 영흥디자인센터에 갔다. 광장의 시계탑과 쇼윈도와 매장 사이의 좁은 골목과 비상계단에서 경만은 예진이의 체취를 더듬었다. 1층 창고는 노란 폴리스라인으로 포박되었다. 경만은 그 안을 들여다볼 용기가 나지 않았다. 경만이 쇼핑센터를 나설 때, 오빠, 오빠, 경만이 오빠, 하는 환청이 들렸다. 경만은 혼자서 거리의 소녀들에게 들이대지 않았다. 거리에는 거리의 문법이 있었다. 경만은 그녀들의 얼굴을 기억에 박아 넣으며 담배를 피울 뿐이었다. 다음 날 밤 10시, 경만은 친구 두 명과 영흥시 나이트클럽 골목을 걸었다. 쇼핑센터에서 길 하나만 건너면 불야성이 펼쳐졌다.

남훈이가 나이트클럽 '페가수스'의 웨이터 형을 잘 알고 있다고 말했다. 경만과 친구들이 '페가수스'의 홀 한가운데에 자리를 잡았다. '페가수스'는 소녀들의 낙원이었다. 테이블 사이의 복도마다 소녀들의 재잘거림으로 분주했다. 남자 손님들도 대부분 십 대였지만 드문드문 이삼십 대 남자들이 모인 테이블도 보였다. 나이가 많은 손님들은 죄라도 지은 것처럼 고개를 숙이고 어깨를 웅크렸다.

남훈이와 친한 웨이터가 다가왔다. '강동원'이라는 큰 명찰을 가슴에 달고 있는 여드름쟁이였다. 경만은 최대한 어린애들로 부킹을 해달라고 그에게 부탁했다. '강동원'은 확실히 접수했다는 듯 고개를 크게 두 번 끄덕이고 돌아섰다.

삼십 분도 안 돼 소녀 세 명이 웨이터의 손에 이끌려 테이블로 다가왔다. 인정고의 간판인 성철이가 몸에 딱 붙는 감색 슈트에 뾰족 구두를 신고 경만의 맞은편에 앉아 있었다. 요즘, 유흥가보다는 학원가에 자주 출몰하는 성철이를 끌고 오길 잘했다고 경만은 생각했다. 성철이를 본 소녀들의 표정이 밝아졌다. 성철이와 남훈이는 시큰둥한 표정이었지만 경만은 소녀들에게 자리를 내어주었다. 화장이 짙은 여자아이 두 명은 거리에서 닳고 닳은 날라리들이었다. 경만의 주의를 끈 것은 어리고 어수룩한 여자아이 한 명이었다. 한눈에 봐도 놀아본 경험이 많지 않은 아이였다. 아이가 처한 상황은 뻔했다. 처음 가출을 했고, 채팅사이트나 거리에서 언니들을 만났을 것이다. 아이는 레이스가 요란한 흰색 블라우스에 빨간 카디건을 걸치고 스키니진을 입었다. 위아래로 잘 차려입었지만 어딘가 촌티가 흘렀다. 옷으로 방어를 해도, 유흥가의 문법에 어긋나는 행동과 말투는 어쩔 수 없는 것이다. 이런 아이들은 남자들에게 할 말과 하지 말아야 할 말들을 구분하지 못한다.

경만은 어수룩한 소녀 옆으로 자리를 옮겼다. 남훈이와 성철이는 육감적인 몸매의 날라리들과 스테이지로 가서 춤을 추었다. 경만은 소녀 옆에서 맥주를 마셨다.

"오빠, 몸매가 섹시해……. 다리가 길고 멋있어."

경만은 딱 달라붙는 갈색 면바지를 입고 있었다. 경만이 물었다.

"너, 콩 까봤냐?"

아이가 움찔했다. 대답할 말을 찾지 못한 채 아이는 어색하게 웃었다. 경만은 역시 상대를 잘 골랐다고 생각했다.

"넌 이름이 뭐야?"

"정하나."

"정하나 주면 안 잡아먹 —지."

경만이 두 손을 들고 호랑이 흉내를 냈다. 아이가 웃었다.

"오빠는 춤 못 춰?"

"기막히게 잘 춰. 한번 보여줘?"

"응."

경만은 아이와 스테이지에서 춤을 추었다. 멀리서 성철이 손을 흔들었다. 성철의 손은 벌써 파트너의 허리를 더듬고 있었다. 아이는 춤을 귀엽게 추었다. 소녀시대의 몸짓 같았다. 경만은 십오 분 정도 스테이지에 있다가 소녀의 손목을 끌고 테이블로 돌아왔다.

"더워. 좀 쉬자."

경만은 아이에게 맥주를 권하고 푸석푸석한 사과를 먹었다. 맥주를 시원하게 들이켠 아이가 말했다.

"생각보다 체력이 약하신가 봐."

"체력은 강해. 밤새 놀 수도 있고 밤새 그 짓 할 수도 있어. 더울 뿐이야."

경만은 아이에게 맥주를 한 잔 더 따라주었다.

"넌 집이 이 근처냐? 난 서울이라서 영홍에 잘 놀러 안 와."

"응. 이 근처야."

"가출했냐?"

아이는 대답 대신 고개를 끄덕였다.

"요즘 어디서 자냐?"

"언니 오빠들 집."

"거기서 잔 지 며칠 안 됐지?"

아이는 고개를 끄덕였다. 가출한 아이가 쇼핑몰 화장실에서 잔다면 집에 돌아갈 길은 열려 있다. 그러나 언니 오빠들과 혼숙하기 시작했다면 길은 점점 어두워지고 서서히 닫혀간다. 경만은 계속 물었다.

"이 근처에서 가출한 애들은 조심해야겠더라. 여자애 한 명이 죽었다는 얘기 들었어?"

예상대로 아이의 표정이 굳어졌다.

"나도 알아. 그런데 걔는 좀 이상한 애였대. 왕언니가 그랬어. 개처럼 아무 남자나 따라다니지 말고 여기 언니 오빠들이랑 놀면 안전하다고."

"왕언니? 왕언니가 누구야?"

"강나영이라고, 여기 가출한 애들 잘 챙겨주는 언니가 있어. 그언니가 우리한테 남자들도 소개시켜주고 그래. 죽은 애도 언니 도움을 많이 받았대. 근데 언니 말을 안 듣고 길거리에서 나이 많은 아저씨들 꼬시고 그랬대."

"그래서 죽었대?"

"그건 몰라. 아유, 왜 자꾸 그런 걸 묻고 그래? 우리 춤이나 추자, 오빠."

아이에게 더 물을 것도 들을 것도 없다고 경만은 생각했다. 경만은 충분히 들을 만큼 들었다. 화장실에 간다고 테이블을 빠져나온 경만은 스테이지로 올라가서 성철이에게 속삭였다.

"나 간다. 재미 많이 봐라."

눈을 휘둥그레 뜬 성철이를 뒤로하고 경만은 나이트클럽 출입문으로 걸어갔다. 문을 열기 전 경만은 정하나라는 어수룩한 아이를 떠올렸다. 아이가 갈 길은 뻔했고, 그것은 아이의 잘못만은 아니었다. 경만은 다시 테이블로 갔다. 아이의 통통한 귓불에 커다란 링 귀걸이가 매달려 있었고 머리에서 향수 냄새가 났다. 미소를 짓는 아이의 귀에 대고 경만은 속삭였다.

"빨리 집에 돌아가, 이년아."

나이트클럽에 다녀온 후 경만은 인터넷 채팅사이트에서 살다시피 했다. 인터넷에서 아이들은 더 많은 말을 한다. 인터넷에서 아이들은 우정을 맺고, 싸우고, 놀고, 섹스한다. 어른들은 이걸 모른다. 영흥시 가출소녀들을 추적하려면 인터넷부터 뒤져야 한다. 영흥서 형사들은 거리에서 아무 애들이나 붙잡고 무뚝뚝한 질문을 던지다가 소득 없이 귀가할 것이다.

경만은 자주 가는 '토크클럽' 사이트에서 둘째가라면 서러울 유흥가 전문가인 병훈이에게 쪽지를 날렸다.

"잘 지내냐?"

"오옷! 경만! 요즘 마룻바닥에서 춤추고 다닌다면서?"

"시끄러, 새꺄. 부탁이 있어. 영흥에서 왕언니로 통하는 강나영이란 애가 있어. 걔 요즘 어디서 채팅하는지 알아봐줘."

"알겠습니다, 대장님. 잠시만 기다리십쇼."

십여 분도 안 돼 병훈이의 쪽지가 날아왔다.

"걘 '사이사이'에서 놀아. '영흥 출가소녀 모여라' 이따구 말도 안 되는 채팅방 만들어놨을 거야. 친한 남자애들이 많아서 따먹기는 쉽지 않을 거야."

경만은 '사이사이'로 들어갔다. 십 대 채팅방에 소년 소녀 들이 만들어놓은 방제들이 나부끼고 있었다.

'신림벙개 : 여자만 환영', 'ㅈㄱ(조건만남) : 고1. 변태는 퍽!', '잘데있어 놀러와', '콩 깔래? : 대식가', '여인이 되고 싶어 : 외로운 중3'

방제들은 팔색조의 구애춤보다 화려한 유혹의 깃발이었다. 아이들은 마음에 드는 방제를 골라잡아 주인장에게 쪽지를 날렸다. 반말과 욕설이 적힌 수십만 개의 쪽지들이 '사이사이'의 영토 위로 눈발처럼 날아다녔다. 경만은 방제를 검색하여 강나영을 찾아냈다. 강나영은 오프라인 상태였다. 경만이 조바심을 누르며 새벽까지 잠복했던 사나흘 동안 강나영은 인터넷에 접속하지 않았다. 경만은 계속 기다렸다.

10월 30일, 경만은 7교시를 마치고 강북자애종합병원 영안실로 갔다. 예진의 상가는 조용했다. 교사들과 동급생들이 점심시간에 다녀가서 학교 아이들은 보이지 않았다. 영정 앞에서 억지로 슬픈 표정을 짓고 있었을 그들도 공범이라고 생각했다. 경만에게는 학교의 모든 인간이 살인자처럼 보였다. 경만은 교복을 그대로 입고 있었다. 상복보다 교복이 더 상가에 어울린다고 경만은 생각했다.

영정 속에서 예진이는 활짝 웃고 있었다. 예진의 고른 치열이 하얗게 드러났다. 경만은 향을 피우고 두 번 절을 했다. 예진의 아버지가 경만의 어깨를 가볍게 두드렸다.

"와줘서 고맙다."

아저씨는 억지로 웃음을 지으려 했다. 그럴 때마다 아저씨의 얼굴이 괴상하게 일그러졌다. 예진의 어머니는 경만을 볼 때부터 오열을 참느라 아랫입술을 깨물고 있었다. 아빠는 돌아오실 거야, 아줌마는 경만을 다독이며 그렇게 말했었다. 아빠는 돌아왔고 예진이는 떠났다. 아저씨와 아줌마의 충혈된 눈동자가 흔들렸다. 그들은 앞으로도 그럴 것이다. 십 년이고 백 년이고 예진이의 흔적들을 마주할 때마다 그들은 눈동자의 초점을 잃을 것이다. 내 부모였으면 얼마나 좋았을까, 어린 시절 경만은 하루에도 수십 번씩 그런 생각을 했다. 경만이 생각했던 가장 이상적인 가정이 부서졌다. 경만은 죄인이 된 것 같아 고개를 들 수 없었다.

어머니와 아버지는 오전에 상가를 다녀갔다. 집에 돌아오자 감기 몸살에 걸린 어머니가 안방에 누워 있었다. 아버지는 가게에서 닭을 튀기고 있을 것이다. 안방에서 느끼한 치킨 냄새가 풍겨왔다. 닭기름 냄새가 어머니와 아버지의 머리카락 사이에 눌어붙어 지워지지 않았다. 두피가 닭 껍질로 변해버린 것 같았다. 어머니와 아버지는 그렇게 기름 덩어리를 뒤집어쓰고 조용히 늙어갈 것이다. 그들은 경만이 주먹을 휘두를 때도, 스포츠댄스를 시작했을 때도, 아무 것도 묻지 않았다.

경만은 식욕이 없어서 라면을 하나 끓여 먹었다. 면발이 반쯤 남아 있는 냄비를 싱크대에 던져놓고 경만은 방으로 뛰어가 컴퓨터를 켰다. 강나영은 채팅방에 접속하지 않았다. 의자에 등을 기대고 경만은 예진이가 만났다는 남자들을 떠올렸다. 예진이는 정말 그들과 잤을까. 그렇다면 예진이는 무슨 생각을 하며 그놈들의 굶주린 성욕을 채워주었을까. 예진이도 즐긴 걸까. 경만은 머리를 쥐어뜯었다.

11월 1일은 가을비가 축축이 내리는 토요일이었다. 일어나자마자 경만은 채팅사이트에 접속했다. 강나영이 채팅방에 들어와 있었다. 경만은 쪽지를 날렸다.

"하이. 몇 살이야?"

강나영은 토요일 저녁을 즐겁게 해줄 물주를 찾고 있는 것 같았다. 쪽지가 바로 날아왔다.

"열여덟."

"나도 열여덟. 우리 갑이네?"

"나는 갑도 좋아."

"너 예뻐?"

"어, 예뻐. 키 백육십오. 넌?"

"난 백팔십."

"괜찮네."

"오늘 내 친구들이랑 놀까? 돈 있어."

"콩 까봤냐고 묻지 마. 그런 거 질색이야."

"알았어. 저녁에 친구들이랑 나와."

"씹창 사절."

"씹창 아냐."

강나영은 먹이를 앞에 두고 저울질하고 있는 것 같았다. 쪽지가 한참 만에 날아왔다.

"우리 화상채팅 하자."

역시 왕언니답다고 경만은 생각했다. 강나영은 확실한 걸 좋아했다. 경만은 거울 앞에서 머리를 다듬고 스피커와 웹캠을 켰다. 저화질의 동영상 속에서도 강나영의 하얀 피부는 도드라져 보였다. 눈이 크고 턱 선이 우아한 아이였다. 아침인데도 피부에 푸석푸석한 기운이 없었다. 긴 머리를 아무렇게나 뒤로 묶고 있었지만, 그마저도 우아해 보였다. 강나영의 연예인 같은 얼굴이 슬로모션으로 캠에 다가왔다. 경만이 말했다.

"너, 맘에 든다."

"너도 썹창은 아니다."

"오늘 존나 심심해. 난 서울 살아. 저녁에 친구 두 명이랑 영흥으로 갈게."

강나영이 물었다.

"고등학교 다녀?"

"어. 난 인정고 대장이야. 우리 학교 간판 데리고 갈게."

"나도 오늘 존나 심심했거든. 나이트 갈 수 있어?"

"좋아. 씨팔. 가자."

"좋아. 일단은 쇼핑센터 앞에 주네브라는 카페에서 만나. 애들 데리고 갈게."

"알았어. 몇 시에?"

"저녁 일곱시."

경만은 컴퓨터를 껐다. 빗줄기가 더 굵어진 것 같았다. 창틈으로 물비린내가 스며들었다.

저녁 7시, 비의 농도가 묽어졌다. 영흥시는 거대한 안개의 무덤이었다. 안개의 장막 뒤에서 영흥디자인센터의 불빛이 묽게 반짝였다. 경만은 하느님이 안개 낀 날에 세상을 만든 건 아닐까 생각했다. 안개 속에선 영흥시의 더러운 길거리도 아름다워 보였다. 사람과 사람 사이의 경계가 풀어지고 모든 풍경이 파스텔 톤으로 아늑해졌다. 안개가 걷히면 취객들이 휘청거리며 횡단보도를 건너고 쇼핑객들이 경계심에 가득 찬 눈초리로 걸음을 재촉할 것이다. 하느님은 엿새 동안 안개 속에서 세상을 만들고 안개가 걷힌 다음 날 실망했을 것이다. 그래서 자포자기의 심정으로 하루 쉬었을 것이다.

카페 주네브는 쇼핑센터 광장 옆 4층 빌딩의 1층에 있었다. 스타벅스나 커피빈과 달리 테이블 주위에 푹신한 소파들이 놓여 있었고 자리마다 칸막이가 쳐져 있었다. 넓은 홀이 아이들의 재잘거림으로 시끄러웠다. 경만은 고개를 두리번거리며 아침에 본 연예인 같은 얼굴을 찾았다. 강나영을 찾는 건 어렵지 않았다. 카페의 은은한 할로겐 조명 밑에서 옅은 화장을 한 강나영의 얼굴이 빛을 발했다. 강나영의 얼굴은 부나방들을 이끄는 수십만 촉의 백열등 같았다. 경만은 강나영과 두 명의 어린 소녀가 앉아 있는 자리로 다가갔다. 후드가 달린 검은 방수점퍼를 입은 경만의 꼴을 보고, 강나영은 적잖이 실망한 표정이었다. 경만은 자리에 앉았다. 강나영이 물었다.

"친구들은?"

"없어."

"뭐?"

경만은 강나영의 양옆에 앉은 소녀들을 노려보며 말했다.

"야. 니들 나가. 나 얘랑 할 얘기가 있어. 때리진 않을 테니까 안심하고."

한 아이가 입을 삐죽 내밀고 말했다.

"언니, 완전 미친 새끼 아냐."

경만은 테이블에 놓인 물잔을 들고 일어섰다.

"이런 씨발. 빨리 나가란 말이야, 쌍년들아. 얼굴 다 뭉개버리기 전에. 내가 못할 것 같아?"

경만이 물잔을 치켜들었다. 아이들이 얼굴을 가렸다.

"오늘 여기 확 다 뒤집기 전에 나가. 나가면 아무 일 없어."

아이들이 슬금슬금 자리를 빠져나왔다. 강나영은 어이없다는 듯 입을 벌렸다. 경만이 소파에 다시 앉았다.

"너 뭐야?"

"시간 없으니까 짧게 물을게. 남예진 알지? 걔한테 누굴 소개시켜줬어?"

"니가 예진이 오빠야?"

"예진이 친구야. 대답만 해. 대답하면 조용히 갈게."

"나 참. 어이가 없어서. 그 걸레년이 두고두고 속 썩이네."

강나영은 휴대폰을 들고 누군가에게 전화했다.

"어, 오빠, 나야. 빨리 주네브로 좀 와줘. 웬 찌끼 같은 새끼가 걸려들었어. 응? 아냐, 지금 와야 돼. 나 강간당하는 거 보고 싶어? 어, 빨리 와."

누가 오든, 몇 명이 오든 상관없다고 경만은 생각했다. 경만은 오늘 이곳에서 들어야 할 말을 확실히 챙겨갈 것이다. 어릴 적 예진이를 괴롭히는 남학생들에게 그랬듯, 경만은 상대의 목을 잡고 떨어지지 않을 것이다.

"빨리 대답해. 조용히 간다잖아, 이년아."

강나영이 다리를 꼬았다. 옅은 하늘색 미니스커트 밑에서 미끈한 허벅지 두 개가 포개졌다.

"글쎄, 나는, 별로 아는 게 없어. 걔가 하두 이 남자 저 남자 만나기에 몇 번 주의를 준 적은 있어."

"아, 씨발 시간 없다니까 왜 이래…… 너 지금 죽으려고 뺵 쓰냐? 니가 애들한테 남자 소개시켜준다는 건 동네 개새끼들도 알아. 빨리 말해."

"하하. 넌 정말 말이 안 통한다. 걔는 남자라면 사족을 못 쓰는 걸레야, 걸레."

경만은 분노를 느꼈다.

"미친년. 걸레는 너야. 지금 니 꼴을 잘 봐. 냄새가 나서 견딜 수가 없어."

강나영이 눈을 크게 치켜떴다. 소녀의 눈이 얼굴을 집어삼킬 듯 커졌다.

"새꺄! 빨리 꺼져! 오빠들 오면 넌 죽어."

"그래? 그럼 기다리지."

경만은 물을 들이켰다. 한동안 탁자 위에 침묵이 흘렀다. 강나영의 냄새나는 말보다는 침묵이 차라리 편하다고 경만은 생각했다. 갑자기 강나영이 분홍색 면 가방을 들고 일어섰다.

"너, 어디서 많이 놀아본 거 같은데, 여기선 그렇게 설치면 다쳐. 오늘 운 좋은 줄 알아라. 오빠들 오기 전에 나 먼저 일어설게."

"아아…… 안 되겠다. 너 좀 맞자."

경만이 강나영을 따라 일어섰을 때, 키 큰 남자 두 명이 테이블로 달려왔다. 남자들은 경만보다 두어 살 많아 보였고, 숨을 씩씩댈 때마다 소주 냄새가 났다. 한 남자가 으르렁거렸다.

"어이, 찌끼새끼. 지금 꺼지면 봐줄게."

경만은 웃으며 말했다.

"니가 꺼져, 씹새야."

남자들은 어이없다는 표정이었다.

"너, 안 되겠다. 따라 나와. 나영아, 너도. 이 새끼 밟아준 다음에 우리가 놀아줄게."

강나영 대신 경만이 대답했다.

"그러지, 뭐."

경만은 남자들을 따라 거리로 나왔다. 강나영이 맨 앞에서 분홍색 가방을 흔들며 걸었다. 작은 물방울들이 경만의 뺨에 달라붙어 끈적거렸다. 노스 스페이스 상표가 붙은 검은 점퍼를 입은 남자의 등에서 익숙한 치킨 기름 냄새가 났다. 오래되고 눅진한 냄새였다. 저 아이는 이 거리에서 치킨 배달을 하며 살고 있을 것이라고 경만은 짐작했다. 경만은 한숨을 쉬었다. 영흥디자인센터의 등짝이 올려다보이는 뒷골목은 어둡고 한적했다. 가로등 하나가 안개 속에서 졸고 있었다.

경만은 남자들에게 틈을 주지 않겠다고 생각했다. 사람은 누구나 주먹을 휘두르기 전에 잠시 망설인다. 두 남자를 상대할 땐 망설임의 그 빈틈을 이용하는 수밖에 없다. 골목에 멈춰 서자마자 경만은 치킨 배달맨의 어깨를 잡고 코를 주먹으로 때렸다. 배달맨이 주저앉았다. 경만은 한동안 일어서지 못하도록 배달맨의 목을 힘껏 밟았다. 놀라서 입을 벌리고 있는 또 다른 남자는, 경만이 달려들자 뒤로 물러섰다. 남자의 배 위에 올라타서, 경만은 여드름이 가득한 얼굴에 주먹을 날렸다. 정권 끝에 송곳니가 걸리는 느낌이 났다. 경만은 계속 주먹을 뻗었다. 남자의 뺨이 뭉개지는 동안 경만의 머릿속에서는 증오의 불길이 점점 거세졌다. 그것은 한편으로 거리의 아이를 향한, 한편으로 자신을 향한 분노였다. 경만은 미친 듯이 주먹질하면서 소리쳤다.

"잘 들어, 개새끼들아! 꼭 듣고 전해. 내가, 김경만이, 인정고 대장 김경만이, 남예진을 죽인 새끼를 찾고 있다고. 애들한테 다 전해! 내가 그 새끼를 찾아내서 찢어발겨 죽이겠다고. 그 새끼랑 친한 새끼들도 다 죽여버리겠다고!"

갑자기 경만의 눈앞에 섬광이 번쩍였다. 졸고 있던 가로등이 일시에 터져버린 듯했다. 길바닥에 누워 있던 치킨 배달맨이 소주병으로 경만의 머리를 때렸다. 경만은 머리를 움켜쥐었다. 손등과 뒤통수로 주먹이 계속 날아들었다. 헤아릴 수 없는 빛의 입자들이 눈앞에 쏟아졌다. 경만은 등을 돌려 상처 입은 배달맨의 코를 다시 때렸다. 배달맨은 비명을 지르며 다시 주저앉았다. 경만이 겨우 정신을 차렸을 때, 강나영은 골목 저편으로 달아나고 있었다. 하이힐을 신은 아이의 다리가 뒤뚱거렸다. 경만은 강나영을 쫓았다. 골목을 벗어나기 전에 경만은 강나영의 머리채를 낚아챘다.

"야, 씨발년. 잠깐만 기다려, 나 숨 좀 돌리고……."

"아야! 놔, 놔, 이거. 씨발."

경만은 강나영의 머리를 영홍디자인센터 담벼락에 찧었다. 강나영의 새하얀 피부가 긁히고 바스라졌다.

"너, 빨리 말해. 안 그러면 예쁜 얼굴 다 망가져."

얼굴은 소녀들에게 유일한 무기였다. 그것은 거리에서 자신을 지탱해주는 생존의 수단이며, 최후의 자존심이었다. 강나영이 말했다.

"알았어. 놔. 휴대폰에 아저씨 번호가 있어."

경만이 손을 풀었다. 강나영은 가방에서 휴대폰을 꺼내 번호를 검색했다.

"여깄어."

강나영이 휴대폰 액정화면을 경만에게 내밀었다. 화면에 '병신'이라는 이름과 함께 휴대폰번호가 떴다.

"병신이 누구야?"

"예진이 단골이었어."

"뭐 하는 놈이야?"

"몰라. 어디서 뭐 하는지는 나도 몰라. 우리끼리는 병신 아저씨로 통해. 몇 년 전에 채팅 하다가 만났는데, 더벅머리에 키도 작고 존나 못생기고 서른 살도 넘은 아저씨야. 말도 버벅거려. 우리들이 막 갖고 놀아도 착하게 굴고 돈도 많이 줘. 돈 뜯어내고 빠구리 안 하겠다고 튕기면 그냥 돌아가. 예진이 소개시켜주니까, 딴 애들 안 만나고 예진이만 만났어. 예진이는 끝까지 가니까 좋아했겠지."

"거짓말한 거면, 너…… 죽어."

"거짓말 아냐."

경만은 자신의 휴대폰에 전화번호를 입력하고 돌아섰다. 강나영을 다시는 만나지 않기를, 경만은 마음속으로 빌었다. 머릿속이 축축하고 따뜻했다. 손으로 더듬으니 피가 묻었다. 핏줄기가 모발을 헤치고 뒷목까지 흘러내렸다. 경만은 영홍디자인센터 옆 건널목에서 택시를 잡아탔다. 가까운 응급실로 가달라고 하자, 택시 기사가 백미러를 흘끔거리며 티슈를 던져주었다. 면 남방 목덜미가 피에 젖어 축축해졌다. 택시는 네온사인의 숲을 헤치고 우회전하여 실로암기독병원 응급실에 경만을 내려놓았다.

경만이 머리를 꿰매고 집에 도착하자, 거실의 시계가 밤 10시를 가리키고 있었다. 어머니는 아직 가게에서 돌아오지 않았다. 경만은 자신의 방 책상 위에 앉아 상처를 더듬었다. 하얀빛을 반사하는 무언가가 책상 위에 떨어졌다. 날카롭고 차가운 소주병 조각이었다. 경만은 책상 서랍에서 영홍경찰서 폭력1팀 정진우 경사라고 적힌 명함을 꺼냈다.

"여보세요."

형사의 목소리는 학교 상담실에서와 똑같이 우울하고 끝이 갈라져 있었다.

"저, 인정고등학교 삼학년 김경만입니다. 저번에 학교에서 뵀어요. 기억하세요?"

"김경만?"

"예진이가 사진 찍었던 학생이요."

"아…… 그래. 웬일이야?"

"아저씨. 예진이랑 원조교제를 자주 했던 놈 전화번호를 알아냈어요."

"뭐?"

"애들이 병신이라고 부르는 서른 살 넘은 아저씨예요."

"너…… 요즘 뭐 하고 다니는 거야?"

"빨리 전화번호 받아서 조회해보세요."

수화기 너머에서 정진우가 종이를 펼치는 소리가 났다. 경만은 전화번호를 불렀다.

"그래, 잘 알겠는데, 너 어디를 돌아다니는 거야? 수사는 경찰한테 맡기라고 했잖아."

경만은 한숨을 쉬었다. 지난 며칠간의 피로가 어깨 위로 세차게 쏟아졌다. 경만은 남자들의 이빨에 찢겨 상처투성이인 자신의 주먹을 내려다보았다. 너덜너덜해진 피부 밑에 붉은 살이 보였다.

"아저씨, 가출한 애들 수사해봤어요? 얘기가 잘 통해요?"

"나도 오늘 한 아이를 만나서 예진이가 자주 만나던 남자 얘기를 들었어. 우리도 수사에 최선을 다하고 있어."

"전화번호 알아냈어요? 아저씨는 절대로 못 알아내요. 경찰이라면 애들이 벌벌 떨면서 다 얘기할 것 같았죠? 애들이 그렇던가요? 아저씨는 아무것도 몰라요. 하지만 난 알아요."

경만은 전화를 일방적으로 끊었다. 어른들이란⋯⋯ 어른들이란 왜 그렇게 아무것도 모르는 것일까. 왜 자기가 알고 있는 세계에서 한 발짝도 더 나아가지 못하는 것일까. 경만은 휴대폰을 창밖으로 던져버리고 싶었다. 삼 분 뒤 정진우가 전화를 걸었다.

"알았다. 일단 우리 만나서 이야기하자."

충청남도 병산시 온구면 자정리는 대변산이라는 냄새나는 이름을 가진 야산이 둘러싸고 있다. 산은 예전에 똥뫼로 불렸다. 산기슭부터 봉우리까지 층층이 덩어리진 모습이 쇠똥을 연상시켰다. 침엽수가 주종을 이루는 녹색의 똥 덩어리들 밑에 전답과 벽돌집들이 아무렇게나 뿌려져 있다. 봄이 와도 논밭에 이랑을 파는 농부들이 없어서 몇 년째 빈터를 들풀이 점령했다. 토지는 대부분 부재지주들의 소유였다. 병산시가 시 외곽에 소규모 농공단지 조성 계획을 검토한다고 소문이 나면서 들판을 찾는 부동산업자들이 늘었지만, 토지 거래는 활발하지 않았다. 농업용지 전용이나 토지 강제수용 계획은 소문에 지나지 않았다. 노인들이 소문과 잡초에 뒤덮여 죽어가는 들판을 방치했다.

2008년 10월 28일, 일흔한 살 권귀옥은 찬밥에 물을 말아 아침을 먹었다. 밥상을 방구석에 치워놓고 귀옥은 엉금엉금 기어 연탄아궁이로 갔다. 봄부터 고관절염이 악화되어 제대로 걸을 수 없었다. 불씨가 꺼져가는 연탄을 갈 때, 귀옥은 통증 때문에 식은땀을 흘렸다.

봄에 막내아들이 죽은 뒤부터 고관절이 썩어갔다. 삼십 대 후반에 얻어, 눈에 넣어도 아프지 않을 자식이었다. 통째로 삼켜 다시 배에 집어넣고 싶은 막내놈이었다. 십 년 전 남편이 당뇨 합병증으로 세상을 떠났을 때도, 올봄처럼 슬프진 않았다. 영안실에서 귀옥 씨는 막내놈의 새하얀 얼굴을 보았고, 서둘러 장례를 치른 뒤 한 달 동안 자리에서 일어나지 못했다. 한밤중에 천장 위에서 형체 없는 무언가가 엄마를 찾으며 울었다. 눈을 떠서 불을 켜보면 천장의 누런 얼룩이 아들의 눈물처럼 보였다.

막내놈은 효자였다. 종고를 마치고 장사를 한다며 얼마 안 되는 전답을 다 팔아먹은 첫째아들보다, 자신이 이 모양 이 꼴로 사는 게 전부 부모를 잘못 만난 탓이라며 전화 한 통 없는 둘째아들보다, 막내놈은 심성이 고왔다. 고등학교를 중퇴하고 서울로 떠난 뒤에도 일주일에 한 번씩은 전화해 안부를 물었다. 막내놈은 자동차 정비소를 다니며 틈틈이 오토바이 기술을 배운다고 했다. 그려, 기술이 최고여…… 귀옥은 입이 마르도록 칭찬했다. 십 년째 막내놈은 다달이 용돈을 부쳐주었다. 첫째놈이나 둘째놈이 보내는 돈보다 작았지만, 귀옥에겐 그 돈이 더 귀했다. 귀옥은 막내놈이 보낸 돈이 여자들의 지갑에서 나왔다는 것을 알지 못했다.

귀옥은 막내에게 편지 쓰는 것을 좋아했다. 초등학교 3학년 중퇴가 학력의 전부인 귀옥은 서툰 철자법과 글씨로 편지지를 가득 메웠다. 게서 몸 건강히 잘 있느냐, 봄 햇살이 따뜻하구나, 에미는 다리가 아팠지만 오늘도 콩을 땄느니라……. 귀옥은 편지를 반듯하게 접어 오전에 한 번씩 찾아오는 집배원에게 주었다. 편지가 충청도 시골구석에서 들을 넘고 강을 건너 서울의 한 자취방으로 전달되는 것이 귀옥에겐 신기한 일이었다. 어쩌면 귀옥은 편지를 쓰는 것보다 편지의 배달 과정을 더 즐겼는지도 모른다. 막내놈은 답장을 쓰진 않았으나 꼬박꼬박 잘 받았다고 전화를 했다. 귀옥이 쓴 편지들은 막내가 죽고 한 달 뒤에 경찰 로고가 찍힌 누런 봉투에 담겨 집으로 돌아왔다. 편지들에는 얼룩 하나도 없었다.

10월 28일 아침, 귀옥은 또 치밀어 오르는 오열을 느꼈다. 슬픔은 고관절의 통증과 흡사했다. 한동안 미친 듯이 차오르고, 잠잠해졌다가, 귀옥이 방심한 틈을 타서 다시 도발했다. 그럴 때마다 귀옥은 어릴 적 옆집에 살았던 간질 걸린 아이를 생각했다. 아이가 두번째로 입에 거품을 물고 지랄발작을 했을 때, 옆집 아저씨가 울부짖던 생각이 났다. 우리 인제 어떻게 사냐……. 아줌마는 아저씨의 어깨를 붙들고 소리쳤다. 정신 차려! 애보다 우리가 오래 살아야지! 어떻게든 살아야지! 귀옥의 불행은 세상의 많은 불행 중 하나일 뿐이었다. 다행히, 귀옥은 그때 그 옆집 아저씨 아줌마보다는 살날이 얼마 남지 않았다.

연탄을 갈고 이불을 정리한 후 귀옥은 유일한 낙인 텔레비전을 켰다. 텔레비전이 없었다면 귀옥은 올봄에 자식을 뒤따라갔을지도 모른다. 귀옥이 이리저리 채널을 돌릴 때, 문 앞에서 우체부가 불렀다. 엉금엉금 기어 마루로 나온 할머니에게 우체부는 발신자 주소는 없고 수신자 주소를 종이에 프린트하여 붙인 하얀 편지봉투를 건넸다. 귀옥은 문갑 위에 놓인 돋보기안경을 쓰고 편지를 읽었다. 편지를 읽고 난 뒤 귀옥은 간질에 걸린 것처럼 전신을 떨었다. 빗물에 누렇게 뜬 천장이 빙글빙글 돌았다. 편지 내용을 하나도 이해할 수 없었지만, 막내놈을 죽인 살인자의 글이라는 것만은 분명했다. 비명이 귀옥의 목 끝에 걸려 나오지 않았다. 귀옥은 바닥에 누워 꺽꺽거렸다.

권귀옥 여사에게.
나는 당신의 막내아들 곽태진을 죽였다. 당신은 슬플 것이다. 나는 안다. 당신은 죽을 때까지 그 슬픔의 연옥을 벗어나지 못할 것이다. 그러나 당신의 슬픔은 아들이 아니라 당신을 위한 것이다. 당신은 슬픔의 장막 뒤에 숨어서 사태의 진실을 보지 않으려 한다. 당신은 아들을 사랑한 것이 아니라 당신 자신을 사랑한 것이다. 쪼글쪼글한 가슴 속에 사랑스러운 아들의 이미지를 가둬놓고, 당신은 그것에 도취해버렸다. 나는 사태의 진실을 가르쳐주려 한다.
나는 곽태진이 유린한 여고생을 안다. 서울 성명고 2학년 3반 김나운은 성적이 좋았다. 나운이는 담배를 피우거나 술을 마시지 않았고, 좋아하는 연예인도 없었으며, 옷치장을 하지도 않았다. 나운이의 취미는 바이크뿐이었다. 굉음을 내지르며 창공을 가르는 두 바퀴의 기계를 나운이는 사랑했다. 나운이는 BMW나 혼다나 할리 등의 이름을 사랑했다. 곽태진은 동호회 모임에서 나운이를 찍었다. 학원에 가야 하는 나운이를 빌려 온 1500cc 골드윙에 태우고 곽태진은 강변을 달렸다. 바이크 경주는 바람을 맞으며 운명에 저항하는 것이라고 곽태진은 속삭였다.

당신의 아들이 잠자리를 요구했을 때, 나운이는 제발 참아달라고 울며 말했다. 고등학교를 졸업할 때까지만이라도 참아달라고 아이는 곽태진의 팔에 매달렸다. 곽태진은 나운이에게 술을 먹였다. 나는 너를 사랑하며, 함께 운명에 저항하자고 곽태진은 말했다. 술 취한 나운이를 자취방에 데려가 곽태진은 마음껏 유린했다. 콘돔도 끼지 않은 당신 아들의 거친 성기가 나운이의 작은 성기를 헤집고 찢었다. 한 주에 한 번씩 곽태진은 성명고 교문 앞에 나타났다. 매주 골드윙이나 R카가 아니라, 자신의 배 위에 나운이를 태웠다.

나운이가 임신을 휴대폰으로 알린 후부터 곽태진은 전화를 받지 않았다. 자취방 문 앞에서 다섯 시간을 기다린 나운이는 다른 여자와 팔짱을 끼고 들어오는 곽태진을 보았다. 나운이는 당신 아들을 증오하지 않았고 책임을 지라고 하지도 않았다. 그 길로 집에 달려가 방문을 잠갔을 뿐이다.

낙태 비용을 마련하기 위해 나운이는 부모 몰래 원조교제를 했다. 당신 아들의 씨를 담은 자궁으로 다른 남자의 성기를 받았다. 그 대가로 당신 아들의 씨를 지우고 우울증을 얻었다. 나운이는 친구와 함께 어둡고 긴 산부인과 복도를 걸었고 수술대 위에 누워 다리를 벌렸다. 나운이는 혼자서 택시를 타고 집으로 갔다. 나중에 부모가 곽태진의 범행을 알았을 때도, 나운이는 처벌을 바라지 않았다.

명진상사 경리사원인 스물두 살 백정임은 회사에서 당신 아들이 보낸 케이크를 받았다. 곽태진은 백정임에게 미국 레이스에 진출해서 함께 라스베이거스에 살자고 속삭였다. 백정임은 몸을 내주었다. 성 경험이 없었던 백정임은 수줍어하며 콘돔을 껴야 하지 않느냐고 물었다. 결혼할 사이이므로 그런 건 필요 없다고 곽태진은 잘라 말했다. 세 달 동안 곽태진은 백정임을 유린했다. 오토바이 수리에 큰돈이 든다며, 곽태진은 팔백오십만 원을 빌렸다. 네 달 뒤 곽태진은 연락을 끊었다. 백정임은 어머니와 함께 병원에서 애를 떼었다. 백정임과 어머니가 고소를 위해 경찰에 찾아갔을 때, 형사 한 명이 짜증나는 표정으로 백정임의 성관계에 대한 구체적인 정황과 증거를 요구했다. 한 달에 몇 번이나 했느냐고 형사는 물었다. 백정임은 나흘 뒤에 소를 취하했다. 백정임에게 남은 것은 우울증과 생리불순과 마이너스 통장 팔백만 원뿐이었다.

그렇다. 나는 당신의 아들을 죽였다. 나는 곽태진의 마음을 얻기 위해 최선을 다했다. 기껏해야 용인 스피드웨이나 지자체 행사에 얼굴을 몇 번 내민 곽태진이 해외 진출을 꿈꾼다고 말할 때, 나는 그의 미래를 위해 조언을 아끼지 않았다. 당신의 편지와 중소기업 사장 부인이 사줬다는 이백만 원짜리 모터사이클 가죽 재킷을 자랑할 때, 나는 진지하게 고개를 끄덕였다. 곽태진은 나를 향해 칭얼거리는 어린아이였다.

며칠 동안 나는 방 안에서 혼자 주사 놓는 연습을 했다. 팔뚝을 걷고 노란 고무줄로 팔꿈치 아래를 묶으면 살 밑에서 퍼런 정맥들이 부풀어 올랐다. 그중에서 가장 파랗고 긴 정맥 위로 45도 각도로 기울인 주삿바늘을 회를 뜨듯 살짝 밀어 넣었다. 실수로 근육을 찌르면 손목까지 저릿한 통증이 퍼졌다. 바늘이 혈관에 들어갈 때와 근육에 들어갈 때의 미세한 느낌의 차이를 나는 머릿속에 박아 넣었다.

나는 프로포폴 앰플을 따서 주사기 안에 12밀리리터를 담고 주사기 플런저를 앞으로 조금 밀어 공기를 없앴다. 휴대폰에 내장된 초시계를 작동시키고 프로포폴을 내 팔뚝에 주입했다. 첫 주입은 실패였다. 프로포폴이 근육으로 새 나가면서 팔 전체가 욱신거렸다. 다음 날 나는 다시 초시계를 작동시키고 프로포폴을 밀어 넣었다. 바늘 끝에 작고 예쁜 핏방울이 맺혔다. 초시계의 숫자가 삼십사가 되었을 때 나는 의식을 잃었다. 잠은 편안했다. 프로포폴은 미다졸람처럼 의식을 허공 위로 둥둥 떠워놓지 않고 확실하게 잠의 영역으로 퇴각시켰다. 12분 21초 만에 나는 헛소리를 지껄이며 눈을 떠서 초시계를 껐다. 구토나 두통은 느껴지지 않았다.

나는 프로포폴을 세 번 내 팔뚝에 주입하고 마취 시간을 기록했다. 곽태진은 술을 많이 마시는 건장한 사내였으므로, 나는 30밀리리터를 그에게 주입하기로 결정했다. 그보다 더 많이 넣을 수도 있었으나, 나는 당신 아들이 처형 전에 호흡부전으로 사망하길 원치 않았다. 십오 분 정도의 마취면 충분했다.

4월 12일 밤 12시, 나는 당신 아들에게 전화했다. 잠이 안 와서라면을 끓여 먹고 있다고 곽태진이 말했다. 당신 아들은 그때 불안한 미래 때문에 미칠 지경이었고, 나는 그 징징거림을 감당하기 싫어 미칠 지경이었다. 성 추문에 휩쓸린 후 곽태진은 잠을 제대로 자지 못하고 집에 처박혔다. 당신 아들의 목소리를 들을 때마다 구역질이 났지만 나는 최선을 다해 그의 외로움을 붙잡았다. 잠깐 들르겠다고 말하자, 곽태진이 반색을 했다. 가명동으로 향하는 내 외투 안주머니에는 정성스럽게 만든 교수형밧줄이 있었다.

새벽 1시에 나는 당신 아들의 방에 들어갔다. 혼인빙자간음이나 간통죄에 대한 기소로 많은 남성들이 피해를 보고 있으며, 그런 법률은 곧 위헌 결정이 날 것이라고 나는 곽태진에게 말했다. 곽태진은 애인들의 사진첩을 내게 보여주었다. 몇 번이나 봐서 이제 내 애인처럼 정이 가는 여인들의 모습을 나는 마지막으로 훑었다. 수줍게 카메라를 올려다보고 있는 김나운과 백정임의 얼굴도 있었다. 카메라의 고도가 높았기 때문에 브래지어 위에 유방의 곡선을 드러냈다. 당신이 부러워요. 나는 말했다. 이제 그만 자요. 곽태진이 웃었다. 잠이 오질 않아요. 곽태진은 자신을 피해자로 인식하고 있었으며, 누군가 자신의 억울함을 풀어줄 것이라 믿었다. 일단 자요……. 나는 요즘 사람들이 애용하는 수면제가 있다고 말했다. 중독성과 부작용이 없어서 나도 자주 쓴다고 설득했다. 곽태진의 의심을 없애기 위해 나는 프로포폴 앰플을 따서 10밀리리터를 내 팔에 주입했다. 주삿바늘을 혈관이 아니라 근육에 찔러 넣고, 나는 타는 듯한 통증을 참으며 미소를 지었다. 근육 사이로 흘러나가는 약물과 온 팔의 저릿함을 참고 있는 나를 상상해보라. 나는 그만큼 당신 아들에게 정성을 다했다.

나도 여기서 자고 갈게요, 자고 나면 피로가 확 풀려요, 일 분 뒤면 졸리기 시작해요, 내가 잠들기 전에 한 방 맞으세요, 내 속삭임은 다급했다. 곽태진이 팔뚝을 내밀었다. 나는 한 치의 오차도 없이 푸른 정맥에 프로포폴 30밀리리터를 주입했다. 순백색의 달콤한 액체가 남김없이 혈관 속으로 흘러들었다. 나는 가방 안에서 신문지로 싼 선물을 꺼냈다. 삶은 개 자지는 남자에게 꼭 필요한 물건이라고 나는 곽태진의 흐릿해지는 눈동자를 보며 말했다. 삼십 초 만에 곽태진이 잠들었다.

나는 TV장에서 텔레비전을 끌어내리고 그것을 방문 앞에 놓았다. 당신이 보낸 편지묶음과 애인들의 사진첩과 바이크 헬멧을 그 위에 쌓았다. 잠에 취한 곽태진은 무거웠다. 나는 방문 위의 대못에 밧줄을 묶고 당신 아들의 목을 걸었다. 중력이 서서히 곽태진의 목을 졸랐다. 나는 곽태진의 발을 받치고 있던 TV장을 앞으로 뺐다. 허공 위에서 당신 아들의 얼굴이 벌겋게 부풀어 올랐다. 숨을 거두기 전에 곽태진은 손발을 몇 번 꿈틀거렸지만 잠에서 깨지는 않았다. 평안한 죽음이었다. 어둠이 창밖의 간판 불빛에 흔들리며 안개처럼 모든 사물을 감쌌다. 곽태진의 성기 끝에 정액이 한두 방울 늘어졌다. 자제를 몰랐던 그 원통형의 흉포한 짐승은 조용히 늘어져 최후를 맞았다. 당신의 소중한 막내아들 곽태진은 죽을 때까지 여자를 탐했다.

나는 시체를 끌어내린 후 양말만 빼고 옷을 다 벗겼다. 양말은 내 첫 작품을 위한 재미있는 소도구였다. 동시에 양말은, 현장 주변을 얼쩡거릴 경찰과 언론을 위한 암시의 깃발이었다. 나는 시체의 다리를 벌려서 성기를 드러내고 두 손을 머리 위로 올려놓았다. 이백 년 전 적도의 바다에서 인간이 인간을 먹는 악몽을 나는 재현하고 싶었다. 세네갈을 강간하러 가는 프랑스놈들의 성욕이 메두사호의 뗏목 위에서 파국을 맞았다. 그림 속의 벌거벗은 성기가 그것을 재현한다. 메두사호의 뗏목은 역사의 물살을 타고 우리의 도시 위에도 떠 있다. 내 연출은 우스꽝스러운 장난이었지만, 나는 그 우스꽝스러움이 맘에 들었다.

나는 당신 아들의 추리닝과 팬티를 거뒀다. 떠나기 전에 이백만 원짜리 모터사이클 가죽 재킷도 거뒀다. 그것은 절도가 아니라 내 역할의 대가였다. 내게는 기념품이 필요했다.

왜 죽였는가. 당신은 묻고 싶을 것이다. 나는 그저 사태가 그렇게 진행되었노라고 말하고 싶다. 생명을 파괴하는 것이 죄가 되는가. 자연은 끊임없이 생명을 창조하고 파괴한다. 자신의 목적에 맞지 않는 생명체에 자연은 관용을 베풀지 않는다. 인간의 성문법은 강자를 보호하기 위해 자연의 의도를 방해한다. 곽태진은 기소되었다 하더라도 기소유예나 집행유예를 받고 풀려날 것이다.

왜 파괴하는 것이 죄가 되는가. 당신들의 법도 생명을 파괴하지 않는가. 법은 사형을 통해 주기적으로 약자들을 제거한다. 법은 약자의 폭력만을 단죄한다. 강자는 결코 사형을 당하지 않는다. 이것이 합당한가. 약자도 생존이라는 거대한 사명 아래 강자를 파괴할 수 있어야 한다. 이것이 자연의 법칙이다.

나를 찾아라.

③

폭로

11월 2일 일요일 아침 8시, 박은희는 꿈을 꾸었다. 심근경색으로 죽은 어머니가 누워 있었다. 신경안정제에 찌든 어머니의 마른 육신이 병원 응급실 침대 위에 위태롭게 놓여 있다. 어머니는 어딘가로 날아갈 것만 같다. 침대 주위로 네 개의 칸막이가 둘러쳐졌다. 의사가 차트를 보며 사망을 선고했다. 간호사 한 명이 어머니의 옷을 벗겨 몸 구석구석을 물수건으로 닦았다. 어머니의 보드라운 음모에 작은 물방울이 맺혔다. 간호사가 새 시트를 가져와 어머니의 몸을 감싸려 하자, 아버지가 손을 내밀었다. 잠시만 기다려주십시오, 잠시만……. 아버지는 어머니의 성기를 물끄러미 보았다. 그때 아버지의 시선은 성기 너머 저편의, 한 번도 도달한 적 없는 심연을 좇는 듯했다. 아버지는 손을 뻗어 어머니의 음모를 만졌다. 박은희의 것과 똑같은 짧고 보드라운 음모가 아버지의 손아귀 안에서 바스락거렸다. 근육이 풀려 헐거워진 세계의 입구, 혹은 세계의 출구를 아버지는 온 힘을 다해 틀어막으려는 것처럼 보였다. 그렇게 아버지는 무참하게 흐르는 시간을 단 한 순간이라도 정지시키려 했다. 박은희는 그 모습이 못마땅해서 견딜 수 없었다. 그만두세요, 아버지! 박은희는 외쳤다. 의사와 간호사가 고개를 돌렸다. 아버지가 고개를 들었다. 박은희는 아버지의 눈빛에서 한 인간의 완전한 절망을 읽었다.

박은희는 눈을 떴다. 잠에 젖은 의식 속으로 가을 햇살이 아프게 파고들었다. 늦은 밤까지 도시를 포위했던 안개비가 물러간 듯했다. 박은희는 이불을 배 위에만 걸치고 있었다. 유제두가 양반다리를 하고 앉아 자신의 성기를 들여다보았다. 유제두의 눈에 장난기가 가득했다. 박은희는 하반신에 이불을 덮었다.

"뭘 봐?"

"예뻐서."

유제두는 눈살을 찌푸리고 얇은 블라인드가 쳐진 침실 창문으로 고개를 돌렸다. 유제두의 등에 미세한 근육들이 출렁거렸다. 뜻밖에도 유제두의 근육은 단단했다. 오랫동안 웨이트 트레이닝을 한 것처럼, 모든 근육의 경계가 뚜렷하고 울퉁불퉁 솟아 있었다.

"이 집에선 늦잠을 잘 수 없겠어. 거대한 자명종 같아."

"정동향이야. 아침에 일어나면 해님이 이년아, 자빠져서 뭐 하는 거야, 하고 소리를 질러. 특히 여름 아침이 환상적이야."

유제두와 어떤 계기로 말을 놓게 됐는지 박은희는 기억할 수 없었다. 그것은 물 흐르듯 자연스러운 일이었다. 일주일 동안 박은희는 유제두와 두 번 술을 먹었다. 두번째 술자리는 이틀 전 박은희의 집 앞에서였다. 새벽 1시까지 두 사람은 범인의 과거를 쓰고 지우고 다시 상상했다. 대리운전사가 시동을 걸어놓은 하얀 싼타페 조수석에 유제두가 올라탔을 때 박은희는 이미 반말을 쓰고 있었다.

유제두는 오늘 새벽 1시에 박은희의 현관 벨을 눌렀다. 축축이 젖은 반곱슬머리에서 가을 낙엽 냄새가 났다. 유제두는 팔꿈치에 패딩을 덧댄 코르덴 재킷 안에 가을 안개를 품고 들어왔다. 거실에 물비린내가 퍼졌다. 유제두가 젖은 머리를 들이밀었다. 박은희는 물었다.

"콘돔 있어?"

유제두는 고개를 끄덕였다.

"늘 가지고 다녀?"

유제두는 고개를 저었다.

박은희의 통통한 유방을 두 손에 쥐고 유제두는 유두를 핥았다. 달콤해, 난 통통한 게 좋아. 그 속삭임을 듣고 박은희는 대담하게 유제두의 입속으로 유방을 밀어 넣었다. 유제두는 세심하고 부드러웠다. 박은희의 외음순을 쓰다듬고 클리토리스를 건드릴 때도, 유제두의 손가락은 감히 질 안으로 침범하지 못했다. 박은희는 온몸으로 간지러움을 느꼈다. 간지러워서, 박은희는 유제두의 성기를 힘껏 쥐고 콘돔을 끼웠다. 유제두가 천천히 들어왔다. 박은희의 건조하고 푸석푸석한 몸속으로 축축한 가을 안개가 스며들었다. 유제두의 움직임은 계속 조심스러웠고, 마지막에 이르러서야 격렬해졌다.

알몸으로 직사광선을 버텨내며 유제두는 침실 창가에 섰다. 역광을 받은 유제두의 다리가 그림자를 드리웠다. 유제두의 다리는 손가락처럼 가늘고 길었다. 박은희는 누런 기억의 책갈피에 꽂혀 있는 아버지의 알몸이 유제두와 비슷하다고 느꼈다. 그래서 아버지의 꿈을 꾸었을 것이라고 박은희는 짐작했다.

"햇볕 쐬기 좋은 날이군."

손으로 눈을 가리며 유제두가 말했다. 박은희가 일어나 앉았다. 이불 위로 유방이 출렁거렸다. 박은희는 서른세 살이라는 나이가 어떤 의미를 가지는지 생각했다. 서른세 살 육체의 모든 기관은 쇠락하기 직전의 만개함을 가지고 있어야 했다. 통통한 유방은 아직 중력을 거부해야 했다. 모든 것이 유방처럼, 그러해야 했다. 유제두는 다시 침대로 돌아와서 박은희의 유방을 장난스럽게 건드렸다.

"유방도 예뻐."

박은희가 말했다.

"아니, 조금씩 처지는 것 같아."

유제두가 고개를 끄덕였다. 박은희는 자신의 말에 대수롭지 않게 응수하는 유제두가 미웠다. 유제두의 성기를 잡고 위아래로 움직이며 박은희는 말했다.

"이것도 그래."

긴 성기가 딱딱해지고 유제두의 숨결이 거칠어졌다. 유제두는 박은희의 통통한 허벅지에 키스를 하며 물었다.

"오늘도 출근해?"

"아니."

유제두는 헐떡이며 말했다.

"난 오후에 신문사에 가야 돼."

"그럼 체력을 소모하면 안 되겠다."

박은희는 유제두의 성기를 놓아주었다. 손아귀를 벗어난 성기가 허공에서 펄떡였다.

"오, 제발. 체력은 많아, 많다고!"

유제두는 박은희의 허벅지 사이에 얼굴을 처박고 말했다. 유제두의 숨결 때문에 허벅지가 축축해졌다. 박은희는 유제두의 납작한 뒤통수를 쓰다듬었다. 머리칼에서 말라붙은 빗물 냄새가 났다. 탁한 냄새였다. 박은희는 모터사이클 선수의 어머니를 떠올렸다. 박은희가 찾아갔을 때 어머니는 이미 증언을 할 수 없는 상태였다. 지역 병원 응급실에서 안정제에 취해 있는 어머니를 보고, 박은희는 편지 원본만 챙겨 발걸음을 돌렸다. 편지는 비닐봉지에 밀봉되어 국과수 문서영상과로 넘어갔다. 어떤 장비를 써도, 체모나 혈흔이나 지문은 발견되지 않을 것이라고 박은희는 확신했다. 박은희가 유제두에게 물었다.

"사건은…… 길어지겠지?"

"모르지. 영구미제로 남을 수도 있고 당장 내일 범인이 잡힐 수도 있고. 용의자는 천성철 한 명뿐이고 그마저도 혐의를 찾기 어렵잖아. 난 미제로 남는다에 걸겠어."

"기자들은 비관이 습관이야."

"난 말이야, 사실 프로파일링이니 심리수사니 하는 것들을 믿지 않아. 그건…… 말하자면 좀 속물적이야."

"속물적?"

"한 인간의 행동을 데이터로 만들어서 예측할 수 있다고 믿는 건, 속물적인 과학이야. 차라리 경험 많은 형사의 직관이 더 많은 걸 해결할 수 있어."

"난 그렇진 않다고 봐."

"그럴지도. 그런데 식빵 있어?"

"응."

"혹시 버터, 양파, 계란도 있어?"

"있을 가능성이 높아. 왜?"

"배고파."

유제두가 팬티를 주워 입었다. 프라이팬을 가스레인지 위에 올려놓고 유제두는 버터를 녹였다. 계란에 젖은 식빵이 버터의 거품 위로 떨어지고, 지글지글 소리를 내며 노랗게 익어갔다. 유제두는 익숙한 솜씨로 양파를 볶아 식빵 사이에 끼웠다. 커피 어딨어? 프라이팬에서 시선을 떼지 않고 유제두가 큰 소리로 물었다. 박은희는 한 손을 턱에 괴고 외쳤다. 싱크대 찬장을 열어봐.

"이런 이런, 커피믹스뿐이잖아. 원두커피가 없어. 절망이 깃든 집이야."

유제두가 투덜거리며 빵과 커피를 쟁반에 받쳐 들고 침대로 돌아왔다. 버터와 계란의 느끼함을 양파가 덜어줘서 토스트는 그럭저럭 맛있었다. 원두커피가 있다면 더 좋았을 것이다. 박은희가 물었다.

"자취생활 오래 했어?"

"지겨울 만큼."

"솜씨가 좋아."

"실은 만들 줄 아는 게 이거 하나뿐이야."

"여자랑 섹스하고 난 다음엔 꼭 이걸 먹어?"

"아니. 아침마다 먹어. 삼 년째."

유제두의 입술이 번들거렸다. 턱 밑에 양파즙이 흘렀다. 박은희는 토스트를 핑계로 유제두가 얼버무린 이야기를 마저 끝내고 싶었다.

"심리수사가 범인 검거에 도움이 되는 건 확실해. 범인이 곽태진의 어머니에게 보낸 편지를 생각해봐. 우리는 편지 내용을 통해 범인이 피살자에게 조언을 해줄 수 있는 위치에 있다는 것, '나를 찾아라'라는 마지막 문장을 통해 범인이 소통의 욕망을 가지고 있다는 것을 알 수 있어. 데이터베이스를 검색하면 어둠 속에서 시체의 하의를 벗기는 행동유형이 어떤 범죄자들에게 나타나는지 파악 가능해."

"그것으로 범인이 누구인지는 알 수 없어. 범인은 우리처럼, 하나하나 개별성을 가지고 있어. 인간을 데이터베이스로 만들 수는 없어."

"그럼 모든 심리학도, 수사도, 우리 탐정놀이도 무의미한 거야?"

"아니. 우리는 데이터베이스에 기대지 않고 범인의 욕망을 이해하려 하고 있잖아. 재미있는 작업이지. 게다가…… 로맨스도 있고."

"제두 씨는 기사를 언제쯤 쓰게 될까? 조바심 나지 않아?"

"젠장. 그게 문제야. 천성철이 꼬리를 밟히든가, 다른 범인이 잡히든가, 하여튼 결단이 나야 돼. 이번 달까지 비공개가 풀리지 않으면 그냥 써버릴 거야."

쟁반을 치우고 박은희와 유제두는 침대에 다시 누웠다. 유제두의 긴 손가락이 박은희의 등줄기를 타고 내려와 엉덩이를 쓰다듬었다. 손가락은 엉덩이의 능선을 지나 체액이 흐르는 계곡 밑을 파고들었다. 박은희가 그 집요한 손가락을 제지하며 물었다.

"범인의 편지에 대해선 어떻게 생각해?"

"내용은…… 특별하지 않아. 예상했던 대로야. 중요한 건, 놈의 글은 범죄를 해명하기 위한 것이 아니라는 점이야. 놈의 글은, 그냥 범죄의 일부야. 범죄가 글과 함께 만들어지고 있는 거야. 놈에게 죽이는 행위와 쓰는 행위는 같은 성질의 것이야. 푸코라는 대머리 프랑스철학자가 리비에르라는 살인범의 수기를 분석한 적이 있어. 푸코는 리비에르라는 살인범의 범행은 탄환처럼 나타나는데, 그 탄환은 언어표현이라는 장치가 발사시킨다고 말했어."

"그렇게도 볼 수 있겠어. 하지만 난 놈이 자신의 범죄를 해명하고 자랑하고 싶어서 글을 쓴다고 생각해."

"어쨌든 중요한 건 놈의 욕망이지. 놈은 왜 죽이고 쓰는 걸까? 정의감 때문일까? 약자에 대한 연민?"

"아니. 정의감 때문은 아냐. 놈은 가학적인 행동을 통해 쾌감을 느끼는 변태야. 처형을 흉내 내는 건 일종의 방어기제야."

"은희 씨 말을 범인이 들으면 좋아서 길길이 날뛰겠는걸."

"제두 씨도 〈양들의 침묵〉이라는 영화 봤지?"

"소설로 읽었어."

"렉터 박사가 스틸링인가 하는 여 수사관의 꿈에 집착하잖아. 아주 집요하게 집착해. 꿈에서 스틸링은 양들이 도살당하는 걸 보고, 새끼 양을 훔쳐서 집에서 나오지. 스틸링은 그런 평범한 얘기를 하는 걸 왜 그렇게 망설였을까? 그리고 렉터는 왜 그렇게 관심을 가졌을까?"

"모르겠는데."

"스틸링은 꿈속에서 양들이 도축당하는 걸 보고 가학적인 쾌감을 느낀 거야. 그래서 스틸링은 죄의식을 느꼈어. 스틸링은 자신이 느낀 쾌감을 감추기 위해 어린양을 구하는 척한 거야. 정의감을 방어기제로 사용한 거지. 뭔가 꺼림칙했기 때문에 스틸링은 렉터 박사에게 꿈에 대해 이야기하는 걸 꺼렸어. 렉터 박사는 바로 이 점을 알아차렸고. 시리즈 마지막 편에서 결국 스틸링은 렉터의 연인이 돼서 살인을 거들어."

"박은희 표 끔찍한 해석이군."

"놈도 정의감을 방어기제로 사용하고 있어. 놈은 약자의 폭력 운운하면서 자신이 느낀 쾌감을 은폐하고 있어."

유제두가 물었다.

"놈에게도 스털링 같은 분신이 있을까?"

"몰라. 있다면, 잡을 가능성은 더 많아지겠지."

"박은희 경장, 이제 탐정놀이는 잠깐 중지하기로 하자. 그보다 더 중요한 문제가 생겼어."

"뭔데?"

"내가 아침을 먹고 체력을 보충했거든."

유제두가 박은희의 음모를 만졌다. 박은희는 유제두의 팬티를 벗기고 가슴에 키스했다. 털이 없는 하얗고 우람한 가슴이었다. 가슴에서도 지난밤의 탁한 가을비 냄새가 났다. 박은희가 유제두의 작은 젖꼭지를 입안에 넣었을 때, 책상 위에서 휴대폰이 진동했다. 진동 소리가 너무 격렬해서 책상 다리까지 흔들렸다.

"놔둘 거지?"

"아니, 받을 거야."

전화를 끊고 박은희는 유제두에게 말했다.

"일어나. 난 나가야 돼."

"무슨 소리야?"

"내가 이 사건에 미쳐 있는 줄 알고 있는 고슴도치 수사반장님이 꼬맹이 형사를 시켜서 전화했어. 내가 범인의 처형극에 대해 몇 가지 보고를 했더니 무슨 대단한 공이라도 세운 줄 알아."

"무슨 일인데?"

"놈이 또 살인을 저질렀어."

유제두가 한숨을 쉬며 일어났다. 발기가 꺼져가는 그의 성기와 고환이 출렁거렸다.

"천성철이든 아니든, 참으로 눈치가 없는 놈이로군."

"여고생 살인 뒤 일주일 만이야. 놈이 폭주하고 있어. 제두 씨, 미제 사건으로 남는다에 돈을 걸진 않는 게 좋겠어. 놈이 이렇게 서두르는 걸 보니 조만간 꼬리가 밟히겠어."

박은희는 계산된 자세로 팬티와 브래지어를 입었다. 청바지를 입을 때도 아랫배에 힘을 주고 가슴을 내밀었다. 허리를 굽히면 꼬깃꼬깃 접히는 뱃살을 박은희는 유제두의 눈앞에 드러내기 싫었다. 유제두의 성기를 허락한 후 자신을 둘러싼 껍질이 부서지고 말초혈관까지 만개하는 느낌을, 온 세상이 파도처럼 일렁이는 느낌을, 박은희는 팬티와 바지 안에 가둬놓고 싶었다. 박은희는 무참히 흐르는 시간 속에서 그 한순간을 정지시키고 싶었다. 무슨 일이 일어났는지 아직 모르지만, 절대로 돌이킬 수는 없다고 박은희는 생각했다.

여전히 털털거리는 마티즈는 사건현장으로 위태롭게 달려갔다. 차 안에서 박은희는 유제두의 가늘고 긴 다리를 떠올렸다. 아버지에게도 유제두처럼 우아한 다리로 거리를 씩씩하게 걸어 다니던 때가 있었다. 아버지가 살아갈 날들에 대한 자신감을 잃어버린 게 언제인지 박은희는 정확하게 기억하지 못했다. 그러나 아버지의 의처증이 발병하던 순간만은 또렷이 기억났다. 의처증은 몇 번의 사업 실패로 마르고 갈라져버린 아버지의 내면에서 발사되었다. 박은희는 한밤중에 잠을 자고 있었다. 눈앞에 뭔가 번개 같은 것이 지나갔고, 박은희는 눈을 떴다. 이마 위에서 비릿하고 찝찔한 액체가 흘러내렸다. 피였다. 아버지는 어머니를 겨냥해 텔레비전 안테나를 던졌고, 그것은 과녁을 피해 잠에 빠진 외동딸의 이마를 가격했다. 아버지가 소리쳤다. 화냥년! 가랑이를 찢어버릴 거야! 아버지는 이십년 동안 어머니를 말려 죽였다. 어머니의 가방을 뒤져 성경책을 꺼낸 후, 아버지는 이게 남자와 놀아난 증거라고 소리쳤다. 철이 든 뒤부터 박은희는 누군가에게 의심받는 것이 두려워 의식의 옷깃을 꼭꼭 여미며 살아왔다. 병원 상담실에서 남편의 의처증에 시달리는 부인들을 상담할 때마다 박은희는 목이 타들어가는 느낌을 받았다.

성산대교를 넘어갈 때, 박은희의 마티즈는 쿨렁쿨렁 기침을 쏟았다.

11월 2일 아침 7시, 경찰청 112범죄신고센터는 구로경찰서와 고척동지구대에 살인사건 접수를 통보했다. 7시 20분, 구로경찰서 당직 형사 두 명이 고척2동 영광아파트 201동 405호로 출발했다. 구로경찰서의 미니밴이 경광등을 울리며 고대구로병원을 지나 좌회전하여 고척교를 넘었다. 비가 갠 가을 하늘이 눈부시게 파랬다. 출근하던 시민들이 차의 진행방향 쪽으로 시선을 던졌다.

7시 30분, 구로경찰서 강석균 형사와 박광종 형사가 영광아파트 단지에 도착했다. 201동 현관 앞에 구경꾼들이 북적댔다. 대부분은 머리를 산발한 아줌마들이었다. 두 형사가 현관에 들어가려고 하자, 아파트 경비들이 제지했다. 형사들은 신분증을 내보였다.

405호 문은 반쯤 열려 있고 폴리스라인이 쳐져 있었다. 순경 한 명이 현관을 지키고 있다가 형사들을 보고 경례했다. 아파트 복도는 계단식이었다. 405호와 맞붙은 406호의 문이 열리고 어머니와 아들의 크고 작은 머리가 불쑥 튀어나왔다가 사라졌다. 형사들이 폴리스라인을 걷어 올리고 405호 거실 안으로 들어갔다. 45평형의 평범한 아파트였다. 소파 위에 머리를 굵게 파마한 사십 대 초반의 여자가 앉아 있었다. 블라인드가 쳐진 베란다 창문 사이로 가을 햇살 한 줄기가 스며들었다. 검은 점퍼를 입은 여자는 허공을 향해 중얼거리다가 두 손으로 머리를 쥐어뜯었다. 순경 한 명이 쇼크에 빠진 여자 앞에서 난감한 표정을 지으며 소파 앞에 서 있었다. 소파 위 천장에 병아리 모양의 색종이들이 하트 모양으로 붙어 있었다. 유아용 한글 도감이나 알파벳 교재들이 거실 벽에 걸려 있고 어린이용 플라스틱 의자들이 주방 입구에 작은 산을 이루었다. 아무렇게나 팽개쳐놓은 모양새였다.

"어린이집인가?"

강석균 형사가 중얼거렸다.

"예전에 24시간 보육시설이었답니다. 얼마 전에 폐쇄하고 다른 데서 한답니다."

순경이 대답했다. 강 형사는 다행이라고 생각했다. 아침에 아이들이 일어나 평생 치유되지 못할 정신적 외상을 입는 장면은 상상하기만 해도 불쾌했다.

"목격자인가?"

"예. 부인입니다. 경기도에서 보육시설을 운영하는데, 오늘 아침에 집에 들렀답니다. 더 이상은 묻지 못했습니다."

강 형사가 고개를 끄덕였다. 여자는 질문을 받을 상태가 아니었다.

"어디지?"

순경이 손을 들어 안방을 가리켰다. 안방은 거실에서 진동하는 피비린내의 원천이었다. 쇳내처럼 날카롭고 썩은 생선처럼 비린 냄새였다. 안방은 마르지 않는 샘처럼 쉴 새 없이 독한 증기를 내뿜었다. 강 형사와 박 형사가 안방에 들어섰다.

"씨발, 이게 뭐야."

박 형사가 중얼거렸다. 안방은 넓었다. 침실 창문 앞에 킹사이즈 침대가 놓여 있었다. 매트 대신 옥돌을 깔고 스위치를 올리면 가열되는 고급 침대였다. 이부자리가 가지런한 것으로 미루어, 어젯밤 피살자는 잠자리에 들지 않았다. 침대 맞은편에 키가 2미터는 넘어 보이는 대형 장롱 세 짝이 맞붙어 있었다. 벽 높이에 딱 맞춰 제작한 수제품인 듯했다. 보육시설을 운영하려면 이런 초대형 장롱이 필요할 것이라고 강 형사는 짐작했다. 한가운데 장롱의 문이 열려 있었다. 남자의 시체가 장롱 맨 위의 스테인리스 봉에 거꾸로 매달려 있었다. 봉에 걸려 있는 교수형밧줄이 남자의 발목을 단단히 움켜쥐었다. 시체의 무게를 견디지 못해서 봉의 한가운데가 약간 휘어져 있었다.

남자는 170센티미터도 안 되는 작고 마른 몸집이었고, 알몸이었다. 힘을 잃은 성기와 고환이 하복부 위로 쏟아졌다. 몸의 피부가 밀랍처럼 하얗고 투명했다. 남자의 얼굴은 저승사자의 탈을 쓴 것처럼 짙은 청색이었다. 누군가 남자의 목을 예리한 흉기로 그었다. 사선으로 그어진 칼자국이 오른쪽 대동맥에 두 개, 왼쪽 대동맥에 두 개였다. 시체의 머리 밑에는 욕실에서 쓰는 플라스틱 대야가 놓여 있었다. 상처에서 흘러나온 피가 시체의 얼굴과 머리카락을 타고 대야로 흘러들었다. 대야에 흥건히 고인 피는 딸기잼처럼 끈적끈적했다. 남자의 얼굴 위에 피의 지류가 말라붙어 있었다. 남자가 거꾸로 누워 피눈물을 흘리는 것 같았다. 숱이 적은 머리카락이 피에 젖은 채 뻣뻣이 굳어 아래로 곤두섰고 몇 올이 대야 바닥에 스치듯 닿았다. 남자의 두 손은 만세를 부르며 장롱 바닥에 힘없이 걸쳐 있었다.

"피가 튄 자국이 없어. 죽인 다음에 칼질한 거야."

강 형사가 말했다. 피는 대동맥의 압력이 아니라 중력에 이끌려 흘러나왔다. 범인은 핏자국 때문에 생기는 족적이나 지문을 방지하기 위해 대야를 받쳐놓았을 것이다. 피가 묻으면 여러모로 처리할 것이 많아진다. 치밀하고 능숙한 놈이라고 강 형사는 생각했다.

"선배, 이건 뭐죠? 창자인가요?"

박 형사가 물었다. 배꼽 근처의 피부가 세로로 10센티미터 정도 갈라져 있고 그 안에 타원형의 하얀 물체가 박혀 있었다. 사망 뒤에 생긴 절창인 듯 출혈이 없었다. 강 형사는 하얗고 매끄럽고 둥근 물체를 여러 각도로 관찰했다.

"계란이야, 계란."

"미친 새끼."

시체의 손톱이 깨끗했다. 남자는 죽기 전 술을 먹었고 저항 없이 죽음을 맞았다. 강 형사와 박 형사는 조심스럽게 시체에서 물러났다. 장롱 주변에 크고 작은 소나무 분재 일곱 개가 반원형으로 놓여 있었다. 한눈에 보기에도 값나가는 물건이었다. 작은 소나무들은 분재에 갇혀 온몸을 뒤틀고 목을 꺾으며 주인을 향해 절규하고 있었다.

강 형사와 박 형사가 거실로 나와 무전으로 상황을 보고했다. 강 형사는 교수형밧줄을 강조했다. 그것이 범죄의 핵심이라는 사실을 강 형사는 직감으로 알았다. 구로경찰서가 동북경찰서 비공개 수사 본부에 통보했다. 수도권 경찰서들은 교살 발생 시 즉시 수사본부에 통보하라는 경찰청의 지시를 접수한 상태였다.

박 형사가 최초 목격자인 아내에게 말을 걸었다. 여자가 허공을 보며 중얼거렸다. 이사를 빨리 갔어야 해, 이사를……. 소파 맞은 편의 거실장 밑에 장롱에서 끄집어낸 물건들이 제멋대로 쌓여 있었다. 세탁소의 비닐 커버를 뒤집어쓴 양복 몇 벌, 겨울 외투들, 양말 상자들이었다. 강 형사와 박 형사는 저승사자의 탈을 쓴 남자의 얼굴을 다시는 보기 싫었다.

7시 50분, 서울경찰청 과학수사계 현장2팀이 아파트에 도착했다. 휴대용 감식세트를 든 감식요원 네 명이 거실로 들어왔다. 요원들은 등에 과학수사라는 흰 글자가 박힌 검은 점퍼를 입고 있었다.

점퍼 옆구리에 매달린 무전기가 걸을 때마다 흔들렸다. 무전기에서 흘러나오는 둔탁한 기계음이 거실의 정적을 찢었다. 무전기 속의 목소리들은 모두 다급했다. 일팔일팔……. 그들은 숫자로 이루어진 암호를 외치며 누군가의 응답을 기다렸다. 사진 담당요원의 플래시가 계속 폭발했다.

7급 검시관이 비닐장갑을 끼고 시체를 감식했다. 목과 복부의 절창에 생활반응이 없었으므로 검시관은 남자가 죽은 뒤에 생긴 상처라고 추정했다. 목에 사선으로 난 절창은 피부의 주름방향과 일치했고 사후에 형성되었기 때문에 변형되지 않았다. 검시관은 장갑을 낀 손으로 피부를 당겨 손상부위를 재건했다. 목에 난 절창의 길이는 각각 4~5센티미터 정도였고 복부의 절창은 6센티미터였다. 손상부위가 가늘고 매끈해서, 예리하고 얇은 흉기가 만든 상처로 보였다.

밧줄이 걸린 시체의 발목에도 퍼런 멍이 없었다. 범인은 남자를 죽이고 거꾸로 매단 다음 칼로 그었다. 왜 그랬을까. 시체는 말이 없었다. 검시관은 자창과 핏줄기로 어지러운 시체의 목 부위에서 일직선으로 붉게 난 삭흔을 찾아냈다. 남자의 발목을 붙잡고 있는 교수형 매듭의 빨랫줄과 목의 삭흔이 일치했다. 시체의 입을 벌리고, 검시관은 혀의 상태와 이물질을 확인했다. 구토물을 뒤집어쓴 혀가 입천장에 축 늘어져 끝을 입 밖으로 내밀고 있었다. 혀는 검은색에 가까웠고 끝에 치아에 의한 압박흔이 보였다. 사진요원이 시체의 입안과 절창과 발목 부위를 근접 촬영했다. 시체의 눈꺼풀에

점상출혈이 보였다. 모든 소견이 교살을 가리키고 있었다. 손상부위를 기록하며, 검시관은 남자의 등 뒤에서 밧줄로 있는 힘껏 목을 조르는 범인을 떠올렸다. 범인의 관자놀이에 핏줄이 서고, 범인의 팔뚝에 근육이 부풀어 올랐다.

시체의 경추는 골절되지 않았으나 목 뒷부분의 근육이 단단히 뭉쳐 있고 하지관절도 뻣뻣했다. 사후강직이 꽤 진행된 상태였다. 시체의 항문과 엉덩이에 바싹 마른 대변이 붙어 있었다. 대변은 속옷과 바지에도 스며들었을 것이다. 그러나 남자의 옷은 어디에도 없다.

검시관은 항문에서 정액의 흔적을 살폈다. 피살자의 옷을 벗기는 행동은 언제나 성적인 뉘앙스를 풍긴다. 그러나 남자에겐 정액이나 항문의 열상이 보이지 않았다. 검시관은 시체의 항문 깊숙이 직장온도계를 찔러 넣었다. 직장의 온도는 32.4도였다. 아파트에 아직까지 보일러가 약하게 가동 중이어서 실내 온도가 20도를 넘었다. 검시관은 남자가 최소한 자정 전에 죽었을 것으로 추정했다.

범인이 거실에 옮겨놓은 장롱의 옷가지들을 감식요원 한 명이 뒤적였다. 요원은 하얀 전지를 바닥에 펴놓고 양복과 점퍼를 털어 모발을 채취했다. 또 다른 요원은 장롱 옷걸이 봉에서 미세섬유들을 테이프로 전사했다. 밧줄 자국이 거칠지 않았다. 남자가 몸을 뒤흔든 흔적이 없었다. 미세섬유들을 채취한 후 요원은 지문현출분말을 봉에 뿌렸다. 니미…… 깨끗해……. 요원이 허탈한 표정을 지었다. 시체의 몸 구석구석에도 체모나 타액이 보이지 않았다. 누군가 시체의 몸을 닦아낸 것 같았다. 시체의 옷이 남아 있다면 이렇게 허무하진 않을 것이라고 요원은 생각했다. 죽은 자가 입고 있는 옷은 가장 수다스러운 증거물이다. 옷은 범인의 피부 조각과 모발과 섬유들을 빨아들이는 흡착기다. 범인은 이것을 알고 있을 것이다.

요원은 검시관과 함께 배에 박힌 계란을 조심스럽게 꺼냈다. 둥글고 미끈하고 지문 하나 없는, 평범한 날계란이었다. 요원은 날계란을 용기에 넣고 밀봉한 뒤 라벨에 날짜, 시각, 장소, 채취자의 이름을 적고 서명했다.

요원과 검시관은 시체의 입을 씻어낸 뒤 면봉으로 입 안쪽을 긁어 DNA를 채취했다. 시체의 대변도 면봉으로 채취했다. 혈액이 담긴 대야와 분재들은 지문현출분말을 묻힌 채 밀봉됐다. 거실에서 피살자의 옷을 조사하던 요원은 담배꽁초 일곱 개가 담긴 유리 재떨이를 찾아내고, DNA 검사를 위해 집게로 집어 비닐봉지에 넣었다.

감식요원들이 시체를 천천히 끌어내려 바닥에 뉘였다. 변사자는 비로소 편안해 보였다. 요원 한 명이 손톱을 채취했다. 평범한 사건이라면 손톱은 많은 말을 했을 것이다. 손톱은 범인의 혈액, 피부조직, 모발, 최소한 섬유 몇 가닥이라도 숨기고 있었을 것이다. 변사자의 손톱은 깨끗했다. 남자는 절명의 순간에도 밧줄이나 목을 쥐어뜯지 않았다. 의식소실 상태에서 이루어진 범행이었다.

감식요원이 옷걸이 봉에서 끈을 거두었다. 요원은 끈의 매듭을 풀지 않고 현수점에서 끈을 절단한 뒤 실로 다시 묶었다. 시체를 담을 망자낭의 지퍼가 열렸다. 잠깐만. 배가 좀 이상한데요…… 시체를 옮기기 직전 검시관이 외쳤다. 검시관은 계란이 박혀 있던 절창에 조명등을 비추었다. 절창이 음문처럼 입을 벌리고 있었다. 내장이 이상해요. 범인이 후빈 것 같은데……. 칼로 긋다가 상한 걸 수도 있잖아? 현장팀장이 물었다. 아뇨. 살짝 베인 게 아니에요. 칼로 일부러 쿡쿡 찌른 것 같아요. 검시관이 상처를 벌리자 사진요원이 플래시를 터뜨렸다. 내장은 최소한 다섯 번 이상 찔렸고 칼날로 헤집은 것처럼 뭉개져 있었다. 검시관이 중얼거렸다. 거꾸로 매단 다음에 그랬을 거야. 이상한 새끼네……. 완전 이상해. 완전 미친 지랄이야.

8시 40분, 비공개수사본부 이경훈 경위가 도착했다. 이경훈은 곤두선 머리를 긁적이며 경관들에게 꾸벅 머리를 굽혔다. 거실부터 장롱 속까지 이경훈은 부산스럽게 돌아다니며 감식요원들에게 질문을 쏟아냈다. 젊은 형사 두 명이 그의 뒤를 쫓아다녔다. 이경훈은 살인사건 현장에 있을 때 얼굴에서 광채가 나는 형사였다.

구로경찰서 형사들이 목격자 탐문수사를 개시했다. 406호의 어머니와 아들은 밤새 아무 소리도 못 들었다고 말했다. 405호는 24시간 보육시설이라 아이들의 소음 때문에 이웃들과 마찰이 많았다고 그들은 증언했다. 이제 학교에 가라고 어머니가 중학생 아들의 등을 떠밀었다. 살인사건을 구실로 학교를 하루 쉬려고 했던 아들이 실망한 표정을 지었다.

9시 20분, 박은희가 조심스럽게 고개를 숙이고 들어와 안방 문 앞에 섰다. 이경훈이 어깨를 툭 치며 인사했다. 그 천재적인 머리에 또 떠오르는 거 없어? 이경훈의 이죽거림을 무시하고 박은희는 다이어리를 펴서 무언가 메모했다.

"칼질하는 게 딱 외과의사 같은데……."

이경훈이 입맛을 다셨다. 박은희가 물었다.

"지난밤에 천성철이 움직이지 않았대요?"

"당직이었어. 병원 동료들 말로는 당직 때도 어디 처박혀서 잠자는지, 한두 시간씩 보이지 않을 때가 많대. 마침 어제 천성철을 맡은 애들이 형사과에서 내가 제일 믿지 못하는 애들이야. 이런 썩을 놈들."

범죄분석관 서영혜 경사는 정오쯤 현장을 찾을 예정이었다. 9시 30분, 시체가 119 구급차에 실려 고대구로병원 영안실로 이송됐다. 아내와 형사 한 명이 구급차 뒷자리에서 시체를 지켰다. 안정을 찾은 아내는 형사의 질문에 대답하기 시작했다.

가을의 태양이 아파트단지 정수리 위로 떠올랐다. 구급차가 사라지자 구경꾼들이 물러갔다. 사십 대 후반의 피살자는 생전에 기대하지 못한 많은 사람들의 전송을 받았다. 405호의 피비린내가 점점 희미해졌다. 피 냄새가 증발한 자리에서 소문이 무성하게 피어올랐다. 소문은 거침없이 405호의 거실 창문을 넘어 영광아파트단지를 휘감았다. 놀이터의 벤치에 둘러앉은 노인과 아줌마들이 아파트 설립 이래 최대의 사건이 될 순간을 되씹고 덧칠했다. 영광아파트의 11월은 불길했다.

11월 3일 아침 9시, 구로경찰서는 영광아파트 변사사건을 서울지검에 보고했다. 신속한 부검의 필요성이 보고서에 강조됐다. 서울지검 형사부 김광일 검사는 지체 없이 법원에 사체에 대한 압수수색영장을 신청했다. 오후 4시에 영장이 나왔다.

11월 4일 아침 8시, 고대구로병원의 구급차가 변사체를 싣고 서울 양천구 신월7동 국립과학수사연구소 법의학 별관으로 출발했다. 순경 한 명과 유족을 실은 구로지구대의 순찰차가 구급차의 뒤를 따랐다. 변사자 한종성의 아내 추경미와 큰형 한종철은 순찰차 뒷좌석에 말없이 앉아 있었다. 한종성의 장기들이 해체되고 베어진다는 곳이 그들은 못내 두려웠다. 구급차는 경인고속도로를 빠져나와 아까시나무가 빽빽한 야산 언저리에 도착했다. 변사체가 카트에 실려 법의학 별관 지하 냉장실로 들어가는 동안 유족들은 1층 대기실 소파에 앉았다. 피로감과 시장기를 안고 그들은 아침 토크프로그램을 보았다.

아침 8시 30분, 국과수 법의학과 회의실에 열 명의 법의관들이 모였다. 부검해야 할 변사체가 열다섯 건이나 되는 날이었다. 법의학과장이 자신을 포함한 당직 법의관 다섯 명에게 변사체를 할당하고 순서를 정했다. 죽은 자들에게 순서나 해명은 필요 없다. 순서도 해명도 오직 산 자들을 위한 것이다.

아침 9시, 김종현 법의관은 지하 부검실로 내려갔다. 1층 사무실에서 커피를 한 잔 마신 후 계단을 내려가자 차갑고 무거운 공기가 다가왔다. 지하 공기의 질감은 1층과 달랐다. 그것은 날생선처럼 비릿하고 미끌거려서 육 년째 드나드는 김종현에게도 매일 낯설었다. 폐, 간, 심, 신, 포르말린에 잠긴 신체 장기들이 지하 복도에 늘어서 있었다. 김종현은 냉장보관실을 지나 부검실로 들어섰다. 연구사 두 명과 사진담당 한 명이 타일 바닥 위에서 법의관을 기다리고 있었다. 냉장실에서 나온 카트가 들어왔다. 평평한 스테인리스 바닥에 일련번호 20081103100 변사체가 하얀 방수포를 뒤집어쓰고 누워 있었다. 김종현은 서류를 뒤적였다. 변사체의 이름은 한종성, 나이는 48세, 자신의 방에서 거꾸로 매달린 채 발견되었으며 목에 삭흔과 절창이 나 있다. 김종현은 중얼거렸다. 목을 조르고 칼로 그어? 검시관이 작성한 변사사건 조사보고서는, 그렇게 불가해하면서도 확실한 증언을 하고 있었다. 뒤늦게 부검실로 들어온 구로경찰서 형사에게 김종현은 물었다.

"현장에 피가 안 튀었어요?"

"예. 전혀요."

연구사가 변사체를 덮은 방수포를 걷었다. 얼굴이 푸르뎅뎅한 사십 대 남자가 누워 있었다. 목 윗부분이 피투성이였다. 남자의 얼굴은 모든 절망 너머에 있는, 절망의 절정이었다. 현장에서는 울혈이 이보다 더 진해서 거의 새카맸을 것이라고 김종현은 생각했다. 손으로 압박을 가하는 액사나 교살은 혈류가 완전히 차단되지 않아서 울혈이 생긴다.

연구사가 샤워기를 틀어 변사체를 씻었다. 피와 오물이 씻겨 나가자 목의 삭흔과 절창, 배꼽 부위의 절창이 선명하게 보였다. 건조

가 진행되어 삭흔의 표피박탈 부위가 암갈색으로 딱딱했다. 절창의
가장자리도 갈색의 '혁피상'을 보였다. 사체는 손톱 밑이 푸르뎅뎅
하고 안구가 튀어나왔다. 팔뚝 한가운데에 파란 주사침흔 하나가
보였다. 김종현은 다시 변사사건 조사보고서를 확인하고 형사에게
물었다.

"약물을 주입했어요?"

"연쇄살인일 가능성이 큰데요, 예전 피살자들한테 프로포폴이
주입됐답니다. 혈액검사를 하면 나오겠죠."

"그래서 손톱이 이렇게 깨끗하군."

김종현은 사체의 눈꺼풀을 뒤집었다. 교살을 증언하는 빨간 반점
들이 보였다. 피부가 위축되어 생전보다 더 덥수룩해 보이는 사체
의 턱수염 밑으로 김종현은 고개를 들이밀었다. 일자로 난 삭흔이
좁고 진했다. 보고서에 적시된 대로 빨랫줄과 부합하는 삭흔이었
다. 목 왼쪽에 두 개, 오른쪽에 두 개인 절창은 마치 상어의 아가미
처럼 보였다. 각도로 볼 때, 거꾸로 매달아 칼로 긋지 않고서는 불
가능한 손상이었다. 모두 직선이었고, 양끝이 모두 예리했으며, 깊
이가 얕아 보였다. 범인은 날카롭고 얇은 날을 가진 예기로 그었다.
김종현은 쇠자로 상처의 길이와 깊이를 재고 사진담당에게 촬영을
지시했다. 복부의 절창은 목 부위보다 길었다. 범인이 칼로 표피를
찢은 다음 내장을 쿡쿡 찔렀다고 보고서는 증언했다. 김종현은 복
부의 절창을 벌려 내부를 관찰했다. 내장의 손상이 뚜렷했다.

"절개합니다."

김종현은 메스를 들고 사체의 흉부와 복부를 와이 자로 그었다. 피부를 걷어내자 누런 지방층 밑으로 뼈와 근육과 내장들이 드러났다. 연구사들이 늑골도로 흉골을 하나씩 잘랐다. 늑골도의 우람한 양날 사이에서 오도독, 갈비뼈가 부러지는 소리가 났다. 흉골판이 제거되고 신체의 은밀한 설계도가 드러났다. 공기가 가늘게 진동했다. 오장육부가 품고 있던 비린내가 풀려나올 때 공기는 온몸을 떨며 저항하는 것 같았다. 형사가 고개를 돌렸다.

흉강과 복강 내에 고여 있는 피는 많지 않았다. 복막 밑에 얇게 고인 암적색의 피를 연구사가 국자로 떠냈다. 김종현은 폐를 꺼내 절개했다. 폐는 담배연기가 남긴 탄소입자들로 지저분했으며 하엽과 엽간 전면에 일혈점이 보였다. 김종현은 메스로 위를 갈랐다. 소화되지 않은 명태포와 과자찌꺼기들이 위의 상부에 고여 역한 냄새를 풍겼다. 음식물들은 식도까지 넘쳐 있을 것이다.

"먹고 바로 죽었군."

김종현은 간을 떼어냈다. 담즙이 흘러나와 간 주변이 노랗게 착색되었다. 전면에 허연 지방층이 보였다. 지방간이었다. 김종현은 형사에게 물었다.

"변사자가 술을 좋아했어요?"

"예. 거의 알코올중독 수준이었답니다."

허옇고 뚱뚱한 간이 저울에 놓였다. 1205그램이었다. 김종현은 간을 썰어 신체조직편을 만들고 용기에 담았다. 사체의 소장 한가운데에 여섯 개의 자창이 보였다. 침으로 찌른 듯 작고 날카로운 자창이었다. 자창 주변에 칼날이 남긴 열상들이 보였다. 칼의 침입을 받은 소장 한복판이 곤죽이 돼 있었다. 범인은 배를 가르고 찌르고 뒤적였다. 범인이 간이나 심장을 찔렀다면 더 좋았을 것이라고 김종현은 생각했다. 이동성이 적은 장기들을 찔렀다면 자입부에 흉기의 모양이 더 선명하게 남았을 것이다. 김종현은 자창을 자세히 관찰했다. 칼등 쪽과 칼날 쪽의 미세한 차이가 보였다. 칼등 쪽은 약간 뭉툭했으며 칼날 쪽은 더 날카로웠다. 작고 날렵하고 날이 하나인 흉기였다. 김종현은 자신이 들고 있는 은백색의 칼을 보았다. 그것은 살인과 치료와 부검에 모두 효율적인 예기였다. 인간의 질긴 피부를 자르는 데 이보다 더 적합한 도구는 없다. 칼의 운명은 손에 쥔 자가 결정한다.

"메스 같은데, 메스……."

함부로 속단할 수 없다는 것을 알면서도 김종현은 곤죽이 된 소장의 손상부위에서 메스의 흔적을 느꼈다. 놈은 왜 장을 후비고 그 위에 계란을 넣었을까. 소장이 무슨 죄가 있단 말인가. 김종현은 풀리지 않는 의문을 의식 속에 묻어두었다. 그것은 법의관이 해명할 수 있는 일이 아니었다.

"목은 제일 나중에 합시다. 머리부터."

연구사가 두피를 둥그렇게 메스로 절개했다. 머리 가죽이 가발처럼 쉽게 벗겨지고 하얀 두개골이 드러났다. 연구사가 톱으로 두개골을 썰었다. 슥삭슥삭, 북극의 바람 소리 같은 냉혹한 절단음이 부검실에 울려 퍼졌다. 연구사의 얼굴이 벌게지고 이마 위에 땀이 맺혔다. 두개골이 열리자 회백색의 뇌가 드러났다. 압력에 눌린 듯 대뇌회가 평편했다. 단단한 두개골 아래에서 연약한 뇌가 갈 곳을 못 찾은 채 부풀어 있는 것처럼 보였다. 지주막 아래에 출혈반응이 보였다. 뇌손상이 있나? 연구사들이 고개를 갸웃거렸다. 사체의 두개골이나 두피에 손상이 없었으므로, 뇌출혈로 인한 내인성 급사일 수도 있다.

"뇌부종이나 지주막하출혈은 아니에요. 사체가 거꾸로 매달려 있어서 그렇게 보이는 거야."

김종현이 고개를 들고 말했다. 사체는 가끔 거짓말을 한다. 사체는 없던 손상을 만들어내고 거짓반응을 지어내며 부검의의 작업에 간섭한다. 죽은 자의 참말과 거짓말을 가려내는 것이 법의관의 임무다. 김종현은 간섭현상을 무시하고 동맥에 가득한 암적색 유동혈에 집중했다. 교살의 증거였다.

장기들을 다 들어내고 김종현은 마지막으로 목을 절개했다. 메스가 사체의 목과 하악을 덮고 있던 피부를 길게 찢었다. 김종현은 절창들을 확인해가며 연조직과 근육을 층별 절개했다. 예상대로 식도에 음식물들이 역류했다. 위액 때문에 식도 아랫부분이 상해 있었다. 음식물들이 기도까지 파고들었다. 기도 상부에 교살의 증거인 일혈점들이 보였다. 점막 아래에 압박으로 인한 미세한 출혈도 있었다. 갑상연골은 양쪽의 상각이 다 골절돼 있었다. 김종현은 보라색을 띠며 징그럽게 늘어진 혀 아랫부분을 조심스럽게 절개했다. 근육 밑에서 설골은 손상 없이 남아 있었다. 손으로 목을 조이는

'액사'일 경우에만 설골은 쉽게 부러진다. 범인이 변사자의 목 뒤에서 후두의 중간부분을 빨랫줄로 힘껏 조였기 때문에 갑상연골은 부서지고 설골은 온전했다.

모든 소견들이 교살을 외치고 있었다. 변사자는 목이 졸린 뒤 일 분 뒤부터 저산소증과 탄산과잉증을 일으켜 숨을 헐떡였고, 십 초 정도 전신의 골격근에 경련을 일으켰다. 경련이 사라진 뒤 근육들이 늘어지고 일시적으로 호흡이 끊겼다. 헉, 헉, 헉, 일 분 뒤 변사자는 발작적으로 깊은 호흡을 몇 차례 시도하면서 죽음의 심연으로 빠져들었다. 호흡의 간격이 점점 길어지고 마침내 정지됐다. 변사자의 의식은 누구도 증언할 수 없는 환상을 내뿜으며 영원히 사라졌다. 호흡이 사라진 뒤에도 심장은 수 분 동안 박동을 이었다. 심장이 절규를 멈춘 뒤 범인은 사체를 거꾸로 매달았다.

연구사들이 사체의 장기들을 제자리에 넣고 봉합했다. 변사자의 탄력 없는 피부에 바늘 자국들이 새겨졌다. 연구사들은 누비이불을 꿰매듯 무표정하게 손을 놀렸다. 인간 한종성은 위, 장, 폐, 신으로 해체되었다가 다시 인간으로 재구성되었다. 죽음을 해체하는 것도, 재구성하는 것도 오직 산 자들을 위해서였다. 사체는 방수포를 덮어쓰고 냉장실로 복귀했고, 점심때에 유족에게 인계됐다. 쇼프로그램 재방송을 보고 있던 아내 추경미와 큰형 한종철은 사체와 함께 앰뷸런스에 올라탔다.

김종현은 오전에 한종성 외에 두 건의 변사체를 더 부검했다. 10시경 아들에게 머리 부위 열세 곳을 망치로 얻어맞은 할머니가 들어왔고, 11시경 연적에게 칼에 찔려 죽은 대학생이 들어왔다. 할머니의 두개골은 움푹 파이고 깨져 있었다. 동그란 망치 자국 가장자리에 뇌수가 튀어나왔다. 대학생의 간은 식칼로 인한 자상들을 간직하고 있었다.

11시 45분, 김종현은 잠시 사무실로 올라갔다. 국과수에 근무하다 대한의대 해부병리학과 교수로 옮겨간 선배 전창수에게 전화를 걸었다. 다행히 전창수 교수는 연구실에 있었다.

"종현이? 무슨 건이야?"

전창수는 김종현의 안부도 묻지 않고 본론을 재촉했다. 김종현은 해명되지 않는 문제가 생길 때마다 전창수에게 전화를 했다. 전창수가 답을 가지고 있지 않아도, 김종현은 전화 자체로 위안을 얻었다.

"아침에 변사체를 하나 받았는데, 범인이 빨랫줄로 교살한 뒤에 변사체를 거꾸로 매달고 경동맥을 칼로 그었어요."

"미친놈이군. 근데 뭐 이상한 게 보여?"

"이상한 건 없어요. 교사가 분명해요. 혹시 전에 이런 건을 받아본 적이 있는지 궁금해서요."

전창수는 한참을 생각한 뒤 입을 열었다.

"그런 케이스는 없었어."

"원한 때문에 그런 짓을 저질렀을까요?"

"원한 때문이든 금전관계 때문이든, 그걸 밝히는 건 우리 일이 아니잖아. 예전에…… 강간당한 뒤에 칼로 경동맥을 찔린 여자를 부검한 적이 있어. 범인은 성범죄 전력이 화려한 놈이었는데, 그 여자가 최후의 축제였어. 놈은 여자의 목을 찌르고 피가 튀는 걸 보면서 사정을 했다고 진술했어. 칼로 동맥을 찌르는 행위는 성적인 메타포를 가지는 경우도 있어. 어떤 놈들은 그걸 삽입이나 사정과 비슷하게 느끼는 거지. 단언할 순 없지만 내가 보기에 놈은…… 그냥 즐긴 거야. 복잡한 생각 말고 빨리 점심이나 먹어."

12시 5분, 김종현은 식당으로 갔다. 식판에 오징어볶음과 시래기 된장국이 출렁거렸다. 아침을 커피로 때운 김종현은 점심을 맛있게 먹었다. 오징어볶음은 싱거웠지만, 육질이 쫀득쫀득했다. 오징어의 근육을 씹으며 김종현은 오후 3시에 있을 회의를 생각했다. 회의에서 할 말은 뻔했다. 변사자는 교살당했다. 그러나 모든 사인 뒤에는 말해지지 않은 진정한 사인이 있다. 부검감정서의 건조한 소견 뒤에는 깊고 짙은 어둠이 있다. 누가 죽였는가. 왜 죽였는가. 이런 의문들이 떠오르는 운 나쁜 날, 김종현은 하루 종일 짜증을 느꼈다.

삼 년 전 비가 부슬부슬 내리는 봄날 오후에 김종현은 7세 여아의 사체를 부검했다. 아이는 딸과 동갑이었다. 40세의 이웃 남자가 아이를 성폭행하고 드라이버로 온몸을 찔렀다. 아이의 작은 성기가 찢어지고 피를 흘렸다. 복부와 흉부에 깊은 자상이 있었다. 김종현은 아무렇지 않게 부검을 하고 집에 들어와 저녁을 먹었다. 심심하다고 칭얼대는 딸을 목에 태우고 김종현은 잠자리에 들기 전까지 거실을 뛰어다녔다. 다음 날 아침, 김종현은 부검실로 내려가는 나선형 철제 계단 앞에서 갑자기 숨이 막혔다. 부검실 바닥에 깔려 있는 매끄러운 질감의 공기를 떠올리자, 토하기 전의 신 침이 올라왔다. 증축

공사로 지금은 사라져버린 나선형 계단을 향해, 빌어먹을 지옥의 계곡이라고 욕을 퍼부었다. 난간을 조심조심 더듬으며 내려가 부검을 시작했다. 호흡곤란이 오후에 더 심해졌다. 퇴근한 뒤에 손이 떨려서 운전대를 잡을 수가 없었다. 공황장애와 비슷한 증상이 삼 일 내내 계속되었다. 김종현은 일주일 휴가를 내고 가족과 제주도를 여행했다. 업무에 복귀한 뒤로 증상은 나타나지 않았다. 법의관 김종현의 흔들림은 딱 삼 일뿐이었다. 혼자 흔들리던 그때, 김종현은 사인 뒤의 사인에 대해 되물었다. 누가 죽였는가, 왜 죽였는가.

김종현은 식판의 밥을 남김없이 먹고 일어섰다. 오후에도 부검해야 할 변사체들과 써야 할 감정서들이 쌓여 있었다. 김종현은 정수기에서 찬물을 한 잔 마셨다. 한종성의 사인은 경부 압박에 의한 질식사였다. 사체가 그렇게 말했고 김종현은 받아썼다. 그것뿐이었다. 절창과 자창과 삭흔과 일혈점과 울혈 사이에, 법의관의 길이 있다. 거기엔 어떠한 감정의 낭비도 허용되지 않는다. 부검감정서는 한 치의 흔들림도 없어야 하고, 한없이 건조해야 한다. 김종현은 서둘러 사무실로 올라갔다.

수사본부는 변사자 한종성의 전과와 기소사실과 사소한 스캔들을 조사했다. 범행패턴으로 볼 때, 한종성에게도 주변의 분노를 살 만한 전력이 있는 것이 분명했다. 범인이 한종성을 지목한 이유가 쉽게 드러났다. 그 이유는 인터넷카페 '공개수배'에도 있었고, 종합일간지 사회면 구석에도 있었다.

아동 폭행치사 혐의, 24시간 보육원 원장 부부 입건

3월 16일 경찰은 아동을 구타하고 죽음에 이르도록 방치한 혐의로 24시간 보육원 원장 추모(42세) 씨와 남편 한모(48세) 씨를 입건했다. 추 씨 등은 3월 13일 보육원 아동 김모(5세) 군이 배가 아프다고 호소했음에도 이를 방치하다 다음 날 저녁에야 병원에 데려간 것으로 알려졌다. 병원 측은 김모 군이 장 파열이었으며 검진 당시 급성 복막염으로 위중한 상태였다고 밝혔다. 김모 군은 3월 15일 오전 8시 사망했다. 경찰은 김모 군이 외부의 물리력에 의해 장 파열을 일으킨 것으로 보고 원장 부부의 구타 의혹을 조사 중이다. 추 씨는 김모 군이 식탁 의자에서 뛰어내리다 모서리에 배를 부딪쳤다고 주장했다. (『신라일보』 3월 17일자)

24시간 보육원에서 사망한 아들, 원장 부부가 때렸다

24시간 보육원에서 장 파열로 사망한 김모(5세) 군의 어머니 정모(29세) 씨는 "원장 남편이 아들의 배를 발로 찼을 것"이라고 주장하며 경찰에 철저한 진상조사를 촉구하고 있다. 정모 씨는 이혼 후 인천시의 한 노래방에서 일하며 아들을 보육원에 맡겨왔다. 정 씨는 "보육원 이웃 주민들에게 원장 남편 한 씨가 자주 아이들을 구타한다는 소문을 들었으나, 원장 부부가 이를 적극 부인하고 아이를 맡길 만한 마땅한 곳이 없어서 그대로 두었다"고 말했다. 사건이 일어나기 전에도 김 군의 몸에서 멍이 자주 발견되었으나 김 군은 "놀다가 넘어져서 다친 것"이라고 말했다고 한다. 추 씨가 운영하는 24시간 보육원은 평판이 나빴던 것으로 알려졌다. 보육원 이웃 주민 강모 씨는 "특히 원장 남편이 주사가 심하고 거친 성품이었다"며 "자신이 애지중지하는 분재화분을 건드렸다는 이유로 아이들을 심하게 나무라는 것을 베란다 너머로 보았다"고 말했다. (『대한일보』 3월 18일자)

'아동 사망' 24시간 보육원 원장 불기소 처분

3월 24일 검찰은 보육원 아동을 구타해 사망케 했다는 의혹을 받고 있는 원장 부부에 대해 증거 불충분 등의 이유로 불기소 처분을 내렸다. 검찰은 "원장 부부가 아동을 구타했다는 아무런 증거를 찾을 수 없다"고 밝혔다. (『신라일보』 3월 25일자)

'아동 사망 의혹' 보육원 원장, 경기도에 또 보육원 개소

자신이 운영하는 24시간 보육원에서 아동이 장 파열로 사망하여 물의를 빚은 원장이 경기도 내에서 또 보육원을 연 것으로 알려졌다. 원장 추모 씨는 "서울 구로구의 보육원이 주변의 소문 때문에 운영이 어렵자, 경기도로 장소를 옮겼다"고 밝혔다. 추모 씨는 "자신은 사고와 아무런 관계가 없지만 소문 때문에 괴롭다"고 말했다. 한편 '건강한 아동시설을 위한 부모협의회'의 김정수 위원장은 "경위가 어찌 됐든 보육원 운영에 심각한 결격사유가 있는 원장을 방치하는 것은 문제"라며 "이를 계기로 보육원 원장에 대한 심사를 강화해야 한다"고 주장했다. (『건국신문』 4월 27일자)

한종성은 조만간 살던 집을 정리하고 아내의 보육원으로 이사할 예정이었다. 한 씨 부부에게는 자식이 없었는데, 보육원 아이들이 모두 자신들의 자식이라고 부부는 틈날 때마다 말했다. 이웃들은 입을 모아 보육원이 시끄러웠다고 증언했다. 보육원의 소음은 아이들 때문이 아니었다. 한종성이 술에 취해 밤늦도록 아이들을 향해 고함을 질렀다. 한여름에 한종성은 베란다 문을 열어놓고 아이들의 손바닥을 쇠자로 때렸다. 음식물쓰레기를 버리러 나온 주민들이 405호를 향해 혀를 찼다. 406호에 사는 주부는 아이들이 베란다에 놓인 소나무 분재를 건드리기만 해도 하루 종일 집 안이 시끄러웠다고 증언했다. 그러나 경찰과 검찰이 증인을 찾을 때에는 모두 입을 다물었다. 한종성이 죽은 뒤에야 주민들은 수다스러워졌다.

수사본부가 한종성의 주변 탐문수사에 집중하고 있을 때, 경기도 영홍경찰서는 남예진과 원조교제 하던 남자의 신원을 확보했다고 보고했다. 성매매특별법과 청소년보호법 위반으로 남자를 소환하여 조사하겠다고 영홍서는 밝혔다. 수사반이 작은 기대와 희망으로 술렁거렸다. 수사본부는 용의자의 신문에 본부 요원들도 참석시키겠다고 통보했다.

11월 4일 오후 2시, 정진우는 영홍시 동북부에 있는 산업단지의 지리를 확인했다. 싱크대와 옷장을 생산하는 '현성인테리어' 공장은 고만고만한 철공소들이 모여 있는 산업단지 내에서도 규모가 큰 편이었다. 현성인테리어는 싸구려 사제 싱크대의 이미지를 벗고 중저가 시장에서 한샘이나 에넥스 같은 대기업의 아성에 도전하고 있었다. 새로 건축되는 소형 아파트단지에 꽤 많은 물량을 납품하는 중소기업이었다.

김경만이 가르쳐준 휴대폰번호는 주병식의 명의로 개통되었다. 주병식의 주소지는 경기도 영흥시 전양동 삼진연립 101동 202호, 나이는 36세, 미혼이었다. 현성인테리어 공장 직원인 주병식의 집에 정진우는 두 번 가보았다. 주병식은 야근이 잦아서 잘 볼 수가 없다고 전세를 내준 집주인이 말했다. 202호 우편함에 카드명세서와 고지서와 광고물들이 가득 쌓여 있었다. 한적한 주택가 골목에 앉아서 정진우는 주민등록증에 실린 주병식의 사진을 떠올렸다. 바싹 마르고 광대뼈가 튀어나온 얼굴이었다. 화상을 입은 듯 왼쪽 귓바퀴가 귓구멍 쪽으로 말렸다. 눈초리가 밑으로 처져서 어수룩한 인상이었다. 이목구비 어디를 봐도 예리함이나 냉철함을 찾기가 어려웠다. 확대한 주병식의 사진을 보여주었을 때, 가출소녀 임소영은 가볍게 고개를 끄덕였다. 맞아, 이렇게 못생긴 얼굴이었어, 근데 아저씨, 범인이 이 새끼예요? 임소영은 되물었다.

정진우가 후배 이 형사와 함께 현성인테리어 공장으로 출발하기 직전에, 유제두 기자가 찾아왔다. 유제두는 언제나처럼 아무 소리도 내지 않고 슬금슬금 정진우의 등 뒤로 다가왔다. 유제두는 늘 결정적인 순간에 찾아와서 형사들의 기분을 망쳐놓고 사라진다. 정진우는 연갈색 바바리코트를 입은 유제두가 며칠 새 약간 야위었다고 생각했다.

"또 왔어? 어째 잠잠하다 싶더니."

"아, 형님. 제가 많이 보고 싶으셨어요?"

"유머가 많이 늘었군."

"연쇄살인이 벌써 네 건이나 터진 건 아시죠?"

"놈이 무슨 짓을 하든 상관 안 해. 난 남예진 건만 수사하면 돼."

"어련하시겠습니까. 오늘 용의자 한 명 잡으러 간다면서요?"

"용의자인지 아닌지는 아직 몰라. 일단은 원조교제 건이야. 그게 유일한 취미생활인 것 같더군."

"가구공장에 다닌다면서요? 사무직이에요?"

"아냐. 도장팀에서 팀장으로 일해. 거 왜 나무 위에 페인트칠하는 거 있잖아. 그거야 그거. 공고 나와서 줄곧 그 일만 했대."

"도장?"

유제두가 도장이라는 단어를 곱씹는 이유를 정진우는 이해했다. 정해일 대령의 사체에는 미세한 페인트 조각이 묻어 있었다. 차량 도색용 페인트는 가구용과 전혀 다르다. 그러나 도장에 익숙한 놈이라면 혼자 페인트를 구입해 자동차의 색을 바꿀 수도 있다. 서류 상으로 주병식 소유의 자동차는 없었다.

"형님, 사흘 전에도 살인사건이 있었어요. 놈의 알리바이를 확인해보셨어요?"

"아직 확인 못 했어. 조사실에 앉혀놓고 조져봐야 해. 놈은 언제나 야근, 야근, 야근이야. 그때도 야근했다고 하겠지."

수사본부의 프로파일링은 주병식과 거리가 멀었다. 거리가 먼 정도가 아니라 아예 차원이 달랐다. 고졸 출신의 육체노동자가 그렇게 정교한 연쇄살인극을 벌였으리라고 짐작하기는 어려웠다. 정진우는 다시 주병식의 얼굴을 떠올렸다. 피살자들이 믿고 의지하며 신세한탄을 털어놓을 만한 얼굴이 아니었다. 백상아리를 잡는 그물에 정어리가 걸려 파닥대고 있는 꼴이다. 정진우는 모든 것을 알았지만, 지금 자신에게 주어진 일은 주병식의 목덜미를 붙들어 조사실에 앉혀놓는 것뿐이라고 생각했다. 의문으로 가득 찬 유제두의 얼굴을 등 뒤에 남겨두고 정진우는 이 형사와 함께 경찰서 문을 나섰다.

두 형사를 태운 아반떼가 시청을 중심으로 방사선으로 늘어선 시가지를 통과했다. 시 외곽의 벌판에는 추수가 끝난 논과 비닐하우스들이 널려 있었다. 바람과 함께 흙먼지가 휘날렸다. 황토색 먼지들이 그루터기만 남은 벼들을 쓰다듬으며 멀리 공장촌으로 달아났다.

차는 현성인테리어 공장 앞에 멈췄다. 벌판 한복판에 세운 공장은 이렇다 할 정문도 갖추지 않았다. 공장건물 전후좌우가 모두 흙먼지 날리는 공터였고 다른 공장들과 최소한 300~400미터 이상 떨어져 있었다. 정진우와 이 형사는 소음이 진동하는 공장 안으로 들어갔다. 컨베이어벨트의 구동음과 MDF 합판들이 조립되는 소리가 콘크리트 벽면에 갇혀 헐떡였다. 늙수그레한 노동자들이 철제 부속품들을 합판에 끼워 넣고 아르바이트생들이 박스들을 옮겼다. 공장 입구에는 경비도 없었다. 이 형사가 노동자에게 다가가 신분증을 내밀고 책임자의 위치를 물었다. 노동자는 의심이 가득한 눈초리로 공장 2층의 사무실을 가리켰다. 미색 철제 패널로 만든 사무실이 공중에 섬처럼 떠 있었다.

정진우와 이 형사는 사무실로 향하는 가파른 철 계단을 올라갔다. 사무실 문을 열 때 정진우의 무릎은 이미 뻐근했다. 작업복을 입은 오십 대 초반의 머리 벗겨진 남자가 의자에 앉아 공장을 내려다보고 있었다. 사무실은 포로수용소의 높은 망루 같았다. 전면의 반이 유리창이었고, 유리 너머로 컨베이어벨트의 움직임이 내려다보였다. 낱개의 합판들에 연결 쇠가 채워지고 마침내 싱크대의 뼈대로 변모해가는 과정이 창문 앞에 파노라마처럼 펼쳐졌다. 때 묻은 작업복을 입은 노동자들이 컨베이어벨트에 다닥다닥 붙어 있었다.

남자는 생산과장이라고 신분을 밝히며 무표정하게 악수를 청했다. 여직원이 쟁반에 자판기 커피를 받쳐 들고 들어왔다. 정진우와 이 형사는 사무실 한가운데에 있는 소파에 앉았다.

"그래, 누구를 찾으신다고요?"

"주병식 씨요."

"병식이가 뭐 잘못한 거라도 있습니까?"

"아뇨. 지난밤에 관내에서 폭행사건이 발생했는데 병식 씨 집 앞이라서요. 목격자일 수도 있으니까 물어보려고 찾아왔습니다."

정진우가 긴 머리를 긁적였다

"그럼 그렇지. 병식이는 나쁜 짓을 할 만한 애가 아닙니다. 말수도 적고 술도 안 마시고 일밖에 모르는 착한 애예요."

"지금 어디 있습니까?"

생산과장은 유리창 너머 공장 구석을 가리켰다. 철제 패널로 된 직사각형의 작업실이 보였다. 공장의 모든 생산라인이 사무실의 눈앞에 공개돼 있지만 도장실만은 패널 뒤에 감춰져 있었다. 생산과장이 말했다.

"도장실로 그냥 들어가지 말고 반드시 벨을 눌러요. 저긴 이 공장 안에서도 제일 험한 곳이니까."

정진우와 이 형사는 공장의 소음을 가르며 도장실로 걸어갔다. 생산과장의 말대로 빨간 벨이 문 앞에 달려 있었다. 이 형사가 벨을 두 번 누르자 몇 분 뒤에 도장실 문이 열렸다. 작업조 세 명이 두툼한 공장용 마스크를 쓰고 작업 중이었다. 주유기같이 긴 호스가 달린 스프레이가 페인트를 난사했다. 도장실 안은 온통 빨간 증기로 가득했다. 페인트의 독성 높은 입자들이 상하의 일체형 작업복에 깨알 같은 반점들을 남겼다. 지옥의 안개가 형사들의 눈앞을 가로막은 것처럼 보였다. 키가 작은 노동자가 도장실 밖으로 나와 문을 닫았다.

"누구세요?"

노동자는 마스크를 턱 밑으로 젖히고 물었다. 서류상으로만 본 주병식의 얼굴이었다. 얼굴에 가득 묻은 빨간 입자만 제외하면 주병식의 얼굴은 주민등록증 사진과 똑같았다. 구겨지고 뭉쳐진 더벅머리가 눈썹 밑까지 내려왔다. 마스크의 끈이 걸려 있는 왼쪽 귀가 흉하게 뭉그러져 있었다.

"주병식 씨죠? 경찰서에서 나왔습니다."

주병식의 표정이 왼쪽 귀처럼 일그러졌다. 주병식은 떨리는 손으로 마스크를 떼어내고 물었다.

"무슨 일이세요?"

정진우가 주병식에게 다가가 목소리를 낮추고 속삭였다.

"경찰서로 지금 가주셔야겠습니다. 원조교제 때문에……."

주병식이 고개를 떨어뜨렸다. 작고 울퉁불퉁한 얼굴이 창백해지고 이마에 땀이 맺히고 어깨가 조금씩 앞으로 허물어졌다. 파국을 예감하고 있던 사람처럼, 주병식의 표정은 허탈했다.

"옷 갈아입고 사무실에 말하고 나올게요. 앞에서 기다리세요."

정진우와 이 형사는 공장 문 앞에 서서 주병식을 기다렸다. 이 형사가 던힐 한 개비를 맛있게 피웠다. 눈과 입이 뻑뻑해지는 쇼그렌 증후군 진단을 받은 후 정진우는 담배를 완전히 끊었다. 마지막 한 개비를 피우고 담뱃갑을 구겨버리면서, 정진우는 닥쳐올 파국을 예감했다. 어떤 빌어먹을 합병증이 또 찾아올 것인가. 그것의 이름은 또 무엇일까. 정진우는 막막했다. 이 형사가 내뿜는 담배연기가 코끝에서 감미롭게 춤추었다. 그것은 정 형사에게 육체의 소멸을 알지 못했던 젊은 시절을 상기시켰다. 그리운 날들이었다.

"선배, 왜 이렇게 안 나오죠? 십오 분이나 지났는데."

담배를 비벼 끄고 바닥에 앉아 있던 이 형사가 말했다. 정진우는 다시 공장 안으로 들어가 도장실의 버튼을 눌렀다. 키가 큰 노동자가 문을 열었다.

"주병식 씨 있어요?"

"아까 나갔는데요."

"어디로?"

노동자는 손가락으로 공장 뒤편을 가리켰다. 열린 뒷문이 바람에 흔들리고 있었다. 먼지가 들어오자 직원 한 명이 문을 닫았다. 정진우가 뛰어가 뒷문을 다시 열었다. 벌판 한가운데 주병식의 등이 작게 보였다. 주병식은 두 손을 늘어뜨리고 천천히 걸었다. 공터의 끝에 낙엽들이 깔린 논이 보였다. 바람이 불면 낙엽들이 일시에 피어올라 주병식의 뒷모습을 가렸다. 주병식은 저 논을 건너 알 수 없는 곳으로 달아나버릴 것 같았다. 주병식을 처음 볼 때부터 정진우는 형사의 직감을 느꼈다. 범죄자 앞에 섰을 때만 느껴지는 그 직감은 희미한 연정처럼 맥박을 뛰게 만든다. 이해할 수도 설명할 수도 없지만, 확실한 감각이었다.

정진우는 뛰었다. 너야? 너였어? 너였던 거야? 이렇게 쉽게? 이렇게 가깝게? 정진우는 속으로 외쳤다. 흙먼지가 정진우의 눈가를 긁었다. 흙먼지와 함께 고된 잠복, 체포 작전, 아내와의 키스, 아이들의 웃음소리가 정진우를 스쳐 지나갔다. 그 순간만큼은 관절의 염증과 통증도 뒤로 물러섰다. 정진우는 심장이 터지도록 뛰었다. 주병식의 팔을 뒤로 꺾고 정진우는 뭉그러진 왼쪽 귀에 질문 하나를 뱉어내려고 했다. 너야? 그러나 정진우의 질문은 목에 걸려 나오지 않았다. 주병식은 울고 있었다. 길게 찢어진 눈 밑에 굵은 눈물 줄기가 흘러내렸다. 콧물이 윗입술까지 찝찝하게 늘어졌다. 주병식이 입을 벌리자 침이 줄줄 흘러내렸다.

"알았어요……. 간다고요……. 왜 이래요……."

아반떼 뒷좌석에서 주병식은 내내 얼굴을 틀어쥐고 울었다. 영흥
경찰서 형사실에는 수사본부 이경훈 경위와 서영혜 경사가 대기하
고 있었다. 정진우는 주병식을 강력범 조사실에 앉혀놓고 장광석
팀장에게 보고했다.

"지금 시작하자. 이 형사랑 같이 들어가."

장 팀장이 서둘렀다. 정진우는 이 형사와 조사실로 다시 들어갔
다. 검은 탁자 위에 두 손을 얹고 주병식이 코를 훌쩍였다. 탁자 뒤
에 철조망을 두른 작은 창문이 있었다. 주병식의 등 위에 네모반듯
한 철조망 그림자가 새겨졌다. 탁자 위에 국회의원이 기증한 시계
가 재깍거렸다. 시침은 벌써 4시를 가리켰다. 형사들의 왼쪽 벽면
에 대형 거울이 있고 그 위에 CCTV 카메라가 작동 중이었다. 특수
거울 뒤에 설치된 골방에서 장 팀장, 이경훈, 서영혜가 신문 광경을
지켜보고 있었다.

"그만 처울어!"

정진우가 고함을 쳤다. 거울 뒤 골방의 스피커에 정진우의 목소
리가 쩌렁쩌렁 울렸다. 주병식은 손등으로 코를 닦았다.

"넌 오늘 아주 제대로 걸렸어. 우는 척하면서 빠져나갈 생각 하
지 마. 우리 밤새 즐겨보자고!"

정진우는 계속 외쳤다. 이 형사가 주병식의 어깨를 토닥이며 담
배를 건넸다. 손을 벌벌 떨며 주병식은 연기를 내뿜었다.

"저 형사 참 멋대가리 없군."

거울 뒤에서 이경훈이 속삭였다. 서영혜가 대꾸했다.

"멋대가리 없는 걸로 치자면 이 경위님이 한 수 위죠."

장 팀장이 말했다.

"정 형사, 이 형사가 나름 역할분담을 하고 있는 거요. 아시잖소. 한쪽은 천사, 한쪽은 악마."

질문은 주로 이 형사가 했다. 이 형사는 주병식의 눈을 지그시 바라보면서 작은 소리로 물었다.

"남예진 학생 알죠? 원조교제 자주 했다면서요? 몇 번이나 만났어요?"

"예……. 한 서너 번……."

"거짓말하지 마, 새꺄! 이게 우릴 좆으로 아나……. 증인도 확보했어. 이 새끼가 어디서 거짓말을……."

정진우가 주먹으로 탁자를 쳤다. 이 형사가 정진우를 제지하며 말했다.

"주병식 씨, 우리한테는 최대한 정확하게 말해야 돼요. 거짓말을 할수록 병식 씨한테 불리해요. 진술을 할 땐 기억을 잘 더듬어보고 말하세요."

주병식은 변호사를 부르거나 묵비권을 행사하지 않고 더듬거리며 답했다.

"회, 횟수는 잘 기억 안 나요. 여러 번 만났던 거 같아요."

"누구 소개로 만났어요?"

"채, 채팅하다 알게 된 애가 만나보라고 했어요. 올봄부터 가끔씩 만났어요."

거울 뒤에서 서영혜가 한숨을 쉬었다. 이경훈이 물었다.

"왜 그래?"

"저 사람은 아니에요."

"뭐가?"

"우리가 찾는 놈이 아니에요. 우리 프로파일과 맞지도 않고 신문당하는 자세는 더 가관이에요. 이런 유형의 연쇄살인범은 권력 지향적이어서 타인을 지배하려는 욕구가 아주 강해요. 놈이라면 형사들의 질문에 딴소리를 해가면서 이리저리 갖고 놀았을 거예요. 그게 놈한테 만족을 주니까. 저놈은 아니에요."

서영혜는 의자 등받이에 몸을 기대고 눈을 감았다. 장 팀장도 한숨을 쉬었다.

이 형사가 질문을 계속했다. 질문을 받을 때마다 주병식은 몸을 움찔했다.

"원조교제가 그렇게 좋았어요?"

"저는…… 저는 그냥 애들이 좋았어요. 천진난만하게 웃는 모습이 너무 예뻤어요."

"야, 씨팔, 여물지도 않은 애들 몸을 물고 빨고 하는 게 자랑이야? 니 조카랑도 그 짓 할래?"

정진우가 으르렁거렸다. 정진우는 정말로 흥분한 것처럼 보였다. 맥 빠진 심문이 계속될수록 정진우의 분노가 고조되었다. 주병식이 대답했다.

"저는요…… 힘들게 번 돈을 애들한테 아낌없이 주었어요. 애들이 절 갖고 노는 걸 알았지만, 웃는 모습이 좋아서 계속 만났어요. 그 짓만 하고 싶었던 게 아니에요. 애들을 만나면 외로움이 사라지고 피로가 풀려요. 예진이는, 걔가 먼저 하자고 하더라고요. 괜찮겠냐고 물어보니까 정말 괜찮다고, 아무 상관 없다고……."

이 형사가 물었다.

"애들이 그렇게 좋았어요?"

"예. 그냥 애들하고 장난치고 놀고 싶었어요."

"그래서 목도 조르고 그랬어요?"

이 형사가 슬쩍 주병식을 찔렀다. 주병식이 움찔했다.

"예? 목 같은 거 조른 적 없어요. 전 애들 안 때려요. 저는 싸움도 싫어해요."

"남예진 죽은 거 알죠?"

"예. 걔가 죽었다는 소문을 듣고 처음엔 정말인가 싶었어요. 애들한테 물어보니까 맞다고 하더라고요. 많이, 많이 슬펐어요. 할 수만 있다면 장례식장에도 가보고 싶었는데……. 아, 저는 안 죽였어요. 제, 제가 왜 그런 짓을 하겠어요……."

주병식은 그제야 자신이 조사실에 앉아 있는 이유를 깨달은 것 같았다. 놀라움과 두려움 때문에 주병식의 눈가에 다시 눈물이 고였다. 이 형사가 말했다.

"자, 뭐든지 찬찬히 생각해보고 말을 해요. 술 먹고 필름 끊겨서 실수할 수도 있는 거 아니에요? 욱할 수도 있는 거고. 공장일은 언제부터 했어요?"

"한 십칠 년 됐어요."

"아이고, 오래 했네요. 고등학교 졸업하고 바로 공장 들어갔어요? 고향이 어디예요?"

"천안 근처요. 천안에서 공고를 졸업하고 서울로 왔어요."

"서울 와서 바로 그 가구공장에 들어간 거예요?"

"예. 도장보조부터 시작해서 도장팀장까지 됐어요."

"고생이 많았겠어요. 부모님이 다 계세요?"

"아부지는 돌아가셨어요. 어머니는 시골에 계시고요."

"귀는 어쩌다 그렇게 됐어요?"

"어릴 때 모닥불에 넘어져서 다쳤어요."

"어머님이 많이 속상하셨겠어요. 어릴 때 나무에서 떨어져서 다리를 저는 친구가 있었는데, 걔 어머니도 친구 다리만 보면 우시더라고."

"예. 돈이 없어서 빨리 치료도 못 했다고, 저만 보면 마음 아프다고……."

"어머님 걱정 많이 되죠? 빨리 장가가야 될 텐데. 장남은 아니죠?"

"막내예요. 주변머리가 없어서……. 여자들이 좋아하지도 않고……."

"그래서 여자애들을 만났군요? 외로워서?"

"예."

"어머님이 아시면 얼마나 가슴이 아프시겠어요. 막내아들이라 귀여워하셨을 텐데."

"죄송해요."

주병식이 또 울었다. 조사실에 사죄해야 할 사람은 아무도 없었지만 주병식은 계속 죄송하다고 말했다.

"괜찮아요, 괜찮아. 자식이라면 다 이해하는 게 어머니니까. 어머니를 생각해서라도 솔직히 얘기해줘요. 여기서 거짓말하면 정말 큰 죄를 짓는 거예요."

주병식이 고개를 끄덕였다. 이 형사는 주병식을 달래가며 빈틈을 엿보고 있었다. 자백은 자그마한 말실수부터 시작된다. 그 순간을 기다려야 한다. 거울 뒤에서 서영혜가 고개를 저었다.

"십일월 일일 밤에는 뭐 했어요? 그끄저께, 비 내리던 날 있잖아요."

"야근했어요. 다음 날 새벽 두시까지."

"주말인데?"

"요즘은 물량이 밀려서 주말에도 일해요."

"회사 출근부 보면 다 나와요. 확실해요?"

"예."

"남예진 양이랑 술도 자주 마셨어요?"

"가끔요."

"많이 마셨어요?"

"전 많이 안 마셨어요. 예진이가 많이 마시려고 하면 제가 말렸어요."

"둘이 싸운 적도 있어요?"

"제가 집에 들어가라고 해서 싸운 적은 있어요. 예진이는 선도 같은 건 하지 말라고 했어요."

"시월 이십삼일 저녁에는 뭐 했어요? 지지난주 목요일 말이에요. 확인해보니까 야근은 안 했던데?"

출근부를 확인하지 않았지만 이 형사는 넘겨짚어 물었다. 주병식이 머뭇거렸다. 시계의 초침이 금박으로 장식된 국회의원 이름을 지나 한 바퀴 일주했다. 주병식은 기억을 더듬는 표정이 아니었다. 그저 말하기를 주저하고 있을 뿐이었다.

"자, 어서……. 말해도 괜찮아요. 야근 안 했죠? 응? 뭐 했어요?"

이 형사의 목소리가 다급했다. 정진우가 일어나 소리쳤다.

"빨리 말해! 생각하지 말고 말해, 새꺄! 있는 대로 말해!"

"다, 다른 애를 만났어요. 저녁 사주고 걔가 나이트 가고 싶다고 해서 데려갔어요."

정진우는 의자에 털썩 주저앉았다. 이 형사가 물었다.

"몇 시부터 몇 시까지 걔랑 있었어요?"

"한…… 여섯시 정도부터 열두시까지. 걔가 거기서 만난 애들이랑 더 놀고 싶다고 해서 그러라고 돈 주고 나왔어요."

그 시각에 남예진은 살해당한 후 영안실로 실려 갔다. 정진우는 수첩을 폈다.

"자, 여기다가 그 애 이름이랑 휴대폰번호 적어. 거짓말이면 몇 시간 안에 들통 나. 그러면 넌 오도 가도 못해. 딱 걸리는 거야."

주병식이 자신의 휴대폰을 꺼내 여자아이의 이름과 번호를 확인하고 수첩에 적었다. 정진우가 수첩을 들고 조사실 밖으로 나갔다. 사무실 전화기로 정진우는 유현영이라는 여자아이에게 전화를 걸었다.

"여보세요. 유현영 학생? 영홍경찰서 정진우 형사입니다. 사건이 접수돼서 한 가지만 확인할 테니까 전화 끊지 말고 대답하세요. 전화 끊으면 아주 귀찮아질 거예요. 그냥 대답만 하세요."

정진우는 최대한 정중한 어조로 말했다. 전화기 너머에서 거리의 바람 소리와 아이들이 깔깔대는 소리가 들려왔다. 유현영이 말했다.

"뭐예요, 아저씨? 보이스피싱이에요?"

"이 전화번호 확인하면 알겠지만, 경찰서 맞습니다. 시월 이십삼일 저녁에 뭐 했죠?"

정진우는 주병식을 만났냐고 묻지 않았다. 단답형의 답변을 요구하면 그냥 예, 하고 전화를 끊어버릴 아이들이었다.

"아이, 씨발, 몰라. 이상한 아저씨 빠이빠이!"

유현영이 깔깔거리며 말했다. 정진우가 다급하게 소리쳤다.

"나 영홍경찰서 폭력팀 정진우 경사다. 사건 관련 용의자 확인 때문에 묻는 거야. 너 지금 전화 끊으면 순찰차 타고 집에 가서 기다릴 거야. 시월 이십삼일에 뭐 했어? 그것만 말하면 돼!"

유현영은 전화를 끊지 않았다.

"어, 장난이 아니네. 잠깐만요……. 이십삼일?"

"그래. 지지난주 목요일."

"그날이라면…… 나이트클럽 갔어요."

"누구랑 갔어?"

"그냥…… 아는 사람이랑 친구들이랑……."

"이름 말해."

"아, 씨발. 주병식이라고, 여기서 주병신으로 통하는 물주 아저씨 있어요. 그것도 죄가 돼요?"

"몇 시부터 몇 시까지 같이 있었어?"

"정확히 몇 시인지는 모르겠고, 저녁밥 먹고 놀다가 나이트 갔어요. 그 아저씬 열두시쯤에 나갔고, 전 더 놀았고요."

"다시 생각해봐. 확실해? 주병식 맞아?"

"확실해요."

"주병식에 대해서 더 확인할 게 있을지도 몰라. 널 경찰서로 끌고 가진 않을 테니까 잘 협조해줘."

"네."

전화를 끊으며 유현영은 친구들에게 중얼거렸다. 존나 더럽게 걸렸어……. 갑자기 정진우는 영흥시라는 이 음습한 습지를 떠나고 싶었다. 정진우는 조사실로 다시 들어가지 않고 이 형사에게 전화를 걸었다. 네네, 이 형사는 짧게 대답했다. 전화를 끊고 정진우는 생각했다. 주병식의 얼굴을 처음 봤을 때 맥박이 뛴 이유는 무엇이었을까. 사건에 너무 몰입하여 판단력을 잃어버린 것일까.

신문은 짧고 싱겁게 끝났다. 영홍서 형사들과 수사본부 이경훈이 주병식의 집을 수색했다. 영장도 확인하지 않고 주병식은 순순히 문을 열어주었다. 20평 연립주택에는 밧줄도, 피살자의 옷도, 예리한 칼 하나도 없었다. 냄새나는 양말들이 방구석에 처박혀 있었다. 합판으로 만든 작은 책장에 도색잡지 몇 권, 컴퓨터 하드디스크에 일본 포르노 동영상 일곱 개가 들어 있었다. 강간물이나 본디지 같은 하드코어는 아니었다. 이경훈은 고슴도치 머리를 긁적이며 서영혜와 함께 서울청으로 돌아갔다.

주병식을 미성년자 성매매 혐의로 입건하지 말자고 정진우는 주장했다. 경찰의 시야에서 완전히 벗어난 것처럼 주병식을 자유롭게 놔두고 좀더 관찰할 필요가 있다고 정진우는 장 팀장에게 말했다. 정진우의 비정상적인 집념을 장 팀장은 수상한 눈으로 바라보았다. 그래라, 장 팀장은 짧게 대답했다.

11월 5일 수요일 저녁 7시, 정진우는 서울 인정동의 작은 커피전문점에서 김경만을 만났다. 김경만을 영홍시로 불러들이기 싫어서 정진우는 사건 때문에 그곳에 들를 일이 있는 것처럼 꾸며대었다. 김경만은 며칠 새에 키가 쑥 자란 것처럼 보였다. 아이들은 늘 성장하고 변해간다. 아이들은 세상의 퇴락을 확인시켜주는 일종의 증상이다. 그래서 어른들은 아이들을 무서워한다.

"남예진과 원조교제 한 놈을 어제 잡았어."

김경만은 바닐라라떼를 후후 불다가 눈을 동그랗게 치켜떴다.

"그놈이 죽였어요?"

"아냐. 아닌 것 같아. 증거는 없고 알리바이는 있어."

"놈을 만나면 때려죽이고 싶을 거예요."

정진우가 한숨을 쉬었다. 날이 어두워졌다. 커피전문점의 난방이 약해서 등줄기가 으슬으슬했다. 남예진의 살인범은 정진우가 설정한 마침표였다. 정진우는 머지않아 내게 될 사직서에 마침표를 제대로 찍고 싶었다. 그러나 범인은 어둠 속에서 얼굴을 내밀지 않고, 영흥시 뒷골목의 가출청소년들처럼 손을 뻗으면 사라져버렸다.

"이건 너만 알고 있어라. 놈이 연쇄살인을 저지르는 것 같아."

"예? 예진이만 죽인 게 아니에요?"

"예진이 말고도 몇 건 더 있는 것 같아. 앞으로도 계속 있을 테고. 우리가 잡기엔 역부족이야, 역부족."

"그래서 포기하시려고요?"

정진우는 고개를 저었다.

"넌 요즘 뭐 하고 다니는 거야? 대입 준비는 열심히 하는 거야?"

"한 일주일 학원 빼먹었지만 다시 나가려고 해요."

"영흥시 유흥가는 돌아다니지 마라. 지금 네가 할 일은 따로 있어. 학원을 다니는 거지."

김경만이 입을 비죽 내밀었다. 정진우의 수척한 얼굴에서 김경만은 짙은 피로의 냄새를 맡았다. 그것은 어딘가, 밤마다 닭을 튀기고 있는 아버지의 표정과 닮아 있었다. 어른들은 약하다, 약해빠졌다.

"아저씨, 걱정 마세요. 제 일은 제가 알아서 해요. 수사는 어떡하실 거예요?"

"연쇄살인범 수사본부에서 열심히 추적하고 있어. 내 일은 그들을 돕는 거고."

김경만은 커피 잔을 내려놓고 정진우의 얼굴을 노려보았다.

"제 말 좀 들어보세요. 저는 다른 누가 죽었든 상관 안 해요. 전 예진이를 죽인 그놈을 잡을 거예요. 놈은 예진이와 잘 아는 사이였어요. 예진이는 아무한테나 마음을 여는 애가 아니에요. 범인은 예진이를 자주 만났을 거고. 누군가가 그걸 봤을 거예요. 영흥시에서 예진이가 어떻게 살았는지 추적하다 보면 반드시 범인이 걸리게 돼 있어요."

"그건 알아. 내 말은, 그러니까……."

"난 빠지라는 거죠? 그렇겐 못 해요. 경찰들은 절대로 아이들 입을 열게 할 수가 없어요."

"그래서 뭘 할 건데?"

"다시 시작해야죠. 처음부터, 하나하나, 차근차근, 다시."

정진우는 김경만의 말을 듣고 이상한 안도감을 느꼈다. 김경만은 생각보다 훨씬 강한 아이였다. 김경만은 모든 사태를 섣불리 단정 짓지 않았고 쉽게 포기하지도 않았다.

"뭔가 알게 되면 전화해라. 아니, 자주 연락하자. 나도 예진이랑 원조교제 했다던 그놈을 쉽게 놔주진 않을 거야. 여유를 두고 찬찬히 조사해봐야지. 원조교제 한 다른 놈들도 알아보고."

"알겠습니다."

"한 가지만 약속해라."

"뭐예요?"

"절대 혼자서 위험한 일을 벌이진 않겠다고. 그럴 만한 일이 생기면 반드시 나와 동행해야 한다."

김경만이 웃었다. 아이의 웃음 앞에서 정진우는 자신의 쇠락해가는 육체가 부끄러웠다. 김경만이 말했다.

"알았어요. 약속할게요. 아저씨, 우린 한 팀이에요."

날이 완전히 어두워졌다. 거리에 불빛이 일렁였다.

인터넷카페 '공개수배' 조사를 맡은 팀은 카페 주인과 운영자들의 신상을 파악했다. 카페 회원은 사천삼백 명 정도였고 조금씩 늘고 있었다. 카페 주인은 법대 3학년 휴학생인 모태수였다. 모태수는 1학년 말에 후천개벽사상을 신봉하는 신흥종교단체에 가입했고 그즈음 '공개수배'를 개설했다. 카페 주인의 인사말에는 '헌법은 온갖 아름다운 말들로 가득하지만 세상은 그렇지 않다'는 문장이 들어 있었다. 모태수가 가입한 종교단체는 '공개수배'와 상관없고 어떤 범죄에도 연루되지 않은 것으로 드러났다. 모태수의 알리바이는 확실했다. 남예진의 사망시각에 편의점 아르바이트를 하고 있었다. 정해일과 곽태진의 사망시각에는 친구들과 술을 먹었고 한종성이 죽을 때는 종교단체 소유의 기도원에서 1박 2일 기도회에 참석했다. 친구들은 모태수가 엉뚱한 면이 많지만 폭력적인 성향은 아니라고 입을 모았다.

카페 운영진에게도 이렇다 할 특이사항을 발견하지 못한 요원들은 회원 한 명의 이름을 확인하고 미소를 지었다. 의사 천성철은 '인형왕자'라는 아이디를 쓰는 '공개수배'의 회원이었다. 이경훈이 흥분했다. 이경훈은 벌겋게 상기된 얼굴로, 참고인 소환이라도 해서 천성철 얼굴이나 한번 보자고 주장했다. 아무도 그를 꺾지 못했다.

"아무래도 이상해요. 범인은 주사 놓는 방법을 연습했다고 곽태진 모친에게 편지를 썼잖아요. 의사가 그럴 필요가 있겠어요?"

박은희가 이경훈에게 물었다.

"지어낸 거지 뭐. 지어낸 거야. 정해일 대령한테 보낸 편지도 지어낸 거였다면서? 소설 쓰는 게 취미일지도 몰라."

"아니에요. 놈은 범행과 관련한 거짓말은 하고 싶지 않을 거예요. 그건 놈한테 아주 진지한 일이에요."

"또 탐정나리 납셨네. 납셨어. 놈은 의사야. 그러니까 피살자들이 경계심을 풀고 의지한 거지. 아무런 저항도 없었고."

이경훈이 자리로 돌아간 후 박은희는 생각에 잠겼다. 박은희는 다이어리에 굵은 글씨로 의사라고 쓰고 물음표를 달았다.

11월 10일 월요일 아침 6시, 천성철은 서울시 서초구 양재동 98번지 한양빌라 나동 102호에서 엘리베이터를 타고 지하 2층 주차장으로 내려갔다. 은회색 렉스턴이 형광등 불빛 아래 근육질의 차체를 드러냈다. 천성철은 시각의 변화에 민감했다. 오래되고 익숙해져 시각적 자극을 주지 못하는 것들을 천성철은 경멸했다. 검정색에서 다크블루로, 다시 은회색으로, 렉스턴이 주인의 까탈스런 기호에 맞춰 수난을 치렀다. 천성철은 운전석에 올라 시동을 걸었다. 굵고 나직한 SUV의 엔진음이 하루의 시작을 알렸다.

일요일인 어제는 한 달 만에 돌아온 비번이었다. 천성철은 자신의 은밀한 즐거움을 위해 일요일 밤을 낭비했다. 탄산음료처럼 달고 톡톡 쏘는 밤이었다. 렉스턴 조수석의 여행용 배낭에 일요일 밤의 결실이 담겨 있었다. 비닐랩으로 세 번이나 쌌지만 길짐승의 구린내를 완전히 막을 수는 없었다. 배낭은 운전석까지 역한 냄새의 손을 뻗쳤다.

천성철은 고양이를 좋아했다. 애완용으로 좋아한 것도 아니고, 음식으로 좋아한 것도 물론 아니다. 천성철은 고양이를 시체로 좋아했다. 그 조심스럽고 교활한 짐승을 포획하여 죽일 때 천성철은 오르가슴 비슷한 것을 느꼈다. 일요일 밤에 빌라 뒤편의 작은 화단에는 인기척이 없었다. 천성철은 화단 가운데 있는 맨홀 뚜껑을 열고 삼치 조각들을 떨어뜨렸다. 고양이의 감각을 얕잡아보아서는 안 된다. 마당에 음식찌꺼기를 뿌려놓고 포획망 따위로 잡으려 하면 십중팔구 실패한다. 고양이의 조심성은 신의 경지다. 고양이를 허술하게 잡으려 하는 것은 신에 대한 모독이다.

십 분 뒤에 회색 등에 태비 무늬가 있는 길고양이 한 마리가 맨홀 주위를 어슬렁거렸다. 천성철은 특히 강렬한 호랑이 무늬를 좋아했다. 고양이는 맨홀 뚜껑 앞에서 식빵 모양으로 웅크렸다가 가볍게 낙하했다. 고양이다운 움직임이었다. 고양이의 모습이 맨홀 속으로 완전히 사라진 뒤 천성철은 천천히 다가가 뚜껑 위에 고양이 덫을 거꾸로 놓았다. 머리 위의 인기척을 느끼고 고양이가 솟구쳐 올랐다. 천성철은 덫의 입구를 닫았다. 야옹야옹, 고양이가 애처롭게 울었다. 날이 어두워서 암컷인지 수컷인지 구분할 수 없었다. 천성철은 암컷이기를 바랐다. 손톱 같은 초승달이 빌라 옥상에 걸려 있었다.

고양이 포획법을 천성철은 군대에서 배웠다. 의대에 편입하기 전, 경기도 포병대대 취사병 시절, 취사장에 쥐들이 득시글거렸다. 쥐를 잡기 위해 풀어놓은 고양이들은 금세 인간의 손길을 거부하고 길고양이로 번식했다. 쥐의 개체 수가 눈에 띄게 줄어들었다. 천성철은 쥐들에게 아무 불만도 없었다. 큰 통에 쇠고기무국을 끓이다 보면 가끔 새끼 쥐가 둥둥 떠오르기도 했다. 천성철은 삶은 새끼 쥐를 건져내고 병사들에게 국을 배식했다. 한없이 단조로운 군생활에서 쥐 육수를 고참들에게 퍼주는 일은 꽤 즐거운 자극이 되었다. 쥐가 줄어들면서 천성철의 가학적 취미생활도 끝장이 났다. 악마보다 밉살스런 생물인 고양이는 취사장 안과 밖에서 거들먹거리며 인간들을 노려보았다. 인간의 감각과 속도로는 자신들을 잡을 수 없다는 것을 고양이는 간파하고 있었다.

어느 날 저녁 천성철은 반쯤 열린 맨홀 뚜껑 위로 고양이들이 쏟아져 나오는 것을 보았다. 맨홀과 연결된 통로를 이용해 고양이들이 취사장에 들어왔다. 기가 막힌 침입작전이었다. 천성철은 맨홀로 조용히 다가가서 고양이가 머리를 내밀기를 기다렸다. 검은 고양이 한 마리가 불쑥 튀어나오려는 순간, 천성철은 군홧발로 맨홀 뚜껑을 밀었다. 뚜껑과 맨홀 벽 사이에 고양이의 목이 끼었다. 고양이가 비명을 질렀다. 폐부가 찢어지고 성대가 터질 것 같은 비명이었다. 녹슨 못으로 철판을 긁는 것 같은 금속성의 외침이었다. 깊고 깊은 절망의 심연에서 고양이가 몸부림쳤다. 천성철이 발에 힘을 주어 성대가 막히면 비명은 끊어졌고 힘을 풀면 비명은 이어졌다. 그때 천성철은 쾌감을 느꼈다.

차는 올림픽대로로 접어들어 한남대교를 넘고 있었다. 출근 정체가 서서히 시작되는 도로를 은회색 렉스턴이 요리조리 빠져나가며 달렸다. 과속으로 달릴 때 천성철은 오히려 안정감을 느꼈다. 시시각각 변하는 풍경이 천성철의 예민한 시각을 자극했다. 라디오에서 '한국인이 좋아하는 팝송 5위'가 흘러나왔다. 사이먼 앤 가펑클의 〈험한 세상의 다리가 되어〉였다. 천성철은 볼륨을 높였다. 험한 세상을 건너는 일은 참 힘들다고 천성철은 생각했다.

아침 6시 40분, 렉스턴은 성산병원 직원주차장에 도착했다. 까다롭고 입이 험한 교수의 회진에 참석하려면 서둘러야 했다. 빌어먹을 새끼! 천성철은 턱이 고양이를 닮아 뾰족한 교수의 얼굴을 떠올리며 핸들을 주먹으로 쳤다. 묵직한 배낭을 메고 천성철은 의사 라커룸으로 갔다. 냄새나는 고양이를 이곳까지 들고 올 필요는 없었지만 답답한 병원에 숨겨놓으면 재미있겠다고 천성철은 생각했다. 기회가 된다면 천성철은 고양이를 간호사들 의자 뒤에 숨겨놓고 싶었다. 늘 불평이 많고 신경질적인 간호사들이 고양이를 발견하면 금속성 비명을 지를 것이다. 그러나 그럴 기회는 올 것 같지 않았다. 고양이를 라커룸에 며칠 묵혀놓는 것도 좋겠다고 천성철은 생각했다. 구린내가 진동하는 직원휴게실은 꽤 이색적인 풍경일 것이다. 인상을 찌푸리며 코를 틀어쥐는 의사나 간호사나 행정직원 따위가 천성철의 시각을 즐겁게 해줄 것이다. 불평이 더 높아져 조사에 들어가기 직전에 천성철은 고양이를 치워버릴 생각이었다. 천성철이 라커룸의 문을 열 때 등 뒤에서 목소리가 들렸다.

"천성철 씨?"

건장한 사내 세 명이 경찰신분증을 내보였다.

"그런데요?"

"경찰서에서 나왔습니다. 물어볼 게 있어서요."

그 정도는 말하지 않아도 알아…… 그런데 왜 나를 선생님이라 안 부르는 거야……. 천성철이 양미간에 힘을 주었다.

"저는 지금 좀 바빠요."

"중요한 일입니다."

형사들의 시선이 천성철을 훑었다. 형사들은 천성철의 온몸과 라커룸 안과 배낭까지 탐색했다. 한 명이 라커룸 안에 고개를 디밀며 말했다.

"잠깐이면 됩니…… 어, 근데 이게……."

형사가 라커룸 안에서 바비인형을 꺼냈다. 인형의 왼쪽 눈동자와 성기 부분이 송곳 같은 흉기에 난자당했다. 인형의 목은 노끈을 칭칭 감은 채 뒤틀렸고 미니스커트도 갈기갈기 찢겼다.

"이게 뭡니까?"

"아, 저는 인형을 수집합니다."

"가방에는 뭐가 들었어요?"

천성철이 대답하기도 전에 형사는 가방을 빼앗아 지퍼를 열었다. 비닐랩에 단단히 싸인 암고양이 시체가 나왔다. 골절된 고양이의 목이 180도로 돌아가 있었다. 잿빛 주둥이에 검붉은 혀가 튀어나왔다.

"고양이도 수집하나요?"

"그건 그냥 개인적인 연구를 위해서요."

"경찰서로 가주셔야겠습니다."

"싫습니다."

"이것들을 병원 측에 알려도 괜찮겠습니까?"

"그러시든가."

"임의동행을 거부하면 동물보호법 위반 혐의로 체포하겠습니다. 당신은 현행범입니다."

천성철이 피식 웃었다. 형사들의 협박은 저질 코미디 수준이었지만 그토록 자신을 원한다면 한번 가보는 것도 재미있겠다고 천성철은 생각했다.

"이 정도론 벌금 몇만 원도 안 나와요, 쯧쯧. 어쨌든 가봅시다."

동북경찰서 강력범 조사실은 깨끗했다. 최근에 칠을 다시 한 듯 하얀 네 벽면에서 회칠 냄새가 났다. 검은 탁자에 앉아서 천성철은 전면의 특수거울을 노려보았다. 두 명의 심문조가 교대로 피의자를 윽박질렀지만 천성철은 고개를 돌리지 않았다. 천성철은 거울 너머에서 튀어나올 누군가를 기다리는 듯했다. 형사들은 최선을 다했다. 천성철을 변태라고 조롱하기도 했고 거주지 주변에서 일어난 성범죄들을 뒤집어씌우려고도 했다. 천성철은 묵비권을 행사했고, 형사들의 고함이 커지면 변호사와 상의해보겠다고 말했다.

거울 뒤에서 이경훈 수사반장과 서영혜가 신문을 지켜보았다. 서영혜는 거울 쪽으로 몸을 당겨 천성철의 얼굴을 관찰했다. 짙은 눈썹 밑의 쌍꺼풀진 눈이 거울 뒤의 골방을 노려보고 있었다. 거울을 사이에 두고 서영혜와 천성철의 시선이 정면충돌했다. 거울 뒤의 골방이 보일 리가 없는데도 천성철의 눈동자는 흔들리지 않았다. 입가에 엷은 미소가 보였다. 서영혜는 섬뜩했다.

"왜, 구미가 당겨?"

이경훈이 물었다.

"예. 당겨요. 제가 해볼게요."

서영혜가 말했다.

이경훈은 휴대폰으로 형사들에게 물러나라고 지시했다.

"고생했어. 범죄분석관님 납신다, 길을 비켜라."

서영혜가 조사실로 들어섰다. 천성철의 눈에 호기심이 번득였다. 얼굴이 갸름하고 눈이 작은 여 경관이 맞은편의 의자에 앉는 동안 천성철은 그녀의 온몸을 훑었다. 서영혜는 긴 생머리를 고무줄로 묶었다. 아무 특징 없는 노란 고무줄이었다. 화장술이 형편없었다. 아이새도 라인이 거칠었고 입술은 아침에 일어나서 화장대에 굴러다니는 립스틱 아무거나 대충 바른 듯 보였다. 검은색 실크 재킷에

폭이 좁은 검은색 스커트를 입었다. 정장 뒤에 감춰져 있는 브래지어와 팬티도 싸구려일 것이라고 천성철은 생각했다. 서영혜는 과도한 업무에 중압감을 느끼면서도 자신을 증명하기 위해 몸부림치는 사무직 여성의 표본이었다. 그녀는 자부심을 느끼면서도 늘 자신의 능력을 회의할 것이다. 별다른 취미도 없을 것이다. 고양이를 죽여보지 그래, 천성철은 조언해주고 싶었다.

"서울경찰청 서영혜 경사입니다. 번거롭겠지만 몇 가지 질문에 대답해주세요. 금방 끝납니다."

"내가 왜 대답을 해야 하죠?"

"저는 아까 질문한 형사들과 달라요. 들을 자세가 돼 있죠."

천성철이 음, 신음을 내며 의자 뒤로 몸을 젖혔다.

"우리 녹차 한 잔씩 마십시다. 대화엔 차가 있어야지요."

서영혜가 직접 나가 녹차 티백이 담긴 종이컵 두 개를 들고 왔다.

"고양이와 인형 얘기를 해볼까요? 언제부터 그런 취미를 갖게 되셨죠?"

천성철은 뜨거운 녹차를 입에 넣고 오물거리다가 꿀꺽 삼켰다.

"녹차를 왜 안 드세요? 긴장하고 있군요."

천성철이 손가락으로 종이컵을 가리켰다. 서영혜가 볼펜을 놓고 녹차를 홀짝였다. 천성철은 한참 거드름을 피우다가 물었다.

"결혼하셨어요?"

"아니요."

"자취를 하는군요."

"예."

"손가락에 습진이 있어요. 고무장갑을 끼고 설거지를 해야죠."

"천성철 씨도 자취를 하죠?"

"그래요. 요리나 설거지를 할 시간은 없어요. 병원 일이라는 게…… 아시잖아요, 레지던트가 어떻게 사는지."

"스트레스를 많이 받는 일이죠. 취미생활도 없고. 인형 수집이나 고양이 사냥을 하면 기분전환이 좀 되죠?"

천성철이 소리 내어 웃었다. 서영혜가 들어온 뒤로 천성철은 약간 들떠 보였다.

"여자 혼자 자취하면 힘들겠어요. 세상이 험악해요. 강간범이나 강도들도 많고. 집이 어디예요?"

"글쎄요……."

서영혜가 어색하게 웃었다. 천성철이 계속 말했다.

"두려워하시는군요. 제가 혼자 사는 여 경관 집에 들어가 살인이라도 할 것 같아요? 목을 이렇게 조여서, 응?"

천성철이 목 조르는 흉내를 냈다. 허, 저 새끼……. 거울 뒤에서 이경훈이 혀를 찼다.

"그럴 리가 있나요. 천성철 씨 취미는 고양이나 인형 정도잖아요."

서영혜가 천성철을 슬쩍 자극했다. 한동안 침묵이 흘렀다. 서영혜가 물었다.

"부모님은 어디 사세요? 서류에 이혼하신 걸로 돼 있네요. 어릴 때였죠?"

"그렇죠. 어릴 때."

"늘 외로웠겠군요."

"그렇게 외롭지는 않았어요. 부모님은 두 분 다 돈이 많아요. 하고 싶은 걸 마음대로 할 수 있었죠."

"그래도 외롭죠. 주변에서 수군거리고."

"난 혼자 노는 걸 좋아해요."

"그랬겠죠. 어렸을 때부터 작은 동물들을 죽이며 놀았을 거예요. 어릴 땐 자기 악취미 때문에 괴로워했겠죠. 내가 왜 이러나, 내 안에 괴물이 있는 건 아닌가, 난 영원히 누구의 사랑도 받을 수 없는 사람일까……."

천성철은 뜨거운 녹차를 단번에 마셨다. 과시적인 행동이었다. 천성철은 동요하고 있었다.

"자, 이만 합시다. 저 거울 뒤에 누가 있나 했더니 이렇게 예쁜 숙녀님이 나타나실 줄은 몰랐네요. 날 무슨 사건에 끼워 맞추려나 본데, 알리바이를 확인해보세요. 사시사철 당직일 테니까."

"그래요. 바쁘신데 시간을 뺏어서 죄송합니다."

"죄송하면 언제 밖에서 따로 만나든가. 허허."

천성철은 택시를 타고 병원으로 돌아갔다. 병원에 확인해본 결과 천성철은 네 건의 사건 당일 모두 당직이었다. 그렇다고 몰래 빠져 나와 범행을 저지를 가능성이 없는 건 아니었다. 수사본부는 첫 심문에서 연쇄살인과 '공개수배' 카페 활동에 대해 추궁하지 않았다. 고양이를 발견하여 끌고 오지 않았다면, 애초 인터넷 명예훼손 사건 참고인을 구실로 소환장을 발부해 속을 떠볼 계획이었다. 이건 첫인사야, 라고 이경훈 반장은 말했다.

수사본부는 천성철을 무리하게 몰아붙이지 않고 인터넷과 병원의 활동반경을 더 세밀하게 관찰하기로 했다. 만약 천성철이 범인이라면 자신이 감시당한다는 것을 눈치챘다고 해도 참지 못하고 어떤 식으로든 범행을 계속할 것이라고 서영혜는 단정했다. 천성철은 전형적인 사디스트였다. 살인을 저지르지 않았다면, 언젠가는 고양이보다 더 큰 생물들을 죽일 것이라고 서영혜는 분석했다.

"저 새끼가 범인이었으면 좋겠어. 아주 마음에 안 들어. 저 새끼가 범인이면 삼십 년 만에 교회에 가서 감사헌금이라도 내겠어."

이경훈이 말했다.

천성철은 집과 병원과 고양이밖에 모르는 인간이었다. 대구에 있는 어머니의 집을 방문한 건 삼 년 전의 일이고, '공개수배' 카페에도 가입만 돼 있을 뿐이지 별다른 활동이 없었다. 비공개 수사본부의 수사전선에는 다시 안개가 끼었다.

11월 14일 목요일 오전 9시, 동북경찰서 형사과 소회의실에서 수사본부 책임자들의 회의가 열렸다. 수사본부장 김준우 총경은 직사각형의 긴 테이블 맨 앞자리에 불쾌한 표정으로 앉아 있었다. 참석 인원이 적은 비공개 회의였지만 논의될 안건은 매우 중요했다. 테이블 왼편에 부본부장인 서울경찰청 강력계장 탁성찬 경정과 수사반장 이경훈 경위가, 오른편에 범죄분석관 박용훈 경위와 서영혜 경사가 앉았다. 유제두 기자는 범죄분석관들 옆에서 수첩에 무언가를 끼적였다. 기자를 참석시킨 경찰들의 비공개 회의는 묘하게 역설적이었다. 참석자 중 유제두가 가장 활기차 보였다.

"시작하지."

총경이 말했다. 참석자들은 정색하고 앞에 놓인 프린트물을 들여다보았다. 회의 자료의 제목은 '연쇄살인의 공개수사 전환에 관한 건'이었다. 서영혜가 입을 열었다.

"시월 이십칠일 수사본부가 설치된 후 수사에 많은 진척이 있었습니다. 범인이 피살자를 고르는 기준은 과거의 죄악이며, 인터넷이나 언론보도를 검색하여 정보를 얻는다는 사실을 알았습니다. 범인은 처형을 구실로 삼아 시민들을 죽였고, 십일월 이일 새벽 또 한 건의 범행을 저질렀습니다. 범행 간격이 점점 짧아지고 있습니다. 수사본부에서 용의자를 계속 수배 중입니다만, 결정적인 단서가 나오지는 않았습니다. 현재 저희가 예의주시하고 있는 천성철은 아직 움직임이 없습니다. 이대로라면 저희는 다음 살인사건이 일어날 때까지 손 놓고 기다려야 할 상황입니다."

서영혜는 자료의 다음 장을 넘겼다.

"범인은 사건현장에 암시를 남기고 편지를 썼습니다. 자기과시 욕구가 있는 놈입니다. 범인은 나르시시스트입니다. 우리는 이 점을 이용해야 합니다. 범인이 소통의 가느다란 끈을 쥐고 있으면 최소한 범행을 늦출 수 있습니다. 우리는 언론을 통해 범인에게 메시지를 전달할 수 있고, 범인은 기자나 경찰에 편지를 보낼 수 있습니다. 범인은 곽태진을 죽인 뒤 한참 지나서야 모친에게 편지를 썼습니다. 경찰수사가 본격적으로 시작되었다는 것을 의식하고 경찰을 겨냥해 편지를 보낸 겁니다. 따라서 범죄분석팀은 수사전략상 이제 언론을 활용해야 할 때라고 판단했습니다."

총경이 이경훈을 보며 물었다.

"천성철이한테는 아직 특별한 게 없어?"

"예. 아직까진."

총경이 서영혜에게 물었다.

"그래, 언론을 어떻게 활용해야 하나?"

"처음부터 엠바고를 지키며 사건을 취재해온 여기 유제두 기자와 협조해서 기사의 톤을 조절할 계획입니다. 이 사건의 첫 기사는 우리의 수사전략을 완벽히 이해하는 기자가 써야 합니다. 범인은 바보가 아닙니다. 가장 정확하고 자세한 첫 기사를 읽고 경찰과 기자가 협력하고 있다는 사실을 알 겁니다. 나중에 터져 나올 선정적인 보도들은 저희에게나 놈에게나 그리 중요한 것이 아닙니다. 첫 기사는 아주 신중히 작성돼야 합니다. 첫째로, 범인을 자극할 만한 표현들을 사용하지 않아야 합니다. 특히 변태, 성범죄, 사디스트 같은 단어들은 범인을 격노시켜서 소통을 닫고 더 폭력적인 범행으로 이끌 위험성이 있습니다. 범인은 정의의 사도나 처형자로 인식되길 원하고 있습니다. 편지에서 범인의 주장을 적절히 인용해줄 필요가 있습니다. 둘째로, 범인이 기사를 보충하고 싶도록 만들어야 합니다. 사건의 몇 대목을 누락하거나 일부러 왜곡하는 것도 한 방법입니다. 범인이 스스로를 정당화하고 글을 쓰는 데 시간을 허비하도록 만들어야 합니다."

유제두가 말했다.

"사건 일부를 누락할 순 있어도, 일부러 팩트를 왜곡할 순 없습니다. 회사에서 동의하지 않을 거고, 저도 동의할 수 없습니다. 아시다시피 저는, 기자입니다."

총경이 고개를 끄덕였다. 유제두가 참을 만큼 참았다는 것을 총경도 이해하고 있었다.

"알겠어요. 유 기자, 또 다른 제안은 없어요?"

"『위클리뉴스』는 시사주간지입니다. 십일월 십팔일 월요일 아침에 발행되어 전국 가판대에 깔리고 수요일쯤에 가정으로 배달됩니다. 언론 브리핑을 수요일이나, 최소한 화요일로 늦춰주셨으면 합니다."

부본부장 탁성찬 경정이 말했다.

"특종을 제대로 하시겠다는 건 알겠는데, 그건 좀 무리 아니겠어요? 잡지가 가판에 깔리면 오전부터 타사 기자들이 난리를 칠 텐데…… 월요일 아침에 브리핑해야죠."

탁 경정은 기자들의 특종 경쟁이 경찰을 얼마나 난처하게 하는지 잘 알고 있었다. 유제두는 주장을 굽히지 않았다.

"그렇다면 저희 모회사인 한영일보 경찰팀을 동원해서 내일 당장 기사를 쓰겠습니다. 저도 엠바고를 지킬 만큼 지켜왔어요."

서영혜가 말했다.

"그건 안 돼요. 첫 기사는 수사본부와의 긴밀한 협조 아래 유제두 기자 혼자 쓰셔야 해요. 일간지 사회부까지 뛰어들면 일이 곤란해져요."

총경이 손을 들어 좌중을 진정시켰다.

"그럼 이렇게 합시다. 브리핑을 질질 끌면 우리 쪽에서도 난처한 점이 많으니까 월요일 오후에 하는 게 어떻겠습니까. 유 기자야 아쉬운 점이 많겠지만 서로 한발씩 양보하기로 합시다."

유제두가 어깨를 으쓱했다.

"어쩔 수 없네요."

서영혜가 말했다.

"죄송하지만 기사의 초고를 이번 주 안에 저희에게 보여주세요. 검열을 하겠다는 뜻은 아닙니다. 수사전략상 꼭 필요한 일입니다."

"그건 정말 이례적인 일이지만…… 뭐, 그렇게 합시다. 편집장에게 보고하죠."

총경이 모두에게 물었다.

"공개수사에 이의는 없습니까?"

탁 경정은 회의의 모든 안건이 불길했고, 한구석에서 수첩을 펴들고 있는 기자가 못마땅했다.

"좀더 신중히 생각해야 합니다. 사건이 공개되면 대중의 반응이 어떨지 누구도 예측할 수가 없어요. 언론이 떠들면 쓸데없는 공포심만 조장할 수도 있습니다. 그렇게 되면 수사본부는 엄청난 부담을 떠안게 됩니다."

총경이 물었다.

"수사반장, 자넨 어떻게 생각하나?"

"글쎄요……. 달리 방법이 없으니까……."

이경훈이 마지못해 말했다. 속으로 이런 짓이 다 무슨 소용인가 불평을 하고 있었지만, 이경훈은 딱히 반대할 이유도 찾지 못했다. 총경이 한숨을 쉬며 말했다.

"그럼 그렇게 합시다."

탁 경정이 말했다.

"총경님, 좀더 여유를 두고 생각해보는 것이……."

"아니야. 문제는 대중의 반응이 아니라 시간이야. 시간을 끌수록 우린 엄청난 압박을 받게 될 거야."

참석자들이 흩어졌다. 총경은 탁 경정과 함께 본부장실을 향해 걸었다. 총경이 물었다.

"한동안 시끄럽겠지?"

"예. 많이 시끄러울 겁니다."

"이따 청장님께 갈 거야. 같이 가겠나?"

"예."

이경훈은 수사반 책상으로 돌아왔다. 뭔 짓거리야? 경찰이 기사까지 신경 써야 해? 손가락으로 책상을 두드리며 이경훈은 투덜댔다. 모니터를 들여다보고 있던 형사 한 명이 무슨 일이냐고 물었다.

"별거 아냐. 너 뭐 해? 게임해? 소설 써? 나가서 뛰어. 뛰어야 잡을 거 아냐!"

서영혜는 박용훈과 휴게실로 갔다. 언론을 활용한 수사를 처음 제안한 사람은 박용훈이었다. 박용훈은 미국과 유럽의 연쇄살인 수사 자료들을 두꺼운 파일로 만들어 서영혜에게 보여주었다. 가학성 애자들은 증거나 연고선 추적이 어려운 대신, 자기과시 욕구가 강하다. 서구의 자료들은 범인과 적절히 소통하는 방법을 일러주고 있었다. 오래전 자료들을 스크랩하면서 박용훈은 이런 지능적인 살인마들이 유교사회까지 침투하지는 않을 것이라고 생각했다. 파일을 만들면서 박용훈은 자신의 생각이 틀렸다는 것을 깨달았다. 가학성애자 연쇄살인범은 유교나 기독교보다는 중산층의 증가와 관련이 있었다. 자본주의가 장밋빛으로 물들어갈 때 왜 이런 변종들이 탄생하는지 박용훈은 알 수 없었다.

"선배, 고마워요."

서영혜가 말했다. 커피자판기에 동전을 집어넣으며 박용훈이 대답했다.

"아냐. 자신감을 갖고 밀고 나가. 그거밖엔 없어."

유제두는 사무실로 돌아가 편집장에게 보고했다. 편집장은 오후에 모회사인 『한영일보』 편집국장과 면담하고 기사 게재를 확정했다. 『뉴스위클리』가 발간되면 『한영일보』는 다음 날 1면과 종합면에 기사를 요약하여 실을 계획이었다. 월요일까지 사건은 부장단과 시경기자단만 인지하고 있었다. 사건을 전혀 모르고 있던 시경캡은 회사 내부에서도 물을 먹이냐고 유제두에게 항의했다.

11월 15일 금요일 오전에 기사 초안이 수사본부에 팩스로 전달됐다. 기사에 별다른 문제를 발견할 수 없었으므로 범죄분석팀은 게재를 허락했다. 기사는 금요일 저녁에 데스크를 통과했다. 토요일 새벽까지 연쇄살인범 커버스토리를 포함한『뉴스위클리』의 모든 페이지가 필름 형태로 인쇄소에 전달됐다. 인쇄소는 일요일까지 윤전기를 가동하여『뉴스위클리』973호 십만 부를 찍고 제본했다.

11월 18일 월요일 새벽, 인쇄소를 출발한 트럭이『뉴스위클리』를 우편 발송을 담당하는 대행사 사무실에 배달했다. 973호의 커버 디자인은 심플했다. 디자이너는 검은 바탕에 채도가 낮은 파란색으로 교수형밧줄 고리를 그렸다. 애초 디자이너는 밧줄에 피를 칠할 생각이었으나, 마감 막판에 편집진이 피를 지워줄 것을 요구했다. 밧줄 고리 한가운데에 커버스토리 주제와 부제가 백발 고딕체로 새겨졌다. 주제는 '사적 처형'이었다. 부제는 '네 명을 죽인 희대의 연쇄살인극 단독 보도'였다. 출근시간이 지나기 전에 서울 전역의 가판대에서『뉴스위클리』가 동이 났다. 한영일보사 디지털보도팀은 오전에 연쇄살인 기사만 업데이트하여 홈페이지 대문에 걸었다.

사적 처형: 네 명을 죽인 희대의 연쇄살인극 단독 보도

수도권 일대에서 시민 네 명을 교수형밧줄로 살해하는 연쇄살인이 벌어져 충격을 주고 있다. 범인은 한 피해자의 어머니에게 편지를 보내 피해자의 죄악을 처벌한 것이라 주장했다. 경찰은 현장에 단서를 남기지 않는 범행방식이 매우 치밀하며, 점점 짧아지는 범행 주기로 보아 조만간 또 다른 범죄가 발생할 것이라 보고 있다. 서구에서는 '바이에른 해방군'이나 '유나바머' 등 반사회적 범죄가 적지 않으나, 한국에서는 매우 이례적인 사건이다. 서울경찰청 범죄분석관 서영혜 경사는 "범인이 타락한 사회에 잘못된 방식으로 분노를 표출하고 있다"고 말했다.

　지난 8월 21일 경찰은 경기도 가평군의 한 별장 창고에서 교수형밧줄을 이용해 살해당한 피해자를 발견하고 수사에 나섰다. 전직 군인인 피해자는 알몸이었고, 현장에 옷이 없었으므로 경찰은 타살로 결론 내렸다. 피해자의 혈액에서 나온 마취제 성분과 교수형밧줄 등의 증거물을 통해 사건이 심상치 않다고 여긴 서울경찰청은 지난 사건들을 검색하여 4월 12일 비슷한 방식의 살인이 있었음을 확인했다. 모터사이클 선수였던 피해자 곽아무개 씨는 서울시 서대문구 가명동 자택에서 숨진 채로 발견되었다. 서울경찰청은 이를 연쇄살인이라 보고 동북경찰서에 수사본부를 설치했다. 지난 10월 23일에는 경기도 영흥시 영흥디자인센터 창고에서 열일곱 살 여고생 남아무개 양이 비슷한 방식으로 살해당했고 11월 11일에는 서울시 구로구 고척동 한 아파트에서 보육시설 운영자의 남편 한아무개 씨가 역시 교수형밧줄로 살해당했다. 범인은 범죄현장마다 범행동기를 암시하는 표식을 남겨둔 것으로 알려졌다. 경찰은 범인이 피해자에 대한 정보를 인터넷이나 신문기사를 통해 얻는 것으로 추측하고 있다. 각 사건의 정황과 피해자들의 전력을 살펴보면 범인의 동기가 명확하게 드러난다.

　(중략)

범인은 곽아무개 씨의 어머니에게 보낸 편지에서 "인간의 법은 강자만을 보호하며 사형을 통해 주기적으로 약자들을 제거한다며 약자도 강자를 파괴할 수 있어야 한다"고 주장했으나 피해자들 대부분은 무혐의나 불기소 처분을 받았다. 남아무개 양은 강자가 아니라, 평범한 가정에서 자란 사춘기 소녀였을 뿐이다. 범인은 인터넷에 떠도는 소문을 과장한 것으로 보인다. 범인은 왜 강박적으로 정의에 집착하는가. 왜 복수의 여신처럼 채찍을 휘두르는가. 여기에 대해서는 심리학자들과 경찰의 의견이 엇갈린다. 범인의 암시를 분석하여 '사적 처형'을 밝혀내는 데 공을 세운 서울경찰청 피해자심리전문요원 박은희 경장은 "범인은 약자를 대변해 정의를 실현하는 것처럼 주장하지만 내면에 좀더 가학적인 의도가 숨어 있을 수 있다"고 말했다. (『뉴스위클리』 973호, 유제두 기자)

유제두의 기사는 다음 날 쏟아져 나온 인터넷 매체와 일간지 기사들보다 정확하고 자세했다. 개의 성기나 입 조각상이나 계란 등을 유제두는 일부러 언급하지 않았다. 기사는 범인의 주장을 인용하면서도 피살자들의 죄악에 대해 얼버무렸다. "인터넷에 떠도는 소문을 과장한 것으로 보인다"는 문구는 범인을 자극하기 위한 것이었다.

『뉴스위클리』 커버스토리는 세 개의 기사로 구성됐다. 한국 연쇄살인과 증오범죄 사례들, 강력범죄를 부추기는 위험 사회에 대한 분석 등의 보조기사가 메인기사 뒤에 이어졌다. 반사회적 인격장애

가 늘어나는 데 우려를 표하는 심리학자들의 멘트가 마지막 기사에
인용됐다. 경찰대학 한창훈 교수는 범인이 사회에 대한 피해망상을
가지고 있다고 말했다.

정진우는 사무실 책상 위에서 『뉴스위클리』를 읽었다. 유제두 이
새끼, 그러면 그렇지……. 기사가 범인을 미화하는 것 같다는 느낌
에 정진우는 짜증이 치밀었다. 유제두의 문장은 건조했으나 범인의
입장을 충실하게 대변하고 있었다. 소녀의 창백한 얼굴에서 죄악이
니 처형이니 하는 단어들을 떠올린다는 것이 정진우에게는 죄악처
럼 보였다. 놈은 살인을 즐길 뿐이라고 정진우는 생각했다.

김경만은 학교를 마치고 집에서 『뉴스위클리』 기사를 검색했다.
오전부터 학교 전체가 연쇄살인 파문으로 떠들썩했다. 남예진이 그
런 엄청난 사건의 일부분이라는 사실에, 아이들은 들떠 보였다. 태
연함을 가장하고 있던 교사들도 점심시간에 『뉴스위클리』를 한 부
씩 사 들고 돌아왔다. 인터넷으로 기사를 찾아 읽고 김경만은 어리
둥절했다. 범인이 타락한 사회에 분노를 느낀다면, 그 분노의 단 한
자락도 남예진에게 겨눠질 수는 없었다. 기자들은 예진이를 모른
다. 예진이의 천진한 미소를 안다면 그들도 믿을 수 없을 것이다.
김경만은 기사를 단 한 자도 이해할 수 없었다.

11월 18일, 오전부터 서울경찰청 홍보실은 타사 기자들의 항의
전화로 만신창이가 되었다. 형사들의 휴대폰에도 불똥이 튀었다.
이렇게 잔인하게 물먹은 건 처음이다, 『뉴스위클리』만 언론이냐,
기자들은 쉰 목소리로 불평을 쏟아냈다. 오후에 경찰의 늑장 대응

과 안이한 수사를 비판하는 기사들이 각사 데스크에 전송될 게 뻔했다. 기자들의 복수는 유치하고 치명적이다. 사회1면 하단 박스에 '강력범죄엔 연약한 경찰' 따위의 제목이 달리면 모든 불평이 팩트가 된다. 모든 수군거림이 권력을 얻는다.

오후 2시 30분, 동북경찰서 기자실에서 연쇄살인에 관한 브리핑과 기자회견이 열렸다. 수사본부장이 직접 수사 상황을 발표했다. 사방에서 카메라의 스트로보가 터졌다. 본부장은 천천히 보도자료를 읽어나갔다. 『뉴스위클리』에 보도된 것 외에 특이한 내용은 없었다.

"목격자는 있습니까?"

방송국 기자가 질문했다.

"없습니다. 현재 희생자의 연고를 중심으로 수사를 벌이고 있습니다. 조만간 중요한 단서들이 나올 겁니다. 시민들의 제보를 받기 위해 언론의 협조가 중요한 시점입니다."

본부장은 시종일관 침착하고 진지한 표정을 지었다. 신문사 사진 데스크들은 본부장의 연출된 표정을 버리고 회견 말미에 물을 마시는 장면을 사회면에 실었다.

"결국 이게 무슨 사건인지 감이라도 잡게 된 건 은희 씨 공 아냐? 다들 잊고 있잖아."

"최소한 나한테 물어보고 기사에 이름을 넣었어야지."

"그러면 틀림없이 안 된다고 할 거 아냐."

"당연히 안 되지."

"내 작은 선물이라고 생각해줘."

"고마워 죽겠군. 죽겠어."

오후에 유제두는 박은희에게 전화를 걸어 집에 가도 되느냐고 물었다. 박은희는 유제두의 목소리를 듣자 머리끝이 근질거렸다. 오든지 말든지 마음대로 하라고 박은희는 쏘아붙였다. 퇴근 무렵에 수사본부 사무실로 꽃이 배달됐다. 붉은 대륜 장미꽃 서른 송이를 든 배달원이 형사과 복도를 걸어 수사본부 칸막이 안으로 들어오자, 형사들은 누드비치라도 발견한 것처럼 눈을 부릅떴다. 이경훈이 책상 위로 머리를 쑥 내밀고 꽃의 최종목적지를 확인했다. 박은희 씨가 어딨죠? 배달원은 하필이면 이경훈의 고슴도치 머리 앞에 멈춰 행선지를 물었다. 피의자를 검거할 때 짓는 미소가 이경훈의 입가에 번졌다. 이경훈은 꽃다발에 꽂힌 카드를 슬쩍 들췄다. 미안해요, 못난 유 기자를 용서해줘요, 라고 카드에 적혀 있었다. 꽃다발이 박은희의 책상 위로 떨어질 때, 오 맘마미아, 형사들은 누드비치에서 멋진 여인을 발견한 듯 자지러졌다. 이경훈은 머리를 긁적이며 박은희의 책상을 맴돌다가 말했다.

"글쎄, 기자를 달래라고 지시하긴 했지만…… 이런 식으로 달랠 줄은 몰랐어."

"업무상 만남일 뿐이에요, 업무상."

"업무상으로 꽃도 주나?"

저녁에 유제두는 다시 전화를 걸었다. 박은희가 말했다.

"기사에 내 이름을 넣고 내 신체사이즈를 적고 유방 사진을 게재해도 괜찮으니까 꽃은 다시 보내지 마."

"왜, 마음에 안 들어?"

"마음에 들고 안 들고가 문제가 아니야. 여긴 경찰서야."

박은희는 자신이 무역회사 같은 곳에 근무했다면 꽃을 받고 얼마나 행복했을까 생각했다. 그랬다면 장미의 날카로운 향에 취해 오후의 한나절을 보냈을 것이다. 박은희가 남자에게 꽃을 받은 건 이번이 처음이었다.

집에 오븐이 있냐고 유제두가 물었다.

"오븐 같은 건 안 키워. 아니, 가만있자……. 전기오븐이 하나 있어."

한 달 전에 박은희는 홈쇼핑 채널에서 충동적으로 전기오븐을 구입했다. 왜 속옷 따위가 아니라 전기오븐이었는지는 기억나지 않았다.

"그럼 됐어. 밤에 갈게."

밤 11시가 넘어 유제두가 현관의 벨을 눌렀다. 들뜬 얼굴이었고 감색 재킷 목덜미에 하얀 비듬이 깔려 있었다. 며칠 새 머리를 감을 시간도 없었을 것이다. 유제두는 하얀 봉투에서 일회용 케이크 믹스를 꺼냈다. 녹인 버터와 계란을 케이크 분말에 넣고 휘저은 후 전기오븐에 익혔다. 사용설명서에 적힌 시간을 기다리지 못하고, 유제두는 계속 전기오븐 앞을 어슬렁거렸다. 이거 제대로 작동되는 거야? 전등 쪼가리에서 어떻게 열이 나지? 부산스런 유제두의 뒷모습을 보며 박은희는 그에게 어떤 것도 따지지 못할 거라는 예감이 들었다. 유제두의 뒷모습은 모든 분노를 무장 해제시켰다. 유제두는 오븐에서 케이크를 꺼내어 녹인 초콜릿을 발랐다.

"오늘은 기념할 만한 날이야. 촛불을 켜고 싶지만 그건 너무 거창하고…… 어서 먹어봐."

"결국 한 건 하셨군."

"우리가 한 건 했지. 우린 팀이잖아."

케이크는 텁텁하고 맛이 없었다. 초콜릿이 입안에 녹아들지 못하고 서걱거렸다.

"요리 잘한다는 말 보류야. 좀더 지켜봐야겠어."

"응. 이건 좀 실망스럽군."

박은희는 포크를 놓고 유제두의 얼굴을 보며 말했다.

"다시는 내 허락 없이 이름을 기사에 넣지 마. 허락이 있어도 넣지 마."

"알았어."

유제두가 박은희의 등 뒤로 다가가 껴안았다. 남방 단추를 풀어 브래지어 뒤의 젖꼭지를 더듬으며 유제두는 말했다.

"은희 씨 능력을 알리고 싶었는데, 내 생각이 짧았어."

"특종 한 건 했으니 이제 손 떼는 거야?"

"아니. 이제부터가 시작이야. 놈은 분명히 편지를 보낼 거야. 나한테나 경찰한테."

박은희가 한숨을 쉬었다.

"왜 그래?"

"뭔가 불길해. 뭔가 너무 빨리 진행되고 있어. 급류에 휩쓸린 것처럼."

유제두가 박은희의 청바지를 더듬었다. 가늘고 긴 손가락이 허벅지를 더듬고 허벅지 사이의 둔덕을 쓰다듬었다. 박은희는 뒤로 돌아 유제두에게 키스를 퍼부었다.

　수사본부는 발신자 주소가 없는 편지가 발견되는 즉시 개봉하지
말고 통보해달라고 『뉴스위클리』측에 요청했다. 범인이 이메일로
메시지를 전달할 가능성은 적었다. 이메일은 오히려 추적당하기
쉬울 뿐 아니라 범인은 종이에 프린트된 편지를 더 좋아한다고 서
영혜는 말했다. 모든 우편물을 편집장 책상 위에 가져다 놓으라고
『뉴스위클리』는 우편담당 아르바이트생에게 지시했다. 월요일부
터 출판기념회 초청장이나 광고 카탈로그들이 편집장 책상 위에
가득 쌓였다. 편집장은 기획회의 때보다 진지한 얼굴로 우편물들
을 뒤적였다.

　11월 20일 수요일, 편집장이 광고 무더기에 파묻혀 있는 편지 한
통을 발견했다. 곽태진의 모친에게 보낸 것처럼 발신자 주소는 없고

수신자 주소가 프린트되어 풀로 붙어 있는 편지였다. 오전 11시, 수사본부 이경훈 반장과 형사 한 명이 『뉴스위클리』 회의실로 달려왔다. 회의실은 서류 더미가 널브러진 기자들의 책상을 지나 편집국 맨 뒤에 있었다. 회의실로 가는 도중 이경훈은 서류 더미들이 여기서 쿵, 저기서 쿵, 무너지는 환청을 들었다. 사무실에선 금연이지만 기자들이 몰래 회의실에서 담배를 피우는 모양이었다. 커피가 반쯤 남아 있는 종이컵들에 고기건더기처럼 담배꽁초들이 떠 있었다. 편집장과 유제두가 회의실에서 경관들을 기다렸다. 이경훈이 물었다.

"편지를 누가 만졌습니까?"

편집장이 대답했다.

"아르바이트생과 저, 둘뿐입니다."

편지 상단에 마포우체국 소인이 찍혀 있었다. 범인은 일부러 편집국과 가까운 우체국을 이용했을 것이다. 기사를 본 후 바로 편지를 작성했을 확률이 높았다. 이경훈이 말했다.

"저희가 편지를 가져가겠습니다."

편집장이 말했다.

"아뇨. 여기서 개봉해봅시다."

"증거 보전을 위해 접촉을 피하고 신속하게 분석실로 넘겨야 합니다."

편집장이 양미간을 찡그렸다.

"이건 편집국에 온 편지입니다. 저희가 볼 권리가 있습니다. 저희는 최대한 협조했습니다. 가져가야 한다면 영장을 받아 오십시오."

이경훈이 옆의 형사에게 눈짓했다. 형사는 면장갑을 끼고 편지봉투를 가늘게 찢었다. 형사의 손이 떨렸다. 백상아리, 혹은 사적 처형자의 편지가 확실했다. 편지지를 책상 위에 놓으면 미세증거물 감정에 혼란이 일어난다. 가장 먼저 담뱃재가 묻을 것이다. 형사가 편지지를 펼쳐서 들고 있는 동안 이경훈, 편집장, 유제두가 고개를 들이밀고 편지를 읽었다. 체모가 떨어지지 않도록 조심해야 했다. 편지지에 놈의 문체로 놈의 범죄가 기록돼 있었다.

"이제 가져가겠습니다."

"아뇨. 편지 내용을 기록한 후에 가져가십시오. 이걸 게재할지에 대해선 그쪽과 충분히 협의를 하겠습니다. 다만, 저희는 편지 내용을 보관하고 싶습니다."

이경훈은 한숨을 쉬었다. 시간이 없었다.

"그러십시오."

유제두가 노트북으로 편지 내용을 기록했다. 형사는 떨리는 팔로 계속 편지지를 펴 들고 있었다. 유제두가 고개를 끄덕이자 편집장이 말했다.

"이제 가져가십시오."

비닐봉지에 편지를 넣고 형사들이 뛰어나갔다. 편집장이 중얼거렸다.

"일이 점점 재밌게 돼가는구먼. 제두야, 이번 주도 바쁘겠다."

오전 중에 편지는 서울경찰청 과학수사계 다기능 증거분석실로 넘어갔다. 감정요원들은 만사를 제쳐두고 편지에 매달렸다. 편지는

MS워드97로 작성됐고 가정용 소형 레이저프린터로 출력됐다. 인쇄 상태에 특이점이 없었다. 글자가 매우 뚜렷해서, 범인이 출력 전에 카트리지를 갈아 낀 것으로 보였다. 편지지는 알페이퍼라는 상호의 국산 A4용지였다. 곽태진의 모친에게 보낸 편지처럼, 이번 편지에도 체모나 섬유조각이 발견되지 않았다. 지문 찾기는 매우 어려웠고, 있다 해도 우체국 직원의 것일 가능성이 높았다. 감정요원들은 풀로 붙인 수신자 주소와 편지봉투 입구에 집중했다. 범인이 무심코 사용하는 끈적끈적한 물질들이 감정에서는 가장 중요했다. 테이프, 풀, 반창고 등은 미세증거물들을 소리 없이 빨아들인다.

오후 3시, 감정요원들은 주소를 프린트한 종이 뒷부분에서 갈색 섬유질 조각 세 개를 발견했다. 현미경 판독 결과 낙엽수의 나뭇잎 조각으로 추정됐다. 조직의 확대 본을 나뭇잎 표본들과 대조하여 요원들은 증거물이 쌍떡잎식물 장미목 플라타너스 오리엔탈리스임을 확인했다. 가로수나 공원수로 흔하디흔한 버즘나무였다. 범인이 공원 벤치에서 편지를 출력했을 확률은 거의 없었고 나뭇잎을 책갈피에 꽂아 보관할 리도 없었다. 버즘나무 낙엽은 펑퍼짐하고 보기 흉하다. 증거분석실은 그것이 우연히 집 안에 굴러든 나뭇잎이거나 외출 중에 범인의 옷에 묻어온 것이라고 추측했다. 버즘나무는 한국에 너무 흔하므로, 그것의 경로를 짚어내기는 어려웠다.

성현대학 심리학과 학생들은 커뮤니케이션심리학 전공 나지일 교수의 연구실을 '난지도'라고 불렀다. 커뮤니케이션과 관련된 전공서적들이 연구실 입구의 책꽂이에서 먼지를 뒤집어쓰고 있었다. 책들은 수년간 한 번도 사람의 손을 타지 않은 듯 보였다. 책상 위부터 교수의 손이 닿을 수 있는 반경 안에는 온통 쓰레기들뿐이었다. 정신과 병동에서 얻어온 환자들의 수기와 편지, 실험 참여자들의 일기, 학생들의 낙서나 메모들이 제멋대로 쌓여 무더기를 이루고 있었다. 교수의 커뮤니케이션심리학 개론 커리큘럼은 몇 년째 똑같았다. 시험문제마저 족보를 만들 필요가 없을 정도로 천편일률적이었다. 나지일은 소매가 반질반질한 구식 양복을 입고 강의가 끝나자마자 쓰레기더미에 파묻혔다. 밤늦도록 그가 무슨 연구를 하는지 학생들은 짐작도 할 수 없었다. 학생들은 그를 난지도의 외계인이라고 불렀다.

미국 유학 시절 나지일은 텍스트심리학 프로젝트에 참여한 적이 있다. 텍스트를 통해 작성자의 신상, 심리상태, 행동방식까지 밝혀내는 다소 도발적인 연구였다. 협동연구를 진행하며 나지일은 자신이 왜 심리학을 선택했는지 깨달았다. 나지일은 인간을 가장 정확히 말할 수 있는 언어를 갈망했고, 텍스트심리학 연구는 그 욕구를 정확히 충족시켰다. 한 인간이 작성한 텍스트의 의미는 인간의 뇌처럼 쭈글쭈글한 주름이 져 있었다. 주름을 펴면 텍스트의 의미가 수십 배로 확장되었다. 텍스트심리학 전공자를 찾는 한국 대학은 없었으므로, 나지일은 커뮤니케이션심리학으로 우회했다.

나지일의 기이한 논문들이 발표되자, 관심을 보인 것은 학계가 아니라 경찰이었다. 국과수나 지방경찰청 감정요원들이나 강력계 형사들이 피의자의 글을 들고 와서 분석을 의뢰했다. 용돈도 되지 않는 일을 나지일은 두 손을 들고 환영했다. 이 년 전 나지일은 자살로 추정되는 대기업 중역의 메모를 분석했다. 추락사하기 몇 시간 전에 중역은 주간 업무를 정리했고 가중되는 스트레스를 걱정했다. 텍스트 분석을 통해 나지일은 변사자가 자살을 할 만한 심적 동기를 가지고 있지 않다고 주장했다. 한 달 뒤 같은 부서의 과장이 범행을 자백했다.

11월 20일 저녁 7시, 나지일은 교수식당에서 백반을 먹고 교수실로 돌아갔다. 책상에 쌓인 노트에 의미를 알 수 없는 중얼거림들이 적혀 있었다. 나지일은 몇 달째 정신분열증 환자의 텍스트에 도전했다. 그들의 텍스트는 이중 잠금장치가 달려 있는 금고 같았다. 금고라면 언젠가는 열릴 것이다. 연구의 목적은 텍스트를 통해 환자의 병리적 상태를 파악하는 것이 아니라, 환자의 '인격'을 발굴하는 것이다. 인간은 누구인가라는 물음에 대하여, 언젠가는 자신 있게 대답할 수 있는 날이 올 거라고 나지일은 확신했다.

노트의 첫 장을 펼쳤을 때 누군가 연구실 문을 노크했다. 경찰 냄새가 풀풀 나는 사내들이 문을 열고 들어왔다. 길준호 형사가 비닐봉지에 싸인 편지지를 내밀었다.

"사적 처형을 아십니까?"

"예. 신문 봤습니다."

"범인이 보낸 편지입니다. 부탁드립니다."

나지일은 두 번 접힌 자국이 있는 편지를 자세히 들여다보았다.

밋밋한 A4용지였다. 교수연구실에서 흔히 쓰는 중국산 제품보다 백색도가 높고 광택이 나니, 저가 제품은 아닌 것 같았다. 범인의 단어들이 선명하게 프린트되어 검게 빛났다. 나지일에게 이것은 뻑뻑한 바게트 빵만 먹다가 발견한 파니니 샌드위치였다. 나지일은 어서 형사들을 물리고 작업을 시작하고 싶었다.

"내용만 기록하시겠어요? 편지는 가져가도 될까요?"

"아뇨. 있는 그대로 보고 싶습니다. 용지의 크기, 단의 간격, 서체도 분석 대상입니다."

"그럼 놔두고 가겠습니다."

"언제까지 끝내야 되죠?"

"내일이요."

11월 21일 오후 5시에 형사들이 다시 왔다. 강의가 하나밖에 없었기 때문에 나지일은 하루 종일 연구실에서 편지를 읽었다. 범인의 메시지를 되풀이해 읽으면서 나지일은 떠오르는 단상들을 기록하고 파일에 담긴 다른 사례들과 대조했다.

"다 되셨어요?"

"대충……."

"어떻습니까."

"자세한 사항은 여기 분석서에 정리했습니다. 편지와 함께 가져가십시오."

"중요한 내용이 있습니까?"

"범인은 남자입니다."

"그건 알고 있습니다. 여자에겐 성인 남자를 목매달 힘이 없습니다."

"범인은 단정적인 문장을 사용합니다. 논리적이고, 이해를 구하기보다는 상대를 장악하려 합니다. 남성의 특징입니다. 이것은 어투의 문제와 상관이 없습니다. 아무리 공손한 경어체를 사용한다 해도, 남자는 메시지의 전달방식이 일방적이지요. 여자는 다릅니다. 신경질적이고 톡톡 쏘는 어투도 많이 구사하지만, 결론을 내릴 때는 단정적이지 못합니다. 상대의 동의를 구하려는 것이지요. 여자도 학력과 지위가 높을수록 단정적인 문장이 늘어나지만, 남자와는 빈도에서 큰 차이가 납니다. 프로파일링에서 범인의 연령대를 어떻게 추정하고 있습니까?"

"삼십 대입니다."

"그 추정이 맞습니다. 아마 삼십 대 중반 이상일 겁니다. 범인은 이십 대가 자주 구사하는 어휘를 거의 사용하지 않고 있습니다. 문서 작성의 기술적인 부분, 서체와 단의 사용도 아주 평이합니다. 범인은 MS워드의 표준적인 단과 바탕체를 변함없이 사용하고 있습니다. 단락과 단락을 한 줄 떼지도 않고 단락의 길이도 긴 편입니다. 범인은 사오십 대 장년층의 어휘 습관도 가지고 있지 않습니다. 삼십 대가 맞을 겁니다."

"범인은 어떤 놈입니까?"

"글쎄요……. 놈의 지능이 평균 이상이라는 건 의심의 여지가 없습니다. 저는 보통 지능이 높은 분석대상을 사회과학형 인간과 자연과학형 인간으로 분류합니다. 이건 학문적 근거가 있는 게 아니라 그냥 제 자의적인 구분법이에요. 범인은 사회과학형 인간입니다. 사회과학형 인간은 텍스트에서 연역적 방법을 사용합니다. 미리 결론을 내려놓고 논리를 사용해 결론을 정당화하는 겁니다."

형사들은 뻔한 얘기에 실망한 듯한 표정을 지었다. 어수선한 연구실 풍경이 형사들의 실망을 더욱 깊게 만들었다. 형광등 그림자를 드리우는 형사들의 딱딱한 표정 앞에서 나지일은 말을 이었다.

"범인은 이 편지를 『뉴스위클리』나 경찰을 향해 쓴 것이 아닙니다. 범인이 왜 썼는지 아시겠습니까?"

"왜죠?"

"범인은 피살자를 지칭할 때 이름을 부르지 않습니다. 그나 놈 같은 대명사를 사용하거나, 알코올중독자, 거친 짐승이라는 표현을 씁니다. 대신 범인은 보육원에서 죽은 아이의 나이와 이름을 정확하게 부릅니다. 범인은 독자들이 피살자를 구체적인 인간으로 인식하지 않도록 일부러 이름을 부르지 않은 겁니다. 그리고 범인은 죽은 아이의 나이와 이름을 반복적으로 불러서 독자들이 구체적인 인간으로 인식하게 만듭니다. 대중의 분노와 동정을 자극하기 위해 의도된 방식이지요. 범인은 대중을 향해 편지를 썼습니다. 이 글이 게재되나요?"

"글쎄요……. 아직 잘 모르겠습니다만 그럴 것 같습니다."

"범인은 그걸 원하고 있습니다. 그게 잘하는 짓인지 잘 모르겠군요."

"저희 권한 밖의 일입니다."

"그렇군요. 글을 읽다가 한 가지 특이한 점을 발견했습니다."

"뭔데요?"

"범인의 글은 맞춤법이 완벽합니다. 요즘 워드프로세서에는 맞춤법 자동기능이 있으니까 일반인에게도 불가능한 일은 아니지요. 하지만 A4용지 두 장 분량의 글에서 주술관계, 어미와 조사의 사용에서 오류를 하나도 발견할 수 없습니다. 사람들은 글을 쓰면서 알게 모르게 실수를 저지릅니다. '에'나 '에게'의 사용, '다르다'와 '틀리다'의 사용, 이중부정의 사용 등에 혼란을 일으키는 게 보통입니다. 범인의 글은 완벽합니다. 이런 인간이 흔하다고 생각하세요? 제가 가진 통계에 따르면 백 명 중에 한 명 될까 말까 합니다. 범인은 글에 단련이 돼 있습니다. 일종의 훈련을 받은 것처럼 보여요. 논문을 많이 쓰는 학계나 사건을 조사하고 설명하는 보고서를 쓰는 공무원과 일반회사의 특정부서 직원인 듯해요. 학력이 높은 경찰일 수도 있죠."

"경찰이요?"

"범인이 사건의 수사방향을 잘 알고 있다는 인상을 주지 않습니까? 서류 작업을 많이 하는 직군의 경찰일 수도 있어요."

"중요한 얘기군요."

"게다가 범인은 편지를 보낸 매체의 표기준칙에 맞추려고 애쓰고 있어요. 어떤 신문사나 숫자, 날짜, 부호, 외국어 표기법, 인명 등에 표기준칙을 갖고 있고, 이는 신문사마다 조금씩 다릅니다. 범인의 글에 드물게 드러나는 띄어쓰기의 오류나 어색한 표현들은 오류가 아니라 신문사의 표기법을 따른 겁니다. 아주 치밀한 인간입니다. 저는 이걸 보고 공적인 문서 작성을 할 때 표기법이 엄격하다는 걸 떠올렸습니다."

"의사일 가능성도 있을까요?"

"음……. 그럴 가능성도 있지요. 또 한 가지 눈여겨볼 게 있습니다."

"뭡니까?"

"중요한 결행이나 결단을 앞두고 인간은 자신의 글에 조바심을 드러내는 경향이 있습니다. 그 결행에 대해 설명하는 글이 아니라도 '곧'이라든가 '끝내' '결국' 같은 부사들을 문장의 맥락과 상관없이 자주 사용하게 됩니다. 범인은 불필요한 부사들을 사용하지 않는 스타일인데, 발생이나 파국의 뉘앙스를 가진 부사들만은 아끼지 않습니다."

"그러니까 놈이 곧 무슨 일을 저지른다는……."

"예. 범인은 또 살인을 저지를 겁니다, 조만간에."

형사들이 편지와 분석서를 들고 일어섰다. 나지일은 수사 책임자의 연락처를 남겨달라고 말했다.

"편지 내용을 자세히 분석해서 다시 분석서를 보내겠습니다. 제겐 하루밖에 없었어요. 이건 불공정한 게임이에요."

형사들은 명함과 함께 이경훈 수사반장의 연락처를 남겨놓고 사라졌다. 나지일은 아침에 가판대에서 사온 『뉴스위클리』 기사를 다시 읽었다. 범인의 편지는 기사를 겨냥하고 있었다. 기사는 물음이었고 편지는 응답이었다. 나지일은 그 주고받음의 관계에서 묘한 불길함을 느꼈다. 근거 없고 분석할 수 없는 불길함이었다. 나지일은 자신의 불길함이 해명될 때까지 정신분열증 환자들의 일기에 손대지 않겠다고 결심했다.

『뉴스위클리』편집장 귀하.

나는 지난 11월 18일 발간된 당신들의 기사를 읽었다. 당신은 경찰의 지시를 받고 후배들에게 기사 작성을 명했다. 당신은 기사를 통해 나의 망상을 드러내려고 노력했다. 결국 나는 답장을 보낸다.

나는 분노하지 않는다. 기사란 원래 그런 것이다. 기사는 건조하다. 기사는 사건의 껍데기에 불과하다. 기사는 인간 이성의 타락만을 드러낸다.

타락은 이성의 본질이다. 이성은 끝내 타락한다. 홀로코스트의 악몽을 만들어낸 뒤에 인간은 곧 지구를 수십 번 폭파시키고도 남을 핵폭탄을 창조했다. 이성은 전쟁 발발 가능성과 핵무기가 변화시킬 국제정세를 계량적으로 측정할 뿐이다. 홀로코스트 때도 이성은 독가스가 유대인 몇 명을 살해할 수 있는지 계산해냈다.

이 멋진 세계를 돌아보라. 관료들의 계산이 이 세계를 지배하고 있다. 정신분석을 대담한 가설쯤으로 치부하는 인지과학은 호르몬의 작용이나 전기신호로 인간을 해체한다. 진화심리학은 유전자 따위로 인간의 개별성을 지우려 한다. 경제학은 인간의 선택을 수치화한다. 이성은 곧 이성 자신을 해체하고 말 것이다. 인간의 타락한 이성이 만들어낸 가장 타락한 제도가 현대 민주주의다. 민주주의는 지배와 피지배의 관계가 위협받지 않을 때에만 공정하다. 약자들이 최후의 가능성인 폭력을 사용하지 못하도록 민주주의는 합리성의 그물망을 사회에 드리운다. 그물의 이름은 민법과 형법과 대의제다.

우리는 이런 중립화와 사법화의 경향에 대항해야 한다. 나는 폭력을 주장한다. 타락한 이성은 스스로를 구제할 능력이 없다. 볼 수 없는 적에 대항하는 것, 억압에 얼굴을 부여하는 것, 어떤 이탈리아의 철학자가 주장했듯 총체적인 익명성에서 벗어나는 것, 이것이 폭력이다. 폭력은 이성의 그물망을 찢고 인간을 고양시킨다. 프랑스혁명 때 시민들은 국왕의 목을 베었다. 혁명적 폭력이 세계에 대한 인식을 바꾸고 삶을 재구성했다. 폭력이 미완의 형태로 중단되었을 때 왕이 돌아왔다. 반동의 계절에 프랑스 형법에서 국왕 살해는 부친 살해와 동격으로 해석되었다. 왕과 아버지를 동일시하는 것이 당시의 기만적인 법리였다. 폭력은 끝내 이 기만을 뚫고 다시 분출했다.

폭력은 윤리적인 잣대를 갖지 않는다. 인간은 구체적인 상황과 조건 속에서 결단한다. 무엇이 올바른 행위인가. 누구도 결단의 순간에 이런 질문을 던질 수 없다. 행위의 윤리적 함량과 정당성은 미래에 승자가 누구인지에 따라 결정된다. 인간은 최선을 다해 결단할 뿐이다. 폭력을 선택한 인간은 찢어지게 고통스럽다. 폭력은 알 수 없는 미래에 자신을 던져놓는 행위다. 영원한 패배만이 예정된 조건 속에서 한 인간의 영웅적 행동이 나온다. 자신을 포기했기 때문에 그에겐 모든 것이 허용된다. '인간의 폭력'이라는 말은 범죄의 낙인으로 오염됐으므로 나는 그것을 '자연의 폭력'이라 부르겠다.

나는 나의 행동이 그렇게 숭고하지 않다는 것을 안다. 나의 살인은 변화의 가능성이 거세된 사회가 감당해야 할 질환일 뿐이다. 동시에 나의 살인은 아직도 체제의 균열이 가능하다는 것을 보여주는 증거다. 나의 살인은 곧 터져 나올 숭고한 폭력들의 전조다. 나는 나의 살인을 테러라고 부르겠다.

나는 비겁하지 않다. 사건들의 연관성을 분석하고 프로파일을 작성할 경찰에게 나는 살인의 의미를 설명하는 메시지를 던져주었다. 현장에 증거를 남겨놓지 않은 것은 시간을 벌기 위해서일 뿐이다. 비겁한 것은 경찰이다. 경찰은 나의 동기를 감추었다.

지난 11월 1일 나는 서울시 구로구 고척동 영광아파트 201동 405호에서 술에 쩌든 남자를 죽였다. 보육시설 원장의 남편인 그는 아이들을 분재화분의 받침대만도 못하게 다뤘다. 이 알코올중독자의 가장 큰 죄악은 거짓이다. 아이들의 허벅지와 손바닥을 쇠자로 때리면서 그는 아이들을 친자식처럼 사랑한다고 말했다. 법적으로 그는 무죄였다. 그는 천 번의 구타와 천 번의 거짓말을 일삼았다.

그 거친 짐승은 다섯 살 김희철 군의 배를 찼다고 내게 귀띔했다. 홧김에 찼지만 죽을 줄은 몰랐다고 그는 내게 말했다. 김희철 군의 어머니 정영은 씨는 노래방 도우미로 일했다. 전남편은 전직이 택시기사였으나 도박으로 큰 빚을 지고 자취를 감췄다. 정영은 씨는 먹고살기 위해 웃음을 팔면서 아들을 24시간 보육시설에 맡길 수밖에 없었다. 다섯 살 김희철 군은 외로움을 많이 타고 내성적인 아이였다. 지난 3월 13일 오후 3시 김희철 군은 친구들과 놀지 않고 베란다 문 옆에 앉아 있었다. 낮부터 술에 취한 그 악마가 김희철 군을 발견하고 왜 분재화분을 만지냐며 발로 찼다. 김희철 군은 놈이 무서워 분재 근처에도 가지 않았다. 다섯 살 김희철 군의 가슴은 놈의 발바닥보다 작았다. 김희철 군은 발길질을 당해 허공에 70센티미터가량 떴다가 추락했다.

그날 저녁 김희철 군은 저녁을 먹지 못했다. 김희철 군은 자꾸 토했고 온몸에 열이 났으며 계속 신음을 했다. 원장 부부가 무서워 아프다는 말도 못 하고 김희철 군은 방에 혼자 웅크리고 앉아 울었다. 남편이 술에 취해 잠들어 있는 동안 원장은 김희철 군에게 왜 성격이 그 모양이냐며 야단을 쳤다. 아픈 척하지 말고 어서 일어나서 놀라고 그녀는 고함을 쳤다. 김희철 군은 배가 아파 세수도 하지 못하고 잠자리에 누웠다. 아이들은 김희철 군의 거친 숨소리를 밤새 들었다. 새벽에 한 아이가 원장 부부에게 달려가 김희철 군이 아프다고 말했다. 놈은 아이의 뺨을 때리며 빨리 가서 자라고 명령했다.

장 파열이 복막염으로 번지기까지 얼마나 고통스러운지 당신은 아는가. 나는 짐작도 못 하겠다. 담당의사는 그것이 아이가 감당할 수 있는 한계를 넘었으리라고 말했다. 다섯 살 아이는 자신의 고통을 정확히 언어로 표현하지 못하므로 발견이 늦을 수 있지만, 그렇게 심한 상태는 처음 본다고 의사는 덧붙였다. 다음 날 아침에도 점심에도 원장 부부는 아이를 병원에 데려가지 않았다. 김희철 군은 호흡을 제대로 하지 못하고 온몸에 식은땀을 흘렸으며 피똥을 쌌다. 저녁 6시에 원장은 김희철 군을 병원에 데려갔다. 놈은 병원에 따라가지 않고 동네 어귀에서 술을 마셨다. 다섯 살 김희철 군이 죽은 뒤 원장 부부는 위로금 명목으로 정영은 씨에게 삼십만 원을 주었다.

나는 놈의 배를 갈라 계란을 넣었다. 나는 놈의 장을 파괴하고 미완의 생명체를 상처 안에 집어넣고 싶었다. 그것은 나의 복수였다. 약자의 복수는 정당하다. 어서 나를 찾아라. 만인의 법정에 서서 나는 내 정당성을 외치겠다. 그 전에, 이 글을 원문 그대로 반론 보도의 형식으로 당신의 매체에 실어라. 싣지 않는다면 내 복수는 더욱 격렬해질 것이다.

4

복수

『뉴스위클리』 편집진은 경찰과 협의 끝에 범인의 편지를 원문 그대로 게재하기로 했다. 수사본부 회의실에서 난상토론이 벌어졌다. 편지를 게재하지 않는다면 범인의 폭주를 막을 수 없으며 경찰과의 소통도 끊기리라고 범죄분석팀은 주장했다. 소통을 이어가면서 범인의 빈틈을 노려야 한다는 것이 범죄분석팀의 일관된 입장이었다. 부본부장, 수사 전담관 등 수사본부 책임자들은 대중의 반응을 걱정했다. 대중이 동요한다면 수사본부에 엄청난 압박이 가해지리라고 부본부장은 말했다. 『뉴스위클리』 측은 편지의 게재를 강력히 요구했다. 편지를 싣지 않아 피해자들이 계속 발생한다면 수사본부에 책임을 묻는 기사를 쓰겠다고 편집장이 경고했다. 그의 경고는 수사본부 회의실을 우울한 분위기에 빠뜨렸다.

"편지를 싣는다고 놈이 그 짓을 멈출 것 같습니까?"

이경훈 수사반장이 물었다.

"막을 수 있다고 생각하진 않아요. 하지만 최대한 늦출 순 있죠."

서영혜가 말했다.

본부장은 편지를 공개하는 쪽으로 수사방향을 정리했다. 어차피 『뉴스위클리』는 경찰이 동의하지 않아도 편지를 실을 태세였다. 한동안 청장실을 들락날락해야 한다는 생각에 본부장은 얼굴을 찌푸렸다.

11월 25일 월요일, 『뉴스위클리』974호가 '사적 처형자의 응답'이라는 표제를 달고 가판대에 깔렸다. 『뉴스위클리』측은 또 다른 피해자가 나오는 것을 막기 위해 편지를 공개하지만, 범인의 주장은 궤변일 뿐이라고 편집자 주를 달았다. 범인이 법정에서 자신의 주장을 펼치기를 바란다고 편집진은 덧붙였다. 범인의 주장이 얼마나 위험한지를 논증하는 학자들의 글과 수사본부의 수사방향에 대한 기사들도 추가됐다.

수사본부는 편지 공개 시점에 맞춰 기자회견을 열어 범인에게 메시지를 보냈다. 범인의 주장은 망상이나 히스테리에 불과하고, 설령 복수라 해도 사법제도를 무시한 폭력은 또 다른 피해자만을 양산할 뿐이라고 수사본부는 반박했다.

"범인에게 희생당한 사람들의 가족을 생각해보십시오. 지금도 상실감과 절망에서 헤어나오지 못하고 있습니다. 범인은 사회적 약자를 위하는 척하고 있으나 피해자인 그들도 사회적 약자일 뿐입니다."

수사본부는 반론과 재반론이 이어지기를 기대했다. 범인이 교수 형밧줄 대신 언어와 논리에 몰두하도록 유도할 계획이었다.

"뭐야? 경찰이 철학자가 되셨어. 토론 좋아하는 짭새 본 적 있어? 수사 포기했나?"

기자들이 수군거렸다. 기자실에 수사본부 홍보관이 나타날 때마다 기자들은 추가 단서나 용의자를 확보했냐고 몰아붙였다.

『뉴스위클리』974호는 발간 이틀 만에 가판대에서 동이 났다. 화요일에 추가 물량 오만 부가 인쇄됐고 다음 날 삼만 부가 더 인쇄됐다. 인쇄소 측은 『뉴스위클리』를 위해 여행잡지에 할당돼 있던 윤전기 두 대를 추가로 내주었다.

신문과 방송이 연일 사적 처형 관련 보도를 쏟아냈다. 편집국마다 특별취재팀이 구성됐고 기자들이 수사본부에 몰래 들어가 서류를 뒤졌다. 수사본부가 작성한 범인의 프로파일이 공개됐다. 범인이 차량을 도색했으며 마취제로 프로포폴을 사용했다는 사실도 『신라일보』의 특종으로 보도됐다. 모든 신문과 방송이 보도 말미에 경찰의 안이한 태도를 비판했다. 범행에 동조하는 듯한 인상을 줄 수 있기 때문에 희생자들의 과거 전력은 주요 일간지와 방송에 보도되지 않았다.

주간신문과 인터넷 매체들은 더 선정적이었다. 주간신문들은 희생자들의 과거를 파헤치는 기사 위에 '미궁의 과거', '죄와 벌', '또 다른 의혹' 등의 표제를 달았다. 범인에 대한 어이없는 추측도 나오기 시작했다. 범인이 이름만 대면 알 만한 사회지도층 인사라는 인터넷 매체의 보도가 나왔다. 아이비리그 유학파이며 텔레비전 토론에서 탁월한 말솜씨를 뽐내는 논객이 지목되기도 했다. 평소 그의 뚝뚝 끊는 말투가 편지의 어법과 비슷하다는 이유 때문이었다. 11월 28일자 『주간 이슈』는 '범인은 경찰?'이라는 표제를 달았다. 범인이 수사방향을 잘 알고 있고 오히려 수사를 범행에 역이용하고 있다고 이 신문은 분석했다. 직무에 좌절을 느낀 경찰 엘리트가 다른 방식으로 사회를 처벌한다는 세간의 소문을 기자가 재인용했다. 비슷한 스토리의 만화와 스릴러 소설들이 선견지명을 가진 것처럼 포장되었다.

11월 18일 『뉴스위클리』의 첫 보도가 나온 후부터 인터넷에 정체불명의 카페들이 등장했다. '처형 공감', '처형자의 에피고넨들' 등의 문패를 단 카페들이 범인의 편지가 공개되면서 급격히 불어났다. 카페마다 대문에 교수형밧줄을 걸어놓았다. 사적 처형과 관련된 다양한 보도들이 스크랩되고 게시판에는 '범인이 잡히지 않았으면 좋겠다'는 의견들이 가득했다. 범인이 염력을 쓰는 초능력자라는 주장도 나왔다. '공개수배' 첫 화면에도 범인의 실루엣이 등장했다. 카페 주인은 범인의 죄목이 아니라 피살자의 죄목들을 그림 옆에 잔뜩 달아놓았다. 범인을 응원하는 댓글들이 이어졌다. 천성철도 '인형왕자'라는 아이디로 카페에 들어와 댓글을 남겼다. 하하하, 통쾌한 뉴스군요! 수사본부는 댓글이 달리는 즉시 천성철의 IP주소를 추적했다. 병원 휴게실 컴퓨터였다.

지역 경찰청들은 사적 처형 모방범죄가 늘어날 조짐이 보인다고 본청에 보고했다. 11월 20일, 천안시 회평동에 사는 사십 대 실직자가 통장과 말다툼을 벌였다. 시청이 회평동 인근 산자락에 임대 아파트 건설 계획을 세우고 있다며 통장은 철회를 요구하는 서명을 받으러 돌아다녔다. 실직자가 오십 대 여성인 통장에게 욕을 퍼부었다. 가난한 사람들이 들어와 살겠다는데 그걸 막으려는 당신은 쌍년이라고 실직자가 외쳤다. 멱살잡이가 벌어지기 직전에 경비가 달려와 뜯어말렸다. 저녁 6시, 실직자는 빨랫줄을 들고 통장의 집으로 가서 회평동의 빌어먹을 쌍년을 처형하겠다고 말했다. 순찰차가 달려왔다.

11월 26일 밤 9시, 서울시 정음구 초양중학교 여학생들이 야산 중턱의 놀이터에서 술을 마셨다. 아이들은 술에 취해 선배에게 대드는 1학년 여학생의 목을 운동화 끈으로 감고 질질 끌고 다녔다. 처형이야, 재밌잖아? 동네 주민에게 발각되어 경찰서로 끌려갈 때까지 아이들은 신나게 외쳤다. 같은 날 경기도 수원시 칠성구의 한 사채업자가 채무자의 목을 매달겠다고 위협한 사건이 일어났다. 돈을 못 갚으면 처형하겠다고 사채업자는 채무자를 협박했다.

경찰은 사적 처형자 팬카페를 폐쇄해달라고 방송통신위원회에 요청했다. 방통위가 공문을 보내기도 전에 포털업체들이 팬카페를 자진 삭제했다. 팬카페 한 개가 폐쇄되면 다섯 개가 생겨났다. 팬카페 운영자들을 사자에 대한 명예훼손 혐의로 입건하기 위해 경찰이 IP주소를 추적하고 신원을 확보했다. 범인을 테러범으로 보아 팬카페에 이적단체구성죄와 고무찬양죄를 적용할 수 있다는 엉뚱한 소문이 떠돌았다.

11월 28일 목요일 저녁 8시, 여당 초선의원 김민표는 모친상을 당한 4선의원 하재영의 상가를 방문했다. 하재영은 차기 대선을 노리는 유력주자의 오른팔이었다. 초저녁부터 상가에 같은 계파의 동료의원 열댓 명이 모였다. 멀건 육개장에 소주를 마시며 의원들은 연쇄살인으로 요동치는 시국을 토론했다. 김민표는 현 시국이 계파에 불리한 상황이 아니라고 주장했다. 대중의 불안감이 증폭될수록 강력한 공권력이 필요하다고 김민표는 말했다.

"우린 여당 의원들입니다!"

동료들이 잊고 있던 사실을 지적하듯 김민표는 말에 힘을 주었다.

"내일 있을 대정부질문에서 사태를 무마시키려 해선 안 됩니다. 이번 기회에 치안을 강화해야 합니다. 내일 정부에 이걸 강력하게 주문하는 겁니다."

김민표는 공안부 검사 출신이었다. 국회 법사위에서 김민표는 경찰의 전자우편 검색과 휴대전화 도감청 영역을 확대하는 법안을 입안하고 불법 시위에 대한 엄단을 촉구했으며 법무부에 강력범 사행 집행을 건의했다. 어떤 안건에 대해서든 김민표는 강성이었다.

초상집에 우울한 밤이 깔렸다. 기자들이 자리를 비운 사이, 김민표는 편육을 가리키며 작은 소리로 말했다.

"대중이 고기를 원하면 고기를 던져줘야 합니다."

밤 9시 30분, 국회 마크를 단 검은색 신형 그랜저가 영안실 주차장을 빠져나왔다. 김민표와 운전기사의 마지막 일정이 끝났다. 한밤중에 정치부 기자 몇 명과의 술자리가 잡혀 있었으나 보좌관이 상가 방문을 구실로 취소했다. 자택인 서울 서초동 한성빌라 지하 주차장에서 기사를 돌려보내고 김민표는 엘리베이터로 걸어갔다. 비상문의 비밀번호를 누르고 엘리베이터 앞에 섰을 때 김민표의 등 뒤에 인기척이 났다. 누군가 김민표의 머리에 두건을 씌웠다. 양 옆에서 사내들의 억센 손이 김민표의 팔을 꺾었다. 굵은 밧줄이 목을 조였다. 김민표는 숨을 몰아쉬며 물었다.

"누구야?"

사내들은 대답하지 않고 김민표를 비상계단으로 밀어 넣었다. 밧줄에 끌려 지하 계단을 내려가면서 김민표는 경비를 생각했다. 또 어디 간 거야? 졸고 있는 거야? 이놈의 영감탱이……. 목을 조이던 사내가 물었다.

"어때, 짜릿하지?"

김민표는 숨이 막혀 제대로 대답할 수 없었다. 고급빌라의 지하 1층은 거주자 층이 아니었다. 청소도구를 넣어두는 작은 광 앞에 사내들이 멈춰 서서 김민표의 두건을 벗겼다. 계단 밑의 작은 공간에 어둠이 고여 있었다. 모자를 눌러 쓰고 마스크를 쓴 사내 세 명이 보였다.

"뭘 원하는 거야?"

김민표가 소리쳤다. 김민표의 저음이 지하실에 울려 퍼졌다. 한 사내가 등산용 로프를 묶어 만든 교수형밧줄을 다시 김민표의 목에 걸었다.

"소리 내면 넌 바로 죽어."

사내가 속삭였다. 밧줄이 조여들었다. 헤어젤을 발라 반듯하게 넘긴 김민표의 머리카락이 엉망으로 흐트러졌다. 김민표는 머리가 흐트러지는 것을 끔찍하게 싫어했다.

"소리칠 거야?"

"아니, 아니."

밧줄이 느슨해졌다. 김민표가 기침을 했다. 목 안이 뻣뻣한 수세미처럼 깔깔했다. 쉰 목소리로 김민표가 물었다.

"지금 뭐 하는 거지?"

"널 사형시키는 거야. 너, 사형 좋아하잖아. 변태새끼."

"난 대한민국 국회의원이다."

"아, 그으래? 미처 몰랐네."

사내들이 저희들끼리 킥킥댔다. 한 사내가 김민표의 안경을 벗기고 주먹으로 안면을 후려쳤다. 김민표의 눈앞에 불꽃이 튀었다. 불꽃들이 긴 꼬리를 끌며 지하실 계단 위로 사라졌다. 입안에서 피 섞인 침이 흘러나왔다.

"존댓말 안 쓸래? 씨발 국회의원아. 검사 짓 할 때도 반말만 썼지?"

사내가 무릎으로 김민표의 명치를 쳤다. 김민표의 혈류가 일시에 중단되었다. 고통이 호흡을 막고 시간마저 정지시켰다.

"존댓말 써봐. 무례해서 정말 죄송합니다아아 하고 말해봐."

"무례해서 죄송합니다."

사내가 주머니에서 작은 생수통을 꺼내 김민표의 머리 위에 부었다. 지린내가 진동했다. 김민표는 혀끝으로 짭짤하면서도 톡 쏘는 감각을 느꼈다. 누군가의 오줌이었다.

"왜, 왜 이러는 겁니까?"

사내가 김민표의 명치를 다시 때렸다. 김민표는 끝도 없는 점액질의 구덩이 속으로 빠져드는 것 같았다.

"왜 이러는 거냐고? 널 죽이려고 이러는 거랬잖아."

사내 두 명이 등 뒤에서 밧줄을 조였다. 김민표가 사지에 힘을 잃을 때쯤 사내들은 밧줄을 풀었고, 정신을 차리자마자 다시 조였다. 사내들이 세번째로 조이고 풀기를 반복했을 때 김민표는 힘이 완전히 빠져 바닥에 쓰러졌다. 흐려져가는 의식을 붙들고 김민표는 죽기 전에 저들의 목적만은 알아내야겠다고 생각했다.

"말, 말해……. 왜 이러는 거요……."

사내가 김민표의 뺨을 톡톡 때리며 말했다.

"아휴, 냄새……. 못 봐주겠군. 널 처형자의 이름으로 죽이려고 했어. 하지만 이번만은 살려주마. 앞으로 잘해라. 처형자의 자비다."

사내들이 김민표의 감색 양복을 뒤져 휴대폰을 꺼낸 뒤 계단 위로 뛰어올라갔다. 계단을 울리는 발소리가 점점 작아졌다. 김민표는 계단 난간을 붙잡고 천천히 올라갔다. 김민표에게 1층은 천국보다 가기 힘든 곳처럼 느껴졌다.

11월 29일 아침 9시, 김민표는 여당 당사에서 기자회견을 열었다. 김민표는 얼굴의 멍을 화장으로 지우지 않았고 목에 두꺼운 보호대를 찼다. 카메라에 비친 소장파 의원의 얼굴이 핼쑥해 보였다.

"어제 밤 아홉시경, 저는 처형자를 자처하는 테러범들에게 살해당할 뻔했습니다. 한국 사회에서 이런 극악한 테러가 발생하리라고는, 또 그 대상이 제가 되리라고는 꿈에도 상상하지 못했습니다. 테러범들의 흉기에 우리 사회의 근간이 무너지고 있습니다. 저는 현시국에 절망하는 바입니다."

김민표는 자주 기침을 하며 잔뜩 쉰 목소리로 발표했다. 의원실에서 범행 당시의 상황에 약간의 과장을 더해 보도자료를 작성했다. 범인들이 사회를 뒤엎어야 한다고 주장했다는 부분이 진한 글씨로 강조되었다.

여당은 의원 살해미수 사건에 우려를 표한다는 성명을 발표했다. 의원이 테러를 당한 사건은 헌정사상 처음 있는 일이며 이번 기회에 강력범과 사회 전복세력의 뿌리를 뽑아야 한다고 여당은 주문했다. 여당 대변인은 공권력을 강화하는 특별 법안을 마련 중이라고 덧붙였다.

사건 관할서에 폭풍이 지나갔다. 형사들은 하루 종일 현장검증, 주변 탐문, CCTV 분석에 매달렸다. CCTV에 찍힌 용의자 세 명은 모두 마스크를 하고 있었다. 김민표 의원 머리에서 검출한 오줌이 유전자 분석을 위해 국과수로 보내졌다. 현장에 제일 먼저 도착한 폭력팀 강형찬 형사는 파김치가 된 의원의 머리에서 지린내를 맡고 코를 틀어쥐었다. 지린내가 너무 강해서 머리가 아플 지경이었다.

텔레비전 오전 뉴스에 나온 김민표를 보며 강 형사는 지린내가 떠올라 머리를 흔들었다.

"테러는 무슨……. 애들이 사적 처형 모방해서 장난친 거지. 아주 골치 아프게 됐군."

강 형사는 기자들이 듣지 않도록 작은 소리로 중얼거렸다.

오후 2시, 국회 대정부질문이 열렸다. 여당 의원들은 공권력 강화를 위한 대책에 초점을 맞췄고 야당 의원들은 경찰의 안이한 수사를 질타했다. 일부 의원들이 경찰청장의 사퇴를 요구했다. 2시 30분, 국회의장은 의원 전체를 대신해 지난밤의 사건에 위로를 전하며 김민표에게 발언권을 넘겼다. 김민표의 머리는 다시 말끔하게 정돈돼 있었다.

"총리 나오십시오. 인터넷에 '처형자와 아이들'이라는 카페가 있다는 건 아십니까?"

"글쎄요…… 그게 살인과 관련된……."

"모르시는군요. 내정을 책임진 분이 그런 카페도 모르십니까? 더 이상 얘기하기 싫습니다. 행안부 장관 나오세요. 처형자와 아이들이란 카페 아십니까?"

"예. 연쇄살인범 팬카페입니다."

"회원이 얼마나 되는지 아십니까?"

"아주 많다고 알고 있습니다."

"오만이 넘습니다. 생긴 지 얼마 안 되는 카페의 회원이 오만이 넘었어요. 연쇄살인범을 찬양하는 팬카페, 문제 아닙니까?"

"심각한 문제입니다."

"어떤 대책을 세우고 계십니까?"

"포털업체와 협조하여 폐쇄하고 있습니다."

"그게 대책입니까? 카페 운영자가 소환당한 적 있어요?"

"없습니다."

이날만은 김민표가 야당의원이 된 것 같았다. 한나절 만에 원기를 회복한 굵은 목소리가 의사당 둥근 천장까지 흔들었다. 총리와 장관들이 김민표의 목소리에 찔리고 베였다.

대정부질문이 끝난 후 여당 대변인은 인간성을 상실한 사회에서 범죄자들이 활개를 치고 있다고 말했다. 국민들이 범죄자의 선동에 휩쓸리지 말고 자신과 이웃을 차분히 돌아봐야 할 때라고 대변인은 강조했다. 야당 대변인은 경찰청장 사퇴를 당론으로 할지 논의하는 중이라고 말했다.

국회의 아우성은 수사본부에 천배의 압력으로 내려왔다. 서울경찰청은 동북경찰서에 설치된 수사본부 인력을 스물네 개 형사팀 백쉰다섯 명으로 늘리고 수사본부장을 경무관급인 서울경찰청 수사부장으로 격상하겠다고 발표했다. 일선 경찰서 형사들에게 총동원령을 내려 사적 처형 관련 신고가 들어오면 즉시 현장에 출동하도록 했다. 김민표 의원 사건과 연쇄살인의 연관성은 별도로 수사팀을 구성하여 추적하기로 했다. 동북경찰서 수사본부 사무실에 하루종일 무거운 공기가 떠돌았다. 칸막이가 치워지고 책상과 의자들이 쉴 새 없이 들어왔다.

"범인이 공범을 동원해서 김민표를 쳤다고 생각하세요?"

박은희가 이경훈에게 물었다.

"그럴 리가 있나. 모방범죄야. 이거, 세상이 아주 제대로 돌아가 는군."

2008년 11월 30일 토요일, 서울은 북서쪽에서 동진하는 대륙성 고기압의 가장자리에 들어 대체로 맑았고 초속 6~8미터의 북서풍 이 불었으며 습도는 20퍼센트로 건조했다. 서울 북부소방서 동광 119안전센터 설립 역사상 이날 새벽만큼 불운한 시간은 없었다. 지 난 십 년간 배설되지 못한 불운이 어딘가에 고여 있다가 한꺼번에 쏟아진 날이었다. 전날 저녁부터 새벽 3시까지 관내에 세 건의 화 재가 발생했다. 동광시장 콩나물해장국집, 인근 연립주택, 가구공 장에서 불길이 치솟았다. 특히 가구공장의 화재가 심각했다. 초기 진화에 성공했다고 판단한 화재진압대가 잔화 정리를 맡은 대원 몇 명만 남겨두고 철수한 후 화세가 다시 거세졌다. 안전센터 진압대 원들은 채 마르지 않은 방화복을 입고 출동을 거듭했다. 속옷에서 물기가 마를 시간이 없었다.

11월 30일 새벽 3시, 화마가 날름거리던 세상이 고즈넉해졌다. 안전센터 스팀 위에 검은 방화복들이 늘어서 건조를 기다렸다. 시 보 딱지를 갓 뗀 어린 대원이 세면대에서 발을 씻었고 센터장과 운 전요원을 포함한 선임대원들이 컵라면을 먹었다. 컵라면의 열기가 초겨울의 한기에 지쳐 있던 대원들의 내장을 달랬다. 그때 상황실

요원이 모니터에 스크린 되는 화재신고들을 체크하고 화재진압출동 벨을 울렸다. 긴박하고 짧게 반복되는 비명이었다. 상황실에서 화재출동 지령 방송이 내려왔다.

서음동 주택에서 화재 발생. 서음동 주택에서 화재!

세면장에서 신입대원이 맨발로 달려 나왔다. 펌프차 운전요원과 진압대원 두 명이 컵라면을 반쯤 남기고 펌프차량으로 달려갔다. 컵라면 용기에서 대원들의 서슬에 놀란 벌건 국물이 출렁거렸다.

대원들은 펌프차량에서 방화복을 입고 방수화를 신었다. 봄베라 불리는 산소통과 공기호흡기를 챙기고 방호두건과 헬멧을 착용했다. 방화복의 축축한 습기가 속옷과 살갗까지 파고들었다. 차가운 겨울이 피부 위를 기어 다녔다. 하필이면 이런 날 진압대원 한 명이 휴가 중이었다. 하필이면, 이라고 말할 때부터 불운은 걷잡을 수 없어진다. 무전기에서 화재상황이 중계됐다.

서음동 11-2번지, 먹자골목 뒤편 이층주택, 화재신고가 계속 접수되고 있습니다. 검은 연기가 많이 납니다. 요구조자 있습니다. 반복합니다. 요구조자 있습니다. 불길이 옆집까지 번질 위험 있습니다. 선착대 도착했습니까? 선착대, 도착했어요?

상황실이 선착대를 애타게 불렀다. 상황 하나하나가 심상치 않았고, 특히 인명검색이 긴급했다. 검은 연기 밑에서 생명 몇 개가 스러지고 있으므로, 선착대의 역할이 더욱 중요했다. 펌프차는 동광 사거리에서 좌회전하여 먹자골목 뒤편에 어지럽게 나 있는 후면 도로를 올라갔다. 서음동은 60, 70년대 집장사들이 날림으로 지은 벽돌

집들이 밀집된 동네였다. 재개발마저 서음동을 피해갔다. 청록색 이
끼가 무성한 기와들이 다닥다닥 붙은 집들을 덮고 있었다. 지붕과
지붕 사이의 간격이 한 뼘도 되지 않아 화재가 번질 위험이 컸다.

동네 어귀부터 검은 연기가 보였다. 자줏빛 하늘에 시커먼 무지
개가 떠 있는 것 같았다. 골목에 이면 주차된 차들 때문에 펌프차량
진입이 불가능했다. 오르막길에 주택이 밀집된 지역이었다. 어쩔
수 없이 운전요원은 골목 입구에 펌프차를 세웠다. 대원들이 뛰어
내려 수관을 전개했다. 대원 두 명이 긴 호스를 이어 불길에 싸인
이층양옥집을 향해 전진했다. 대원 한 명이 인명검색을 위해 오르
막길을 올랐다. 괜찮겠어? 수관을 잡은 선임대원이 물었다. 대원은
고개를 끄덕이고 숨차게 뛰었다.

잠옷 바람에 파카를 걸친 주민 대여섯 명이 대문 주변에 모였다.

"안에 사람 있어요?"

인명검색을 맡은 대원이 물었다. 대머리 아저씨가 말했다.

"선생님하고 딸이 자고 있어요."

화재는 1층 거실에서 최성기를 맞았다. 검붉은 연기가 현관 틈으
로 흘러나왔다. 1층 거실이 화점인 듯했다. 현관을 뚫고 침실까지
진입하는 것이 불가능해 보였으므로, 대원은 건물 벽을 돌아 집 뒤
로 뛰어갔다. 부엌 뒤편으로 이어지는 듯한 철제 현관문이 있었다.
대원은 동력절단기로 잠금장치를 해체하고 문을 열었다. 열기가 달
려들었다. 문 앞에서 무형질의 질긴 막이 침입자를 튕겨냈다. 대원
이 뒤로 쓰러졌다. 대원의 머리 위로 이글거리는 아지랑이가 흘러

갔다. 대원은 심호흡을 했다. 공기호흡기 안면부에 수증기가 맺혔다. 대원은 낮은 포복 자세로 방화문을 통과했다. 전자레인지와 세탁기 위에 잡동사니들이 널려 있는 부엌 뒷공간이 검은 연기에 싸여 있었다. 화재가 최성기를 맞은 거실은 빨간 불길에 덮여 검게 변한 벽면밖에 보이지 않았다.

대원은 거실을 돌아 안방으로 짐작되는 방문 앞까지 기어갔다. 머리 위에서 타다 남은 나무 패널들이 떨어졌다. 안방은 검은 연기의 바다였다. 검고 구불구불 요동치는 연기가 공기호흡기와 방화복과 모든 안전장비를 집어삼켰다. 제논탐조등도 연기에 시력을 잃었다. 인명을 짐작할 수 없는 1층에서, 오직 연기만이 확실하게 살아 있었다.

대원은 탐조등을 놓고 바닥을 손으로 더듬어 인명을 검색했다. 손끝에 더블사이즈 침대와 장롱이 만져졌다. 대원은 침대와 장롱 사이의 좁은 통로를 기어 나와 침대 앞과 위를 더듬었다. 침대 앞에 물컹한 물체 두 개가 있었다. 대원은 초등학생으로 짐작되는 작은 육체를 들어올렸다. 아이의 상체가 축 늘어졌다. 대원은 방화복으로 아이를 감싸 안고 보조호흡기를 입에 씌웠다. 거실을 빠져나오자, 속옷까지 땀에 젖어 축축했다. 방화복 밑의 사각팬티가 사타구니에 달라붙어 떨어지지 않았다.

대원은 부엌 뒤로 빠져나와 차가운 바닥에 아이를 내려놓았다. 꽃무늬가 그려진 원피스 잠옷이 잿빛으로 변해 있었다. 대원이 무전기를 들어 구급대원을 불렀다. 지원대의 사이렌 소리가 골목 어귀에서 담장을 넘어 뒷문까지 다가왔다. 대원은 심호흡을 했다. 공기호흡기 안면부 면체에 하얀 입김이 서렸다. 요구조자 한 명이 안방에 남아 있었다. 대원은 다시 불길 속으로 들어갔다.

화재진압을 위해 수관을 잡은 선착대 대원 두 명은 지붕 위로 올라가야 할 상황이라고 판단했다. 베란다로 흘러나오는 검은 연기의 양으로 보아 2층의 화세가 만만치 않았다. 2층의 불길이 거세진다면 손에 닿을 듯 가까이 있는 옆집 다락방까지 불똥이 튈 위험이 있었다. 운전요원이 차 안에서 방화복을 입고 나와 관창 보조를 했다. 대원들은 사다리를 타고 기와지붕으로 올라갔다. 성긴 기와에 이끼가 끼어 미끄러웠다. 발밑을 조심해. 물을 뿌리면 살얼음까지 끼어. 선임 대원이 시보 딱지를 갓 뗀 어린 대원에게 주의를 주었다. 만능도끼가 기와를 파헤치고 지붕을 부쉈다. 돌 조각이 튀어 올라 얼굴을 때렸다. 지붕에 작은 구멍이 생겼다. 대원들은 관창을 열어 2층 거실에 물을 뿜었다. 고압의 물줄기가 화마의 급소를 찔렀다.

수관을 잡은 어린 대원의 손목에 얼얼한 통증이 전해졌다. 구멍 안으로 들어가지 못한 물줄기가 기와의 골 사이로 흘렀다. 대원이 2층 거실의 불길을 관찰하려고 허리를 굽히는 순간, 물과 이끼 위에 아슬아슬하게 놓여 있던 방수화가 미끄러졌다. 찰나의 순간에 발이 지붕 아래로 떨어졌다. 미끄러지면서 대원은 무의식적으로 수관을 움켜쥐었다. 대원의 몸이 수관에 대롱대롱 매달렸다. 발밑 3미터 아래에 좁은 골목이 누워 있었다. 블록 담장 사이에 정체를 알 수 없는 알루미늄 새시들과 파편들이 쌓여 있었다. 새시 파편의 날선 모서리가 불빛에 반사되어 붉게 빛났다.

괜찮아? 꽉 잡고 있어! 선임대원이 관창을 닫고 지붕 위에 엎드려서 수관을 끌어올렸다. 어린 대원의 손가락에 힘이 빠졌다. 감각이 마비되어 서서히 펴지는 자신의 손가락을 대원은 어이없이 바라보았다.

몸이 떨어졌다. 아주 잠깐 동안 허공을 날면서 대원은 깊은 무력감을 느꼈다. 한없이 막막하고, 바닥 밑에 더 깊은 바닥이 있는 절망감이었다. 얼굴 옆으로 찬바람이 스쳐 지나갔다. 대원은 새시 바로 옆에 발을 딛고 대자로 쓰러졌다. 몇 초 동안 숨을 쉴 수가 없었다. 가슴에 힘을 주어도 숨이 나오지 않았다. 눈 위에서 검은 하늘이 빙빙 돌았다. 잠시 후에 통증이 펄떡였다. 등줄기와 팔다리에 찌릿한 기운이 흘렀다. 대원은 손과 발에 힘을 주었다. 다행히 손가락과 발가락이 의지에 따라 움직였다. 천천히 몸을 일으켜 담벼락에 등을 기대고 대원은 숨을 몰아쉬었다. 몇 군데 타박상 외에 큰 상처는 없는 듯했다. 골절이 있다면 앉아 있지도 못할 것이다.

괜찮아? 지붕 위에서 선임대원이 물었다. 괜찮은 거야? 선임대원은 오늘 하루 괜찮으냐는 질문을 얼마나 더 뱉어야 할지 감을 잡을 수 없었다. 예, 괜찮습니다. 새시 위로 떨어지지 않아서 다행이에요. 어린 대원이 앉아서 소리쳤다. 지붕 위에서 선임대원이 한숨을 쉬고 다시 관창을 열었다. 대원은 복수라도 하듯 거센 물줄기를 깊숙이 찔렀다.

인명검색을 맡은 대원은 다시 1층 불길 속으로 들어갔다. 연기가 더욱 짙어졌다. 대원은 제논탐조등을 들고 벽을 더듬으며 기어갔다. 지원대가 도착한 것 같았다. 뒷문 밖에서 묵직한 발소리가 흘러들었다. 그것은 환청일지도 몰랐다. 이처럼 두꺼운 연기 속에 설 때면 대원은 외로움을 느꼈다. 그럴 때면 의식 속에 잠재돼 있던 온갖 소리와 영상들이 튀어나왔다. 어린 딸의 웃음소리까지 들렸다.

연기는 사람을 필사적으로 만든다. 모텔에서 화재가 나면 남자 투숙객들은 동침하던 불륜의 애인을 밀어내고 보조호흡기를 독차지했다. 남자들은 그때 아내와 자식들을 생각했을 것이다. 대원에게도 아내가 있었다. 신혼 시절 화재현장에서 발목을 다쳐 절뚝거리며 돌아왔을 때 아내는 어린애처럼 펑펑 울었다. 대원도 연기 속에 서면 필사적인 생존의 욕구를 느꼈다.

대원의 방향감각이 사라졌다. 손을 허우적대며 대원은 연기 속을 헤엄쳤다. 천장에서 검은 재를 뒤집어쓴 나무조각들이 계속 떨어졌다. 대원은 손에 걸리는 물체의 질감을 음미하며 자신의 위치를 파악하려 애썼다. 손끝에 화장실 벽의 타일이 걸렸고, 작은 방문이 걸렸고, 화염에 녹아 끈적거리는 거실장이 걸렸고, 다시 매끄러운 타일이 걸렸다. 요구조자만 걸리지 않았다.

대원은 1층을 서너 바퀴 맴돌았다. 연기 때문에 다른 차원의 문이 열려서, 그곳으로 빠져든 것 같았다. 대원은 웅크리고 앉아 숨을 고르고, 손끝에 저장된 정보들을 종합했다. 조급하면 안 돼, 조급하면 죽어……. 대원은 뜨거운 공기가 팽창하는 방향을 자신이 무의식적으로 피하고 있다는 사실을 깨달았다. 헛웃음이 나왔다.

대원은 낮은 포복으로 거실의 불길을 돌아 안방으로 들어갔다. 연기 속에서 침대의 모서리를 확인하고 그 밑의 물컹한 물체를 만졌다. 요구조자에게선 움직임이나 호흡이 느껴지지 않았고 어떤 생명의 징표도 없었다. 대원은 이를 악물고 요구조자의 몸을 어깨로 짊어졌다. 얼굴에서 땀이 비 오듯 쏟아졌다. 땀줄기가 각막을 아프게 찔렀다. 가뜩이나 흐린 눈앞에 땀의 안개가 내려왔다. 대원은 요구조자를 짊어지고 본능이 가리키는 방향대로 전진했다. 걸어갈 때마다, 아마도 시체임이 틀림없을 요구조자의 머리가 대원의 뺨과 부딪쳤다. 삐삐삐. 가늘고 날카로운 호흡기의 경보음이 울렸다. 봄베의 산소가 바닥을 드러냈다. 한 번만 더 미로를 헤맨다면 요구조자 옆에 시체가 하나 더 눕게 될 것이라고 대원은 생각했다. 대원은 구조를 요청했다. 뒷문 근처에서 산소가 떨어졌다고 무전기에 대고 소리치며, 대원은 연기 속을 전진했다.

마침내 열린 뒷문과 별이 총총한 하늘이 멀리 보였다. 호흡기의 경고음이 더 다급하고 높아졌다. 대원은 뛰었다. 어깨 위에서 의식 없는 남자의 육체가 출렁거렸다. 공기호흡기가 마지막 산소를 뿜었다. 누군가 해머로 공기호흡기 안면부를 강타한 것 같은 충격이 찾아왔다. 대원과 요구조자가 뒤로 쓰러졌다. 머릿속에 웅웅 하는 파동이 가득 차서 대원은 정신을 차릴 수가 없었다. 그런 혼란 속에서도 삐삐삐 하는 경고음은 계속 들렸다.

깨진 공기호흡기 안면부에서 연기가 흘러들었다. 대원은 눈을 떴다. 다리 밑에 검은 각목이 보였다. 찬장이나 천장에서 떨어진 것이

틀림없다고 대원은 생각했다. 매캐한 연기가 무장 해제된 호흡기를 공격했다. 연기는 이 순간만을 기다려왔다는 듯 맹렬하게 파고들었다. 한줄기의 분진이 목으로 흘러드는 순간 대원의 의식이 지진을 일으켰다. 숨이 막히고 현기증이 났다. 대원은 요구조자의 몸을 질질 끌며 뒷문으로 전진했다. 힘을 쓸수록 숨이 깊어졌고 의식이 옅어졌다. 일산화탄소와 분진들이 폐에 가득 찼다. 대원이 무전기를 들고 외쳤다. 뒷문! 뒷문! 위기상황!

뒷문으로 검은 방화복들이 나타났다. 검은 손들이 대원과 남자의 어깨를 끌어 차가운 공기 속에 내려놓았다. 지원대였다. 대원은 호흡기를 벗고 차가운 공기를 들이마셨다. 폐 깊숙한 곳까지, 분진이 덕지덕지 붙은 허파꽈리까지 청량한 산소가 들어왔다. 정신이 돌아오자 젖은 온몸에 소름이 돋았다. 대원은 안전장비들을 들고 골목 입구로 걸어 나가 주저앉았다. 화염에 쏘인 뒷덜미가 후끈했다. 블록 담장에 등을 기댄 채 대원은 헬멧을 벗었다. 땀에 젖은 앞머리가 눈가로 흘러내렸다. 대원은 오한을 느끼며 맑은 초겨울 밤하늘을 바라보았다. 검은 연기가 반달 앞으로 흘러갔다. 연기가 움직이는 것이 아니라 반달이 항해하는 것처럼 보였다. 대원은 죽음을 생각했다. 죽음은 늘 손에 닿을 듯 가까이 있었지만, 언제나 무섭고 낯설었다. 죽음을 초월할 수 있는 사람은 아무도 없을 것이라고 서른일곱 공정철 소방교는 생각했다. 그에겐 네 살 난 딸과 아내가 있었다.

"괜찮아요?"

구급대원이 달려와서 물었다.

"예. 요구조자들은 어떻게 됐어요?"

"숨졌어요. 둘 다."

"제기럴."

대원은 침을 뱉었다. 침에 분진들이 섞여 나왔다. 대한민국에 소사자 둘이 또 생겼다. 어린 딸은 어쩔 수 없었다. 아이는 연기를 들이마시는 순간 숨을 멈췄을 것이다. 그러나 남자는 살릴 수 있었을지 모른다. 엉뚱한 곳에서 헤매지만 않았다면 가능했을지 모른다. 구급대원이 그를 위로하듯 말했다.

"화재 때문에 죽은 게 아니에요. 두 명 다 목에 밧줄 자국이 있어요. 이건 방화가 틀림없어요. 두 사람을 죽인 다음에 불을 지른 겁니다."

구급대원이 누군가의 외침을 듣고 구급차로 달려갔다.

지원대가 1층 현관 창문으로 물줄기를 뿜었다. 관창수들이 1층 화점을 집중 공략했다. 거실의 화세가 약해졌다. 불길 대신 검은 연기가 뭉텅이로 나왔다. 연기는 곧 회색으로 바뀌었다. 지붕의 진화 작업 덕택에 2층의 불길도 잡혀갔다. 베란다를 점령했던 연기가 옅어졌다.

선착대 펌프차량의 수량계가 바닥을 쳤다. 어린 대원이 수관을 들고 물탱크차로 뛰어갔다. 물탱크차에 수관이 연결되는 동안 지원대 진압대원 두 명이 사다리를 통해 2층 베란다로 올라갔다. 스러지는 불길의 목을 칠 생각이었다. 베란다에 올라선 순간 대원들은 불길함을 느꼈다. 화세가 예상외로 거칠었다. 화염의 본류가 전혀 잡히지 않고 거실에서 난동을 부렸다. 베란다 강화유리가 둥그렇게 부풀었다. 유리는 비누거품처럼 연약하고 투명해서, 손가락만 대도 터져버릴 것 같았다.

대원들이 무전기에 외쳤다. 방수! 빨리 방수해! 관창에서 물이 나오지 않았다. 유리가 터진다면 불길이 대원들을 삼킬 것이다. 내려가자! 대원들은 사다리가 걸쳐져 있던 베란다 한구석으로 시선을 돌렸다. 사다리가 바닥에 떨어져 있었다. 밑에서 누군가가, 혹은 물줄기가 사다리의 발목을 건드렸다. 올라갈까? 대원들이 머리 위를 쳐다보았다. 지붕까지 손이 닿지 않았고 살얼음이 낀 기와는 미끄러웠다. 대원들이 다시 외쳤다.

방수!

어린 대원은 수관 한쪽을 물탱크에 연결하고 다른 한쪽을 화재현장까지 길게 뻗어 있는 수관에 연결했다. 물탱크 차량 운전요원이 급수를 시작했다. 치이익, 수관에 물이 밀려드는 소리가 커졌다. 뱀껍질처럼 납작했던 수관이 물탱크에 가까운 부위부터 불룩해졌다. 갑자기 물길이 하늘로 치솟았다. 토막 난 수관이 허공에서 미친 듯이 날뛰었다. 연결 부위를 제대로 끼워 맞추지 못했다는 것을 어린 대원이 뒤늦게 깨달았다. 대원은 몸부림치는 수관을 향해 뛰어들었다. 수관의 등에 올라타 물이 뿜어져 나오는 입구를 움켜쥐려는 순간 대원은 중심을 잃고 쓰러졌다. 수관 끝의 금속제 카플링이 광대뼈 부근을 때렸다. 수관의 힘에 얼굴이 휙 돌아갔다. 대원은 손으로 얼굴을 싸매고 바닥에 웅크렸다. 얼굴에 감각이 사라져 입을 벌리기도 힘들었다. 침이 질질 흘러나왔다.

놀란 운전요원이 급수를 끄고 뛰어나와 깊게 파인 동료의 상처를 살폈다. 괜차아요, 무, 물, 빨리……. 어린 대원이 엉성한 발음으로 외쳤다. 운전요원은 수관을 다시 연결하고 급수 레버를 내렸다. 수관이 다시 치이익 소리를 내며 불룩해졌다. 물줄기가 2층 베란다에 갇힌 대원들에게 달려갔다. 운전요원이 구급대원을 불렀다. 구급대원이 어린 대원의 상처를 살피고 응급조치를 했다. 꽤 깊어요. 병원으로 가요. 어린 대원은 손으로 불길을 가리키며 말했다. 괜찮아요. 오늘 죽을 고비 두 번 넘겼어요. 저놈 잡는 거 보고 갈래요.

수관이 치이익 소리를 냈다. 2층 베란다 유리 틈새로 대원들이 관창을 들이밀었다. 물줄기가 불길 속으로 뛰어들었다. 화세를 달랜 뒤에 대원들은 불룩해진 유리를 도끼로 찍었다. 유리가 거품처럼 터졌다. 물렁물렁한 유리 조각들이 사방으로 튀었고 불길이 달려들었다. 대원들은 관창으로 불길에 맞섰다. 물과 불이 잠깐 동안 공중에서 기세를 겨뤘다. 불길이 조금씩 움츠러들고 물길이 전진했다. 거실이 수증기로 가득 찼다. 검댕이로 변한 가구와 책장이 물을 흠뻑 뒤집어썼다. 조금씩 검은 연기가 가시고 흰 연기가 피어올랐다.

한 대원이 신음소리를 냈다. 유리 파편이 방화두건으로 채 가리지 못한 목덜미를 긁었다. 상처가 물에 불어 부풀어 올랐다. 벌어진 피부 사이로 근육이 보였다. 핏방울이 방화복을 타고 바닥에 떨어졌다. 핏방울은 금세 검은 물과 섞여 자취를 감췄다. 대원은 구급차를 타고 병원으로 가서 열두 바늘을 꿰맸다.

주택 담벼락에 세워둔 차가 불탔다. 2층에서 불똥이 떨어지기 무섭게 차에서 불길이 치솟았다고 새벽까지 화재를 구경하던 대머리 아저씨가 말했다. 누군가 차에 휘발유를 뿌린 것 같았다. 대원들이 분말소화기를 틀었다. 차는 곧 검은 고철 덩어리로 전락했다. 불이 연료탱크로 번지지 않도록 주의해야 했으므로, 대원들은 차체가 경사면을 따라 조금씩 움직이고 있다는 사실을 깨닫지 못했다. 브레이크가 녹아버린 차가 슬금슬금 골목을 내려가다가 가속이 붙었다. 차의 꽁무니를 붙잡으려던 대원들이 빈손으로 고꾸라졌다. 차는 경사진 골목을 달려 수관을 접고 있던 대원들에게 돌진했다. 차 천장에서 분말을 뒤집어쓴 페인트가 지글지글 끓었다. 대머리 아저씨가 아이고, 아이고, 탄식을 했다. 수관 주변의 대원들이 소리를 지르며 흩어졌다. 차가 대원들의 엉덩이를 스치며 전봇대에 부딪쳤다. 수류탄이 터지는 것 같은 굉음이 일었다. 굉음 뒤에 대원들의 고함과 주민들의 웅성거림이 밀려왔다.

새벽 6시, 서음동 화재가 진압됐다. 잿더미와 뼈대만 남은 이층 주택이 여명을 받으며 휘청거렸다. 주택의 등 뒤에 버티고 서 있던 짙은 남색 하늘이 점점 묽어졌다. 지휘차량 앞에서 진압대장이 무전기로 상황 종료를 알렸다. 네 명의 대원이 잔화 정리를 위해 1층 거실을 돌아다녔다. 대원들은 가구를 뒤적이며 분무방수로 남은 불씨를 제거했다.

거실 천장에 분진이 날렸다. 검은 눈발이 소리 없이 뚝뚝 떨어졌다. 대원들이 일제히 천장을 올려다보았다. 한두 송이씩 떨어지던 분진이 걷잡을 수 없이 늘어나더니, 갑자기 검은 소낙비로 변해 대원들의 어깨 위로 쏟아졌다. 한 치 앞도 보이지 않았다. 뛰어! 누군가 외쳤다. 안 돼……. 누군가가 속삭였다. 그 속삭임 끝에는 울음이 묻어 있었다. 천장에서 천둥이 쳤다. 천둥소리와 함께 지반이 흔들리며 벽돌과 콘크리트 더미가 대원들을 덮쳤다. 무너지는 기둥이 대원들의 뼈를 부쉈다. 구경하던 주민들이 비명을 지르며 집 안으로 뛰어들어갔다. 1층과 2층 천장이 폭삭 내려앉았고 그 위로 검은 안개가 치솟았다. 밖에서 수관을 접던 대원들이 붕괴현장을 보고 얼어붙었다.

상황 종료를 알렸던 진압대장이 2차 지원대와 광역1호 발동을 요청했다. 검은 안개가 걷히기 전에 대원들이 뛰어가 잔해를 헤쳤다. 대원들은 울부짖으며 벽돌 더미와 기와와 철근을 들어 올렸다. 장갑이 찢어져 피 묻은 손톱이 드러났다. 잔해 사이로 어린 대원의 방수화가 보였다. 두 번의 죽을 고비를 넘긴 대원은 세번째 고비를 넘지 못했다.

구급차가 네 구의 시체를 싣고 영안실로 달려갔다. 11월 30일 새벽이 막을 내렸다. 태양의 기세에 밀려 어둠이 물러났다. 태양은 무심하게 알몸의 화재현장을 비추었다. 잿더미들이 버려진 무덤처럼 초라했다. 그곳에서 일어난 일들을 사람들은 기억하지 못할 것이다. 모든 불운 중에 최악의 불운을 남기고 서음동의 아침이 시작되었다. 대원들이 마지막 수관을 접었다. 수관 끝에서 물방울이 떨어졌다. 수관이 대원들 대신 흐느꼈다.

수사본부 요원들은 토요일에도 비상근무를 했다. 아침부터 서음동 화재사건에 관한 회의가 열렸다. 변사자들은 서울의 한 고등학교 수학교사인 장성구 씨와 초등학교 5학년 그의 딸 장유리 양이었다. 장유리 양의 어머니는 이 년 전 교통사고로 죽었다. 장성구에게는 전과나 기소 사실은 물론 사소한 교통위반 전력도 없었다. 학교에서나 동네에서나 성실하고 친절한 사람으로 정평이 나 있었다. '공개수배' 카페에서도 그의 이름이 검색되지 않았다.

천성철은 화재 시각에 병원에서 당직을 섰다. 밤새도록 병원 밖으로 한 발자국도 나가지 않았다고 간호사들이 증언했다.

형사들이 영안실로 달려가 시신의 상태를 확인했다. 월요일에 국과수 법의학 별관에서 부검이 진행될 예정이었다. 사건 정황상 범인이 변사자들을 살해한 뒤 불을 질렀을 가능성이 컸다. 부검을 해도 사체의 호흡기에서 검댕 하나 찾을 수 없을 것이라고 이경훈 반장이 장담했다.

방송국들이 화재상황을 속보로 전했다. 화면에 '서음동 화재참사' 헤드라인이 크게 걸리고 잿더미와 건물 잔해들이 앵글에 담겼다. 아직까지 소방관 네 명 순직 이외의 사실은 보도되지 않았다. 여론의 파장을 고려해 장성구 부녀의 사망 원인을 비공개로 해달라고 수사본부가 소방청과 병원 측에 요청했다. 사적 처형 보도 이후 경찰청은 여론에 알레르기 반응을 보였다. 부검감정서가 나오고 화재현장 공동조사가 끝난 뒤에 경찰은 의혹을 공개할 예정이었다.

화창한 토요일이었다. 한산한 거리에 초겨울의 상쾌한 공기가 흘렸다. 색색의 등산복을 입은 시민들이 북한산, 청계산, 도봉산행 버스를 탔다. 밝고 화사한 거리에서 수사본부 형사들은 딱딱한 미소를 지으며 잿더미와 잿더미 부근의 주택들을 기웃거렸다. 형사들이 물어온 정보 덕택에 조금씩 현장의 이면이 드러났다.

서음동 화재참사의 원인은 휘발유로 추정되었다. 소방청 조사요원들이 발화원 주변의 화재 잔유물을 채취하여 감정을 의뢰했다. 육안으로 확인한 결과 누군가 거실에 휘발유를 뿌리고 불을 지른 것 같다고 그들은 말했다. 휘발유의 출처는 장성구 소유의 승용차였다. 불탄 승용차 표면에 휘발유 그을음이 가득했다. 주유구가 둔기로 파손되었고 연료 탱크에 휘발유가 거의 남아 있지 않았다. 누군가 살인을 저지른 후 승용차에서 휘발유를 빼내 거실에 뿌렸다.

범죄분석팀은 살인은 계획적이지만 방화는 우발적이라고 분석했다. 범인이 휘발유를 미리 준비하지 않은 것으로 보아 방화 아이디어를 살인한 뒤에 떠올린 것이 분명하다고 서영혜가 말했다. 피살자들의 목에 난 삭흔이 일자였고 얼굴에 울혈이 있었으므로 범인이 등 뒤에서 밧줄로 목을 졸랐을 가능성이 컸다. 교살이었다. 범인은 피살자들의 목을 매달지 않았다. 사적 처형과 여러모로 어긋나 있는 범행 정황이 수사본부를 고민에 빠뜨렸다. 사적 처형자는 즉흥적이지 않다. 만약 그가 범인이라면 왜 이번 살인만 이렇게 거칠게 다뤘는가. 수사본부는 화재참사와 사적 처형의 관련성을 모든 감정 결과가 나온 후에 다시 판단하기로 결정했다.

오후 2시, 영안실에 대기하고 있던 형사가 이경훈 수사반장에게 전화를 걸었다.

"장성구 사체에 주사 흔적이 없습니다."

"그럼 술 먹였나?"

"술도 아닌 것 같습니다. 대신에……."

"대신에, 뭐?"

"목 뒤에 뭔가로 지진 자국이 있다는데요."

"불똥이 튀었나 보지."

"아뇨. 의사가 전기충격기 자국 같다는데요."

"전기충격기? 이 새끼가 완전히 미쳤군. 다음엔 기관총인가?"

"그럴지도 모르죠."

전화를 끊고 이경훈은 고개를 갸웃거렸다. 뭔가 개운치 않았다. 경험이 쌓인 형사는 무당처럼 자신도 모르게 범인의 얼굴을 느낀다. 수사를 하다 보면 범인이 마음속에 들어와 속삭인다. 이거야, 이게 내 짓이야……. 아냐, 이건 증거가 아니야……. 마음속의 범인과 실재의 범인은 거의 일치했다. 가을부터 이경훈의 마음속에 들어온 어떤 자가 피살자들을 가리키며 자신이 한 짓이라고 속삭이고 있었다. 그러나 살인 뒤에 한 행동을 물어보면 범인은 어둠 속으로 퇴각하여 응답하지 않았다.

젠장, 이게 다 편지놀이 때문이야! 이경훈은 범인과의 소통 어쩌고저쩌고하는 작전이 처음부터 마음에 들지 않았다. 그것 때문에 범인이 이상한 행동을 하기 시작했다고 이경훈은 생각했다. 범인을 잡고 싶으면 책상머리에 앉아 있지 말고 거리로 뛰어나가야 한다.

이경훈은 작전을 세운 머리 좋은 인간들에게 화풀이를 하고 싶었다. 관리반 책상에서 박은희가 다가와 물었다.

"서음동 화재사건, 처형자가 저지른 범행이 아니라고 생각하세요?"

"처형자가 뭐야? 그냥 미친 새끼라고 해."

"미친 새끼가 저지른 범행 아니냐고요."

"그 새끼가 저지른 거야. 감이 와. 근데 좀 이상해. 똥 싸고 밑을 안 닦은 것처럼."

"놈은 부녀를 죽이고 그 위에 휘발유를 붓지 않았어요. 거실에 불을 질렀죠. 교살이 드러나도록 시체를 가급적 온전하게 남겨두고 싶었던 거예요. 이런 대담한 짓을 할 인간은 세상에 한 명뿐이에요. 모방범죄라면 증거를 없애려고 시체를 태웠을 거예요. 놈이 한 짓이에요."

"그럴까? 불은 왜 질렀을까? 장난일까?"

"몰라요."

서음동 방화사건의 범인이 누구인지는 곧 판명되었다. 부검감정서나 화재현장 조사보고서를 기다릴 필요도 없었다. 12월 2일 월요일 아침 9시, 『뉴스위클리』 우편물을 담당하는 아르바이트 학생이 발신자 주소가 없는 편지봉투를 발견했다. 우체국 소인도 찍혀 있지 않았다. 기획회의를 마치고 자리로 돌아온 편집장이 봉투를 뜯었다. 편지지에 의미를 알 수 없는 단어들이 찍혀 있었다.

"마포역 7번 보관함. 비밀번호 9999."

편집장은 음, 하고 길게 신음소리를 내었다. 그 주의 커버스토리는 복지 사각지대의 투표 성향에 대한 분석이었다. 생활보호대상자와 차상위계층이 압도적으로 우파에게 표를 던졌다. 가장 가지지 못한 자가 가장 가진 게 많은 자를 찍었다. 편집장은 기획회의를 다시 열어 커버스토리 아이템을 바꿔야겠다고 생각했다. 손가락으로 책상을 톡톡 두드리다가 편집상은 수사본부에 전화를 걸었다.

수사본부가 『뉴스위클리』 편집국에서 편지지를 가져왔다. 범인이 11월 20일에 보낸 편지와 똑같은 A4용지, 똑같은 프린터, 똑같은 서체였다. 화재는 토요일에 일어났고 편지는 월요일에 도착했으며 우체국 소인도 찍혀 있지 않았다. 범인이 몰래 우편함에 넣어두었거나 누군가에게 부탁한 것이다. 『뉴스위클리』 아르바이트생과 직원들은 우편함 근처에서 수상한 자를 본 적 없다고 말했다.

12월 2일 오전 11시, 이경훈을 포함한 수사반 요원 다섯 명이 마포역으로 갔다. 범인이 보관함을 지켜보고 있을지도 몰랐다. 요원 세 명이 보관함 주변 입구와 매표구 앞에서 행인을 위장하여 잠복했다. 보관함 주변에 오랫동안 머무르는 남자는 없었다. 행인들이 굳은 표정으로 형사들 앞을 지나 승강장으로 사라졌다. 오전의 마포역은 태평스럽고 분주했다. 이경훈이 보관함 앞으로 걸어갔다. 보관함 모니터는 터치스크린 방식이었고 내장된 CCTV로 보관물 주인의 얼굴을 녹화했다. 범인의 얼굴이 찍혔을 것이다. 이경훈은 '물품 찾기' 버튼을 눌렀다. 비밀번호 9999를 입력하자 추가요금

천 원을 더 내라는 안내가 떴다. 현금 결재? 휴대폰 결재?

"이 새끼가 돈도 제대로 안 넣었어."

이경훈이 투덜거리며 천 원짜리 지폐를 투입구에 밀어 넣었다. 끼익, 귀에 거슬리는 소리를 내며 지폐가 튀어나왔다. 이경훈은 지폐를 곧게 펴서 다시 투입구에 넣었다. 영수증이 튀어나왔다. 바닥에 떨어진 영수증을 주워 주머니에 넣으며 이경훈은 수사본부에 천원 결재를 신청해야겠다고 생각했다. 놈에겐 천 원을 쓰는 것도 아까웠다. 추가요금은 놈이 보관함에 무언가를 넣은 지 네 시간이 지났다는 것을 의미했다. 떡떡떡 전자음을 내며 7번 보관함의 자물쇠가 풀렸다. 이경훈은 보관함 문 앞에 코를 들이댔다. 피비린내나 화약 냄새가 나지 않았다. 아무 냄새도 나지 않고 차가운 쇠의 기운만 다가왔다.

보관함 안에 빨랫줄이 있었다. 교수형 매듭으로 고리를 낸 주황색 빨랫줄이었다. 빨랫줄의 섬유 사이에 피살자들의 것으로 보이는 피부조각과 체모가 묻어 있었다. 놈은 피살자의 등 뒤에서 목을 졸라 죽였으므로, 교수형 매듭을 지은 건 살인 뒤일 것이다. 이경훈은 장갑을 끼고 빨랫줄을 비닐봉지에 넣었다. 보관함이 텅 빈 아가리를 벌렸다. 가자. 이경훈이 형사들에게 말했다.

수사요원들이 마포역에 연락하여 보관함의 CCTV 영상들과 보관기록을 입수했다. 7번 보관함은 월요일 아침 6시에 한 번 열렸고 그 뒤로 보관물을 꺼낸 기록이 없다. 아침 6시에 녹화된 화면에 모자를 눌러쓰고 장갑과 마스크를 착용한 범인의 얼굴이 찍혔다.

물품보관함 CCTV는 화소수가 낮은 DVR이었다. 서울경찰청 과학수사계 다기능 증거분석실 문서영상팀이 영상을 복원했다. 범인의 윤곽이 뚜렷해졌다. 영상계측 프로그램이 파악한 범인의 신장은 천성철과 비슷한 178센티미터 정도였다. 호리호리한 체격이지만 어깨가 다부졌다. 어깨 너머에 행인이 보이지 않았다. 행인의 얼굴을 복원한다면 목격자를 찾을 수 있다는 것을 범인은 계산에 넣은 것 같았다. 이른 아침이라 보관함 주변에 사람이 많지 않았을 것이다. 터치스크린의 지문은 검색할 필요도 없었다. 범인은 장갑을 끼고 있었다.

이경훈이 인쇄된 범인의 영상을 노려보았다. 모자챙과 굵은 뿔테 안경과 마스크에 가려 드러나지 않는 얼굴이었다. 범인을 처음 본 것만으로도 이경훈은 흥분을 느꼈다. 심장 한구석이 찌릿했다. 첫 만남이었다.

『뉴스위클리』는 지하철 보관함에 대한 기사를 실을 수 없었다. 월요일에 편지를 받았으므로 시사주간지들이 이미 가판대에 깔린 뒤였다. 『뉴스위클리』의 모회사인 『한영일보』가 다음 날 아침 1면 하단에 처형자의 편지와 지하철 보관함에 대해 보도하고 사회면에 상보기사를 실었다. '서음동 방화, 범인은 연쇄살인범'. 유제두가 모든 기사를 썼다. 경찰이 빨랫줄과 범인 영상을 입수한 경위도 기사는 상세히 전했다.

한영일보 편집국은 기사 작성 시 경찰과 상의하지 않았다. 첫 보도 후부터 사적 처형 보도는 완전경쟁 체제였다. 보도의 윤리와 파장을 따지지 않고 먼저 먹는 자가 끝까지 먹는 서바이벌 게임이었다. 범인이 사건현장마다 암시를 남겼으며 고척동 피살자의 배에서 발견된 계란이 방부 보존돼 있다고 『대한일보』가 단독 보도했다. 『뉴스위클리』첫 기사가 수사 작전의 일환이었다고 『광역신문』이 보도했다.

12월 3일, 수사본부는 언론에 떠밀려 브리핑을 했다. 사적 처형자에 대한 동정여론을 차단하기 위해 수사본부는 소방관 네 명의 희생을 부각시켰다. 사디스트, 변태성욕 등 범인을 자극할 수 있는 단어를 피하면서 범행의 잔인성을 드러내려는 전략이었다. 신문과 방송이 소방관들의 가족을 따라다녔다. 시보 딱지를 갓 뗀 24세 대원의 어머니가 병상에서 기자들을 맞았다. 어머니는 아들이 선물한 내의를 기자들에게 보여주었다. 35세 대원의 아내가 돌 지난 아들을 안고 카메라를 향해 울먹였다. 마지막까지 위기에 처한 사람들을 위해 싸운 남편이 자랑스럽다고 아내가 말했다. 소방관은 잿빛 도시가 지닌 유일한 인간성이었다. 대중의 분노가 출렁였다. 범인에 대한 동정여론이 조금씩 허물어졌다.

오후 2시, 수사본부에 작은 소동이 일었다. 동북경찰서 민원실의 여경이 수상한 제보전화를 받았다고 보고했다. 수사반이 녹음된 전화내용을 확인했다. 젊은 여자의 목소리였다.

"여보세요? 수사본부예요?"

"네, 말씀하세요."

"기사를 보고 바로 알았어요. 그놈이에요."

"그놈이요?"

"그놈이 떠벌린 대로예요."

"여보세요? 말씀하시는 용의자가 누군가요?"

"날 끔찍하게 아껴준다고 생각해서 동거했죠. 그자는 내가 가족이나 친구를 만나는 걸 싫어했어요. 그렇게 나를 고립시켜놓고 본색을 드러냈어요."

"그자가 어떻게 괴롭히던가요?"

전화기 너머에서 쓸쓸한 웃음소리가 들렸다. 숟가락으로 솥을 긁는 것 같은 소리였다.

"나는 그자가 너무 무서워요. 잘 들어요. 그자는 가까이에 있어요. 아주 가까이에."

전화가 느닷없이 끊겼다. 수사본부가 교환대에 연락하여 발신자의 번호를 확인했다. 신촌역 근처의 공중전화였다. 이경훈은 전화부스 근처에 CCTV가 있는지 확인해보라고 지시했다. CCTV는 없었다. 전화를 받은 여경은 단순한 장난전화인 것 같다고 말했다.

수사본부의 텅 빈 하루가 또 지나갔다. 형사들이 피살자들의 연고선에 들러붙었고 빈손으로 돌아왔다. 오후 4시, 국무총리가 동북경찰서를 방문했다. 총리는 수사본부를 시찰하고 본부장실에서 녹차를 마셨다. 상황이 엄중하니 모든 경찰력이 비상근무를 하고, 김민표 의원 테러사건은 전담팀을 강화하라고 총리가 지시했다. 전국경찰에 갑호비상을 내리는 방안을 검토하라고 총리는 덧붙였다. 본부장은 죄인처럼 고개를 끄덕였다.

업무가 끝나갈 즈음 박은희의 휴대전화가 울었다. 유제두의 전화
였다.

"내 기사 봤어? 어떻게 생각해? 놈이 왜 이렇게 막나가는 거야?"

유제두가 물었다. 박은희는 대답하지 않고 눈을 들어 허공을 보
았다. 손을 파카 주머니에 깊게 찔러 넣은 형사들이 사무실을 빠져
나가고 있었다. 유제두의 목소리도 형사들처럼 들뜨고 분주해 보였
다. 한 주 내내 정신이 없었을 것이다. 유제두는 질긴 기다림 끝에
먹이를 얻었고 그것을 게걸스럽게 먹는 중이었다. 지난 한 주일 동
안 박은희는 유제두를 두 번 엘리베이터에서 마주쳤다. 두 번뿐이
었다. 두 번 다 지치고 들뜬 표정이었다. 유제두는 희미한 미소를
짓고 박은희의 옆구리를 콕 찌르고 기자실로 사라졌다. 그리고 일
주일 만에 전화를 걸었다. 박은희가 말했다.

"오늘 저녁 같이 먹자."

"어…… 응……."

대답이 개운하지 않았다. 말꼬리를 흐리는 순간 유제두는 해야
할 일들과 만나야 할 사람들을 떠올렸을 것이다. 박은희는 여전히
한가했고 유제두는 숨이 차오르도록 바빴다.

"바빠도 같이 먹자. 남산 밑에 단골 식당이 있어."

"알았어."

남산도서관으로 가는 오르막길에 아담한 파스타집이 있었다. 2층

창가 너머로 동면을 준비하는 산이 보였다. 산비탈을 배회하던 바싹 마른 낙엽들이 바람을 타고 창에 부딪혔다. 매장은 중소기업의 한 부서가 연말 파티를 하면 딱 좋을 크기였다. 네 벽면이 모두 파스텔톤의 연갈색이고 둥그런 원목 탁자들이 리놀륨을 깐 바닥에 서 있었다. 둥근 갓을 쓴 실내등이 장식의 전부였다. 은은한 할로겐 조명이 검은색 지지대를 타고 내려와 테이블 사이를 밝혔다. 불빛을 따라 세미클래식이 흘렀다. 벽마다 작은 사진 액자들이 걸려 있었다. 오래된 가족사진들이었다. 흑백이거나 흑백을 간신히 면한 초기 칼라 사진에 가족들의 낡은 얼굴이 보였다. 고풍스런 양복을 차려입은 외국인 가족들도 있었다.

"손님들한테 기증받은 거래."

액자를 둘러보는 유제두에게 박은희가 말했다. 두 사람은 메뉴를 골랐다.

"느끼하지 않은 걸로 줘."

유제두가 메뉴판을 덮어버리고 말했다.

"느끼하지만 않으면 먹을 수 있을 거야."

박은희는 유제두를 위한 해물 스파게티와 자신을 위한 크림 스파게티를 주문했다. 눈이 작고 웃을 때마다 하얀 치아가 빛나는 사십 대 여자가 주문을 받았다. 입가에 늘 은은한 미소가 머물러 있는 얼굴이다. 서울에서 찾기 힘든 표정, 멸종에 가까운 표정이다.

"이 식당은 외국에서 파스타를 공부한 부부가 차렸어. 저분이 안주인이야. 혼자 올 땐 잠깐 옆에 앉아서 파스타 상식을 가르쳐주기도 해."

"혼자서도 와?"

"응. 자주. 맛있으니까."

"혼자서 그 느끼한 크림 스파게티를 먹는다고? 열 명이 한 그릇 먹기도 힘들 텐데."

"느끼하지 않아. 마늘이 있으니까. 크림 스파게티에게 마늘은 생명이야. 인생에게 섹스가 그렇듯이."

"사랑이겠지."

"섹스든, 사랑이든. 느끼한 인생을 맛있게 만들어줘."

음식이 나왔다. 해물과 채소가 신선하고 소스의 향이 풍부했다. 면을 싫어하는 유제두도 바쁘게 포크를 놀렸다. 박은희가 말했다.

"나이 들면 요리를 배워서 식당을 차려볼까 해."

"식당을 차리려면 부지런해야 돼. 그것도 아주 많이."

"그렇겠지."

해가 완전히 떨어졌다. 창문 너머에서 사람들이 코트 깃을 잔뜩 올리고 보도블록을 걸었다. 바람이 심하게 불어서 행인들의 머리가 깃발처럼 펄럭였다. 내일은 비가 올 것 같았다. 박은희가 물었다.

"이번 주에도 기사 써?"

"응. 내가 다 써."

유제두가 익힌 방울토마토를 포크로 찍어 먹고 입가를 닦았다.

"이번 기사는 힘들어. 범인의 행적을 이해할 수가 없어. 어떻게 생각해?"

"난 홍보관이 아니야. 공개수사로 전환한 후에 홍보관 짓은 때려치웠어. 그리고 지금 사건 이야기를 하긴 싫어."

"흥미를 잃은 거야?"

"아니. 단지 지금은 이야기하기 싫다는 거야."

박은희는 습관적으로 눈을 동그랗게 치켜떴다. 피로에 찌든 삼십 대 여자의 얼굴이 물러나고 뭔가를 원하는 어린아이의 얼굴이 되었다. 천진한 얼굴로 박은희는 한숨을 쉬었다.

"제두 씨, 내가 가족 얘기를 했던가?"

"아니. 한 번도 한 적 없어."

"아버지는 의처증이었어. 망상장애 환자. 한번 붙들리면 헤어나올 수 없는 망상, 부정할수록 더 강해지는 망상…… 그런 거. 아버지는 망상 때문에 엄마를 들들 볶았어. 아버지가 엄마를 죽인 거나 마찬가지야. 난 엄마가 죽고 나서 아버지가 더 편해질 줄 알았어. 망상의 근원이 사라졌으니까. 하지만 그렇지 않았어. 엄마가 죽은 후에 아버지는 매일 폭음을 하고 울부짖었어. 방구석에 앉아서 엄마 사진을 보며 머리를 쥐어뜯고 그랬어. 그런 날들이었어. 엄마가 죽은 순간에 아버지도 죽은 거야. 아버지는 한참 후에 암으로 죽었지만 그때부터 이미 죽어 있었어. 난 정말 깜짝 놀랐어. 나는 아버지가 엄마를 사랑했다고는 전혀 생각할 수 없었거든. 그게 사랑일까? 응? 사랑이었을까?"

"글쎄……. 잘 모르겠다."

"어떤 남자에게도 이런 얘기를 해본 적 없어. 이게 내 급소야. 내가 왜 제두 씨한테 이런 얘기를 하는지 알아?"

"날 사랑하니까."

"맞아. 나는 제두 씨가 날 아주 많이 사랑해줬으면 좋겠어. 사랑이란 게 뭔지는 잘 모르겠지만, 아주 많이. 건강하게. 알겠어?"

유제두가 고개를 힘차게 끄덕였다. 주황색 불빛 때문에 유제두의 뺨이 상기돼 보였다. 해야 할 말을 했다고 박은희는 생각했다. 혼자 집에 돌아와 싸구려 속옷을 입은 몸을 거울에 비춰보고 욕조에서 거품을 불며 하루를 정리하는 생활로 돌아가기 싫었다. 의식의 옷 깃을 꼭꼭 여미고 모든 타인에게 경계의 눈초리를 보내며 살아갈 수는 없었다. 사랑은 성령처럼, 순식간에 보이지 않는 불길로 익숙한 모든 것들을 태운다. 영원히 지속될 리 없고, 어쩌면 찰나에 지나지 않지만, 그 순간을 통과한 뒤에는 어쩔 수 없다. 돌아갈 수 없다. 조심조심 전진하는 수밖에 없다. 박은희는 그렇게 생각했다.

"이제 기자님을 괴롭히고 있는 사건 얘기를 좀 해보자. 범인은 마취제가 아니라 전기충격기를 사용했어. 그러니까 범인은 피살자의 신뢰를 얻을 시간이 없었던 거야. 누군가를 믿고 주사기 앞에 팔뚝을 내놓으려면 꽤 긴 시간이 필요하지 않겠어? 놈은 무엇에 쫓기듯 급하게 범행대상을 골랐어. 예전엔 피살자들이 문을 열어주었지만 이번엔 몰래 문을 따고 집 안에 침입했을 거야. 그래서 전기충격기가 필요했던 거야."

"나도 그런 생각은 했어. 왜 그렇게 서두르는 걸까? 처형자답지 않잖아."

"더 들어봐. 놈은 죽인 뒤에 불을 질렀어. 재미있는 착상이 떠올랐을까? 장난이었을까? 아냐. 놈은 피살자들의 옷을 벗기지 않았어. 장난이었다면 평소대로 옷을 벗기고 시체를 닦은 뒤에 불을 질렀겠지. 놈은 무언가에 충격을 받거나 분노한 거야. 뭔가 자기 계획과 상관없는 것이 튀어나온 거지. 그래서 놈은 정신없이 자동차에서 휘발유를 빼내 불을 지르고 사라진 거야."

"CCTV에 찍힌 얼굴은 진짜일까?"

"그럴 거야. 놈은 누굴 시켜서 일을 처리하는 스타일이 아니야. 혼자서 조용히 움직이는 걸 좋아해."

"놈이 교사와 딸을 왜 죽인 거야? 사소한 스캔들도 없잖아. 이런 경우는 처음이야."

"모르지. 분명한 건 놈이 피살자들을 죽인 뒤에 분노나 충격에 휩싸였다는 거야."

"애초 범인과 소통하겠다는 전략이 무리가 아니었을까? 놈이 심하게 자극받았어."

"아니. 전략은 효과가 있었어. 우리가 기대한 방식대로는 아니지만. 기사를 쓰시 않았어도 놈은 일을 저질렀을 거야. 하지만 좀더 치밀하고 계획적으로 움직였겠지. 기사 때문에 놈이 허둥대고 빈틈을 보이기 시작했어. 결국은 끝장을 보고 말 거야."

"끝장?"

"그래 끝장. 이상한 예감이 들어. 놈이 어떤 결말을 생각해내고 무리하게 밀어붙이는 것 같아."

"놈이 자살이라도 한다는 거야?"

"그건 아냐. 하지만 놈은 어떻게든 끝내려 하고 있어. 곧 파국이 닥칠 거야. 우리 탐정놀이도 오래 가지 못해."

"곧, 곧이란 말이지……."

소파에 몸을 파묻고 유제두가 중얼거렸다. 전등갓의 그림자가 유제두의 얼굴에 깔렸다. 별빛 하나 없는 밤이 왔다. 보이지 않는 먹구름 뒤에서 천둥이 울었다.

차가운 습기가 맴도는 밤이었다. 김경만은 영흥시 유흥가를 걸었다. 어둠이 무거워서 취객들의 발걸음이 더 풀어져 보였다. 어떤 광선도 투시할 수 없는 두꺼운 어둠이었다. 이 거리에 설 때마다 김경만은 속이 불편했다. 밥맛없는 거리였다. 보이지 않는 고무줄을 허리에 맨 것처럼 김경만은 자꾸 이곳으로 튕겨져 돌아왔다. 축축한 바람이 불었고 먼 곳에서 천둥소리가 들렸다.

며칠 동안 김경만은 채팅사이트를 배회했다. 쪽지와 쪽지의 격전장에서 수십 번도 넘게 강퇴를 당하며 씹창이라고 욕을 먹었다. 모니터를 노려보며 김경만은 자신이 성급했다는 것을 깨달았다. 예진이와 접촉한 아이들만 찾으면 범인에게 가는 큰길이 열릴 것이라고 생각했지만, 살인범은 예상보다 복잡한 인물인 것 같았다. 모든 것이 불분명한 세상에서 분명하게 잘 계산된 계획들은 번번이 실패한다. 김경만은 어른들이 신중한 이유를 깨달았다. 실패를 거듭하면서 어른들은 세상의 불확실함을 배운다. 정진우 형사의 말대로 어른들의 일에 아이가 끼어드는 게 아니었다. 그러나 김경만은 포기할 수 없었다. 실패가 필요하다면 계속 실패하겠다고 김경만은 생각했다.

이틀 전, 웬일인지 강나영이 오후부터 채팅방에 죽치고 있었다. 김경만이 쪽지를 날렸다.

"안녕? 나야."

"누구야?"

"나라니까. 네 친구들을 두들겨 팬 미친 새끼."

"꺼져. 재수 옴 붙었네."

"아직 나가지 마. 잘 들어. 한마디만 할게."

강나영은 로그아웃도 대답도 하지 않았다.

"살인범을 잡기 전까지 널 물고 늘어질 거야. 진저리를 치게 만들어주겠어. 그러니까 알고 있는 게 있으면 미리 말하는 게 좋아."

답장이 왔다.

"병신. 예진이는 유령이 죽인 거야. 찾긴 뭘 찾아."

짧은 답장을 남기고 강나영이 로그아웃했다. 김경만은 답장을 천천히 반복해서 읽었다. 문장과 문장 사이에서 무언가가 잡힐 것 같다가 사라졌다. 문장의 의미가 손에 담긴 물처럼 손가락 사이로 빠져나갔다. 강나영은 김경만이 모르는 것을 알고 있었다.

김경만은 강나영과 그녀의 친구들을 수소문했다. 삐끼로 일하는 친구들에 따르면 강나영은 영홍시 뒤편의 빌라촌에서 '오빠들'과 같이 살고 있었다. 미성년자들이 바글거리는 허름한 주택가였다. 강나영의 보디가드를 자처하는 19세 '오빠들'은 낮에는 배달원, 밤에는 폭주족으로 살았다. 영홍천을 가로지르는 고가 밑에 어린 폭주족들이 밤마다 집결했다. 토요일 새벽 그들은 붉은 전구를 단 오토바이를 타고 서울로 진격했다. 강나영의 보디가드들은 어린 가출 소년, 소녀들에게 주먹을 휘두르는 것으로 유명했다. 거리의 물을 흐린다는 이유로 고가 밑의 공터에 끌려간 아이들이 집단폭행을 당했다. 강나영에게 밉보인 소녀들을 윤간한다는 소문도 돌았다.

김경만은 유흥가를 벗어나 북쪽 도로를 걸었다. 멀리 네온사인의 숲 속에 영홍디자인센터가 우뚝 솟아 있었다. 바람의 점성이 더 짙어졌다. 납작하게 누워 있는 구시가지 위로 영홍천의 악취가 풍겨왔다. 빈곤의 냄새였다.

구시가지를 관통하는 도로 끝에 고가도로가 있었다. 고가 밑에 영홍천이 천천히 흘렀다. 얕은 강 주변에 콘크리트로 덮인 강둑과 공터가 보였다. 농구 골대 밑에 폭주족들이 모여 있었다. 화요일이라 아이들이 많지는 않았다. 강가에 엔진 소리가 울려 퍼졌다. 김경만은 어둠을 엄폐물 삼아 천천히 다가갔다. 소주병으로 김경만의 머리를 때렸던 아이가 골대 기둥에 기대 담배를 피우며 오토바이로 공터를 빙글빙글 도는 아이들에게 뭔가를 외쳤다. 강나영은 보이지 않았다. 공터 한구석에 어린 소녀들이 모여 앉아 담배를 피웠다. 종이컵으로 소주를 마시는 아이도 있었다. 김경만은 오토바이 위에 앉아 있는 남자들 가운데 자신이 때려눕혔던 배달맨을 찾아냈다. 중학생쯤 돼 보이는 아이가 다가가자 배달맨이 발길질을 했다.

김경만은 정진우 형사에게 전화를 했다.

"아저씨, 어디예요?"

"경찰서야."

"지금 갈게요. 아저씨 이름 말하고 들어가면 되죠?"

"아홉시가 넘었어. 너 어딘데?"

"이 근처요."

영흥경찰서 형사실은 한산했다. 드문드문 빈 책상들이 보였다. 한 뚱뚱한 형사가 양말을 벗고 발가락을 긁었다. 무좀이 심한 모양이었다. 김경만이 들어서자 서류를 뒤적이던 형사들이 흘끔거렸다. 정진우는 멍한 눈으로 모니터를 보고 있었다. 글을 읽거나 자료를 조사하는 것이 아니라, 딱히 눈을 둘 곳이 없어 모니터를 쳐다보는 멍한 표정이었다. 정진우의 마른 광대뼈가 번들거렸다. 김경만은 비어 있는 옆자리에 앉았다.

"또 어딜 돌아다니다 오는 거야?"

"강나영이라는 애가 있어요."

"애인이야?"

"아뇨. 좀 진지해지세요."

"알았다."

"이 동네에서 왕언니로 통하는 앤데요, 주병식 전화번호도 걔한테 받았어요."

"포주냐?"

"그 비슷한 거예요. 걔가 예진이에 대해 뭘 더 알고 있는 눈치인데 입을 안 열어요. 자기한테 해가 될 것 같은 일에 입을 여는 애가 아니에요."

"내가 찾아가볼까?"

"아저씨는 나보다 못해요. 바른 대로 불어, 이럴 거예요? 걔는 아저씨 머리 꼭대기에 있어요."

"그럼 왜 왔어?"

"강나영이랑 같이 사는 남자애들이 있는데 이 동네에서 폭주족으로 유명해요. 걔들이 동네 애들을 무식하게 때리고 다닌대요. 노는 애들의 군기반장인 거죠."

"군기반장?"

"어디나 그런 게 필요하잖아요. 노는 애들끼리도 나름 질서가 있으니까요. 아저씨가 걔들을 잡아주세요."

"강력계 형사더러 폭주족을 단속하라고?"

"폭력범이기도 하잖아요. 강나영에게 겁을 줘야 해요. 힘이 있는 누군가가 걔 숨통을 조여가고 있다는 걸 보여주고 싶어요. 그래야 입을 열 거예요."

정진우는 말없이 모니터를 쳐다보았다. 생각에 잠길 때면 그는 모니터의 깜박이는 커서나 화살표를 노려보는 버릇이 있었다. 잠시 후에 정진우가 고개를 돌리며 물었다.

"밥 먹었어?"

"아뇨."

정진우는 김경만을 앞세우고 경찰서를 빠져나왔다. 골목 어귀에 포장마차가 있었다. 방수포로 만든 빨간 대문을 열자 수증기가 얼굴에 달라붙었다. 탁자 위에 우동 두 그릇을 놓고 두 사람은 어색하게 앉아 있었다. 우동에서 멸치다시다 냄새가 풍겼다. 습한 밤이어서 포장마차의 수증기가 끈적끈적했다. 정진우가 소주를 시켰다.

"딱 한 잔씩만 하자. 너 한 잔, 나 한 잔."

"아저씨는 더 먹어도 돼요."

"아냐, 나도 많이 먹으면 안 돼."

"어디 아파요?"

"왜, 아파 보여?"

"처음 볼 때부터요."

"그냥 속이 안 좋아."

두 사람은 소주를 단숨에 들이켰다. 위벽이 찌르르 울었다. 내장에 화생방 경보가 울리고 온몸이 훈훈해졌다. 정진우가 말했다.

"해보자."

김경만은 의외라고 생각했다. 저 깐깐한 형사가 이렇게 쉽게 승낙하리라고는 예상하지 못했다.

"아저씨는 왜 그렇게 범인을 잡고 싶어 해요?"

"그래 보여?"

"예."

정진우는 이 질문을 어떻게 통과해야 할지 생각했다. 답을 줄 수 없어서 정진우는 포장마차 방수포에 맺힌 이슬을 쳐다보았다. 10월 23일 이후로 날마다 자신에게 물었던 질문이었다. 답이 없었다. 정진우는 범인을 잡는 것이 일종의 복수라고 생각했지만 왜 복수해야 하는지 알 수 없었다.

"우동 먹고 빨리 집에 돌아가. 부모님이 안 기다리셔?"

김경만이 고개를 저었다.

"아저씨는 매일 이렇게 늦게 일해요? 부인이 안 기다려요?"

정진우가 고개를 저었다. 김경만은 정진우의 부인이 대단한 자선 사업가거나 천사라고 생각했다. 범인에게도 가족이 있을까, 문득 궁금증이 일었다.

"범인은 진짜 사람을 죽이는 게 좋은 일이라고 생각할까요? 사회 정의나, 뭐 그런 거창한 것 때문에 예진이를 죽인 걸까요?"

정진우는 유제두가 쓴 『뉴스위클리』의 기사를 떠올렸다. 논리도 없고 깃털만큼의 진실도 담겨 있지 않은 기사였다.

"아닐 거야. 범인은 그저 죽이는 게 좋아서 죽이는 거야. 설사 거창한 명분을 가지고 있다고 해도 그건 망상에 지나지 않아. 세상을 한 번에 뒤집어놓을 순 없어. 우리는 인간이야. 인간에겐 날개가 없어. 인간은 자신이 처한 조건 속에서 한 걸음씩 천천히 걸어야 해. 그러다 보면 조금씩 나아지겠지. 그게 인간이야."

김경만은 정진우가 어른이라는 것을 새삼 느꼈다. 자신이 처한 조건 속에서, 천천히……. 그건 어른들의 지론이었다.

"범인이 예진이를 죽인 게 사회정의랑 상관없다는 건 이해해요. 하지만 천천히 세상을 바꿔야 한다는 건 이해하지 못하겠어요. 그래서 세상이 더 나아졌나요? 세상을 바꾸려면 누군가는 위험을 감수해야 해요."

정진우가 한숨을 쉬었다. 깊은 한숨이었다. 폐부 깊숙이 고여 있던 숨이 탁자 위로 쏟아졌다.

"들어봐. 산다는 건 자전거를 타는 것과 같은 거야. 모험은 할 수 있지만 언제나 균형을 지켜야 해. 균형이 중요해. 내 말을 믿어라. 두 발을 페달 위에 올려놓고 손으로 손잡이를 꽉 잡고 전방을 주시하며 속도를 조절하는 것, 그게 인생이야."

그것은 정진우 자신을 향한 말이었다. 마흔 살에 어떤 장애물과 함정이 도사리고 있는지 정진우는 알지 못했다. 아마 쉽지 않을 것이다. 류머티즘에는 근원적인 치료법이 없다. 그러나 균형을 잃지 않는 한 쓰러지지는 않을 것이라고 정진우는 생각했다. 무엇이든 극단에 이르러서는 안 된다. 절망도 슬픔도 외로움도 극단까지 가서는 안 된다. 그것이 알 수 없는 미래를 건너는 유일한 방법이다. 정진우는 김경만을 향해 미소를 지었다.

12월 4일, 수요일 아침에도 먹구름이 하늘을 점령했다. 여명이 땅에 닿지 못했다. 정진우는 김경만이 가르쳐준 집주소를 검색하여 주인에게 전화를 걸었다. 세입자가 폭주족들이라는 말을 듣고 주인은 깜짝 놀라며 분개하는 듯했다. 정진우는 그것이 위선이라고 생각했다. 세입자를 들일 때부터 집주인은 거리의 아이들이라는 것을 알고 있었을 것이다. 집주인에게 현관 열쇠를 받아온 후 정진우는 이 형사에게 도움을 요청했다.

"선배, 폭주족들을 잡아들여서 뭐하게요?"

"그냥 겁만 주려고 그래. 한 번만 도와주라."

이 형사가 정진우를 유심히 쳐다보았다. 관절뿐 아니라 정신에까지 염증이 번졌는지 탐색하는 얼굴이었다.

정진우는 이 형사와 함께 구시가지의 반지하 방으로 갔다. 현관문을 열자 음식찌꺼기 냄새가 풍겨왔다. 집 안이 엉망이었다. 18평형대의 좁은 빌라 거실에 양말과 빨랫거리들이 널려 있었다. 바닥에 먼지가 자욱했고 벽지는 노란 얼룩들로 가득했다. 반지하의 습기 때문에 천장에 곰팡이가 무성했다. 식탁에는 담배꽁초들로 가득한 컵라면 용기들이 나뒹굴었다. 흡입하다 남은 본드나 부탄가스통이 보이지 않는 게 신기할 정도였다.

안방 문이 열리고 머리를 밤송이처럼 깎은 남자아이가 고개를 내밀었다. 반팔 티에 사각팬티 차림이었다. 정수리 부근의 머리카락이 하늘 높은 줄 모르고 치솟아 있었다. 정진우가 아이를 향해 소리쳤다.

"영흥경찰서에서 나왔다. 폭주족 단속이야. 가자. 옷 입어."

안방에서 남자아이 세 명이 우르르 달려 나왔다. 한결같이 입에서 술 냄새가 났다.

"뭐예요? 아침부터 씨발. 진짜 경찰이에요?"

정진우가 신분증을 코앞에 들이밀었다. 아이들은 난감한 표정을 지었다.

"이 새끼들이…… 옷 안 입어? 그냥 끌고 갈까?"

건너편의 골방에서 머리를 산발한 여자아이 두 명이 추리닝 바람으로 뛰어나왔다. 키 큰 여자아이가 눈을 동그랗게 떴다. 인형 같은 얼굴이었다. 투명한 피부에서 빛이 흘러나오고 오뚝한 콧날이 반짝이는 얼굴이었다. 아이는 잠옷 바람으로 거리를 돌아다녀도 남자들을 굴복시킬 것 같았다. 이 아이가 강나영일 거라고 정진우는 짐작했다.

"니들은 들어가 처박혀 있어! 같이 갈래?"

여자아이들이 말없이 방 안으로 들어갔다. 남자아이들이 청바지와 점퍼를 걸쳤다.

"이 형사, 애들 수갑 채워."

이 형사가 어깨를 으쓱했다. 그럴 필요까지야 있겠냐는 뜻이었다. 정진우가 눈을 찡긋했다.

"어서. 어서."

영흥서로 가는 자동차 뒷좌석에서 수갑을 찬 아이들이 수군거렸다. 씨발, 씨발, 존나, 존나……. 조수석의 정진우가 뒤를 돌아보며 소리쳤다.

"조용히 안 할래? 한 대씩 맞을까?"

영흥서 정문을 통과할 때 이 형사가 아이들의 수갑을 풀었다. 책상 앞 의자에 아이들을 일렬로 앉혀놓고 정진우는 조서를 꾸미는 척했다. 아이들의 이름과 주소지를 물었다. 오토바이를 처음 탄 시기, 서울원정을 나간 횟수, 폭행과 강간 사실을 추궁했다. 아이들은 그저 생각나는 대로 꾸며대었다. 진술이 전혀 일치하지 않았다.

늦게 출근한 장 팀장이 정진우의 책상으로 다가갔다.

"애들 뭐야?"

"폭주족입니다."

정진우의 얼굴을 빤히 쳐다보던 장 팀장이 자리로 돌아가 창가 화분에 물을 주었다.

"저 뒤에 긴 의자 보이지? 각자 부모님한테 연락하고 저기 앉아 있어. 부모님이 오셔야 여길 나갈 수 있어. 도망치려고 하면 유치장에 처넣겠어."

아이들이 고개를 숙이고 긴 의자에 앉았다. 집에 전화하는 아이는 한 명도 없었다. 정진우는 의자에 기대 눈을 비볐다. 수면부족 때문에 눈이 더 빡빡해져서 각막에 모래알을 뿌려놓은 것 같았다. 정진우는 그제야 안약을 거실 소파 위에 놔두고 왔다는 것을 깨달았다.

경찰서에 들어온 후부터 아이들은 전의를 상실했다. 형사들이 책상 위에 팔을 괴고 아이들을 보며 혀를 찼다. 아이들에게 경찰서는, 징그러운 짭새들이 군락을 이루고 있는 황무지였다. 한 아이가 주위를 두리번거리며 정진우에게 다가가 물었다.

"아저씨, 왜 이래요? 원하는 게 뭐예요?"

정진우가 씩 웃으며 아이의 귀를 잡아당겼다. 귓불이 빨개지도록 힘을 주어 아이의 얼굴을 끌어당기며 정진우는 속삭였다.

"집으로 돌아가. 그게 싫으면 영홍시를 떠나. 다시는 내 눈앞에 나타나지 마."

밧줄이 목을 조였다. 폴리에스테르 섬유의 깔깔한 감촉이 즐거웠
다. 빨랫줄은 훌륭한 선택이었다. 추적이 어렵다는 점 외에도 유치
한 형광색과 거친 질감이 마음에 들었다. 그는 정해일 대령의 군복
을 입고 있었다. 대령의 성격처럼 빳빳하고 질기고 야상의 얼룩무
늬가 구불구불 뒤엉켜서 흐르는 군복이었다. 너무 정성껏 다림질을
해서 주름이 칼날처럼 곤두섰다. 손을 댔다간 피가 흐를 것 같았다.
그는 곽태진의 모터사이클 재킷보다 대령의 군복을 더 좋아했다.
군복을 입으면 온몸의 근육이 팽창하고 자신감이 생겼다.

그는 의자 위에 얹힌 다리의 힘을 더 풀었다. 기도가 조여들고 눈
앞에 뿌연 안개가 덮였다. 다리에 힘을 완전히 뺀다면 천국에 다다
를 것이다. 천국의 통로는 황홀하다. 뇌로 흘러가는 혈류가 차단되

면서 심장이 고동치고 오르가슴이 한발씩 다가온다. 갑자기 그는 천국에 이르기 전에 할 일이 있다는 것을 떠올리고 다리를 폈다. 밧줄이 힘을 잃었다.

눈앞의 안개가 걷히면서 맞은편의 책장이 드러났다. 일곱 칸의 원목 선반 위에 책들이 빽빽했다. 자리를 찾지 못한 책들이 책장 바닥이나 꼭대기에 함부로 쌓여 있었다. 책장이 이 모양이라서 그는 책을 찾을 때마다 어려움을 겪었다. 책의 제목과 위치를 액셀 프로그램으로 정리하자고 마음먹은 지 벌써 이 년이 지났지만, 아직까지 손도 못 대고 있었다. 그는 처연한 눈빛으로 책장을 둘러보았다. 『대지의 저주받은 자들』이 보였다. 지긋지긋한 해방의 강박관념만 제거한다면 그럭저럭 괜찮은 책이었다. 『휴머니즘과 폭력』이 보였다. 시대에 뒤떨어지긴 했으나 봐줄 만한 책이었다. 『폭력의 세기』가 보였다. 그는 눈살을 찌푸렸다. 한나 아렌트라는 철학자의 머릿속은 새로 지은 아파트처럼 텅 빈 구획으로 가득했다. 그녀는 자신의 타락한 이성으로 모든 개념들을 쪼개서 텅 빈 구획만을 남겨놓는다. 그녀는 개념으로 폭력을 해체한다. 폭력의 우발성과, 그 우발성에 뒤따르는 창조성을 그녀는 인정하지 않는다. 그녀는 자신이 비판하는 기술관료들과 다를 바 없다. 그는 혀를 차며 고개를 돌렸다. 괜찮은 책이든 쓰레기 같은 책이든 철학자들의 주장은 요설에 불과했다. 그는 책장 속에서 사드의 『규방 철학』을 찾아내고 미소를 지었다. 진리는 소설이라는 다리를 건너야 비로소 진리가 된다. 여자의 성기에 매독균을 배설하고 외음순을 바늘로 꿰매버리는 것

만한 복수가 어디 있겠는가. 그것은 인간의 관습에 대한 냉철한 복수다. 사드의 폭력에는 흔들림이 없다. 폭력은 흔들림이 없을 때 그 자체로 완벽해진다. 그는 『규방철학』 옆 칸에서 『증오』를 찾아내고 더 행복해졌다. 모든 공포 중에서도 인간이 상상할 수 있는 최상의 공포가 그 소설 안에 들어 있었다. 어느 날 눈을 뜬다. 사방이 어둠이고 몸 주위에 10센티미터의 공간만이 존재한다. 머리를 긁을 수도 없다. 천천히, 천천히 죽어간다. 그는 저자가 어떻게 이런 상상을 할 수 있는지 궁금했다. 『증오』의 저자는 천재에 가까웠다.

그는 목의 올가미를 벗겨내고 의자에서 내려왔다. 데스크탑 컴퓨터의 모니터에 커서가 깜박였다. 텅 빈 공간에 커서 혼자 깜박이는 것을 보면 그는 외로웠다. 숙명처럼 글을 써왔지만 쓸 때마다 낭패감에 젖었다. 느낄 수 있으나 표현할 수 없는 것들이 세상에 너무 많았다. 글은 절망의 정글이다. 그는 정해일의 군복을 벗었다. 속옷을 입지 않은 알몸이 드러났다. 실내공기가 차가워서 팔뚝과 허벅지에 소름이 돋았다. 그는 팔뚝에 돋아난 좁쌀만 한 알갱이들을 혀로 핥아보았다. 아무런 맛도 나지 않았지만 느낌이 썩 괜찮았다. 성기가 살짝 발기했다.

그는 자판 위에 손을 얹고 절망의 정글을 헤쳐갔다. 키보드가 타악기처럼 거실의 정적을 흔들었다. 글을 완성한 후 그는 비닐장갑을 끼고 프린터에서 기어 나오는 종이를 형광등 불빛에 비춰보며 증거물이 묻었는지 확인했다. 아무것도 묻지 않은 백색의 순결한 종이였다. 그는 종이를 조심스럽게 두 번 접어 봉투에 넣었다.

『뉴스위클리』편집장 귀하.

나는 대중의 소란을 지켜보았다. 대중은 나의 의도와 상관없이 환호성을 지르거나 욕설을 퍼부었다. 대중은 거대한 감정의 덩어리다. 이렇게 얄팍하고 유치한 군집을 본 적 있는가. 차라리 철새나 개미떼가 훨씬 현명하다. 모든 개인은 깊다. 그러나 개인이 모여 하나의 이름으로 불리기 시작하면 어처구니없을 정도로 얕아진다. 신기한 일이다. 어떤 작가의 논리를 빌리면, 대중은 원심력과 구심력에 지배당하는 단기간의 현상이다. 대중은 뭉침과 흩어짐을 반복한다. 대중에게 오늘 진리로 나타났던 것은 내일 죄악이 된다. 편지가 공개된 후 나는 진리였고 소방관들이 사망한 후 나는 죄악이었다. 나는 대중의 반응에 흔들리지 않는다. 나는 대중을 논평하고 싶지 않다. 그들에게 필요한 건 논평이 아니라 선동이다.

그러나 한 가지만은 말하고 싶다. 나는 소방관들의 죽음을 보며 징징대는 대중에게 절망을 느꼈다. 소방관들의 죽음이 고소했다는 뜻은 아니다. 그것은 의도하지 않은 희생이었다. 나는 대중이 안간힘을 쓰며 지켜내려 하는 최후의 보루가 기껏 소방관으로 상징되는 휴머니즘이라는 사실에 절망한다. 이 사회에서 진행되는 모든 비극에 눈을 돌리던 대중이 소방관을 위해 기꺼이 눈물을 훔치는 광경을 지켜보며, 나는 굴종하는 자의 추악함을 본다. 어쨌든 나는 나의 결단을 실행에 옮길 뿐이다.

서울의 한 초등학교에서 서른세 살의 여교사가 방과 후에 학생들을 상담실로 한 명씩 불러 가족관계와 학습태도에 대해 물었다.

면담 셋째 날에 열두 살 장유리 양이 상담실로 들어왔다. 이날 장유리 양은 평소와 달리 울적해 보였다. 교사가 학생기록부를 보며 장유리 양에게 아버지에 대해 물었다. 아버지는 좋은 분이라고 장 양은 대답하고 울음을 터뜨렸다. 교사가 무슨 일인지 캐물었다. 장 양은 간신히 울음을 그치고 지난밤의 일을 털어놓았다. 지난밤에 아버지가 몰래 침실로 들어왔다. 아버지의 입에서 술 냄새가 났다. 아버지는 이불을 걷어 올리고 장 양의 속옷을 더듬었다. 그리고…… 장 양은 거기서 말을 멈췄다. 교사가 장 양의 어깨를 다독이며 계속 물었다. 그래서 어떻게 됐어? 응? 장 양은 상담실을 뛰쳐나와 집으로 돌아갔다.

교사는 이날부터 고민에 빠졌다. 장 양의 아버지를 부르는 건 현명하지 못하다고 생각했다. 아버지에게 사실을 알리면 장 양을 몰아세우거나 증거들을 없앨 것이다. 교사는 학생주임과 상의하고 교장에게 알렸다. 장 양은 그런 말을 한 적이 없다고 잡아뗐다. 학교 측은 더 이상 조사를 진행하지 않았다. 답답한 관료조직이 아이를 망쳐놓고 있다고 판단한 교사는 내게 사실을 알렸다. 나는 독자적으로 이 일을 조사하겠다고 교사에게 말했다.

나는 며칠 동안 장 양의 집을 지켜보았다. 마흔두 살 장성구가 저녁 일찍 들어와 파출부 아주머니를 보내고 밥을 차리는 것을 보았다. 당신은 이 대목을 읽고 경찰에 연락해 집 주변에서 목격된 수상한 자를 찾으라고 조언할 것이다. 찾을 테면 찾아라. 그러나 나는 그렇게 얄팍한 방식으로 잡히고 싶지 않다. 목격자는 없다.

나는 장성구의 위선에 치를 떨었다. 집 안에 정적과 어둠이 깃들면 장성구는 위선의 베일을 벗고 성욕을 드러낼 것이라 생각했다. 나는 그를 처형하기로 결단 내렸다.

11월 30일 새벽, 나는 대문을 넘었다. 현관문을 따는 건 어렵지 않았다. 현관문의 자물쇠는 비밀번호를 누르는 전자식이었고 장 양은 그 번호를 학원가방에 써놓고 다녔다. 장 양이 버튼을 누를 때, 손가락의 위치와 가방의 번호가 일치하는 것을 나는 보았다. 나는 어두운 거실로 들어갔다. 장성구는 안방에서, 장 양은 건넌방에서 자고 있었다. 나는 안방으로 걸어가 장성구의 뒷목에 전기충격기를 댔다. 장성구는 비명도 지르지 못하고 깊은 잠에서 더 깊은 잠으로 이동했다. 나는 전기충격기를 한 번 더 누르고 밧줄로 장성구의 목을 졸랐다. 교살이 쉬울 거라고 당신은 생각하는가. 한 사람의 생명을 끊는 건 그렇게 간단하지 않다. 모든 생명은 질기고 모질다. 나는 오랜 시간 장성구의 의식과 투쟁했다. 온몸이 땀으로 젖고 팔의 근육이 끊어질 듯 아팠다. 거친 숨소리가 새어 나왔다. 장성구의 호흡이 멈췄을 때 작은방에서 장 양이 달려 나왔다. 누구세요? 왜 그래요? 장 양이 잠에서 덜 깬 눈으로 비명을 질렀다. 네 아빠는 죽어야 해. 네게 몹쓸 짓을 했거든. 나는 장 양을 달랬다. 거짓말이에요. 그건 내가 꾸며낸 거예요. 아빠가 날 사랑하지 않는 것 같아서 그랬어요. 장 양은 그렇게 말했다. 나는 형언할 수 없는 분노를 느끼고 호흡이 멈춘 장성구의 목을 있는 힘껏 더 조였다. 안 돼, 안 돼. 장 양이 비명을 질렀다. 겁에 질려 마음껏 터져 나오지 않는 비명이었다.

나는 장 양의 목도 졸랐다. 어린것들이란, 어쩌면 그렇게 영악한 것일까. 그들은 세상의 법칙을 어른보다 빨리 깨닫고 자신의 나약함을 무기로 사용한다. 어른들의 추악함이 아이들의 세상에서 더 극단적으로 나타난다. 모든 인간의 죄악이 어린아이의 몸에 농축돼 있다. 나는 장 양의 거짓말도 처형하기로 마음먹었다.

장 양을 죽이고 나서 나는 혼란을 느꼈다. 이 세상에 확실하게 존재하는 것이 하나도 없다는 사실은 슬프다. 나는 장성구의 자동차에서 휘발유를 빼내 온 집 안을 불태웠다. 나는 장성구의 집뿐이 아니라 온 세상을 불태우고 싶었다. 장성구의 집에서 일어난 거짓과 불행은 곧 세상의 거짓과 불행이다.

나는 지쳤다. 나의 목표는 달성되지 않았고 나의 시간은 허망하게 끝나간다. 나는 어서 결말이 다가오기를 기다리는 사형수다. 이제 내가 만든 부조리극을 스스로 끝내야 할 때다.

당신 주간지의 기사에서 나에 관해 지껄이며 나를 모욕한 여 경관을 죽이겠다.

⑤

파티

12월 5일 목요일, 비가 내렸다. 며칠째 하늘을 덮고 있던 텁텁한 구름에서 물방울이 쏟아졌다. 거리를 뒤덮은 겨울 코트와 롱부츠 위에 비가 투둑거렸다. 바람마저 심했다. 우산을 잡은 손들이 비에 젖어 파랗게 질렸다.

『뉴스위클리』 편집국은 아침에 편지를 확인하고 수사본부에 통보했다. 마포우체국 소인이 찍힌 편지봉투였다. 용지, 프린터, 서체가 예전과 동일했고 우편 접수일은 12월 4일이었다. 범인은 지하철 물품보관함 관련 기사가 나온 후 바로 편지를 썼다.

"미안해. 내 잘못이야."

박은희는 출근길에 유제두의 전화를 받았다. 유제두에게 편지 내용을 듣는 순간 휴대폰을 쥔 손이 떨렸다. 손바닥이 땀에 젖어 축축했다.

"기사에 은희 씨 이름을 넣은 건 큰 실수였어. 내가 은희 씨를 벼랑으로 내몰았어."

"범인이 끝장을 보려는 거야. 어때? 내 말이 맞았지?"

"그래서 즐거워? 이런 제길!"

유제두는 진심으로 화를 내고 있었다. 목소리가 심하게 흔들렸다. 유제두는 지금 자신에 대한 분노를 주체하지 못하고 있었다. 박은희가 혼자 중얼거렸다. 즐겁기야 하겠니……. 유제두가 말했다.

"주변을 둘러봐. 따라다니는 차 없어?"

박은희는 백미러로 후방의 차들을 관찰했다. 운전자들의 얼굴이 어둠에 가려 보이지 않았다. 차들은 출근길의 정체와 빗줄기 때문에 조바심을 내고 있었다. 여기저기 경적 소리가 들렸다. 보도블록은 바람에 꺾일 듯한 우산을 앞세우고 힘겹게 전진하는 사람들로 북적댔다.

"그런 건 없는 것 같아."

"자취방에 머물러 있으면 안 돼. 내 집으로 와. 저녁에 데리러 갈게."

"안 바빠?"

"바쁜 게 문제야? 대체 너는 이 상황을 어떻게 보고 있는 거야? 범인이 장난치고 있는 것 같아?"

"알았어. 진정해."

"내 집이라면 안전해. 꼭 온다고 약속해."

"약속할게."

박은희가 수사본부 사무실로 들어섰다. 책상에 앉기 무섭게 이경훈과 서영혜가 다가왔다. 서영혜가 물었다.

"범인이 박은희 씨를 지목하는 건 아시죠?"

"꼭 저라고 할 수 있나요. 서영혜 경사님일 수도 있죠."

"전 아니에요. 제 역할은 범인에게 맞장구를 쳐주는 것이었어요. 범인은 자신을 모욕한 여 경관을 죽이겠다고 했어요. 기사에서 범인을 자극할 수 있는 말을 한 건 은희 씨예요."

"어떻게 해야 하죠?"

이경훈이 말했다.

"당장 집을 옮겨. 증인보호용 숙소를 알아봐줄게."

"아뇨. 안전한 곳이 있어요. 그리로 갈게요."

"괜찮겠어?"

"예."

"사건이 해결될 때까지 휴가를 내."

"그냥 출근할래요. 설마 범인이 경찰서에 들어오진 않겠죠. 평소처럼 제시간에 출근하고 퇴근하겠어요."

서영혜가 말했다.

"은희 씨, 범인은 거짓으로 당신을 지목한 게 아니에요. 당신을 죽이려고 무슨 짓이든 할 거예요. 아시죠?"

"네. 알아요."

"조심하세요."

서영혜가 자리로 돌아갔다. 이경훈은 할 말이 남은 것처럼 박은희 옆에서 머리를 긁적였다.

"그…… 안전한 곳이라는 데가 어디야?"

"유제두 기자 집이에요."

"그 새끼, 병 주고 약 주는군."

"너무 욕하지 말아요. 일이 엉뚱하게 커졌어요."

"어라, 열녀 났군. 유제두 집에 도착하면 연락해. 지구대에서 수시로 순찰차를 보내 점검할 거야. 어떤 상황에서도 전화를 끄지 마. 전화가 울리면 바로 받아. 뽀뽀할 때라도 중간에 끊고 전화를 받아."

"무슨 상상을 하시는 거예요?"

"그냥 그렇다는 얘기야. 유제두가 쓸데없는 걸 쓰진 않겠지?"

"제가 잘 단속할게요."

박은희가 뜸을 들이다 말했다.

"아시죠? 놈이 절 지목했다면 이걸 역이용할 수도 있어요."

"알아. 정말 대담한 놈이야."

"절 미끼로 활용할 수 있어요. 일부러 빈틈을 보이거나……."

이경훈이 얼굴을 문질렀다. 네모진 턱에 구레나룻이 이끼처럼 돋아나 있었다. 박은희를 미끼로 한 함정수사가 오후에 논의될 예정이었다. 언젠가는 해야 할 일이었다. 미룰 수 없고 피할 수 없고 다른 사람이 대신할 수 없는 박은희의 임무였다.

"됐다. 그건 나중에 얘기하자."

이경훈이 돌아섰다.

『뉴스위클리』편집국은 범인의 편지를 싣지 않기로 결정했다. 살인 예고를 게재하는 건 매체의 마케팅에도 도움이 되지 않았다. 수사본부를 중심으로 범인이 경찰이라는 소문이 퍼져 나갔다. 교사가 성폭행 피해학생 문제를 털어놓을 수 있는 사람은 경찰밖에 없었다. 경찰이라면 여 경관을 죽일 방법을 찾을 수 있을 것이다. 소문은 중력을 잃고 경찰서 휴게실과 복도를 어슬렁거렸다. 오후에 소문은 더욱 강력해졌다. 이경훈이 책상을 치며 모두 입 다물라고 소리쳤다. 수사본부는 일선 경관들까지 내사해야 할 상황이었다.

이경훈은 형사들을 현장으로 쫓아내고 조간신문을 펴들었다. 신문은 형사들이 헤매고 있을 범행현장보다 더 어수선했다. 한 공기업의 분식회계와 비자금조성 의혹기사가 종합면에 도배돼 있었다. 어제 오후 검찰이 본사를 압수수색했다.

"개새끼들, 분식을 맞나게 처드셨구만."

공기업의 이름이 낯익었다. 이경훈은 수사기록을 뒤적여 피살자 정해일이 접촉한 공기업의 이름을 확인했다. 같은 회사였다. 이경훈은 정해일 전담팀의 길준호 형사에게 전화를 걸었다.

"준호야, 신문 봤어?"

"예? 뭘요?"

"신문 좀 봐라. 검찰이 정해일이 들락거린 공기업을 쑤시고 있어."

"아, 그거요. 그건 알아요. 전부터 그 바닥에 소문이 파다했어요."

"그 목격자 할아버지가 봤다는 어깨들 말이야, 회사가 보낸 애들 아냐?"

"저도 그런 의심이 들어서 회사 임원들 만나고 있어요."

"뭔가 냄새가 난다. 들러붙어. 그 빌어먹을 임원놈들한테 착 들러붙어."

"예."

이경훈은 장성구 수사팀에 전화를 걸었다. 예상대로 피살자 장성구의 집 주변에서 수상한 자를 목격한 주민은 없었다. 형사들이 장유리의 학교로 가서 담임교사를 다시 추궁했다. 교사는 상담 내용을 학교관계자 외에 누구에게도 털어놓은 적이 없고 아는 경찰도 없다고 주장했다. 교사의 알리바이는 완벽했다. 범행 당일 교사는 시댁에서 제사상을 차리고 있었다. 형사들이 빈손으로 학교를 나섰다.

마흔두 살 과학교사 한철진은 형사들이 어슬렁거리는 교무실 풍경에 짜증이 치밀었다. 교사들의 대화에 끼어들지 않고 한철진은 교재에 얼굴을 파묻었다. 학교는 군대와 똑같다. 문제가 발생하는 건 어쩔 수 없지만 외부로 알려져서는 안 된다. 학교와 군대는 모든 문제가 고여 썩어가는 수챗구멍이다. 책임자들은 은폐에 능숙하지만 개선에는 관심조차 없다. 하느님도 학교를 변화시키는 것은 불가능하다. 한철진은 자신의 답답함을 털어놓았던 한 사내의 얼굴을 떠올렸다. 그가 죽였을까? 도저히 살인자라고는 볼 수 없는 얼굴이었다. 설사 그가 죽였다 해도 어쩔 수 없는 일이다. 문제를 발설하면 문제의 원인과 결과와 책임까지 발설자가 뒤집어쓴다. 학교 현장에서 지켜야 할 유일한 덕목은 침묵과 은폐다. 한철진은 딱 한 번 그것을 어겼지만 두 번 어기기는 싫었다. 저녁에 오랜만에 아이들을 데리고 나가 외식을 해야겠다고 한철진은 생각했다.

범인의 편지가 과학수사계를 거쳐 나지일 교수에게 전달되었다. 편지를 읽고 나지일은 범인의 문장이 이전보다 거친 점으로 미루어, 범인이 심리적으로 쫓기고 있는 것 같다고 말했다. 더 분석할 것도 없다며 나지일은 서둘러 형사들을 쫓아냈다. 형사들은 나지일이 아직도 주간지에 게재된 편지에 매달리고 있는 것 같다고 보고했다. 뭘 더 분석하지? 편지로 사골국물을 우려내시나? 이경훈이 고개를 갸웃거렸다.

저녁 6시, 박은희는 일찍 업무를 마쳤다. 유제두가 형사실 복도에서 박은희를 기다렸다. 이경훈이 유제두를 발견하고 수인사를 했다.

"은희 데리러 왔어?"

"예, 형님. 기사 때문에…… 면목이 없습니다. 당분간은 제가 보호할게요."

"취재원 보호야, 애인 보호야?"

유제두가 씩 웃었다.

"둘 다요."

턱을 만지며 뭔가를 생각하던 이경훈이 말했다.

"은희한테 잘해줘. 착한 아이야."

"예."

박은희는 유제두의 차를 타고 합정동 빌라 자취방으로 갔다. 현관문 앞에 순경 한 명이 서서 그들을 기다리고 있었다. 박은희는 여행용 가방에 간단한 옷가지만 챙겨서 집을 나왔다. 이상하게도 레이스 달린 속옷이나 실크 잠옷이 한 벌도 없다는 것에 신경이 쓰였다. 넌 지금 신혼여행을 가는 게 아니야⋯⋯. 박은희가 속으로 중얼거렸다. 빨리 가자고 재촉하는 유제두를 어르고 달래며 박은희는 집 앞의 마트로 갔다. 있어야 할 건 다 있는 작은 마트였다.

"마트는 내 집 근처에도 있어."

"여기가 더 편해."

"그럼 두부랑 호박만 사. 된장국 끓여줄게."

박은희가 간단한 찬거리를 집어 계산했다. 만팔천 원입니다. 마트 아저씨가 익숙한 멜로디로 말했다. 어서 오세요, 얼마입니다, 안녕히 가세요, 마트 아저씨는 한결같이 똑같은 어조와 리듬으로 인사했다. 새벽이나 밤에도, 목감기가 심한 날에도 음정이 반음 이상 차이 나지 않았다. 모두가 폭주하는 세상에서 일정 속도를 유지하는 유일한 존재 같았다.

"또 올게요."

박은희가 인사했다.

유제두가 집으로 출발했다. 지구대의 순찰차가 그 뒤를 따랐다. 집 문 앞까지 경호하라는 지시를 받은 듯했다. 빗줄기가 굵어졌다. 유제두는 운전 중에도 전후좌우를 살피며 수상한 차량이 있는지 확인했다. 차선변경을 하거나 추월하는 차들을 유제두는 매섭게 째려보았다. 신촌로터리에서 유제두의 하얀 산타페가 신호위반을 했다. 좌회전을 하던 버스가 산타페 범퍼와 부딪칠 뻔했다. 아이쿠, 유제두가 급정거를 했다. 크고 작은 경적이 일제히 울렸다. 이 순간을 위해 경적을 아껴놓았다는 듯 로터리 부근의 차량들이 합창을 했다.

"서두르지 마. 제두 씨 지금 흥분상태야."

"조심할게."

두 사람은 집에 도착할 때까지 와이퍼에 밀려 아우성치는 빗줄기를 말없이 바라보았다.

유제두의 집은 마포역 근방의 신축 아파트였다. 순찰차가 아파트 정문 현관에서 유턴을 하여 지구대로 돌아갔다. 유제두와 박은희는 엘리베이터를 타고 2층으로 올라갔다. 30평형대의 아파트였다. 신축이라 방은 좁고 거실은 넓게 설계됐다.

"집 좋은데? 전세야?"

"아니. 재작년에 분양받았어."

"제두 씨 돈 많은가 봐."

"2층이라 싼 편이야. 집값의 딱 절반이 은행 융자야."

유제두가 찬거리를 들고 싱크대로 갔다. 쌀을 씻어 전기밥솥에 넣고 쌀뜨물로 된장국을 끓였다. 유제두는 호박을 써는 솜씨가 좋았다. 도마 위에서 다다다닥 경쾌한 타악기 소리가 흘러나왔다. 유제두는 뚝배기에서 굵은 멸치를 걷어내고 호박과 감자를 넣었다. 뚝배기가 보글거리기 시작하자 된장을 풀고 두부를 얹었다. 밥솥에서도 이내 하얀 증기가 올라왔다. 박은희는 소파에 앉아 거실을 둘러보았다. 거실은 예상만큼 깔끔하진 않았다. 추리닝 바지가 소파 위에 걸쳐져 있었고 읽다 만 책과 맥주캔들이 작은 테이블에 널브러져 있었다. 박은희는 잡동사니들을 모아 쓰레기통에 넣고 가방을 안방에 놓았다. 안방의 절반을 차지한 침대에 침구들이 가지런히 정리돼 있었다. 박은희는 정장 바지와 재킷를 벗고 청바지와 티셔츠로 갈아입었다. 장롱에 정장을 걸고 짐을 마저 풀까 생각했지만 아직까진 남의 장롱이라는 생각에 머쓱해져서 그냥 나왔다. 유제두는 밥상을 차리고 있었다. 식탁에 구수한 된장 냄새가 감돌았고 밥 공기에서 하얀 김이 올라왔다. 박은희는 이경훈에게 위치를 보고하고 식탁에 앉았다.

유제두의 된장국 솜씨는 그럭저럭 괜찮았다. 유제두의 솜씨인지 전기밥솥의 솜씨인지 밥은 찰지고 달았다. 박은희가 최근 몇 년 동안 먹어본 밥 중 최고였다. 박은희는 허겁지겁 밥을 입에 떠 넣고 멸치볶음을 씹었다.

"멸치볶음도 제두 씨가 만들었어?"

"아니, 마트에서 샀어."

"마트 아줌마 솜씨가 굉장해."

"물건을 고르는 내 솜씨가 굉장한 거야."

유제두가 냉장고에서 소주병을 꺼냈다. 박은희는 유제두가 따라준 소주를 단숨에 들이켰다. 긴장감이 풀어졌다. 대뇌에 뭉쳐 있던 딱딱한 덩어리가 소주를 따라 혈액에 용해되는 것 같았다. 유제두가 말했다.

"술이 땡기는 날이긴 하지만 많이 먹진 마."

"집 안이 지저분해. 뜻밖인데."

"어릴 때 내 꿈이 따뜻한 지방에 가서 노숙자들의 공화국을 만드는 거였어. 국민 모두가 노숙자인 나라. 대통령이나 장관직은 순번대로 1, 2년씩 돌아가면서 맡는 거야. 임무가 끝나면 다시 노숙자가 되는 거지. 국회 따위는 필요 없어."

"국고는 어떻게 채워?"

"관광수입으로. 돈을 내고 노숙체험을 하려는 사람들이 많을 테니까."

"뜻을 이루길 바래. 하지만 대한민국에 있는 동안은 깔끔하게 살아."

"그럽죠."

박은희와 유제두는 깔끔하게 비운 밥공기와 국그릇들을 싱크대에 몰아넣었다. 설거지를 거들기 위해 박은희가 팔을 걷었으나 유제두가 말렸다. 설거지는 다음 날 아침에 하는 게 유제두의 원칙이었다. 두 사람은 칠레산 와인 한 잔씩을 들고 베란다로 나갔다. 베란다 문을 열자 차가운 습기가 다가왔다. 멀리 여의도로 짐작되는 고층빌딩의 숲에서 불빛들이 반짝거렸다. 불빛들은 장대비의 장막을 뚫고 몽롱하게 다가왔다. 유제두가 고개를 아래로 내밀고 아파트단지의 수상한 차량과 행인을 감시했다. 물방울들이 보도블록에 맞아 터지고 짓이겨졌다. 물방울들의 잔해가 도시에 낭자했다. 우산을 든 취객이 아파트단지 한가운데에 있는 공원 주위를 걸었다. 사내는 위태로워 보였다. 비스듬히 든 우산은 비를 막는 데 아무런 도움이 되지 못했다. 사내가 비틀거리며 젖은 머리를 흔들었다. 유제두가 그를 노려보았다.

"지금 당장 내려가서 저 아저씨를 때릴 얼굴인데?"

"저 놈이 그놈이라면 당연히 그래야지. 현관문 앞에 야구 방망이도 세워뒀어."

"걱정 마. 순찰차가 주위를 돌고 있을 거야."

걱정 마. 박은희는 속으로 몇 번이고 그 말을 되뇌었다. 걱정 마. 탐정놀이로 시작했던 두 사람의 이야기는 어느새 중세 로맨스로 접어들었다. 폭풍 속의 고성에 공주와 기사가 갇혀 있었다. 괴물이 어둠 속에서 피 묻은 이빨을 내밀며 다가왔다. 그러나 걱정할 건 아무것도 없었다. 박은희에겐 유제두와 현관 앞에 세워둔 야구 방망이가 있었다. 박은희는 '우리'라는 말을 떠올렸다. '우리'라는 단어가 이렇게 절실한 울림을 가지고 다가온 적이 있었던가. 박은희는 기억의 페이지들을 뒤적였다. 기억의 갈피들은 하얗게 비워져 있었다. 걱정 마. 결국 '우리'가 막아낼 것이다. '우리'가 저 험한 세상의 어둠을 침몰시킬 것이다. 박은희는 쌉쌀한 칠레와인을 한 모금 들이켰다.

이경훈은 또 당직이었다. 수사본부가 설치된 후로 이경훈의 나날은 모두 당직이었다. 저녁 8시, 이경훈은 동북경찰서 앞 김밥집에서 김치볶음밥을 먹고 들어와 더부룩한 위장을 의자에 내려놓았다. 전화가 걸려왔다. 천성철 감시를 맡은 형사의 전화였다. 천성철은 오늘 몸이 안 좋다는 핑계로 일찍 귀가했다. 천성철을 감시한 후 이런 일은 처음이었다.

"반장님, 천성철이 움직입니다."

"지금 어디야?"

"집 앞인데요. 아프다는 놈이 차를 몰고 나옵니다."

"따라가. 무전기 켜봐."

"예."

"놈이 혹시 마포 쪽으로 가는 것 같진 않아?"

"아직 모르겠습니다."

이경훈은 화장실로 갔다. 오후부터 속이 좋지 않았다. 매운 음식을 먹고 난 후 대장에 찌르르 신호가 왔다. 대장이 저 혼자서 무언가를 짜내려고 기를 썼다. 묽은 변을 내보내며 이경훈은 오늘 밤이 매우 길 것 같은 예감에 사로잡혔다. 하복부에 더 힘이 들어갔다.

어린 시절 이경훈은 매우 소심해서 요즘 용어로 말하자면 왕따의 범주에 들어갈 만한 아이였다. 같은 반에 옷에서 냄새가 난다는 이유로 괴롭힘을 당하던 여자아이가 있었다. 그 여자아이는 유독 이경훈에게 살갑게 굴었다. 아마 체육복을 기워 입고 다니던 이경훈에게 동료의식을 느꼈던 것 같다. 아이는 이경훈에게 연필을 선물하기도 했다. 아이의 전 재산이었을, 고무가 달린 고급연필이었다. 어느 점심시간에 남자아이들이 그 여자아이를 괴롭혔다. 남학생들이 단무지만 가득한 아이의 반찬통을 뒤엎고 거지라고 놀렸다. 이름도 생각나지 않는 그 여자아이가 갑자기 이경훈을 쳐다보며 말했다. 경훈아……. 이경훈은 여자아이에게 다가가 공책으로 머리를 후려쳤다. 조용히 해! 입에서 냄새나! 이경훈은 그렇게 외쳤던 것 같다. 형사가 된 후에도 이경훈은 가끔 그때의 기억을 떠올렸다. 그것은 일종의 정신적 외상이었다. 금방이라도 눈물을 쏟을 것 같던 그 여자아이의 얼굴은 이경훈이 형사를 선택한 수많은 이유 밑에 잠복해 있었다.

같은 반에서 유독 이경훈을 괴롭히던 키 큰 아이가 있었다. 어느 봄날, 학생들이 다 귀가한 후에 아이가 이경훈을 운동장에 세워놓고 말했다. 여기 그대로 서 있어! 움직이면 죽어! 아이가 건물 뒤로 사라졌다. 이경훈은 슬금슬금 앞으로 걸어갔다. 아이가 건물 뒤에서 뛰어나와 이경훈을 발로 찼다. 가만있으라고 했잖아! 숨을 몰아쉬는 이경훈을 다시 세워놓고 아이는 또 사라졌다. 그렇게 두 시간이 지나갔다. 운동장에 어둠이 깔렸다. 아지랑이를 피워내던 지면이 차갑게 식고 한기가 몰려왔다. 이경훈은 그대로 서 있었다. 그 순간 자신이 어떤 행동을 해야 하는지 이경훈은 알지 못했다. 차라리 아이가 튀어나와 자신을 흠씬 두들겨 패고 교문 밖으로 사라지길 바랐다. 이경훈은 별들이 몰려오는 하늘을 바라보며 울음을 삼켰다. 봉제공장에서 일하느라 아직 돌아오지 않았을 어머니가 떠올랐다. 한밤중에 어머니가 돌아올 때, 가끔 술에 취한 공장 아저씨가 따라와 치근거렸다. 어머니는 아저씨를 밀어내고 문을 잠그며 말했다. 내가 과부라서 그래…… 과부라서……. 엄마는 씩씩한 과부였다. 남자의 치근거리는 얼굴을 밀쳐내고 엄마는 씩씩하게 걸었다. 이경훈은 마침내 발걸음을 옮겼다. 아이가 나타나지 않았다. 아이는 이미 집에 돌아가서 엄마가 해준 저녁을 먹고 있을 것이다. 이경훈은 숨이 차게 뛰었다. 터져오는 숨을 이빨로 누르며 이경훈은 앞으로 무슨 일이 있어도 그렇게 멍청하게 서 있진 않겠다고 결심했다. 형사가 되어 험한 상황에 직면할 때마다 이경훈은 이때의 결기를 떠올렸다.

끙. 마지막 한 방울을 털어내고 이경훈은 사무실로 돌아왔다. 아내에게 전화가 왔다. 아내는 이미 이경훈의 부재에 익숙해 있었다. 이경훈의 안부도 묻지 않고 아내가 말했다.

"애가 또 얻어맞고 왔어."

"선생님하고 얘기를 해봐."

"당신이 가봐. 당신은 형사잖아."

"애들한테 수갑이라도 들이대라는 얘기야?"

아빠를 닮은 아이였다. 아이도 언젠가는 제 다리의 힘으로 땅을 박차고 뛰어야 한다는 사실을 알게 될 것이다. 이경훈은 서둘러 전화를 끊고 무전기를 들었다.

"천성철이, 어디쯤 왔어?"

"한남대교 넘어갑니다. 강변북로로 들어가는 것 같습니다."

"놓치지 마."

한남대교는 퇴근차량으로 북적댔다. 형사들이 실시간으로 도로 상황을 전해왔다. 교통방송을 틀어놓은 것 같았다. 형사들은 천성철의 뒤통수에 저주를 퍼부어대고 있을 것이다. 비바람이 거셀수록 렉스턴의 후미를 따라잡기가 더욱 어려워지고 불길한 예감이 목을 조를 것이다. 형사들의 마음이 이경훈에게 손에 잡힐 듯 다가왔다.

이경훈도 수백 번 겪어온 일이었다.

천성철의 은회색 렉스턴은 강변북로를 따라 북쪽으로 진격했다. 성산대교 밑을 지나면서 정체가 풀렸다. 차들이 물보라를 일으키며 도로를 질주했다. 천성철은 계속 북으로 달려 행주대교와 일산 IC를 지나쳤다. 천성철과 형사들의 차는 빗길에도 시속 100킬로미터로 달렸다. 그들은 장항 IC도 지나쳤다.

"어디까지 가는 거야? 파주 지나서 북한까지 가나?"

"놈이 아주 목숨 걸고 달리는데요. 비 때문에 추적하기가 지랄 같습니다. 아, 놈이 킨텍스 IC로 빠져나갑니다."

"쫓아가!"

천성철이 속도를 줄여 킨텍스 IC 입구로 들어갔다.

"반장님, 호수공원 뒤쪽에서 백병원 쪽으로 갑니다."

"목적지가 일산이었군."

"일산 백병원 지나서 주엽역 쪽으로 갑니다. 놈이 갑자기 속력을 내는데요."

"절대 놓치면 안 돼!"

천성철은 거대한 반원을 그리며 일산 시가지 쪽으로 돌아들어갔다. 대화역 같은 일산의 후미가 아니라 앞쪽으로 가고 싶었다면 장항 IC나 일산 IC를 선택하는 것이 빠르다. 천성철은 누군가를 의식해서 일부러 돌아가는 듯했다.

"마두역 가까이 왔어요. 백석동 쪽으로 가는데요."

"백석동에 무슨 볼일이 있지?"

이경훈은 백석동이란 단어를 곱씹어보았다. 귀에 익숙한 단어였다. 백석동, 백석동……. 서영혜였다. 서영혜가 일산 백석동 백송마을에 살고 있었다. 이경훈이 당직형사들에게 외쳤다.

"야, 서영혜 퇴근했어?"

형사 한 명이 전화로 서영혜의 위치를 확인했다.

"오늘 일찍 퇴근했는데요. 휴대폰은 안 받습니다."

"이런 씨발. 일산서와 지구대에 지원 요청해. 지금 당상 서영혜 집에 가보라고 해."

이경훈이 무전기를 들고 외쳤다.

"야, 어디까지 왔어? 야, 잡아! 천성철이 쫓아가지 말고 그냥 잡아!"

이마트 앞 사거리에서 파란불이 노란불로 바뀌었다. 천성철은 빠른 속도로 직진했다. 빨간불이 켜졌다. 형사들이 신호를 무시하고 달렸다. 좌회전하던 그랜저가 형사들의 코앞에서 브레이크를 밟았다. 그랜저가 빗길에 미끄러지며 형사들이 탄 차의 앞문을 긁었다. 둔탁한 마찰음이 들렸다. 차가 트림하는 것 같은 소리였다. 운전석의 형사가 가속페달을 밟았다. 그랜저의 앞창문이 열렸다. 양복을 입은 중년의 사내가 머리를 내밀고 무언가를 소리쳤다. 사내의 머리 위에 비가 쏟아졌다. 형사들은 사내의 외침을 무시하고 계속 달렸다. 천성철의 렉스턴 뒤범퍼에서 물이 튀어 올랐다. 조수석의 형사가 차 지붕에 경광등을 달았다. 사이렌이 울려 퍼졌으나 천성철은 속도를 줄이지 않았다. 백석동을 가리키는 표지판이 그들의 머리 위로 휙 지나갔다.

"야, 지원 어떻게 됐어?"

"지구대에서 출발했답니다."

"빨리 가라 그래. 사람 목숨이 달린 일이라고 그래."

이경훈은 당장 현장으로 달려가고 싶었다. 그러나 일산은 너무 멀었다. 이경훈이 도착하는 시각이면 모든 상황이 종결돼 있을 것이다. 이경훈은 스스로에게 물었다.

박은희가 아니라 서영혜였어? 거기 혼자 가서 어쩌려고 그러지? 현관문이나 열 수 있나? 형사들이 쫓아오는데 어떻게 도망칠 거지? 답이 없었다.

천성철이 백송마을에 도착했다. 사이렌 소리가 아파트단지를 떠돌았다. 빗소리와 사이렌은 세상에서 가장 불길한 화음이었다. 천성철은 속도를 줄이지 않았다. 렉스턴이 계속 물보라를 튀기며 백송마을 아파트단지들을 기웃거렸다. 형사들이 천성철을 따라잡았다. 형사들의 아반떼가 렉스턴과 어깨를 나란히 하며 달렸다. 운전석에서 천성철이 웃고 있었다. 차 안에 음악을 틀어놓은 듯했다. 천성철은 음악에 맞춰 운전대를 손가락으로 두드리며 달렸다. 우성 아파트단지 앞에서 천성철이 차를 멈춰 세웠다.

형사들이 달려들었다. 천성철은 운전석의 창문을 내리고 물었다.

"무슨 일이세요?"

천성철이 여전히 웃고 있었다. 파카와 코트 위에 겨울비를 맞고 있는 형사들은 천성철의 질문에 달리 대답할 말이 떠오르지 않았다.

"여긴 웬일이죠?"

"드라이브하고 있는데 왜 쫓아와요?"

형사 한 명이 이경훈에게 보고했다.

"반장님, 어떻게 할까요?"

이경훈이 의자에 털썩 주저앉았다. 조사실에서 처음 만난 후로 천성철은 서영혜에 관한 기사들을 스크랩하고 주소를 찾아냈을 것이다. 미래의 어느 날 좀더 진지하게 서영혜에게 접근하겠지만, 오늘은 장난이다. 이경훈은 형사들에게 지시했다.

"고생했어. 교통과에 연락해서 딱지라도 끊어."

천성철은 일산을 빠져나갔다. 간선도로에서 샛길로, 다시 간선도로로 곡예운전을 하며 천성철은 천천히 집으로 돌아갔다.

"개새끼."

이경훈이 중얼거렸다.

"없어. 아주 깨끗해."

박은희와 유제두는 인터넷으로 장성구를 검색했다. 장성구와 관련된 정보가 검색엔진에 하나도 걸려들지 않았다. 장유리의 담임교사가 누구에게도 상담 내용을 발설하지 않은 것은 명백했다. 형사들이 여러 방향으로 그녀 주변을 수사했다. 범인이 장성구에 대한 정보를 얻은 출처를 알면 사건이 의외로 쉽게 풀릴 수 있다. 그러나 인터넷은 침묵했다.

"됐어. 여기까지 하자."

마우스를 놓으며 박은희가 말했다. 서재 책상 한구석에 사기로 만든 재떨이가 보였다. 무늬가 없는 푸른색 사기였다. 오래된 담배 꽁초 하나가 그 안에 누워 있었다.

"담배도 피워?"

"가끔. 기사 쓸 때 손이 심심하면 창문을 열어놓고 피워. 니코틴 중독은 아니야. 니코틴에 얽매이는 건 끔찍하잖아."

문득 박은희는 유제두에 대해 아는 게 하나도 없다는 사실을 깨달았다. 유제두는 주로 질문을 했고 박은희는 대답하기에 바빴다.

"제두 씨 부모님은 어디에 사셔?"

"아버지는 어릴 때 돌아가셨고 어머니는 이 년 전 돌아가셨어."

"힘들었겠네."

"우린 둘 다 고아야."

박은희가 유제두의 책상을 둘러보았다. 학생 시절 박은희는 사람의 책상을 보면 심리상태를 알 수 있다는 이상한 믿음을 가지고 있었다. 책상 위에 자료들이 어지럽게 널려 있으면 일을 열심히 하는 사람이고 자기 일에 대한 애착도 갖고 있다. 책상을 깔끔하게 정리하는 사람 역시 부지런하고 능력 있는 사람이지만 일에 대한 애착이 덜하다. 책상 위에 아무것도 없는 사람은 탈출의 욕망을 가지고 있다. 그는 기회만 생기면 모든 것을 정리하고 떠나려 한다. 심리학을 배우며 박은희는 그런 믿음이 부질없다는 것을 깨달았지만 서재와 책상으로 사람을 평가하는 습관은 아직 남아 있었다. 유제두의 책상에는 아무것도 없었다. 종이 한 장 없었다.

"기자 일은 어때? 할 만해?"

"먹고살려니까 하는 거지."

"정말 하고 싶은 일이 따로 있는 거야?"

"모르겠어."

서둘러 컴퓨터를 끄며 유제두가 말했다.

"남산 파스타집에서 저녁 먹은 날 컴퓨터 패스워드를 바꿨어. 박은희로."

"왜 그랬어?"

"그냥 그러고 싶었어."

"…… 귀여워."

나지일 교수는 연구실 책상에서 꼼짝 않고 범인의 편지를 읽었다. 창밖에서 천둥과 번개가 쳐도 나지일은 개의치 않았다. 폭풍은 저 바깥세상의 일이었다. 나지일을 흥분시키는 건 이 동굴 같은 연구실의 쓰레기더미들이었다. 학생들이 난지도라 부르는 이곳에서 나지일은 가장 편안하고 행복했다. 이곳에 인간이 있다. 인간은 햇볕이 쬐고 비바람이 치는 저 바깥쪽이 아니라 동굴 같은 안쪽에 존재하는 종족이다.

나지일은 범인의 편지에서 느끼는 불길함을 모든 방법을 동원해 분석했다. 문장의 구조, 주요 동사의 사용 비율, 반복되는 조사와 어미의 순위를 따졌고 외국 범죄자들의 글을 참고했으며 자신이 만든 데이터베이스를 활용했다. 그런 것들은 모두 쓸모가 없었다. 나지일은 이미 명쾌한 결론을 내렸고 단지 그것을 받아들이지 못할 뿐이었다. 결론을 인정할 수 없었기 때문에 나지일은 일부러 우회로를 택하여 시간낭비를 했다.

나지일의 아버지는 수학교사였다. 아버지에겐 세상의 모든 일들이 수학 공식처럼 단순해야 했다. 단순하지 않은 것은 거짓이야. 단순하지 않은 것을 조심해야 해. 아버지는 입버릇처럼 그렇게 말했다. 어릴 적 나지일은 아버지와 춘천으로 얼음낚시를 간 적이 있다. 몹시 추운 밤이었는데, 호수에 얼음과 어둠이 맞닿아 있었다. 얼음과 어둠의 일직선 외에 아무것도 존재하지 않았다. 세월이 흐른 뒤에야 나지일은 아버지가 얼음낚시를 좋아한 이유를 깨달았다. 아버지는 낚시보다 그 호수의 기하학적인 단순함을 사랑했다. 나지일은 몇 시간 동안 고기를 한 마리도 낚지 못했다. 미끼를 바꾸고, 미끼의 각도를 조절하고, 낚싯대를 이리저리 움직여봐도 결과는 똑같았다. 뼛속까지 한기가 파고들고 배가 고팠다. 나지일의 바로 옆 구멍에서 아버지는 고기를 잘도 낚았다. 돌아가는 길에 아버지가 머리를 쓰다듬으며 말했다. 넌 너무 생각이 많아. 낚시는 단순한 거야. 낚싯바늘을 넣고 고기를 잡는 거지. 그냥 기다리면 돼. 아버지의 말은 수수께끼처럼 들렸다.

아버지는 그런 사람이었다. 아들이 갤러그 같은 원시적인 오락에 미쳐 있을 때 아버지는 그만두라고 말하는 대신 아들 옆에서 오락을 같이했다. 나지일은 지금도 어린이용 의자에 웅크리고 버튼을 눌러대는 아버지의 모습을 눈앞에 그릴 수 있다. 아버지의 실력은 놀라웠다. 나지일이 세번째 동전을 넣을 때도 아버지의 전투기는 우주를 날고 있었다. 넌 너무 생각이 많아. 비결은 간단한 거야. 적이 나타나면 총알을 쏘고 적이 총알을 쏘면 피하는 거야. 넌 나타나지도 않은 적을 예상하고 무서워서 이리저리 스틱을 흔들잖아. 그러면 안 돼. 그날 이후 나지일은 김이 빠져서 오락기를 쳐다보지도 않았다.

연구실 책상 위에 뿌연 먼지가 보였다. 먼지를 손가락으로 뒤적이며 나지일은 아버지가 옳았다고 생각했다. 결론은 언제나 간단하다. 간단하지 않은 것은 거짓이다. 나지일은 전화기에 손을 뻗었다. 밤늦은 시각에 형사를 괴롭힐 필요가 없다는 생각에, 나지일은 손을 내려놓았다. 급할 게 없었다. 전화 따위는 내일로 미뤄도 괜찮았다. 그러나 무언가 알 수 없는 조급함이 나지일의 엉덩이를 붙들고 놓아주지 않았다.

갑자기 창틀이 덜거덕거렸다. 바람이었다. 나지일은 자신이 내린 결론 앞에서 안절부절못했다. 나지일의 결론은 단순명쾌했다.

『뉴스위클리』 기사의 작성자와 편지의 작성자는 같은 사람이다.

사소해서 눈에 띄지 않는 『뉴스위클리』 기사의 마지막 문장을 읽을 때부터, 나지일은 불길함을 느꼈다. 범인과 기자의 암호가 아닐까. 기사에서 범인을 자극할 만한 발언을 한 사람은 박은희 경장뿐이다. 박은희만이 범행동기를 범인의 가학적 성향에서 찾았다. 범인이 확신범인가, 가학적 변태인가라는 논란은 이번 사건의 핵심이므로, 맨 마지막 단락에 경장 계급의 멘트 하나로 뭉뚱그려선 안 된다. 범인은 바보가 아니다. 상반된 분석을 객관적으로 나열했다면 범인은 호기심을 느끼고 자신을 변론하기 위해 펜을 들었을 것이다. 경장 따위의 말 한마디로 범행동기를 단정한 이 기사가 오히려 범인을 자극하고 있다. 수사에 공을 세운 여 경관을 위한다면 절대로 그런 멘트를 실어서는 안 된다. 점점 조급함을 보이는 범인에게, 게다가 법과 제도에 혐오감을 느끼는 범인에게, 이 기사는 먹잇감을 던져줬다. 기사는 범인에게 질문을 던지고 있는데, 그것은 '너의 범행동기는 무엇인가'라는 질문이 아니라 '박은희를 어떻게 할 것인가'라는 질문이다. 형사들이 여 경관을 살해하겠다는 범인의 두 번째 편지를 들고 왔을 때, 나지일은 놀라지 않았다. 범인은 기자처럼 마지막 문장에 자신의 답변을 썼다.

처음에 나지일은 범인과 기자가 공모하고 있다고 생각했다. 기사와 편지를 여러 번 정독한 후, 나지일은 두 개의 글에서 같은 얼굴이 떠오르는 것을 느꼈다. 범인은 자문자답하고 있다. 기사는 범인이 가장 닮고 싶어 하는 서구의 범죄자들을 사례로 들었다. '유나바머'나 '바이에른 해방군'은 생뚱맞은 사례다. 두 사례 모두 폭탄을 이용한 무차별 테러이며, 범행대상을 직접 목 졸라 죽이고 옷을 벗긴 이번 사건과 일치하지 않는다. 기사는 일부러 엉뚱한 사례를 들먹여 범인을 대변하고 있다. 범인은 자신의 범행을 테러라 부르겠다고 편지에 썼다. 범행에 대한 관점이 완벽히 일치한다.

나지일은 편지의 표기법과 문장을 분석했다. 첫 분석서에 나지일은 범인이 신문사의 표기준칙을 따랐다고 썼다. 이제 나지일은 범인이 표기준칙을 모방한 게 아니라, 너무 익숙해서 자연스럽게 흘러나왔다고 느끼기 시작했다. 날짜를 표기할 때, 같은 달일 경우 신문은 지난 1일, 지난 18일 등 날짜만 쓴다. 호흡이 긴 주간지는 지난 11월 18일 등 달을 함께 표기한다. 범인은 신문과 주간지의 이런 차이를 알았다. 아는 정도가 아니라 익숙하게 구사했다. 범인은 스트레이트 기사처럼 완결된 문장을 고집한다. A4용지 두 페이지 분량의 긴 편지에 그러나, 그리고, 그러므로 등 두 문장을 연결하는 접속사가 단 한 개도 없다. 육하원칙과 완결된 문장을 강조하는 기사작성법에 익숙하기 때문이다. 범인은 주어가 반복돼도 생략하지 않는다. 주어를 살리기 위해 물주구문이나 문장의 순서를 바꾸는 어색함도 참는다. '나는 비겁하지 않다' 다음에 나오는 문장은 '사건들의 연관성을 분석하고 프로파일을 작성할 경찰에게 나는……'이다. 간접목적어를 앞세워서 '나는'이라는 주어를 뒤로 돌렸다. 그다음 문장 '현장에 증거를 남겨놓지 않은 것은 시간을 벌기 위해서이다'는 '나는 시간을 벌기 위해 현장에 증거를 남기지 않았다'는 문장을 비튼 물주구문이다. 범인은 '나는'이라는 주어가 세 번 반복되는 난관을, 주어를 생략하지 않고 이렇게 돌파했다. 완결된 문장에 대한 강박이다.

여기까지 분석한 후, 나지일은 범인과 기자가 동일인이라고 단정했다. 그 뒤의 자잘한 수치분석은 결론의 알리바이를 만드는 작업이었다. 둘 다 주격조사 '이, 가'보다 '은, 는'의 비율이 압도적이며 '하고, 고'라는 연결어미 빈도가 평균보다 높다. 둘 다 부정문을 많이 사용한다. 기사와 편지는 같은 시점에서, 같은 곳을 바라보고, 같은 방향으로 걷고 있다. 두 글에서 흘러나오는 하나의 목소리에 붙들려, 나지일은 다른 의심을 할 수 없었다.

나지일은 전화기를 노려보았다.

유제두가 박은희의 엉덩이에 키스했다. 박은희는 간지러움을 느꼈다. 엉덩이의 능선을 따라 촉촉한 입술이 촉촉한 발자국을 끌며 전진했다. 박은희의 눈앞에 한없이 깊고 따뜻한 바다가 출렁거렸다. 유제두의 긴 손가락이 엉덩이 사이의 계곡을 내려가 음모를 만졌다. 질의 입구가 뜨거워졌다.

두 사람은 일찍 잠자리에 들었다. 유제두는 예전처럼 박은희의 온몸을 탐색하지 않았다. 박은희의 메마른 질 속으로 딱딱한 성기가 밀려왔다. 유제두는 엉덩이를 움직이며 크게 신음했다. 흐느낌 같았다. 유제두는 자궁의 입구까지 있는 힘껏 파고들었다. 박은희가 유제두의 머리를 쓰다듬었다. 귀밑머리가 땀에 젖어 미끈거렸다. 유제두가 박은희의 통통한 유방을 아플 정도로 세게 쥐고 흔들었다.

유제두는 조급하게 사정했다. 지친 성기가 질 속에서 헐떡였다. 섹스가 끝난 후 박은희는 침대에 엎드려 숨을 몰아쉬는 유제두를 바라보았다. 불길 속에서 괴로워하는 얼굴이었다. 베란다 밖의 폭풍과 폭풍 뒤에서 다가오는 위험 때문에 유제두가 흥분한 것 같다고 박은희는 생각했다.

갑자기 유제두가 엉덩이를 깨물었다. 저릿한 통증이 올라왔다. 앗, 박은희가 신음했다. 유제두는 이빨의 악력을 풀지 않았다. 엉덩이의 이곳저곳에서 통증이 폭발했다. 박은희는 침대 시트를 움켜쥐었다. 유제두가 엉덩이 위로 올라왔다. 다시 묵직한 성기가 느껴졌다. 성기가 엉덩이 사이를 파고들었다. 계곡을 내려가 질의 입구를 겨냥하지 않고, 성기는 항문으로 직진했다. 열리지 않는 항문을 향해 유제두는 거친 압박을 가했다.

"아, 아퍼. 그만해."

"조금만 참아. 다 됐어."

"제두 씨, 아프다니까."

"좀 참으라고! 참아!"

유제두가 소리를 질렀다. 박은희는 유제두를 밀어내고 침대 위에 앉았다. 어둠 속에서 유제두가 무릎을 꿇고 박은희를 쳐다보았다. 간절하게 무언가를 호소하는 얼굴이었다. 창밖에 번개가 쳤다. 찰나의 빛이 박은희의 유방과 유제두의 얼굴을 비추었다.

"제두 씨, 너무 흥분했어."

"응. 그런 것 같다."

"누워. 좀 진정해."

"알았어."

유제두는 침대에 누워 박은희의 등을 껴안았다. 단단한 근육이 등을 압박했다. 유제두가 예상 외로 단단한 남자라는 사실을 박은희는 깜박 잊고 있었다. 유제두가 속삭였다.

"세상에서 가장 무서운 죽음이 뭔지 알아? 어느 소설에서 읽었는데, 이런 거야. 남자가 여자에게 수면제를 먹여. 여자는 어둠 속에서 눈을 떠. 깊은 땅속이야. 몸을 움직일 수 있는 공간이 10센티미터도 안 돼. 여자는 자기가 관 속에 누워 있다는 것을 깨닫지. 소리질러도 땅 위에 닿지 않아. 탈출할 수도 없고 자살할 수도 없어. 코 위에 바로 관 뚜껑이 있어서 숨을 쉬면 입김이 반사돼. 여자는 자기가 서서히 죽어가야 한다는 걸 깨달아. 이때 무서운 건 죽음이 아니야. 죽음은 오히려 편안하지. 무서운 건 시간이야. 여자와 시간 사이엔 아무것도 존재하지 않아. 여자는 순수한 시간과 대면할 수밖에 없어. 검고 끈적끈적한 고농축의 시간. 자신을 조금씩 죽음으로 몰아넣는 시간. 무섭지 않아?"

"끔찍하군. 그런 얘기를 왜 하는 거야?"

"그냥, 생각났어. 인간은 절대 순수한 시간과 대면할 수 없어. 시간을 잊기 위해 인간은 무슨 짓이든 해. 낚시를 다니고 등산을 하고 섹스를 하고 고양이를 죽이고 살인도 하지. 모든 것이 사라지고 시간만 남으면 인간은 견딜 수 없어."

박은희는 대꾸하지 않았다. 유제두의 팔이 느슨해졌다. 가볍게 코를 고는 소리가 들렸다. 박은희는 유제두의 팔을 치우고 일어나 반팔 티와 바지를 입었다. 물방울무늬가 그려진 분홍색 잠옷바지였다. 박은희는 발소리를 내지 않고 서재로 걸어갔다. 바람 때문에 서재 창문이 덜컹거렸다.

가학성애자들 중에는 항문성교에 집착하는 사람이 많다. 이유는 모른다. 아마도 상대에게 고통을 가하면서 쾌감을 느끼기 때문일 것이다. 박은희는 어떤 심리학 서적에서 그렇게 읽었다. 심리학 이론을 개별적인 인간에게 그대로 적용할 수 없다는 것을 박은희는 잘 알고 있었다. 모든 이론은 구체적인 인간 앞에서 무용지물이다. 박은희가 서재에 몰래 들어온 것은 이론 때문이 아니라 침대 위에서 휩싸였던 불안감 때문이었다. 불안감이 수천 개의 다리를 움직이며 피부 위를 기어 다니고 있었다. 박은희는 컴퓨터를 켜고 패스워드 칸에 자신의 이름을 입력했다. 하늘색 윈도 배경이 나타났다. 박은희는 '내 문서'로 들어갔다. 기사 자료나 인터뷰 녹취록을 담은 폴더들이 흩어져 있었다. '박은희'라는 이름이 붙은 폴더가 눈에 들어왔다.

모든 것이 그 안에 있었다. 정해일 대령이 파기한 범인의 편지, 두번째·세번째·네번째 편지, 유제두의 기사들이 순서대로 정리돼 있었다. 녹취록도 있었다. 여자들을 사랑한 죄밖에 없다고 주장하는 곽태진의 육성이 그 안에 들어 있었다. 정해일은 무뚝뚝한 목소리로 한 공기업의 분식회계를 고발했고, 한종성은 아이의 배를 찬 것이 실수였다고 주장했으며, 과학교사가 장성구의 성폭행을 제보했다. 유제두는 기자라는 이름으로 모든 피살자들에게 접근했다. 박은희가 '최종'이라는 제목이 붙은 문서를 열었다. 유제두가 내일 신문사로 전송할 기사였다.

12월 6일 새벽 3시, 서울경찰청 과학수사계 박아무개 경장이 서울 마포구에 있는 한 아파트에서 숨진 채 발견되었다. 경찰은 세 간을 흔들고 있는 연쇄살인범 '처형자'의 범행일 가능성이 큰 것으로 보고 있다. 범인은 며칠 전 여 경관을 살해하겠다는 협박편지를 보낸 것으로 알려졌다.

수사본부 관계자는 박아무개 경장이 다른 희생자들과 똑같이 교수형밧줄로 살해됐다고 말했다. 범인의 협박편지를 받고 박 경장은 애인 유아무개 씨의 집에 은신했으나 범인은 유 씨를 전기충격기로 기절시키고 범행을 저지른 것으로 보인다. 유 씨는 의식을 회복한 뒤 박 경장의 주검을 발견해 경찰에 신고했다. 현재 경찰은 범행현장 주변의 증거물을 분석하고 있다. '처형자'가 여 경관마저 살해한 것이 사실로 밝혀지면 사회적 파장이 클 것으로 보인다.

박은희는 고개를 들었다. 빗물에 젖은 유리창이 떨고 있었다. 창밖에 앙상한 나뭇가지들이 춤을 추었다. 바람이 커다란 나무의 머리채를 붙들고 흔들었다. 바람이 거세지면 가지 끝이 방충망을 긁었다. 버즘나무였다. 나무는 껑충하고 마른 몰골로 2층에 있는 유제두의 아파트를 엿보고 있었다. 지금은 비바람에 씻긴 낙엽들이 유제두가 편지를 쓰고 있던 어느 밤에는 가지 끝에 매달려 추락을 기다리고 있었을 것이다. 유제두가 창문을 열고 담배를 피울 때 거무칙칙하고 가장자리가 톱니바퀴 모양인 낙엽 하나가 거실로 흘러들어왔을 것이다. 책상 위에 남은 낙엽 가루들이 편지봉투에 달라붙었을 것이다.

박은희는 유제두와 함께한 날짜들을 헤아렸다. 11월 1일 밤 유제두는 한종성의 목을 졸랐다. 한종성을 죽이고 칼질한 후 유제두는 박은희의 집에 왔다. 그날 그들은 첫 섹스를 했다. 박은희는 살인자의 성기를 몸 안에 넣고 포만감에 젖었다. 박은희는 유제두가 범인이라는 사실보다 유제두가 사람을 죽인 밤에 자신을 안았다는 사실에 더 분노했다. 박은희는 치욕스러웠다. 가장 단단하다고 믿었던 지면 밑에 함정이 있었고 그 함정 밑에 박은희의 심장을 찢을 흉기들이 곤두서 있었다. 박은희는 주저 없이 발을 내디뎠고 끝없이 추락했다. 깜깜한 허공이 입을 벌렸다. 박은희는 자신이 다시는 지상으로 기어 올라갈 수 없다는 사실을 깨달았다. 11월 2일 새벽, 유제두가 피 묻은 성기를 들이밀었다. 끈끈한 촉수를 가진 무언가가 박은희의 하복부를 기어 다녔다. 박은희의 등줄기와 어깨와 목덜미에서 갑자기 경련이 치밀었다. 제어할 수 없는 근육의 수축에 휘둘리며 박은희는 이빨을 덜덜 떨었다.

등 뒤에 인기척이 느껴졌다. 유제두일 것이다. 유제두는 박은희에게 컴퓨터를 켜서 문서를 읽으라고 암시했다. 박은희가 무너지는 동안 유제두는 바로 등 뒤에서 결단의 시간을 준비하고 있을 것이다. 박은희는 재떨이 밑에 있는 일회용 라이터를 쥐었다. 그것이 생명을 구할 무기라도 되는 것처럼 박은희는 손에 힘을 주었다.

목에 차가운 금속이 다가왔다. 작고 예리한 금속 날이 펄떡거리는 경동맥을 눌렀다. 외과용 메스였다. 메스의 은색 섬광 위에 유제두의 가늘고 흰 손가락이 보였다. 유제두가 말했다.

"다 읽었어?"

천성철이 들쑤신 수사본부의 공기가 다시 차분하게 가라앉았다. 이경훈은 의자에 기대 눈을 감았다. 속이 계속 편치 않았다. 오후부터 심상치 않았던 대장이 천성철 때문에 마비되었다가 다시 요동치기 시작했다. 전화벨이 울렸다. 수사본부의 전화들은 이경훈에게 잠시의 휴식도 허락하지 않았다. 이경훈은 눈살을 찌푸리며 전화를 받았다. 정해일 수사팀의 길준호 형사였다.

"선배, 공기업 임원 한 명이랑 술을 마셨습니다."

형사의 목소리가 들떠 있었다.

"수사 핑계로 양주나 얻어먹고 다니는군. 잘했어. 아주 아름다운 밤이야."

"양주인 줄 어떻게 아셨어요? 술 한잔하면서 얘기하자는데 거절할 수가 없었어요."

"계속 읊어봐."

"회사의 모든 문제가 까발려지고 나니까 그 임원이 숨기고 있던 얘기를 하고 싶었나 봅니다. 양심에 찔린 거죠."

"양심?"

"선배 짐작대로 정해일은 분식회계와 비자금 조성을 알고 있었어요. 그래서 서울로 올라온 거죠. 정해일은 이사 자리를 안 주면 폭로하겠다고 회사를 협박했어요. 노인네가 본 검은 양복을 입은 놈들 말이에요, 임원이 시켜서 보낸 겁니다. 회사 쪽은 정해일을 어르고 달래고 겁을 줘가면서 돈 몇 푼에 쫓아내려고 했나 봐요. 검은 양복들은 회사 쪽의 메신저였어요. 그런데 정해일은 의외로 강경했어요. 믿는 구석이 있었던 거죠."

"믿는 구석이 뭐야?"

"정해일은 기자 한 명을 잘 안다고 말했어요. 비자금 문제를 모두 그 기자에게 털어놓았고, 자신을 대접해주지 않으면 기자를 시켜서 기사를 싣겠다고 협박했어요. 기자가 그렇게 약속했대요. 임원 얘기로는 거짓말 같지는 않더랍니다. 정해일 성격이 지랄 같긴 하지만 거짓말을 할 위인은 아니거든요. 그래서 고심하던 차에 정해일이 죽어버린 겁니다. 그 임원은 속 시원하기도 했지만 양심에 걸리기도 했겠죠."

"그 기자 이름 알아냈어?"

"기자 이름은 모른대요. 하지만 선배……. 그 기자가 범인일 겁니다. 냄새가 나요."

"내일부터 정해일 주변을 다시 뒤져봐. 기자를 목격한 사람이 있는지 확인해보고."

"예. 알겠습니다."

이경훈은 전화를 끊었다. 기자라는 단어를 들을 때부터 이경훈의 머릿속에 종이 울렸다. 머릿속에 흩어져 있던 파편들이 일제히 한 점을 향해 곤두섰다. 기자였다. 기자라서 모든 피살자들이 자신의 얘기를 털어놓았다. 기자라서 장유리 양의 상담 내용을 알고 있는 누군가가 제보를 했다.

이경훈이 수사 기록을 뒤졌다. 곽태진은 자신의 오명이 벗겨질 것이라고 떠들었다. 한종성은 곧 자신의 평판이 좋아져서 경기도에 문을 연 보육원에 지장이 없을 것이라고 믿었다. 그들의 얘기에는 생략된 명사가 있었다. 기자였다. 그들은 기자가 자신의 억울함을 해소해줄 것이라 생각했다. 그들은 기자를 완전히 신뢰했다. 진짜 기자였기 때문이다.

어떤 기자놈일까. 어떤 기자놈이 살인을 하고, 편지를 쓰고, 또 그 살인과 편지를 기사로 썼을까. 이경훈은 편지로 사골국물을 우려내고 있다는 나지일 교수를 떠올렸다. 나지일이라면 편지에서 기자의 흔적을 집어낼 수 있을 것이다. 이경훈은 나지일에게 전화를 걸었다.

"나 교수님, 수사본부 이경훈입니다. 밤중에 죄송합니다."

"아, 예. 안녕하세요? 웬일이세요?"

"거두절미하고 말씀드리겠습니다. 범인이 기자인 것 같습니다."

"아."

수화기 너머에서 나지일의 신음소리가 들렸다.

"교수님, 뭐 짐작 가는 거라도 있습니까?"

"안 그래도 전화드리려고 했습니다. 『뉴스위클리』 기사와 편지는 동일인물이 썼습니다."

"예?"

"기자가 범인이거나, 범인을 흉내 내고 있습니다."

이경훈의 머릿속에서 종소리가 점점 커졌다. 이경훈은 정신을 차릴 수가 없었다.

"확실합니까?"

"자세히 설명드릴 순 없지만, 기사와 편지는 사건을 바라보는 방식, 글을 풀어가는 방식이 똑같습니다. 제 분석을 정리해서 보내드리겠습니다. 법정에서 증거로 채택되긴 힘들 거예요. 하지만 학자의 양심을 걸고 저는 확신합니다."

"알겠습니다. 또 연락드리겠습니다."

이경훈이 전화를 끊고 형사들에게 외쳤다.

"마포서랑 대흥동 지구대에 연락해. 당장 유제두 기자 집으로 가보라고 해. 우리도 간다. 다들 일어서!"

"왜 그랬어?"

"그냥 무의미한 시간을 견디기 위한 무의미한 몸짓이라고 이해해줘."

유제두가 박은희를 의자에 묶었다. 능숙한 손놀림이었다. 유제두는 에스 자형 고리를 만들어 박은희의 발목을 묶고 끈을 이어 오른손을 의자 난간에 고정시키고 가슴과 허리도 의자 등받이에 묶었다. 빨랫줄이 단단하게 가슴을 조였다.

"매듭은 어디서 배웠어?"

"인터넷에서. 인터넷에 모든 게 들어 있어."

유제두가 서재 옷장을 열어 주사기와 프로포폴 앰플을 꺼냈다.

고무마개가 달린 바이알 병이 아니라 엄지손가락으로 꼭지를 따는 유리 앰플이었다. 우유처럼 달콤한 하얀색의 액체가 출렁거렸다. 피살자의 몸에 프로포폴을 주입하며 유제두는 정액을 연상하지 않았을까, 박은희는 의심했다.

"미국 이민 가는 의사한테 얻었어. 아무리 수사해도 안 나와."

주사기가 정액 같은 마취제를 빨아들였다. 주사기 윗부분을 손가락으로 퉁겨 기포를 확인하고 플런저를 밀어 기포를 제거하며 유제두가 말했다.

"넌 나를 사디스트라고 생각했어. 나를 성범죄자처럼 취급했지. 넌 나를 모욕했어. 내가 얼마나 많이 참았는지 알아? 넌 늘 의심받을까 두려워하면서도 주위 사람들을 끊임없이 의심해왔어. 지독한 이중성이지, 네 아버지처럼. 요즘도 아버지 꿈을 꿔?"

"넌 아버지보다 못한 놈이야. 아버지는 자신과 치열하게 싸웠어. 결국 지고 말았지만 싸움을 포기하진 않았어. 넌 자신을 완전히 포기한 놈이야."

유제두가 웃었다. 어깨가 심하게 흔들렸다.

"네가 인간을 알아? 인간의 모든 행동을 분석할 수 있어? 망상을 가지고 있는 건 너야. 너처럼 어이없는 년은 본 적이 없어. 구제불능의 미친년."

유제두가 흥분하고 있었다. 말의 끄트머리가 거친 숨으로 갈라지고 숨을 돌릴 틈 없이 다음 말이 쏟아졌다.

"살인 충동은 죽음 충동이 아니야. 살인이 살아가는, 혹은 살아

남는 유일한 방식일 수도 있어. 팔을 내밀어. 넌 이제 아주 깊은 잠을 자게 될 거야."

"유제두, 물어볼 게 있어.

"뭔데?"

"너한테 난 뭐였어?"

너는 왜 내 눈에 밟혔는가. 왜 가늘고 긴 손가락과 처진 어깨와 헝클어진 앞머리로 내게 들이닥쳤는가. 왜 내 모든 과거를 지우고 파국이 예정된 미래로 밀어 넣었는가. 왜 나는 널 거부하지 못했는가. 왜 너인가. 왜 하필 너였는가. 유제두가 대답했다.

"난 내가 만난 모든 여자를 사랑했어. 그 여자들이 날 이해하지 못했을 뿐이야."

박은희는 수사본부에 걸려온 낯선 여자의 전화를 떠올렸다. 자신을 파멸시킨 사내를 이야기하며 여자는 쇳소리 같은 웃음소리를 냈다. 유제두의 옛 애인이었을 것이다. 가학적 성범죄자는 자신감이 없고 감정적 트라우마를 가진 여자를 탐색한다. 처음엔 이해심 많고 매너 좋은 신사의 모습으로 나타나, 선물 공세를 펼치고 꽃을 보내고 칭찬을 아끼지 않는다. 서서히 가족과 친구들에게서 여자를 고립시킨다. 여자가 무력해지면 행동이 돌변한다. 항문성교나 본디지를 요구하고 거절하면 토라져서 죄책감을 느끼게 한다. 요구를 들어줄 때마다 친절한 모습으로 돌아온다. 시간이 갈수록 요구의 강도가 세진다. 박은희는 유제두가 보낸 붉은 장미꽃들을 떠올렸다. 자신이 가학적 변태성욕자의 애완동물이 되기에 적당한 여자라는 것을 박은희는 그제야 깨달았다. 사디스트들은 자신의 애완동물을 죽이지 않는다. 처형을 늦추려면 애완동물의 역할을 승인해야 한다. 박은희가 말했다.

"날 제두 씨 곁에 머무르게 해줘. 휴직계를 낼게."

"살고 싶어?"

"살고 싶지는 않아. 남은 인생은 무의미해. 하지만 이렇게 끝내기는 싫어. 당신 옆에 있을게. 하라는 대로 할게. 제두 씨도 외롭잖아? 난 알아. 제두 씨는 끔찍하게 외로워."

유제두가 고개를 흔들었다.

"징징거리지 마."

박은희가 유제두를 바라보았다. 눈물이 났다. 억지로 꾸미려 하지 않았는데도 눈물이 줄줄 흘렀다. 유제두가 피식 웃었다.

"팔을 대."

유제두가 박은희의 정맥을 찔렀다. 팔 전체에 전류가 흐르는 것 같았다. 항생제 주사보다 훨씬 아팠다. 박은희가 입술을 깨물었다. 먼 곳에서, 까마득한 의식의 뒤편에서 뿌연 안개가 밀려왔다. 박은희는 생각했다. 눈을 뜨면 어디에 있을까? 천국이나 지옥에 있을까? 지하에서 검고 끈적끈적한 시간을 마주하게 될까? 숨을 쉬면 입김이 반사되는 관 뚜껑을 보게 될까? 박은희는 차라리 아무것도 없는, 완벽한 공허가 되길 원했다.

박은희가 눈을 떴다. 서재의 책들이 흐물흐물 늘어져 보였다. 눈앞의 안개가 천천히 걷혔다. 박은희는 의자에 앉아 두 손을 뒤로 묶인 채 교수형밧줄을 목에 걸고 있었다. 밧줄은 벽 위에 고정된 옷걸이 봉까지 이어져 있었다.

"징징거리는 전략이 효과 있었어. 이 밤을 더 즐기고 싶어."

유제두가 말했다. 박은희에게 유제두의 목소리는 먼 하늘에서 들려오는 것처럼 아득했다.

"어, 어, 그래……."

박은희의 말이 헛돌았다. 혀가 굳어서 발음이 샜다. 유제두가 물었다.

"잘 잤어?"

"어."

"넌 내가 우리의 믿음을 저버렸다고 생각하겠지. 사랑을 배신했다고 말이야. 하지만 이건 배신 따위와 아무 관련이 없어. 사랑이란 건 서로 다른 방향을 보며 달리는 희한한 이인삼각 게임이야. 서로 자기가 믿고 싶은 것만 믿고 자기가 보고 싶은 것만 봐. 그러면서도 기적적으로 함께 가지. 사랑은 기만적이지만 어쨌든 우린 그걸 해. 할 수밖에 없어. 네가 나라고 믿었던 것이 실재의 나는 아니야. 사랑에는 배신이라는 게 없어. 어쩌면 모든 인간관계에도 배신이란 건 없는지 몰라. 그저 자기가 믿었던 허상이 부서져버리는 것뿐이지. 네가 네 방식대로 날 사랑했듯이 나는 내 방식대로 널 사랑한 거야. 사랑은 언젠가는 비틀거리게 돼 있어. 둘 중 하나가 상대의 방식에 굴복하지 않으면 오래갈 수 없는 게임이야."

"아냐. 사랑은 뭔가 새로운 걸 함께 만들어가는 거야. 뭔가 전혀 다르고 신성한 어떤 것을. 내 말을 들어."

유제두가 웃었다.

"그래서…… 그게 뭐 어떻다는 거야, 지금?"

누군가 현관의 벨을 눌렀다. 벨소리가 차가운 파문을 일으키며 거실에서 서재로 흘러들었다. 유제두의 얼굴에 미소가 가셨다. 유제두는 책상서랍에서 전기충격기를 꺼내 뒷주머니에 꽂고 현관으로 걸어갔다.

박은희는 팬티 엉덩이 부분에 넣어둔 라이터를 더듬었다. 유제두가 몸을 묶기 전에 라이터를 급하게 엉덩이에 집어넣으며 박은희는 양손이 뒤로 묶이기를 간절히 바랐다. 박은희는 묶인 손을 펴서 있는 힘껏 팬티 속에 찔러 넣었다. 손가락에 라이터가 걸려들었다. 박은희는 라이터를 켜서 손목에 묶인 빨랫줄에 들이댔다. 빨랫줄이 불꽃을 일으키며 급하게 타들어갔다. 빨랫줄과 함께 손목도 탔다. 피부조직이 익어가며 누린내를 풍겼다. 끔찍한 고통 때문에 박은희는 입술을 깨물었다. 터진 입술에서 피가 흘러내리고 이마에 식은 땀이 났다.

"누구십니까?"

유제두가 대문을 열며 물었다. 현관문 앞에 우비를 입은 순경이 서 있었다. 순경의 얼굴이 초췌해 보였다.

순경은 충청남도에 있는 한 종고를 졸업하고 군 제대 후 서울의 중장비 부품 공장을 다니며 경찰공무원 시험을 준비했다. 어젯밤 순경은 옛 공장 동료들과 새벽 3시까지 술을 마셨다. 순경은 자신의 성공담을 길게 늘어놓고 카드로 술값을 계산했다. 네 시간을 자고 출근한 순경은 하루 종일 비와 숙취에 젖었다. 게다가 당직이었다. 저녁부터 한 아파트단지를 계속 순찰하라는 지시가 떨어졌다. 퍼붓는 빗속에서 삼십 분마다 아파트단지를 빙빙 돌며 순경은 이게 미친 짓이라고 생각했다. 관료체계의 저 꼭대기에서 알 수 없는 지시가 내려오면 경관들이 게처럼 바닥을 기어야 했다. 순찰차 운전석에 기댄 어깨부터 감기 기운이 몰려왔다. 순경은 경찰공무원 시험을 보지 않고 기름밥을 먹고 살았다면 어땠을까 생각했다. 어차피 거기서 거기인 인생이었다. 순찰을 마치고 지구대로 들어설 때 아파트를 다시 확인하라는 명령이 떨어졌다. 순경은 욕설을 퍼부으며 다시 빗속을 항해했다. 십 분 뒤 순경은 유제두 앞에 섰다.

"잠깐 안을 둘러봐도 괜찮겠습니까?"

"그러십시오. 고생이 많으십니다."

순경이 우비를 벗고 거실로 들어섰다. 유제두가 전기충격기로 순경의 뒷목을 지졌다. 순경이 앞으로 고꾸라졌다. 순경은 장작처럼 쓰러져서 얼굴을 바닥에 처박았다. 부러진 코에서 코피가 흘러나왔다. 유제두가 현관에 세워둔 야구방망이로 순경의 머리를 후려쳤다.

서재에서 박은희는 순경의 두개골이 으스러지는 소리를 들었다. 퍽, 퍽, 퍽 한 인간의 정신을 파괴하는 둔탁한 울림이었다. 박은희는 발목과 허리에 묶인 빨랫줄을 풀었다. 라이터에 그을린 손목에 빨랫줄이 스칠 때마다 심장이 펄떡거렸다.

"경찰이 눈치챘군."

서재로 돌아온 유제두가 책상 위에 전기충격기를 던지며 말했다. 귀밑머리 밑으로 땀을 줄줄 흘리며, 유제두가 성큼성큼 다가왔다. 박은희는 전기충격기를 주워 들고 유제두에게 달려들었다.

동북경찰서와 마포는 가까웠다. 체포조가 두 대의 밴에 나눠 타고 대흥동 아파트로 출발했다. 지휘계통에 보고할 시간이 없었다. 형사들이 탄 밴이 빗줄기를 가르며 미친 듯이 돌진했다. 도로가 물에 잠겨서, 차 바닥에서 물살을 가르는 소리가 들렸다. 와이퍼가 숨 가쁘게 움직였지만 몇 미터 앞을 보기가 어려웠다. 12월 초에 웬 폭우야……. 뒷좌석의 한 형사가 중얼거렸다. 아무도 대꾸하지 않았다.

이경훈이 차 안에서 박은희에게 계속 전화를 걸었다. 박은희는 영리한 여자였다. 이경훈의 주의를 들었으니 잠에 곯아떨어져 있어도 전화를 받을 여자였다. 그러나 아무리 번호를 눌러도 신호음만 들렸다. 무슨 일이 난 것이다.

"야, 지구대 순찰차 도착했어?"

"연락이 없습니다."

"연락해봐!"

"무전기를 받지 않습니다."

"마포서는?"

"지금 출발한답니다."

"뭐? 이런 병신새끼들!"

이경훈은 눈을 감아버렸다. 형사과 휴게실에서 박은희에게 했던 말이 떠올랐다. 기자놈 엉덩이나 톡톡 두드리면서 달래주란 말이야……. 이경훈이 박은희에게 유제두를 떠맡겼다. 이경훈이 박은희를 사지로 밀어 넣었다.

"야, 있는 대로 밟아. 차가 뒤집혀도 되니까 무조건 밟아."

이경훈은 자신에 대한 분노 때문에 속이 뒤집힐 것 같았다. 저녁에 먹은 김치볶음밥의 신맛이 올라왔다. 차는 애오개역을 지나고 있었다.

박은희의 팔목이 저려왔다. 유제두가 손아귀에 힘을 주었다. 흰 손등에 퍼런 정맥이 불거졌다. 유제두의 악력은 상상 이상으로 강했다. 목표물을 놓친 전기충격기가 허공에서 떨다가 바닥으로 떨어졌다. 유제두가 박은희의 팔을 뒤로 꺾었다. 박은희가 고환을 노려 뒷발길질을 했다. 소용없었다. 유제두가 박은희의 다리를 걸어 넘어뜨린 뒤 무릎으로 등을 눌렀다.

"좀더 즐기려고 했는데 안 되겠어. 이렇게 앙탈을 부리면 죽일 수밖에 없잖아."

유제두가 박은희의 등에 올라타서 빨랫줄로 목을 조였다. 박은희의 등이 뒤로 휘어지고 머리가 공중으로 꺾였다.

"잘 가."

유제두가 말했다. 박은희는 미친 듯이 바닥을 더듬었다. 숨이 막혔다. 머릿속에 피가 몰려들어 터져버릴 것 같았다. 바닥에 떨어져 있던 라이터가 손에 잡혔다. 박은희는 손을 떨며 라이터 불꽃을 목에 갖다 대었다. 빨랫줄과 함께 목 살이 탔다. 누린내가 온 방 안에, 박은희의 의식과 무의식에 퍼져 나갔다. 목의 감각이 사라졌다. 박은희가 정신을 놓기 직전에 빨랫줄이 끊겼다. 유제두가 제 힘에 밀려 뒤로 쓰러졌다. 박은희는 뒤로 돌아 유제두의 두 눈을 손가락으로 찔렀다. 손가락 끝에 유제두의 촉촉하고 미끌미끌한 각막이 느껴졌다. 유제두가 소리를 지르며 두 눈을 비볐다. 박은희는 서재 문밖으로 달려갔다.

다리에 힘을 줄 수가 없었다. 휘청거리며 박은희는 자물쇠가 풀려 있는 현관문을 열었다. 선혈이 낭자한 순경의 머리가 눈앞을 휙 스쳐 지나갔다. 박은희는 맨발로 비상계단을 달려 내려갔다. 휘청거릴 때마다 날카로운 계단 모서리가 벌떡 일어섰다. 박은희는 1층 비상구 문을 열었다. 10여 미터 앞에 1층 유리문이 형광등 불빛을 반사하고 있었다. 박은희는 달렸다. 현기증 때문에 쓰러질 것 같았지만 박은희는 다리를 멈추지 않았다. 유리문을 열자 차갑고 축축한 공기가 다가왔다. 모든 사물의 냄새를 지우고 모든 사물의 밑바닥에서 피어오르는 비 냄새가 박은희를 맞았다. 자유의 냄새였다. 박은희가 빗속으로 발을 내딛는 순간 누군가 머리채를 잡았다. 박은희는 억센 손에 이끌려 1층 복도로 돌아왔다. 유제두가 박은희의 단발머리를 붙들고 좌우로 흔들었다. 놔, 놔, 박은희가 비명을 질렀다. 유제두의 눈동자에 붉은 생채기가 보였다.

"조용히 해. 누가 들으면 어쩌려고."

유제두가 전기충격기를 들이댔다. 노란 섬광이 박은희의 눈앞에서 폭발했다. 뜨거운 기운이 불에 달군 칼날처럼 온몸을 난도질하는데도, 오한이 느껴졌다. 뜨거움과 한기가 동시에 몸을 점령하고 날뛰었다. 복도와 엘리베이터 문이 비스듬하게 기울었다. 박은희는 의식을 잃었다.

유제두가 박은희를 어깨에 메고 비상계단으로 걸어갔다. 박은희와 유제두는 모두 반팔 티셔츠에 맨발 차림이었다. 유제두가 비상구의 철제문을 열 때 현관 유리문 밖에서 검은 손들이 튀어나왔다. 빗물이 묻은 검은 리볼버 총구 다섯 개가 유제두를 조준했다.

"박은희 내려놓고 손 올리고 뒤로 돌아."

이경훈이 유제두에게 말했다. 유제두는 움직이지 않았다.

"널 쏴버리고 싶어 죽겠으니까 빨리하는 게 좋을 거야."

유제두가 박은희를 내려놓고 돌아섰다. 얼굴에 미소가 가득했다. 눈동자가 형사들을 훑었다. 동공이 움직일 때마다 흰자 안에 움푹 파인 빨간 선이 돌아다녔다. 이경훈이 총을 들고 유제두에게 다가갔다.

"하여간 기자들이란……."

이경훈이 유제두의 가슴을 힘껏 찼다. 유제두가 박은희의 발치에 쓰러졌다.

형사들이 유제두의 집에서 순경의 시체를 발견했다. 과학수사팀에 연락하고 형사들은 안방과 거실을 뒤졌다. 안방 장롱에서 정해일 대령의 군복과 곽태진의 모터사이클 재킷이 나왔다. 한종성의 남방과 정장바지와 속옷들은 비닐봉지에 처박혀 있었다.

박은희는 강북삼성병원 응급실로 후송됐다. 당직의사가 팔목과 목에 난 화상을 응급처치하고 찰과상을 살폈다. 목에 난 화상에 물집이 잡히기 시작했다. 2도가 넘어 보였다. 응급실 침대 위에서 박은희는 정신을 차렸다.

"그 새끼가 불고문도 했어?"

형사가 물었다. 분노 때문에 형사의 말꼬리가 치켜 올라갔다. 박은희는 눈을 감았다.

자정 넘어 체포조가 유제두를 호송하여 동북경찰서에 도착했다. 본부장은 안방 침대에서 이경훈의 전화를 받고 벌떡 일어나 철저히 조사하되 피의자가 기자인 만큼 주의를 기울이라고 지시했다. 본부장과 수사본부 간부들이 비상회의에 참석하기 위해 집을 나섰다.

사적 처형자가 잡혔다는 소문이 기자실에 퍼졌다. 말진 기자들이 형사과로 몰려와 진실을 캐물었다. 곧 브리핑이 시작될 예정이니 기자실에서 기다리라고 형사들이 기자들의 등을 떠밀었다. 연합뉴스와 방송과 각 신문사 인터넷사이트가 체포보도 1보를 띄웠다. 야근을 하던 각 신문사 데스크가 수도권 마지막 판에 기사를 넣기 위해 기자들을 채근했다. 데스크들은 1면 머리기사 자리를 비워놓고 기사 전송을 기다렸다. 카메라가 몰려들었다. 범인 호송 장면을 놓친 기자들이 밋밋한 형사과 입구를 찍었다. 방송 조명과 스트로보가 형사과 입구에서 축포처럼 터졌다. 밤 1시에 간단한 브리핑이 시작됐다. 구체적인 범행 사실은 조사가 끝난 뒤에 발표하겠다고 부스스한 얼굴의 홍보관이 말했다.

수사본부는 신문조를 두 개로 나눠 즉시 신문을 시작하기로 결정했다. 유제두는 강력범 조사실에 수갑을 차고 앉아 있었다. 공기가 차가워서 유제두의 팔에 소름이 돋았다. 형사 한 명이 숙직실에 굴러다니던 파카를 가져다주었다.

이경훈은 조사실 거울 뒤에 앉아 있었다. 유제두 때문에 마쳐됐던 배가 다시 꾸르륵거리기 시작했다. 서영혜가 다가왔다. 이경훈이 물었다.

"저녁에 왜 전화 안 받았어?"

"왜요?"

"아주 즐거운 일이 있었어. 이따가 말해줄게."

"유제두는 만만치 않을 거예요. 밤새우는 건 물론이고 일주일 이상 걸릴지 몰라요. 아예 입을 안 열 수도 있어요."

"아주 더럽게 긴 밤이야."

악역을 맡은 형사 두 명이 조사실로 들어왔다. 형사들이 앉기도 전에 유제두가 말했다.

"나는 모르는 일입니다. 범인이 날 기절시켰고, 깨보니까 순경이 죽어 있고 박은희가 없어서 찾으러 나갔습니다. 1층 현관에 쓰러져 있는 박은희를 집에 데려가려고 할 때 경찰들이 들이닥쳤습니다."

"박은희 경장이 증언을 할 거야. 말이 돼?"

"그 여자가 뭐라건 내 진술은 이것뿐입니다. 묵비권을 행사하겠습니다."

형사들은 조사실을 서성거리며 탁자를 치고 서류를 내던지고 고함을 쳤다. 경찰을 죽인 범인에게 형사와 교도관이 어떤 대접을 하는지 아느냐고 물었다. 지옥의 맛을 보여주겠다고 으르렁거렸다.

"넌 좋겠다. 니가 좋아하는 교수형밧줄에 매달리게 생겼어. 말 좀 해보지?"

유제두는 미동도 하지 않았다. 한 형사가 정신병자라고 조롱했을 때 유제두는 헝클어진 머리를 쓸어 올리며 말했다.

"권 형사님, 경기경찰청에서 근무하시다가 서울경찰청으로 옮겨오셨죠? 당신은 절 잘 모르겠지만 저는 잘 압니다. 당신 부인도 잘 알아요. 부인과 나이 차가 많이 나잖아요. 요즘 부인이 테니스를 배워요. 형사님이 당직일 때 테니스 코치를 침실로 부른다는군요. 경찰서에 소문이 쫙 퍼졌는데 형사님만 몰라요. 테니스 코치는 대학 선수 출신인데 꽤 어린놈이죠. 부인이 테니스 말고 다른 것도 배우나 봐요."

형사가 유제두의 멱살을 잡았다. 낡은 파카 솔기가 뜯겨나갔다. 형사가 유제두의 얼굴을 코앞으로 끌어당겼다. 눈빛과 눈빛이 10센티미터 거리에서 충돌하며 불꽃을 튀겼다. 형사가 먼저 눈을 내렸다.

거울 뒤에서 이경훈이 한숨을 쉬었다. 서영혜가 물었다.

"유제두 가족사항이 어떻게 돼요?"

"어릴 때 아버지가 죽고 어머니는 이 년 전에 죽었어. 외아들이었고, 호적상으론 재혼 기록이 없어. 평생 과부로 살았어."

"어머니와 사이가 좋았을까요?"

"『한영일보』 시경출입 기자와 동기더군. 꽤 친했던 모양이야. 그 기자가 유제두가 진짜 범인이 맞느냐고 꼬치꼬치 따지는데, 범인이 아니면 수사본부 간부들 경찰 배지를 다 떼버릴 태세더라고. 그놈을 붙들고 이것저것 물어봤어. 유제두가 동기들한테도 어머니 얘기는 거의 안 했어. 누가 부모 얘기를 물어보면 싫어하는 눈치였대."

"평생 혼자서 자길 키워준 어머니 얘기를 한 번도 안 했다고요?"

"응."

"제가 혼자 들어갈게요."

"길 형사랑 같이 들어가기로 했잖아?"

"혼자 들어가게 해주세요."

형사들이 나오고 서영혜가 들어갔다. 일반 피의자들처럼 겁을 주거나 다독여서 유제두의 입을 여는 건 불가능했다. 유제두의 태평스러운 얼굴 뒤엔 공격성이 감춰져 있었다. 그 공격성을 폭발시키는 길밖에 없다고 서영혜는 생각했다.

유제두가 서영혜를 정면으로 바라보았다. 서영혜의 헝클어진 머리와 화장기 없는 얼굴과 블라우스의 구겨진 부분까지 유제두는 관찰하고 있었다. 서영혜가 탁자에 앉았다. 침묵이 흘렀다. 서영혜는 십여 분 동안 아무 말도 하지 않고 유제두의 눈빛을 받아냈다. 뭐 하는 거야, 거울 뒤에서 이경훈이 중얼거렸다.

"이제부터 범행 사실을 하나하나 확인할 겁니다. 묵비권을 행사하셔도 됩니다. 저는 제 일을 할 뿐이니까."

유제두는 대답하지 않았다.

"첫번째 범행은 사월 십이일이었군요. 당신은 여성 편력으로 곤경을 겪고 있는 곽태진에게 마취제를 주사했습니다. 보통 연쇄살인범들은 완력으로 상대를 제압해서 성취감을 느끼는데, 당신은 그럴 수 없었어요. 곽태진은 건장한 사내였고 당신은 펜대나 굴리는 사무직이니까. 곽태진이 무서웠겠죠. 조금 비겁했다고 생각하진 않나요? 대답이 없군요. 어쨌든 당신은 곽태진을 죽이고 옷을 벗겼어요. 일부러 불을 끄고 어둠 속에서 곽태진의 몸을 관찰했어요. 젊은 남자니까 몸매가 괜찮았을 거예요. 처형이 목적인데 왜 옷을 벗겨놓고 몸을 구경했는지 모르겠군요. 나중에 밝혀지겠죠. 당신은 곽태진을 내려놓고 물티슈로 온몸을 닦았어요. 등도 닦고 가슴도 닦고 허벅지도 닦고⋯⋯. 특히 사타구니에 티슈 조각이 많이 묻어 있더군요. 사타구니를 아주 정성스럽게 닦았어요. 당신은 양말을 신긴 다리를 벌리고 곽태진의 고환을 만졌어요. 그리고 검고 털이 숭숭 난 그 긴 물건을 쥐었어요. 처음엔 살짝 쥐다가 자신도 모르게 꽉 힘을 주었을 거예요. 침을 꿀꺽 삼켰겠죠. 이게 살아서 펄떡펄떡 뛰었다면 얼마나 좋았을까 생각했을 거예요. 당신이 곽태진의 여자들 중 하나였다면 정말 좋았겠죠. 당신은 도저히 참을 수가 없었어요. 장갑을 벗고 물건을 살짝 더듬었죠. 손가락이 감전된 듯이 찌르르했을 거예요. 얼마나 황홀했을까요? 혹시 입에 넣어볼 생각은 하지 않았을까요? 당신은 화들짝 놀라서 다시 장갑을 끼고 사타구니를 닦았어요. 집에 돌아와서 자위를 했나요? 그랬죠?"

유제두는 대답하지 않았다. 서영혜가 서류를 뒤적이며 말을 이었다.

"팔월 이십일일, 정해일을 죽였군요. 자취방에서 일을 벌이는 게 당신은 마음에 들지 않았어요. 옆방에 사람이 있어서 느긋하게 즐길 수 없으니까. 그래서 당신은 창고로 끌고 갔어요. 창고에 입 모양의 조각이 있다는 핑계를 대면서. 사실 개의 성기나 조각이나 계란은 당신에게 하나도 중요하지 않았어요. 그건 그냥 핑계였죠. 당신은 정해일에게도 마취제를 썼어요. 늙어가는 사내지만 군인이라 무서웠던 거예요. 정해일을 창고에 뉘여 놓고 당신은 마음껏 즐겼어요. 피부가 늘어지고 주름살이 있긴 했지만 군대에서 단련된 몸이라 볼만했을 거예요. 정해일 사타구니에 집중적으로 티슈 자국이 있더군요. 얼마나 만져댔으면……."

서영혜는 계속 서류철을 넘겼다.

"당신은 시월 이십삼일 남예진을 죽였어요. 군침 도는 먹잇감은 아니었겠지만, 여자도 좋아한다는 걸 보여주는 알리바이였겠죠. 남예진에게도 원조교제라는 핑곗거리가 있으니까 잘된 일이라고 생각했겠죠. 하지만 당신은 남예진의 속옷을 벗기지 않았어요. 벗겨야 한다고 생각은 했겠지만 도저히 감흥이 일어나지 않았죠."

서영혜는 서류철에서 고개를 들고 유제두를 쏘아보았다.

"어머니가 돌아가실 때 많이 슬펐어요?"

대답이 없었다.

"그랬을 거예요. 당신은 어머니에게 인정받으려고 최선을 다했어요. 공부도 열심히 하고 착한 아이가 되려고 애를 썼죠. 어머니를 위해서. 하지만 어머니는 당신에게 관심이 없었어요. 한 번도 안아주지 않았죠. 널 사랑해, 넌 예쁜 아이야, 하고 한 번이라도 안아줬으면 좋았을 텐데……. 슬픈 일이에요. 어릴 적부터 당신은 여자들을 무서워하고 혐오했어요. 당신은 남자들의 물건을 동경했어요. 화장실에서 오줌을 눌 때마다 옆 사람의 물건을 보고 침을 삼켰죠? 이 년 전 어머니가 돌아가실 때 충격이 대단했을 거예요. 막막한 우주에 혼자 떠 있는 느낌이었겠죠. 욕망이 점점 강해졌어요. 억누를 수 없을 지경이 됐죠. 그때부터 범행 계획을 세우기 시작한 거예요. 남근을 한번 만져보려고."

유제두가 마침내 입을 열었다.

"범인을 게이로 모는군. 하지만 게이는 폭력적이지 않아."

"나도 알아요. 문제는 당신이 게이가 아니라는 거예요. 당신은 그냥 남근에 집착하는 변태예요."

유제두는 또 입을 다물었다.

"십일월 일일, 한종성을 죽일 땐 정말 대단했어요. 살인을 거듭할 때마다 당신의 욕망은 점점 강해졌어요. 한종성을 거꾸로 매달고 나선 견딜 수가 없었겠죠. 귀두가 바닥을 보면서 벌렁 누워 있었거든요. 그런 모습은 처음 봤을 거예요. 미칠 것 같았겠죠. 당신은 조금이라도 흥분을 가라앉혀보려고 한종성의 목에 메스를 삽입했어요. 원래 메스는 배를 가르려고 가져온 건데, 견딜 수가 없었겠죠. 목에 메스를 집어넣고 피가 흐르는 걸 봐야 진정이 될 것 같았으니까. 하지만 진정이 되지 않았어요. 증거분석실에서 한종성의 남근에 미량의 체액이 묻어 있는 걸 발견했어요. 워낙 미량이라 DNA를 추출할 수 없었지만 한종성의 체액이 아닌 것만은 분명했어요. 귀두에서 침을 흘릴 리는 없으니까. 당신은 예쁘지도 않고 쪼글쪼글한 중년 남자의 물건을, 내가 왜 이럴까 절망하면서, 입에 가져가서, 손가락을 쪽쪽 빠는 어린아이처럼, 쪽쪽……."

유제두가 큭큭큭 웃었다. 목을 움직이지 않고 가슴을 움직이며, 가슴 밑바닥에 고인 숨을 토해내는 웃음이었다.

"미쳤군. 미쳤어. 당신도 박은회랑 똑같아. 너저분한 지식 몇 개를 가지고 인간을 다 아는 것처럼 행동하고 있어. 그러니까……."

유제두의 목소리가 갑자기 크고 날카로워졌다.

"범인이 고작 자지 때문에 사람을 죽인단 말이야? 응? 그런 거야? 미친 소리 하지 마. 범인은 너처럼 비겁하지 않아. 당신은 과학수사계 책상에 처박혀서, 언제쯤 이 일에서 벗어날 수 있을까 한탄하면서, 하루하루 비겁하게 살아가지. 당신 같은 것들은 일상을 저주하면서도 일상 밖으로 한 발자국도 나가지 않아. 영원히 그렇게 살 거야. 범인은 결단을 내린 거야. 자신과 세상에 파열음을 내기로 작정한 거지. 자신을 미래에 집어던진 거야."

"그래서 죽였니?"

"그래! 난 그래서 죽였어!"

조사실의 시간이 정지했다. 서영혜가 의자에 얼어붙었다. 거울 뒤의 수사관들도 움직임을 멈췄다. 철조망을 두른 창문이 비바람에 흔들렸다. 조사실에는 투두둑 비가 듣는 소리만 울려 퍼졌다. 유제두가 다시 웃었다.

"고작 그 정도로 자백을 받으려고 한 겁니까? 가소롭긴 했지만 넘어가드렸어요. 어차피 당신들 애를 태우다가 자백하려고 했습니다. 그냥 말하는 건 재미가 없잖아요. 그래요. 다 내가 했습니다. 다른 미제 사건들도 가져오세요. 자백해드릴 테니까."

12월 6일 금요일, 조간신문들이 '사적 처형' 피의자 체포 소식을 1면 머리기사로 실었다. 신문들은 종합면 상자기사로 피의자 유제두가 어떤 인간인지 분석했다. 피의자가 자신의 범행을 기사로 썼다는 사실은 스릴러소설처럼 극적이었다. 『한영일보』는 1면에 본사 기자의 범행에 유감을 표하며, 유가족들에게 머리 숙여 사죄한다는 사과문을 실었다. 『한영일보』 편집국장과 『뉴스위클리』 편집장이 징계위원회에 회부됐다. 아침 뉴스 프로그램들이 동북경찰서 건물을 비추었다. 의경들이 정문 앞을 어슬렁거렸다.

아침 9시, 수사본부의 브리핑이 열렸다. 본부장이 직접 마이크 앞에 서서 범인이 자백했다고 발표했다. 컴퓨터 하드디스크에서 입수한 기록의 요약본이 브리핑 자료에 첨부됐다.

오후 1시, 서울지검 김광일 검사의 지휘로 가명동과 고척동 사건 현장 검증이 시작됐다. 비 개인 하늘에서 겨울 햇살이 쏟아졌다. 겨울비에 젖은 지면이 희미하게 반짝였다. 유제두는 경찰이 시켜준

오천 원짜리 짬뽕밥으로 점심을 마쳤다. 형사 두 명이 수갑을 찬 유제두를 호송차 안에 밀어 넣었다. 호송차의 앞뒤를 순찰차가 호위했다. 방송국과 신문사의 보도차량들이 그 뒤를 따랐다. 가명동과 고척동 도로에 긴 차량행렬이 이어졌다.

현장에 닿으면 순경들이 차단선을 치고 포토라인을 만들었다. 사진 기자들이 달려와 유제두와 형사들을 향해 일제 사격 자세를 취했다. 어디선가 구경꾼들이 몰려와 건물 밖에 장사진을 이루었다. 유제두 팬카페 회원들도 있었다. 대부분 이십 대인 회원들은 군중이 무서워 피켓을 들진 않았으나 가끔 유제두를 향해 손을 흔들었다.

유제두의 얼굴은 창백해 보였다. 헝클어진 앞머리가 눈을 찔러서 가끔 이맛살을 찌푸렸다. 유제두는 마스크와 모자를 거부하고 고개를 꼿꼿이 든 채로 범행을 재연했다. 유제두의 곱상한 얼굴이 기자들을 향할 때마다 스트로보가 터졌다. 『한영일보』와 『뉴스위클리』 기자들이 동료의 이름을 부르며 질문을 쏟아냈다. 유제두는 대답하지 않았다.

저녁 6시 30분, 호송차량이 동북경찰서 정문으로 들어왔다. 유제두가 돌아온다는 소식을 듣고 천여 명의 시민들이 경찰서 본관 앞에 몰려들었다. 의경들이 현관 앞까지 차단선을 치고 어깨로 시민들을 막아냈다. 검은 밴의 문이 열리고 유제두가 내렸다. 형사들이 그의 양팔을 붙들었다. 유제두는 고개를 쳐들고 군중들을 쏘아보았다. 저런 개새끼, 씨발놈! 여기저기서 욕설이 날아왔다. 유제두가 살짝 미소를 머금었다. 또 스트로보가 터졌다. 형사들에 이끌려 유제두는 현관까지 천천히 걸어갔다. 군중이 던진 담배꽁초와 우유팩들이 발치에 떨어졌다. 현관 계단 앞에서 기자들이 유제두의 일거수일투족을 카메라에 담았다. 인근 건물 옥상에도 망원렌즈를 든 기자들이 현관 앞 전경을 찍었다.

계단 앞 1미터 지점에서 유족들이 달려들어 차단선을 무너뜨렸다. 남예진의 아버지가 유제두의 목덜미를 후려쳤다. 이 나쁜 새끼야, 개만도 못한 새끼야, 왜 그랬냐, 왜 그랬어! 아버지가 유제두의 파카 어깨 부분을 잡고 늘어졌다. 하얀 솔기가 드러났다. 아버지의 얼굴에서 입김이 흘러나와 유제두의 얼굴에 닿았다. 허연 입김을 내뿜는 입술이 부르텄고, 깡마른 광대뼈 밑에 깊은 그늘이 고여 있었고, 진물인지 눈물인지 모를 체액을 쏟는 눈동자가 벌겋게 충혈돼 있었다. 아버지는 해골 같은 몰골로 계속 외쳤다. 개새끼야! 아버지 뒤에서 곽태진의 형들과 한종성의 부인이 달려들었다. 형사들이 그들을 밀어냈다. 바닥에 쓰러졌던 의경이 일어나 유족들과 몸싸움을 벌였다. 갑자기 군중의 후미에서 누군가가 외치기 시작했다. 유제두를 놔줘! 그만해! 팬카페 회원이었다. 한 사람이 선창하자 여러 사람이 합창하기 시작했다. 놔줘! 그만해! 구경꾼의 대열 앞에선 욕설이, 뒤에선 응원이 흘러나왔다. 군중의 외침이 방향을 잃고 허공에서 충돌했다.

유제두가 현관문으로 사라졌다. 의경들이 계단에 일렬로 서서 서로의 팔짱을 끼고 군중을 차단했다. 현관 로비의 포토라인에 서서 유제두는 잠시 기자들의 질문을 받았다. 보도진의 자리 잡기 경쟁이 치열했다. 사다리에 올라서서 셔터를 누르던 기자가 뒤에 몰려드는 기자들에 밀려 떨어졌다. 카메라 본체가 그의 이마를 긁었다. 유제두는 추락하는 기자를 보며 입을 열었다.

"저는 사형을 받을 것입니다. 죽음이 두렵지는 않습니다. 담담히 받아들이겠습니다. 법정에서 제 진실을 외치겠습니다. 구치소에서 제가 저지른 모든 범행을 글로 쓰겠습니다. 제 글과 진술에 모든 답이 들어 있습니다. 오랫동안 이날을 기다려왔습니다."

유제두는 이어지는 기자들의 질문에 대답하지 않고 엘리베이터를 탔다.

천성철은 휴게실 텔레비전으로 유제두가 경찰서에 들어가는 모습을 보았다. 경찰서 앞마당에 인파가 몇 개의 물결을 이루어 부딪치고 굽이쳤다. 장관이었다. 천성철은 약자를 위한 폭력이니 처형이니 하는 말에 관심이 없었다. 넌 그냥 죽이고 싶었던 거야, 왜 그걸 인정 못 해? 천성철은 유제두의 몸속에 자신과 똑같은 욕망이 내장돼 있다는 것을 간파했다. 죽어야 벗어날 수 있는 쾌락의 감옥이었다. 유제두는 어린 날의 천성철처럼 제 몸속의 괴물을 인정하지 않으려고 갖은 핑계를 끌어들였다. 천성철은 유제두의 그런 면이 한편으론 안쓰럽고 한편으론 어이없었다.

인간은 자신에게 솔직해야 한다. 유제두의 몸부림을 떠올리며, 천성철은 자신이 가야 할 길을 깨달았다. 거부해도 피할 수 없는 길이 있다. 천성철과 유제두 같은 인간에겐 운명의 벡터가 찍혀 있다.

천성철은 보름 전부터 작성하기 시작한 파일을 떠올렸다. 서영혜와 관련된 기사들이 그 안에 저장돼 있었다. 서영혜는 모든 인터뷰 사진에서 고집스럽게 입술을 다물고 있었다. 천성철은 그 입을 벌리고 싶었다. 서영혜의 입술이 벌어지고 하얀 치아가 드러나고 거친 숨이 드나드는 장면을 보고 싶었다. 천성철은 이제 고양이로 만족할 수 없었다. 고양이는 너무 작은 짐승이다. 인파가 빠져나가는 경찰서 앞마당을 보며 천성철은 중얼거렸다.

더 큰 걸?

정운대학 사학과 휴학생 서기훈, 장영석, 권성구는 인파에 섞여 동북경찰서 정문을 빠져나왔다. 경찰은 국회의원 폭행범에 대한 수사를 중단하지 않고 오히려 수사망을 좁혀가고 있었다. 제 발로 경찰서에 들어가는 일만은 피하고 싶었지만, 리더격인 서기훈이 그들의 등을 떠밀었다. "증거는 없어. 우린 깔끔하게 해치웠다고. 개 오줌을 분석해봤자 개 유전자밖에 더 나오겠어?"

그들은 유제두의 실물을 처음 보았다. 담배꽁초와 우유팩이 유제두에게 날아갈 때 그들은 터져 나오려는 비명을 억눌렀다. 유족들이 유제두의 멱살을 잡을 때 그들은 참지 못하고 소리를 질렀다. 유제두를 놔줘! 그들은 점점 더 크게 구호를 외쳤고, 두 다리가 지면 위에 5센티미터쯤 뜨는 것을 느꼈다. 대중 앞에 자신의 얼굴과 목소리를 드러내는 것은, 일종의 해방이었다. 그들은 유제두 옆에 서서, 유제두와 함께 역사가 되고 싶었다. 서기훈이 말했다. "한 건만 더 하자. 군대 가버리면 아무도 못 찾아." 그들은 노을빛으로 진창이 된 하늘을 보며 중얼거렸다.

더 큰 일을?

12월 10일, 유제두는 서울구치소로 이감됐다. 이날 오후 3시, 국선변호인 박영현이 유제두를 면담했다. 창문도 없고 교도관도 참관하지 못하는 변호인 접견실에 박영현과 유제두가 마주 앉았다. 탁자에는 형광등 불빛에 침식당한 어둠과 종이컵 두 개가 놓여 있었다. 교도관이 철문을 닫을 때 종이컵에 담긴 커피가 몸을 떨었다.

"박 변호사님, 오랜만입니다."

유제두가 인사했다. 이 년 전 유제두는 박영현을 인터뷰했다. 박영현은 사형제 폐지 운동을 벌이고 흉악범 변호를 자처하는 변호사로 유명했다. 유제두는 박영현의 신념을 추어올리는 척하면서, 은근히 빈틈을 찔렀다. 당신의 신념은 법에 대한 신념이며, 사형제 폐지는 법에 알리바이를 주는 것 아니냐고 인터뷰 말미에 유제두가 물었다. 당신의 의도는 결국 법의 유일한 구멍인 사형제를 제거하여 법이 인간 이성의 최선임을 보여주는 거라고 유제두가 말했을 때, 박영현은 대꾸하지 않았다.

"차라리 변호사를 살걸 그랬어요. 여우를 피하려다 호랑이를 만났네요."

"자원하지 않았습니다. 법원이 지정했습니다."

"그게 그거죠. 시시껄렁한 범죄 얘기는 집어치우고 이 년 전에 하던 얘기나 마저 하죠."

"무슨 얘기요?"

"변호사님 신념 얘기요. 그건 여전하신가요?"

"그렇습니다. 조금 닳긴 했지만."

"그때 시간이 부족해서 못한 질문이 있어요. 세간을 뒤흔든 흉악범들을 변호해서 한 건이라도 사형을 면하게 해준 적 있나요?"

"아직까진 없습니다. 노력할 뿐이에요."

"그렇죠. 변호사님은 사형이 뻔한 흉악범들을 맡아서 계속 실패합니다. 사람들이 동정할 때까지 불가능한 것에 몸을 던지고 실패를 반복해요. 혹시 변호사님의 그런 행동이 신념이 아니라 다른 곳에서 나온다고 생각한 적은 없습니까?"

"무슨 말이죠?"

"변호사님은 실패를 반복하면서, 그걸 즐기고 있지 않습니까? 자기가 불쌍하다고 칭얼거리는 아이처럼."

박영현은 고개를 숙여 종이컵을 보았다. 유제두가 말을 이었다.

"체포되기 전에 항문에 청산가리 캡슐을 넣었어요. 재밌죠?"

유제두가 커피를 마셨다. 유제두의 목에서 꾸르륵 소리가 났다. 박영현은 계속 커피 잔을 보았다. 크림 거품 같은 하얀 것이 잔의 가장자리에 잔뜩 붙어 있었다. 박영현은 당장 접견실 철문을 걷어차고 나와 재소자들의 구린내가 자욱한 복도를 달리고 싶었다.

"재밌네요."

박영현은 커피를 단숨에 마셨다. 뜨거운 커피가 식도를 긁고 위벽을 쥐어짰다. 뱃속에서 커피가 식을 때까지 박영현은 인상을 찌푸렸다. 유제두가 똑같이 인상을 쓰고 박영현을 바라보았다. 박영현이 말했다.

"이제 변론 얘기로 들어가죠."

유제두가 미소를 지었다.

"유 기자님, 범행 사실을 모두 인정하십니까?"

"예."

"유 기자님은 심신상실로 면죄받을 가능성이 없어요. 정신감정 같은 건 해볼 필요도 없어요. 알죠?"

"물론."

"사형을 피하는 길은 딱 하나예요. 어린 시절의 상처와 불행한 성장과정을 드러내서 정상참작을 받는 거죠. 반사회적 감정이나 가학적 취향이 유 기자님의 책임만은 아니라는 걸 보여주는 겁니다."

"나를 구경거리 원숭이 새끼로 만들려고 하시는군요."

"당신은 학대를 받았어요. 당신 고향인 원주 세한동에 가봤습니다. 동네 사람들은 당신 어머니가 아주 신경질적이고 차가운 분이었다고 하더군요. 당신 아버지는 죽기 전까지 알코올중독자였고 여기저기 바람을 피우고 다녔어요. 어머니는 아버지를 증오했고 아버지를 닮은 당신도 증오했어요. 이웃들이 한겨울에 알몸으로 문 앞에서 오들오들 떨고 있는 당신을 수도 없이 봤습니다. 온몸이 멍투성이고 고추를 잡아 뜯겨서 살이 까져 있었다고 하더군요. 보다 못한 이웃들이 당신을 보호해주기도 했습니다. 일곱 살 때쯤 당신은 목욕탕에서 물만 먹으면서 이틀이나 갇혀 있다가 창문을 열고 도움을 요청했어요. 배고파요, 살려주세요 하고 울부짖는 당신을 보고 이웃 아주머니가 라면을 끓여서 창문으로 넣어주었어요. 그날 밤에 아주머니가 집에 찾아와서 어머니에게 말했어요. 애를 계속 학대하면 경찰에 신고하겠다고. 그 아주머니는 어머니가 당신에게 외친 말을 아직도 기억하고 있더군요. 사내새끼가 어디서 고자질이냐고, 고추를 잘라버리겠다고⋯⋯."

"그래서, 그게 어쨌단 말이죠? 맞고 사는 애들은 많아요. 대한민국 부모들은 때리는 걸 좋아해요."

"당신은 늘 외로웠습니다. 당신은 혼자 밥 먹고, 혼자 놀고, 혼자 공부했어요. 이웃집 부모들도 자기 아이가 당신과 노는 걸 좋아하지 않았어요. 사춘기를 지나 체격이 커지자, 매질은 줄어들었지만 어머니가 더 냉랭해졌어요. 어릴 때처럼 실컷 때리고 난 뒤에 당신을 끌어안고 신세한탄이라도 하면 좋을 텐데, 어머니는 그러지도 않았어요. 당신이 대학에 간 것도 외삼촌 덕분이라고 하더군요. 서울에 사는 외삼촌이 어머니를 설득해서 당신을 데려왔죠. 서울에서도 말끝마다 엄마, 엄마⋯⋯. 학대받고 자랐는데도 당신은 어머니 걱정만 했어요. 이 년 전 어머니가 돌아가신 뒤에 당신이 어머니 유골 중 일부를 단지에 담아서 가져갔다고 하던데요. 그건 집 안에 있겠죠?"

"그만하십시오."

"그것뿐이 아니에요. 작은 카페를 운영했던 당신 어머니에겐 남자들이 끊이지 않았어요. 어머니가 남자를 집에 데려오면 당신은 대문 밖에 웅크리고 있었죠. 아홉 살 때 당신은 동네를 놀라게 한 사건을 저질렀어요. 당신은 어머니와 남자가 그 짓을 하고 있는 안방 창틀 밖에 강아지를 죽여서 매달았어요. 이웃들이 그걸 보고 소리를 질렀죠. 그날 당신은 딱 죽지 않을 만큼만 맞았을 거라고 하더군요. 그게 시작이었어요. 아무도 당신을 치료해주지 않았어요. 아무도……."

"그만! 그만해! 나가겠어. 교도관!"

유제두가 일어서서 문밖을 향해 외쳤다. 박영현도 일어났다.

"난 당신 이웃들을 증인으로 신청할 거야! 필요하다면 무덤 속에 있는 당신 어머니도!"

유제두와 박영현은 서로의 눈을 정면으로 쏘아보았다.

"법정에서 날 그렇게 짓밟고 뭘 얻을 수 있지? 당신은 얻는 게 없어. 실패할 뿐이야."

"난 할 거야. 그게 내가 해야 할 일이니까."

유제두가 웃었다. 창백한 뺨이 입술에 밀려 구겨졌다.

"그래, 당신은 해야겠지. 그게 인간이니까. 인간은 자기가 해야 할 일만 하니까."

"이해해줘서 고맙습니다."

박영현과 유제두가 다시 자리에 앉았다.

12월 13일, 유제두의 공판 기일이 정해졌다. 언론은 재판정에서 유제두의 일장연설이 이어질 것으로 기대했다. 유제두가 모두진술에서 어떤 말을 할지 억측이 쏟아졌다.

검찰에 송치된 후 유제두는 서울구치소 독방을 썼다. 교도관이 지검 조사실로 호송할 때마다 유제두는 겨울 풍경을 보며 아이처럼 좋아했다. 유제두 팬카페가 아직도 소탕되지 않고 포털사이트 한구석에 숨어 구린내를 풍겼다. 회원들이 유제두에게 보내는 편지를 띄웠다. "건강하십시오, 공판 날 뵙겠습니다."

오후 5시, 교도관이 유제두를 면담했다. 유제두는 독방 생활에 아무런 불편함이 없으며 구치소 측의 배려에 감사한다고 말했다. 면담을 마치며 유제두는 편지봉투를 내밀었다. 수신지는 영흥경찰서였다.

"친한 형사에게 인사를 하고 싶어요. 읽어보셔도 됩니다. 별 내용 아니에요. 꼭 부쳐주세요."

교도관이 고개를 끄덕였다. 구치소에서도 늘 단정한 자세로 책을 읽는 유제두에게 교도관은 호감을 느끼고 있었다. 면담실을 나서던 유제두가 갑자기 팔을 흔들어 문 옆의 거울을 내리쳤다. 유리가 부서지면서 날카로운 파면이 손바닥과 팔목을 베었다.

"아, 그냥 갑자기 짜증이 나서 팔을 휘둘렀는데 거울에 맞았네요. 재수 없게."

교도관은 유제두를 의무실로 데려가 상처 부위에 압박붕대를 감아주었다.

밤 9시, 교도관이 미결수 사동을 순찰했다. 1평 남짓 되는 병사 보호실에서 유제두는 이불을 덮고 벽에 등을 기댄 채 책을 읽고 있었다. 교도관은 순찰을 마치고 사무실에서 CCTV를 확인했다. 사물함과 머리 위의 선반에 가려 유제두의 모습이 잘 보이지 않았다. 면담 때 일으킨 돌출행동이 마음에 걸렸지만 교도관은 절박한 상황에 처하면 히스테리를 부릴 수도 있는 일이라고 생각했다. 유제두에겐 사형이 선고될 것이 뻔했다. 모든 인간은 죽음 앞에서 망가진다. 예수도 십자가에 못 박혀 하나님을 원망했다. 교도관은 그렇게 자신을 다독이며 자리에 앉았지만, 십오 분 뒤 사동 순찰을 한 번 더 하기로 마음먹었다. 아무리 잠재우려 해도 불안감이 머리를 디밀었다. 교도관은 발걸음을 재촉하여 유제두의 독방 앞으로 갔다.

피 묻은 압박붕대가 선반 위에 걸려 있었다. 붕대의 끝이 유제두의 목을 조였다. 교수형 매듭은 아니었다. 유제두는 바닥에 앉은 채로 두 손을 힘없이 늘어뜨리고 죽어 있었다.

구급차가 달려와서 인근 병원 응급실로 유제두를 후송했다. 의사가 사망선고를 내렸다. 교도관들이 주인을 잃은 독방을 조사했다. 유제두가 쓰겠다고 한 범행 기록은 발견되지 않았다. 단 한 장의 유서나 낙서도 없었다. 유제두가 외치고 싶었던 진실은 유제두의 범행과 함께 영원한 공백으로 남았다. 유제두는 의미를 잃어버린 텅 빈 기호였다. 공허감을 참지 못한 신문들이 멋대로 유제두의 결말을 지어냈다.

12월 14일 아침 9시 30분, 국과수 법의관 김종현은 구치소에서 자살한 연쇄살인범을 부검했다. 한종성을 죽인 살인범이었다. 얼굴이 창백하고 어딘가 슬퍼 보였다. 선이 곱고 지적인 얼굴에서 김종현은 어떤 악마성도 찾을 수 없었다. 김종현은 상어 아가미처럼 벌어진 한종성의 목과 곤죽이 된 소장을 떠올렸다. 그리고 살인자의 긴 손가락을 보았다. 11월의 어느 날 메스를 쥔 손가락과 공포에 헐떡이던 한종성의 대동맥이 만났다. 잠깐의 만남이었다. 김종현은 아무도 기억하지 않을 그 만남의 증인이 된 기분이었다. 왜 죽였는가. 살인범의 장기를 해체하며 김종현은 내면에서 솟아오르는 질문을 들었다. 세이렌의 노래처럼 마력을 가진 질문이었다. 악마는 부검대 위에 놓인 남자가 아니라 사람을 흔드는 무수한 질문 속에 숨겨져 있을지 모르겠다고 생각했다.

사인은 두 다리를 땅에 대고 목이 졸려 죽은 불완전 의사였다. 모든 소견이 사인을 정확히 가리키고 있었다. 체중의 삼 분의 일 정도의 압력만 있으면 뇌로 가는 혈류가 완전히 차단된다. 인간의 생명은 생각보다 가볍다. 의식의 커튼을 닫으며 살인범이 어떤 환영을 보았을까, 김종현은 궁금했다. 그러나 그것은 법의관의 일이 아니다. 법의관은 삭흔과 일혈점을 보고 감정서를 써야 한다. 연구관들이 살인범의 몸을 봉합했다. 김종현은 서둘러 두번째 변사체의 서류를 뒤적였다. 오늘도 부검이 네 건이나 잡혀 있었다.

정진우 형사 귀하.

겨울이 왔습니다. 여기 구치소에서도 겨울을 느낄 수 있습니다. 오히려 구치소이기 때문에 겨울은 더 절실합니다. 사방이 벽으로 막혀 있는 곳에서 저는 시각의 깊이를 잃어버렸습니다. 모든 사물은 그저 있는 그대로 던져져 있을 뿐입니다. 당신은 당신의 깡마른 관절로 겨울을 감지하고 진저리를 칠 것입니다. 겨울은 만물이 파괴되는 과정입니다. 그래서 겨울은 여름보다 훨씬 깊고 처절하고 격렬합니다.

저는 당신을 처음 볼 때부터 소멸하는 육체를 느꼈습니다. 모든 소멸하는 것에서 저는 눈을 뗄 수 없습니다. 그것들은 기어이 소멸하고, 저는 눈을 부릅뜨고 그것들을 볼 수밖에 없습니다.

당신은 저를 징그러워했지만 그럴수록 저는 당신에게 동정을 느꼈습니다.

그래요. 저는 사람들을 마음껏 죽였습니다. 지금 생각해보면 제 살인은 천진난만한 악의에 지나지 않았습니다. 저는 악의로 사람들을 난도질하면서, 모든 소멸하는 것을 위해 저항하고 있다고 생각했습니다. 죽어가고 썩어가는 존재들을 외면하는 인간들을 저는 참을 수가 없었습니다. 물론 그것은 유치한 생각이었습니다. 가끔 운동을 나와서 겨울 햇볕을 쬐며 조금 참아볼걸 그랬다는 후회도 들었습니다. 제가 성숙한 인간이었다면 조금 더 버틸 수 있었을 겁니다. 하지만 이제는 소용없는 일입니다.

저는 우리가 막다른 골목에 이르렀다고 생각했습니다. 폭력과 복수의 함성이 우리의 삶과 문화를 지배하고 있습니다. 우리의 분노는 늘 빗나가서, 정체 모를 악마나 악당에게 꽂힙니다. 이 막다른 골목에서 돌아나갈 길은 없습니다. 정면돌파밖에 없습니다. 저는 골목의 담장을 허물고 우리를 억누르고 있는 진짜 억압의 얼굴을 보아야 한다고 생각했습니다. 저는 폭력으로 그 길을 열고 싶었습니다. 저는 제 안에 있는 괴물을 부정하지 않습니다. 희생자의 목을 매달 때 느꼈던 은밀한 쾌감도 부정하지 않습니다. 하지만 그것이 전부는 아니라고 아직도 믿고 있습니다.

당신이 왜 그렇게 소녀 살해범을 잡고 싶어 했는지 모르겠습니다. 당신은 모든 인생을 그 일에 건 듯 필사적이었습니다. 어쩌면 그것은 당신의 탈출입니다. 인간은 아무리 사소한 것에라도 열정을 가지고 있어야 유폐에서 살아남을 수 있습니다. 삼십 년 동안 숟가락으로 감방의 벽을 판 죄수처럼 말입니다. 죄수는 숟가락을 드는 그 순간 이미 감방에서 탈출해버린 겁니다.

제가 잡히고 난 후 많이 공허하셨을 겁니다. 당신을 위해 한 말씀만 드리겠습니다. 정해일, 곽태진, 한종성, 장성구 사건에는 모두 악의가 들어 있습니다. 그러나 남예진 양 사건에는 악의가 없습니다.

긴 겨울, 건강하시길 빌겠습니다.

6

황혼

12월 16일 월요일 밤 9시, 김경만은 안개가 피어오르는 영홍천 뚝방을 걸었다. 안개는 탁한 증기였다. 썩은 기름 냄새가 나는 밤안개를 더듬으며 김경만은 낡은 빌라들이 모여 있는 영홍시 구시가지를 파고들었다.

범인이 현장검증을 마치고 동북경찰서로 호송되는 모습을 김경만은 텔레비전으로 보았다. 남예진의 아버지가 차단선을 뚫고 범인의 멱살을 움켜쥐었다. 한 달 새 아버지의 얼굴이 말라비틀어져 있었다. 김경만은 채널을 돌렸다. 어느 채널에서도 범인의 호송장면이 속보로 보도되고 있었다. 눈을 똑바로 뜨고 보라고 텔레비전이 우격다짐하는 것 같았다. 범인은 고개를 꼿꼿이 들고 군중을 쏘아보았다. 인파의 바다를 헤치며 경찰청 현관으로 나아가는 범인의 어깨가 오만해 보였다. 범인은 예진이를 죽일 때도 저렇게 고개를 꼿꼿이 들고 있었을까. 저 오만한 눈빛으로 죽어가는 예진이의 얼굴을 쏘아보았을까. 기자들은 범인이 어릴 적부터 사회에 대한 증오심을 키워왔으며 일탈적인 환상에 젖어 범행을 저질렀다고 말했다. 김경만은 기자들의 말을 단 한 자도 이해할 수 없었다. 이해할 수 없고 받아들일 수 없는 결론이 내려졌다. 방어 자세를 갖추기도 전에 결론이 김경만을 기습했다. 예진이가 반사회적 범죄의 희생자라는 외침이 김경만의 열린 가드 위로 주먹을 내밀어 얼굴을 후려쳤다. 영흥디자인센터 살인사건 주변에 검은 차단막이 쳐졌다. 모든 것이 끝났다. 이 단단한 결론 앞에 어떤 의심이나 반론도 허용되지 않았다.

김경만에겐 마침표가 필요했다. 남예진과 이별하기 위해선 뭔가 손에 잡히는 사실이 있어야 했다. 사건의 끝에 이르러서 경계선의 지면을 발로 확인한 뒤에야 김경만은 원래의 자리로 돌아갈 수 있었다. 김경만은 지금 자신이 영흥시의 안개 위를 떠도는 부유물이라고 생각했다. 부유물에게는 끝이 없고 출구가 없다. 영원히 중력과 부력에 휘둘리며 추락을 기다릴 뿐이다. 김경만은 강나영을 만나고 싶었다. 그것이 경찰과 기자들이 떠드는 뻔한 결론일지라도, 강나영의 입을 통해 무언가를, 진실의 한 조각을 듣고 싶었다.

정진우 형사가 들이닥친 후 강나영은 집을 옮겼다. 옮겨봤자 거기서 거기였다. 강나영은 예전 집과 멀리 떨어지지 않은 반지하 방에서 다른 남자들과 동거하고 있었다. 골목 어귀에 큰 전봇대가 있었다. 가로등이 전봇대 어깨에 매달려 깜박거렸다. 김경만은 축축한 전봇대에 등을 기대고 강나영을 기다렸다. 포근하고 끈적끈적한 겨울밤이었다.

강나영이 삼십 분 만에 나타났다. 물 빠진 스키니진 밑에서 웨지힐이 또각거렸다. 가로등 불빛에 다가갈수록 옅은 화장을 한 갸름한 얼굴이 환해졌다. 강나영은 클러치 백과 안줏거리가 든 비닐봉지를 흔들며 경쾌하게 걸었다. 김경만이 강나영의 앞을 가로막았다.

"나야."

강나영은 등을 돌려 뛰어가려고 했다. 강나영이 머리를 흔들 때 옅은 장미향이 코끝을 간질였다. 김경만이 어깨를 붙들었다.

"걱정 마. 안 때려."

"거머리 같은 새끼."

"넌 여기서도 오래 못 살아. 또 형사들이 들이닥칠 거야."

"역시 네 짓이군. 왜 이러는 거야?"

"말해줘. 조용히 갈게. 예진이를 누가 죽였어?"

"병신. 텔레비전도 안 보니? 범인을 잡았다고 방송마다 난리났단다."

"그건 나랑 상관없어. 넌 유령이 예진이를 죽였다고 말했어. 무슨 뜻이야?"

"장난이야, 장난."

"장난 아닌 거 알아. 그 말을 할 때 넌 장난이 아니었어."

"정말 못 말리겠군."

강나영이 핸드백에서 버지니아 슬림을 꺼내 입에 물었다. 김경만이 불을 붙여주었다. 강나영은 낮게 깔린 하늘을 향해 한숨을 쉬듯 연기를 뿜었다.

"정말 듣고 싶어?"

"그래."

"내가 말하면 다시는 찾아오지 않을 거야?"

"그래."

"하긴, 넌 미친 새끼지만 거짓말은 못할 것 같으니까."

김경만도 담배에 불을 붙였다. 빈속이 쓰려왔다. 담배연기가 무거운 하늘을 뚫지 못하고 골목을 어슬렁거렸다. 강나영이 말했다.

"예진이는 미신을 좋아했어. 분신사바 같은 유치한 거 말이야. 그런 걸 하면 마음이 편해지고, 뭐랄까 희망 같은 걸 갖게 된다고 했어. 예진이는 이 세상 너머에 다른 세상이 있었으면 좋겠다고 말했어. 그래서 애들이 마녀라고 놀렸지. 하여튼 이상한 애였어."

"미신 얘기는 왜 해?"

"들어봐. 텔레비전 놀이라는 것도 있어. 한밤중에 불 꺼진 교실에 혼자 들어가는 거야. 교탁 앞에 물이 담긴 세숫대야를 갖다 놓고 주문이 적힌 종이를 띄워. 정각 열두시가 되면 종이에 적힌 주문을 계속 외워. 그러면 종이가 빙글빙글 돌고 갑자기 텔레비전이 켜지면서 이상한 말이 흘러나와. 자기 미래를 알려주는 말이래. 그런 걸 예진이는 다른 애들보다 훨씬 좋아했어. 올해부터는 다 왔니 놀이란 게 유행하고 있어."

"그게 뭐야?"

"내가 하지 말라고 애들한테 그렇게 말했는데 꼭 하는 년들이 있더라고. 다 왔니 놀이는 말이야……. 인터넷에서 일단 교수형밧줄 매듭을 배워야 돼. 인터넷엔 모든 게 다 있으니까. 그런 다음에 빨랫줄이나 노끈이나, 일단 밧줄이 될 만한 걸 가져와. 아무도 없는 방에 두 사람만 들어가서 교수형 매듭을 허공에 걸고 발을 디딜 받침대를 만들어. 받침대 위에 평소 자기가 소중하게 생각하는 걸 깔아놔. 만화책이나 휴대폰이나 액세서리 같은 거 말이야. 한 아이가 옷을 벗고 속옷 차림으로 받침대 위에 올라가서 밧줄을 목에 걸어. 다리에 서서히 힘을 풀면 목이 조이면서 정신이 아득해져. 그때 공중에서 목소리가 들린대. 미래에 남편이 될 사람이나 미래에 자기가 할 일이나 그런 걸 가르쳐준다는 거지. 그런데 너무 오래 하면 안 돼. 교수형 매듭은 절대 풀리지 않아서 너무 다리에 힘을 빼고 있으면 골로 갈 수가 있거든. 밧줄을 건 애가 맥이 풀린다 싶으면 다른 애가 물어보는 거야. 다 왔니? 하고. 그러면 다리에 다시 힘을 주고 말하는 거야. 아니 아니. 한참 숨을 고르고 또 다리에 힘을 풀어. 그럼 밧줄이 조이겠지. 앞에 있는 애가 다 왔니? 하고 물으면 다시 서고, 그러는 놀이야. 공중에서 목소리가 완전히 들릴 때까지 그 짓을 한대. 술 먹고 하면 바로 장례 치르는 거야. 예진이는……그걸 해보고 싶다고 애들을 졸라댔어."

밧줄 얘기를 들으면서부터 김경만은 맥이 풀렸다. 입에서 담배가 떨어지고 현기증이 몰려왔다. 김경만은 담벼락을 붙들며 물었다.

"사실이야?"

"범인이 예진이를 죽인 거겠지. 자백을 했으니까. 하지만 예진이
는 분명히 다 왔니 놀이를 했을 거야. 범인이 잡히기 전까지 난 예
진이가 그 짓을 하다 죽었다고 생각했어. 다시는 나타나지 마라. 아
주 지긋지긋하다."

강나영이 구두를 또각거리며 집으로 들어갔다. 김경만은 오랫동
안 담벼락 앞에 서 있었다. 예진이의 죽음에 대해 더 이상 알아낼
것은 없었다. 받아들일 수 없는 사실의 파편들만이 죽음 주위에 널
려 있었다. 명백한 것은 죽음뿐이었다. 김경만은 휴대폰을 열어 정
진우에게 전화를 했다.

12월 16일, 정진우는 교정 마크가 찍힌 유제두의 편지를 받았다.
서울교도소 측이 내용을 면밀히 검토하고 교정당국에 보고한 뒤에
야 전달한 편지였다. 죽은 자가 남긴 유일한 글이었으므로, 언론들
은 편지를 확대해석 하여 유제두가 자살 직전에 지인에게 범행을
회개하는 유서를 보냈다고 보도했다. 수신자가 왜 정진우인지는 경
찰도 교정당국도 정진우 자신도 알지 못했다. 정진우는 편지를 바
지주머니에 구겨 넣었다. 주요한 내용이 기사에 다 나와 있었으므
로 군이 볕 좋은 오후에 살인자의 편지를 되새김할 필요는 없었다.

정진우는 김밥집에서 저녁을 먹고 일찌감치 퇴근했다. 낮부터 어
깨가 좋지 않았다. 소파에 누워 정진우는 전처에게 전화를 했다.

"잘 지내?"

"응. 몸은 어때?"

"많이 괜찮아졌어."

"다행이네."

"애들은?"

"어, 잘 놀아. 주말에 보러 와."

"알았어."

정진우는 전화를 끊었다. 그녀와 전화를 할 때면 하고 싶은 말들이 태산처럼 쌓여 있는데도 생각이 나지 않았다. 전화를 끊으면 숨어 있던 말들이 몰려와 가슴에 들끓었다. 그녀는 처녀 시절 작은 유통회사의 경리로 일했다. 정진우와 선을 볼 때 그녀는 하늘거리는 검은색 스커트를 입었다. 정진우는 스커트 밑의 날렵한 허벅지를 보며 성욕을 느꼈다. 그때 정진우의 성욕은 발랄하게, 시도 때도 없이 날뛰었다. 허벅지가 예쁜 그 아가씨는 대책 없이 낙관적이었다. 내 직업이 형사여서 걱정되느냐고 물었을 때 그녀는 요즘 공무원이 얼마나 대접받는데 그런 소릴 하냐고 웃었다. 정진우는 그녀와 처음 몸을 섞었던 밤을 생각했다. 정진우가 미친 듯이 쳐들어갈 때, 그녀는 아야, 작은 소리로 비명을 질렀다. 그녀의 비명은 크리스마스트리에 매달린 종소리처럼 맑았다. 단단하게 솟아올랐던 그녀의 유방은 두 아이를 수유하며 졸아들고 처져갔다. 할 수만 있다면 정진우는 무슨 대가를 치르고서라도 그날 밤을 되찾고 싶었다. 할 수만 있다면 그날 밤 그 모텔로 돌아가서 곧 아내가 될 여자 강영심의 귓불을 깨물고 앞으로 영영 하지 못하게 될 말들을 속삭이고 싶었다. 당신은 정말 섹시한 여자야……

정진우는 주머니에서 유제두의 편지를 꺼내 읽었다. 이해할 수 없는 문장들이 고운 필체로 적혀 있었다. 신문에 보도되지 않은 문장도 있었다. 남예진 사건에 악의가 없다는 건 무슨 뜻인가. 소녀를 죽인 건 장난이었단 말인가. 당장이라도 구겨서 쓰레기통에 던져버리고 싶었지만 죽은 자가 남긴 유일한 전언이라는 생각에 정진우는 편지봉투를 텔레비전 위에 던져놓았다. 더 이상 미세증거물 감정이나 영상판독을 할 필요가 없는 편지가 뱃가죽을 벌린 채 누워 있었다.

정진우가 소파 위에서 꾸벅꾸벅 졸고 있을 때 김경만의 전화가 걸려왔다.

12월 17일, 정진우는 경찰서로 출근하지 않고 영흥디자인센터로 갔다. 처리해야 할 사건들이 밀려 있었지만 그것들은 안중에도 없었다. 정진우가 끝내고 싶었던 단 한 개의 사건은 손안에서 부서져서 다시는 쥘 수 없었다. 정진우는 아직 셔터도 올리지 않은 매장들과 남예진이 죽었던 창고를 돌아다녔다. 유제두가 남예진을 죽였든, 남예진이 저 혼자 죽었든 정진우에겐 똑같은 일이었다. 정진우가 남예진의 죽음에 개입할 여지는 없었다. 정진우는 영흥디자인센터를 어슬렁거리며 자신의 무기력함을 확인했다.

1층에서 문을 연 가게는 영흥관 하나뿐이었다. 유리창 너머에서 주인 안정숙이 분주히 돌아다녔다. 정진우는 가게 문을 열고 안으로 들어갔다. 안정숙이 자판기 커피를 건네며 알은체를 했다.

"형사님이 이런 이른 시간에 웬일이유? 뭐 단속할 게 있수?"

"그냥 둘러보려고 왔습니다."

"범인이 잡혔다면서? 무시무시한 놈이라던데? 자살은 왜 했대?"

"몰라요."

안정숙은 뭔가를 골똘히 생각하는 눈치였다.

"형사님 살이 더 빠지셨어. 범인 찾느라고 고생을 많이 했나 봐."

"고생한 것도 없어요. 제가 잡은 것도 아닌데요, 뭘."

"보름 전쯤에 가게에 이상한 놈이 하나 나타나서 형사님한테 제보를 하려고 했어요. 며칠 뒤에 범인이 잡혀서 관뒀지만……."

"가게에 이상한 놈들이 자주 나타나나 봐요. 사건 때문에 장사가더 안 되겠어요."

"그러게 말이유. 사건에 대해 캐묻는 놈들이 많아. 근데 그놈은아주 느낌이 안 좋더란 말씀이야. 여기서 여자애가 죽었는데 형사들이 자주 나타나느냐, 증거가 발견된 게 있느냐, 목격자가 있느냐꼬치꼬치 캐묻는 거야. 그래서 얼굴을 자세히 보니까 사건이 일어나던 날 밤에 본 적이 있는 것도 같더라고. 물론 느낌이겠지만."

"끔찍한 일을 겪으면 아무나 의심하고 싶어져요. 어떻게 생긴 놈이에요?"

"아주 못생겼어. 한쪽 귀가 이상하게 뭉그러져 있더라고. 어릴때 다쳤나 봐."

정진우가 벌떡 일어났다. 정진우는 주병식을 처음 마주하고 느꼈던 직감을 떠올렸다. 맥박이 그때처럼 고동치기 시작했다. 정진우의 감이 완전히 빗나간 것은 아니었다. 정진우는 안정숙에게 고개를 숙이고 도망치듯 영흥관을 빠져나왔다.

현성인테리어 공장은 여전히 황량한 몰골로 벌판 위에 서 있었다. 주근조 노동자들이 컨베이어벨트를 돌아다니며 기계를 켰고 소음이 조금씩 드세졌다. 도장실은 벌써 작업 중이었다. 정진우가 벨을 누르기 전에 주병식이 문을 열고 나왔다. 아침에 퇴근을 준비하는 거라고 정진우는 짐작했다. 정진우를 발견한 주병식의 눈이 동그래졌다.

"웬일이세요?"

"그냥 물어볼 게 있어서요."

"범인은 잡혔잖아요."

"그래요. 그런데…… 새로운 사실이 드러났어요."

주병식의 얼굴이 균형을 잃었다. 태연함을 가장할수록 왼쪽 입가가 올라갔다. 순간의 흔들림이었다. 주병식은 다시 순진한 얼굴로 돌아왔다. 주병식이 애써 위장하려 하지 않았다면 정진우도 의심을 거뒀을 것이다. 처음 만났을 때처럼 바들바들 떨었더라면 정진우는 발길을 돌렸을 것이다. 주병식은 불편한 기색을 능숙하게 감추었다. 전혀 다른 사람 같았다. 유제두가 말한 악의 없는 살인이 무슨 뜻인지, 주병식이 남예진의 미신놀이에서 맡은 배역이 무언인지, 정진우는 그 자리에서 깨달았다.

"남예진 양 몸에서 남자의 DNA가 검출됐어요. 범인의 것이 아니에요."

거짓을 꾸며내며 정진우는 어색함을 감추기 위해 딱딱한 어조로 말했다. 주병식이 웃었다. 잇몸에 노란 담뱃진과 치석이 보였다. 악마 같은 웃음이었다. 인간은 얼마나 많은 얼굴을 감추고 있는가. 몇 꺼풀을 벗겨내야 인간은 본 모습을 드러내는가.

"그런 게 있을 리가……. 허허."

웃음소리가 커졌다.

"DNA가 입술에 묻어 있었어요."

웃음소리가 사라졌다.

"남예진 양을 처음 발견한 목격자는 시체가 인공호흡을 바라는 듯한 자세였다고 말했어요. 반듯하게 누워 고개를 뒤로 젖히고 입을 벌리고……. 누군가가 먼저 인공호흡을 한 거죠."

주병식은 아무 말도 하지 않았다. 정진우가 물었다.

"예진이를 네가 끌어내렸지? 바닥에 눕혀서 인공호흡을 했지? 그렇지?"

디엔에이, 디엔에이…… 그건 몰랐네……. 주병식이 끌끌, 혀를 차며 입을 열었다.

"그랬어요. 그게 죄가 되나요? 그날 밤 예진이와 술을 먹고 여관에 가려고 했는데 그년이 갑자기 이상한 장난을 하자고 했어요. 성화에 못 이겨서 쇼핑센터 창고로 몰래 들어갔죠. 옷을 벗을 때까진 괜찮았는데 갑자기 가방에서 빨랫줄을 꺼내서 옷걸이에 매다는 거예요. 난 미친년이라고 욕하면서 쇼핑센터 뒷문으로 빠져나왔어요. 집에 돌아가려다가 하도 찜찜해서 다시 가봤어요. 그년이 목을 매달고 있었어요. 발버둥 치다가 그랬는지 받침대를 차버리고 공중에 붕 떠 있었어요. 놀라서 끌어내리고 인공호흡을 했죠. 애가 축 늘어져서 깨어나질 않았어요. 도망치려는데 예진이가 벗어놓은 옷이 눈에 띄었어요. 내가 의심받을까 겁에 질려서 허겁지겁 그걸 들고 나왔어요."

"그리고 다른 애한테 돈 몇 푼 쥐여주고 같이 있었다고 말하라고 시켰어?"

"그래요. 그게 죄가 돼요?"

"어, 죄가 돼."

정진우는 주병식에게 바싹 다가서며 말했다.

"일단 널 미성년자 성매매 혐의로 입건하겠어. 그다음엔 자살방조죄를 추가해주지. 검사나 판사가 뭐라고 지껄이든 널 끝까지 괴롭힐 거야. 더러운 새끼야."

12월 23일, 아침 최저기온이 영하 8도로 내려갔다. 올 들어 가장 추운 날이었다. 대륙성고기압이 서울 상공을 점령하여 찬 입김을 퍼부었다. 겨울의 차가운 첫 키스였다. 상점마다 크리스마스캐럴이 울려 퍼졌다. 귀를 감싸고 종종걸음을 치는 행인들은 캐럴이 듣기 싫어 도망치는 것처럼 보였다.

아버지의 유골함을 모신 용인 납골공원을 향해 박은희가 차를 몰았다. 박은희는 빈손으로 갔다. 아버지에게나 박은희에게나 조화 따윈 필요치 않았다. 박은희는 남색 더플코트 주머니에 손을 찔러 넣고 아버지의 유골함 앞에 섰다. 사진 속의 아버지가 환하게 웃었다. 아버지는 늙어갈수록 완강하게 카메라를 기피했다. 아버지가 죽었을 때 앨범에 남아 있는 건 젊은 시절의 건장한 아버지뿐이었다. 아버지의 시간은 영원히 화창한 젊은 날들에 멈춰 있었다.

아버지가 암에 걸리고 몇 차례 수술을 받고 호스피스 병동으로 옮길 때까지 박은희는 모든 절차를 고모와 간병인에게 맡겨두었다. 아버지가 죽기 며칠 전에야 박은희는 병실로 찾아갔다. 공기호흡기가 보글거리는 어두운 병실이었다. 아줌마, 머리 좀 감겨주세요. 모르핀에 취한 아버지는 딸의 얼굴을 보며 그렇게 말했다. 박은희는 화장실에서 대야와 수건과 비닐 덮개를 찾아내 아버지의 머리를 감겼다. 머리를 감은 뒤에 아버지는 잠깐 의식을 찾았다. 모르핀이 물러나고 고통이 다가왔다. 아버지가 이를 악물었다. 물렁물렁하고 검게 죽어가는 잇몸이 바싹 마른 입술 밑에 드러났다. 은희냐? 시원한 동치미가 먹고 싶어. 아버지가 말했다. 박은희는 인근 식당에서 동치미를 사와서 아버지에게 떠먹였다. 위와 장이 암 덩어리로 꽉 막혀서 동치미가 빠져나갈 구멍이 없었다. 몇 분 뒤 박은희는 아버지의 코에 삽입된 긴 관으로 동치미를 빼냈다. 동치미의 시큼한 냄새와 알 수 없는 체액이 뒤섞여 악취를 풍겼다. 관 끝에 연결된 링거 병에 끈적끈적한 액체가 고였다. 그것은 죽음이 아니었다. 그것은 죽음의 껍데기에 불과했다. 아버지는 어머니가 죽은 순간에 자신도 죽어버렸다. 남은 것은 길고 지루하고 추한 부패의 과정뿐이었다. 박은희가 다녀간 뒤 아버지는 정신을 놓았다. 자원봉사자가 밀어주는 휠체어를 타고 복도를 돌아다니며 아버지는 딸년 때문에 병에 걸렸다고 하소연했다. 아버지가 엄마를 찾으며 숨을 놓았을 때 박은희는 안도의 한숨을 쉬었다.

사진 속의 아버지가 웃고 있었다. 박은희가 죽은 뒤에도 아버지는 그렇게 웃고 있을 것이다. 박은희는 유제두가 가매장된 곳이 어디일까 생각했다. 어디든 땅밑은 똑같을 것이다. 끈적끈적한 어둠과 헤아릴 수 없는 시간이 유제두의 껍데기를 지배하고 있을 것이다. 박은희는 유제두의 무덤에 갈 용기가 나지 않았다. 갈 필요도 없는 일이었다.

철없던 시절, 별 볼 일 없는 남자들에게 상처를 입으며 박은희는 아버지를 원망했다. 아버지가 모든 상처의 근원이었다. 폐쇄적이고 신경질적이고 수동적인 자신의 인격은 아버지라는 더러운 용광로가 주조한 불량품이라고 박은희는 생각해왔다. 철없던 시절이 갔다. 박은희는 가슴과 엉덩이가 처지고 아랫배가 나오기 시작했다. 누구도 원망해서는 안 된다. 자신의 문제는 자신이 책임져야 한다. 눈을 똑바로 뜨고 혼자서 가야 한다. 울음이 나올 것 같아 박은희는 입술을 깨물었다.

휴직 기간이 끝나가고 있었다. 경찰서로 돌아갈 수 있을지 박은희는 자신이 없었다. 경찰을 그만두면 무엇을 해야 할지 감을 잡을 수도 없었다. 분명한 점은 오직 혼자서 결단을 내려야 한다는 것이다. 마지막으로, 딱 한 번만, 박은희는 아버지를 원망하기로 했다. 박은희가 환하게 웃는 아버지를 향해 중얼거렸다.

나쁜 새끼⋯⋯.

해질녘에 정진우는 김경만의 전화를 받았다.

"아저씨, 여기 경찰서 앞이에요. 나와요."

"내가 니 친구냐?"

"글쎄. 빨리."

정진우가 검정색 파카를 입고 경찰서를 나섰다. 남색 목도리를 두른 김경만이 발을 동동 구르며 정문 앞에 서 있었다. 해가 지고 있었다. 하루 중 가장 아름다운 시간이었다. 서쪽 하늘에 반쯤 걸린 태양이 출혈했다. 찬란한 피곤함이었다. 분주했던 한낮이 노을의 장막 뒤로 사라졌다.

"아저씨, 포장마차로 가서 소주 딱 한 잔씩만 해요."

정진우와 김경만은 포장마차의 플라스틱 의자에 앉아 우동과 소주를 시켰다. 한기가 바닥에 깔려 발이 시렸다. 정진우의 무릎이 또 시큰거렸다. 두 사람은 소주잔에 소주를 가득 채우고 건배를 하고 단숨에 비웠다. 김경만이 말했다.

"전 처음부터 연쇄살인범 따위가 예진이를 죽였을 거라고 믿지 않았어요."

"알곡 사이에 쭉정이 하나가 끼어 있었던 셈이야. 경찰은 그걸 모르고 한꺼번에 삼켜버렸어. 유제두의 살해방식과 예진이의 놀이

방식이 비슷했던 건 우연의 일치야. 기막힌 우연이지. 애초에 경찰은 두 사건의 유사점보다는 차이점에 주목해야 했어. 이제 와 생각해보면 차이점이 더 분명해. 모든 사건을 하나의 논리로 꿰뚫으려하면 실수하게 돼. 나도 실수했어. 사람들은 서로 관계없는 것들조차 하나의 논리로 설명하려고 해. 그래서 늘 실패하지."

"어쨌든…… 끝났어요."

"그래. 우리가 해냈어."

김경만이 먼 길을 달려온 이유는 해냈다는 말을 듣고 싶었기 때문이라고 정진우는 생각했다. 그것은 정진우의 항복이었다. 김경만이 고개를 끄덕이며 웃었다.

"넌 이제 어떻게 할 거야?"

"내년 봄에 열릴 선수권 준비를 해야죠. 안 되면 가을에 또 해보고, 그래도 안 되면 재수를 하죠, 뭐. 시간은 내 편이에요."

정진우는 갑자기 쓸쓸해졌다. 시간이 내 편이라고 말할 수 있는 건 아이들뿐이다.

"가끔 경찰서 놀러 올게요."

"와도 없을 거야. 내년부터 아는 선배가 소개해준 보험회사에서 일할 거야."

"경찰은…… 그만둬요?"

"그래. 그만둔다, 깨끗이. 보험회사에서도 경찰과 비슷한 일을 할 거야. 사고조사 업무 같은 거."

"나중에 돈 벌면 보험 하나 들게요."

"그래라. 비싼 걸로 들어라."

두 사람은 우동을 먹었다. 면발이 제대로 익지 않아 서걱거렸다. 소주로 데워진 속이 더욱 화끈거리고 이마 위에 땀방울이 맺혔다. 두 사람은 포장마차를 나와 어둑한 거리를 걸었다. 차갑고 맑은 겨울 저녁엔 어둠이 차곡차곡 길바닥에 쌓인다.

"저 인제 갈게요. 아저씨, 건투를 빌어요."

"너도."

김경만이 긴 다리로 어둠을 휘저으며 멀어졌다. 아이의 씩씩한 걸음을 보며 정진우는 희열을 느꼈다. 심장이 뛰고 맥박이 빨라지고 가슴이 설레었다. 시간은 우리 모두의 편이다. 시간은 우리에게 전진하라고 속삭인다. 아이든 어른이든 모두의 길 앞에는 낯선 세계가 기다리고 있다. 낯설다는 건 어쨌든, 즐거운 일이다. 인간에겐 날개가 없다. 인간은 알 수 없는 미래를 향해 한 걸음씩 걸어갈 뿐이다. 파카의 지퍼를 올리고 심호흡을 하고 정진우는 영흥경찰서 정문으로 걸어갔다.

십 년 동안 시사주간지 편집자로 일했다. 마감날마다 나는 편집실에 앉아서 세상의 온갖 파열음을 들었다. 기자들이 전하는 현실은 비현실적이었다. 그것은 부조리하고, 우스꽝스럽고, 지나치게 잔혹했다.

이직을 생각하며 미스터리 스릴러소설을 구상했다. 나는 쫓는 자와 쫓기는 자의 사투 외에는 아무것도 말하지 않는 소설을 쓰고 싶었다. 인간에게서 인간적인 결론을 끌어내거나 그저 그런 희망을 남겨두고 싶지 않았다. 쓰는 동안 내 의도는 번번이 빗나가서, 엉뚱한 장면이 길어지고 분노나 사랑 따위의 단어들이 추가되었다. 이 소설의 인물들은 자신과 사건에 대해 끊임없이 되묻는다. 왜 죽였는가. 이 피비린내의 의미는 무엇인가. 다 쓰고 나서야 이 소설이

시사주간지 편집실에서 보낸 세월과 그곳에서 품었던 의문들에 대한 고별사라는 것을 깨달았다. 내게 세상은 스릴러소설이었다.

이 소설에는 실재 사건을 모델로 한 사건들이 등장하지만, 실재를 극단적으로 과장한 허구임을 밝혀둔다. 가출소녀에 대한 분석은 직접 취재한 내용 외에도 『가출, 지금 거리에 '소녀'는 없다』(민가영, 우리교육), 『길을 묻는 아이들-원조교제와 청소년』(김고연주, 책세상) 등 여성학자들의 저서에 도움을 받았으며, 화재진압 현장에 대한 묘사는 여러 기사들과 소방관들의 수기집인 『기다려라, 우리가 간다』(출판도시문화재단)를 참조했다.

조언을 아끼지 않은 '네오픽션' 기획위원들, 졸고를 편집하느라 고생한 임선영 님, 황여정 님께 감사드린다.

유현산

인간의 심연 쪽으로 한 걸음 더

인터뷰어 · 조현(소설가)

퇴근 후, 어스름한 저녁부터 잉크빛 어둠이 내릴 때까지 매일 두 시간씩 직장 근처의 찻집에서 글을 쓴 남자가 있다. 넷북을 켜고 언젠가 스티븐 킹이 그랬듯이—그리고 요새도 그러는지는 모르겠지만?—한 번에 한 단어씩 말이다. 이 사람이 바로 2010년 자음과모음 네오픽션상을 받으며 등단한 유현산 작가이다. 그는 마치 사진 작가가 앵글을 돌려 초점을 맞추고 피사체를 들여다보듯이 섬세한 조사를 바탕으로 현대사회에 만연한 악의 모습을 소설이란 틀로 취재했다. 무한한 가능성을 가진 이 작가와 만나 그가 지향하는 소설 세계에 대한 얘기를 들어보았다.

조현(이하 조)　　만나서 반갑습니다. 직접 만나뵈니 굉장히 섬세한 인상을 가지셨네요. 유현산은 본명인가요?

유현산(이하 유)　　본명 맞아요. 나타날 현(現) 자에 뫼 산(山) 자로 당숙께서 지어주셨습니다. 저희 어머니가 태몽을 꾸셨는데 큰 산이 하나 나타났대요. 그래서 당숙께서 태몽 따라 이름을 짓자 하셔서 이렇게 지으셨대요. 어렸을 때는 놀림도 많이 받았습니다, 스님 이름 같다고.

조　　본명이지만 작가의 기가 느껴지는 필명 같기도 합니다. 이름에 힘이 들어가 있어 필명으로 생각하는 독자들도 있을 것 같아요. 그러고 보니 아이디도 특이하군요. 아이디가 '브레톨트'인데 특별한 의미가 있나요? (웃음)

유　　(웃음) 특별한 의미라기보다는 베르톨트 브레히트라는 단어를 나름대로 합성한 단어예요. 대학교 때 브레히트의 시와 산문을 좋아했거든요. 그래서 지은 건데 그 후로 지금까지 써오고 있습니다.

조　　그렇다면 브레히트 말고 좋아하는 다른 작가들은?

유　　한국 작가 중에서는 김승옥 선생님과 김훈 선생님의 작품을 가장 즐겁게 읽었습니다. 예전에 하성란 선생님이 쓰신 「푸른 수염의 첫번째 아내」에서도 굉장히 큰 인상을 받았고요. 영미권 작가라면 일단 스티븐 킹을 뺄 수가 없고요, 토머스 해리스를 좋아합니다. 아, 그리고 일본 작가를 빼놓을 수 없겠죠. 마쓰모토 세이초라든가 미야베 미유키, 그리고 기리노 나쓰오

같은 작가들요. 그리고 문학 전반으로 보면 도스토옙스키를 인상 깊게 읽었던 것 같아요.

조 그러고 보니 노어노문학을 전공하셨군요. 러시아문학을 전공한 것이 작품에 영향을 미쳤나요?

유 안 미칠 순 없었겠죠. 그런데 제가 대학교 시절에는 전공을 소홀히 했어요. 군대 가기 전에는 학사경고도 두어 번 받고요. 괜히 제멋에 겨워 노문학을 증오한다고 말하고 다녔는데, 군대 다녀오고 나서야 노문학을 좀 읽을 기회가 있었죠. 아까 말한 도스토옙스키도 읽었고요. 그런데 노문학에는 그로테스크하고 환상적인 전통이 있거든요. 만약 영향을 받았다면 그런 것이지 않을까 싶어요.

조 도스토옙스키 작품도 여럿 있는데 특히 기억에 남는 작품이 있나요?

유 흔히들 「카라마조프의 형제들」을 꼽곤 하는데요, 물론 그 작품도 인상 깊게 읽었지만 저는 단편 「온순한 여인」, 그러니까 '온순녀'를 읽고 충격을 받았던 기억이 있습니다, 대학교 저학년 때요.

조 '온순녀'라, 작품을 소개하자면?

유 고리대금업자인 한 남자가 아주 아름다운 아내를 맞아요. 근데 이 여자는 남자가 다가갈수록 자꾸 도망칩니다. 남자가 애정을 보일수록 여자는 더욱 남자에게 무관심해요. 결국 남자는 아내를 죽이고 그 시신을 자신의 방에 놓고 독백을 하는 형식입니다.

조 내용을 들어보니 상당히 장르적 코드가 강하네요.

유 도스토옙스키가 전반적으로 그렇죠.『죄와 벌』도 살인 이야기
잖아요. 도스토옙스키가 사회면 기사들을 매우 꼼꼼하게 읽으
면서 작품 구상을 했다니까 어느 면에서는 오늘날의 스릴러와
통한다고도 볼 수 있겠죠.

조 도스토옙스키가 스릴러와 통한다…… 의미심장한 지적 같습
니다. 일본 작가들 중에서는 미야베 미유키나 기리노 나쓰오를
거명하셨는데 이 작가들의 작품에 대한 얘기도 좀더 해주시죠.

유 미야베 미유키의 작품 중에 하나를 고르라면 아무래도 나오키
상을 받은『이유』일 겁니다. 그 작품이 제일 인상 깊었고 기리
노 나쓰오는『그로테스크』가 가장 인상 깊었죠. 둘 다 사회파
로 분류되는 작가지만 스타일이 굉장히 다르잖아요. 미야베
미유키가 범죄를 사회의 산물이라고 규정짓고 범인을 타자로
놓고 분석한다면 기리노 나쓰오는 인물과 범죄와의 경계가 명
확하지 않고 막 뒤섞이죠. 병적인 자의식들이 계속 나오고. 두
가지 방법 모두 매력이 있는 것 같아요. 미야베 미유키가 모범
생이라면 기리노 나쓰오는 좀 별종이죠.

조 『그로테스크』의 경우에는 수기나 일기, 진술서 등 여러 텍스트
가 혼재되어서 나오잖아요. 스티븐 킹의 데뷔작『캐리』에도 다
양한 텍스트가 등장하고. 그렇다면 미스터리나 스릴러에서 화
자가 시종일관 하나로 유지되는 것과 이런 식으로 다양한 텍

스트가 혼재되어 제시되는 것 중 어느 것이 더 매력적이라고
생각하나요?

유　장단점이 있겠죠. 저는 스릴러에서 가장 중요한 것은 단죄나
처벌이 아니라 범죄 사건을 둘러싼 다양한 관점을 보여주는
것이라고 생각하는데요, 그렇다면 화자가 여럿 나오는 게 더
매력이 있을 수 있겠죠. 다만 좀 산만해진다는 단점이 있을 수
있는데요, 그런 것만 잘 조절한다면 더 재밌을 수 있겠죠.

조　생각해보면 이번 당선작에서도 화자가 여럿 나오잖아요. 그렇
다면 지금 거론한 스티븐 킹이라든지 기리노 나쓰오와 일맥상
통하는 면이 있네요? 화자의 다양성을 통해서 범죄 내지 범인
의 인격을 재발견한다는 측면에서 보면요?

유　네, 그렇지요.

조　언제 작가가 될 생각을 하셨는지, 혹시 뚜렷한 계기는 있었나
요?

유　저는 이십 대부터 작가를 꿈꾸지는 않았어요. 다른 작가들은
어렸을 때부터 작가를 꿈꾸고 습작을 하면서 그 길에 매진했
다고 하는데요, 저 같은 경우에는 소설을 쓰겠다고 처음 마음
먹은 게 서른일곱 살이에요. 삼십 대 후반은 흔히 두번째 사춘
기라고 하잖아요. 어쩐지 삶이 진부해지고 틀에 매인 것 같고
자기 일에서도 의미를 발견하기 점점 힘들어지는, 한계에 부
딪히는 나이죠. 저도 그런 걸 느꼈습니다. 그래서 뭔가 제가 할
수 있는 다른 것들을 찾아보고 싶었는데요, 그렇다면 소설을

써보는 건 어떨까 한 거죠. 다행히 제가 언론사에 있으면서 글이라는 것을 많이 읽고 접하다 보니까 서른일곱 살 때부터라도 끼적거리기 시작할 수 있었던 것 같아요.

조 그렇다면 어렸을 때의 꿈은 뭐였나요? 유년기나 사춘기 때.

유 글쎄요. 거창한 꿈이 없었어요. 원래 가난한 집안이라 어머니는 넥타이 매고 출근하는 직업이면 다 괜찮다고 하셨고 대학 시절에 학보사 일을 해서 그냥 그게 내 길이 아닐까, 라고 생각했습니다.

조 그럼 학창 시절의 학보사의 경험이 현재의 언론인이라는 직업과 직접적으로 맥이 닿아 있는 거네요.

유 네, 그렇죠.

조 그렇다면 학보사 경험도 작가가 된 중요한 계기였다고 생각되는데 그때 특별히 기억에 남는 게 있나요?

유 제가 쓴 글에 대한 기억보다는 어떤 사건을 기사화한다는 것이 무엇인가에 대해 일종의 깨달음을 얻었던 것 같아요. 세상에 완전히 객관적인 텍스트는 없다, 현실 세계에서 일어나는 것을 글로 기록할 때 객관성이란 정말 허무한 것이다, 이런 거요.

조 일종의 취재 철학이네요. 그걸 깨달은 건가요?

유 그렇죠. 그걸 깨달았다는 게 아마 제일 큰 수확이 아니었을까 생각합니다.

조 당선작을 보면 굉장히 취재에 공을 많이 들였고, 그것을 가지고 성실하게 작품 속에 녹여냈다는 인상을 받게 되는데 이게 학보사 시절부터 발전된 언론인의 기질이 작용한 건가요?

유 아무래도 작용할 수밖에 없겠죠. 제가 제 정체성에서 자유로울 수 없는 게 사실이니까요. 특출하거나 톡톡 튀는 문체를 가진 것도 아니고 정말 발랄한 상상력을 가진 것도 아니라면 제가 이 소설에 담을 수 있는 것은 문장의 정확성과 사실의 구체성이 아닌가 해서 그 방면에 최선을 다했던 것 같습니다.

조 그건 저널리즘 글쓰기에서 가르치는 전형적인 덕목이잖아요?

유 (웃음) 그렇죠, 거기서 자유로울 수 없죠.

조 아까 스티븐 킹을 잠깐 얘기했는데, 저는 이 작가의 『유혹하는 글쓰기』 중에서 다음 구절을 특히 좋아해요. "빼어난 스토리와 빼어난 문장력에 매료되는 것은—압도되는 것은—모든 작가들의 성장 과정이다. 한 번쯤 남의 글을 읽고 매료되어보지 못한 작가는 자기 글로 남들을 매료시킬 수 없기 때문이다." 본인이 매료된, 소설을 쓰게 된 직접적인 계기가 된 작품이 있다고 한다면?

유 어려운 질문인데, 아마 첫번째는 고등학생 때 처음 읽은 토머스 해리스의 작품들일 겁니다. 이 작가는 매우 간결하면서도 치밀하게 인물을 묘사하고 군더더기가 있는 표현은 전혀 하지 않아요. 문장이 사실에 집중하고 매우 정확하죠. 그리고 마치 인간을 실험대에 놓고 해부하는 느낌을 받을 때가 있어요. 아주 어렸을 때에 읽었는데도 아직도 그게 기억에 남는 걸 보면 아마 제 취향은 그런 작가이지 않을까 생각합니다. 다음으로는 마쓰모토 세이초의 작품을 들 수 있죠.

조 그렇군요. 글을 쓸 때 특별히 즐겨 찾는 기호품 같은 것이 있나요?

유 아, 저는 담배를 피웁니다. (웃음)

조 얼마나?

유 한 갑 정도 피웁니다.

조 아, 요즘 같은 세상에 희귀하시네요. (웃음)

유 (웃음) 네, 구박을 많이 받고 있습니다. 사실 글 쓰는 사람들은 담배 피우는 버릇을 들이면 끊기가 정말 어려워요. 스티븐 킹도 담배를 피우다가 끊었다는데 이외수 작가도 그렇고, 그게 보통 공력으로는 안 되는 거거든요. 그래서 언젠가는 끊어야지 생각하지만 글 쓸 때 습관적으로 피우고 있습니다.

조 작품에 도움이 되시겠죠, 아무래도?

유 좀 막힌 게 풀리는 느낌은 있어요, 한 대 피우고 들어오면.

조 대신 생명은 단축되겠네요. (웃음) 아까 서른일곱 살 때 소설을 써보겠다 마음먹었다고 했는데 많은 장르 중 특별히 형사물이랄까 스릴러를 쓰게 된 동기가 있는 건가요?

유 원래 미스터리나 스릴러물을 좋아했어요. 그리고 당선작은 두 번째 작품인데, 군대에서의 경험을 살려 쓴 '살인자의 편지 1' 부분이 모티브가 되었습니다. 제가 군생활을 할 때 유류고 초소 근무를 나가면서 목을 매고 죽었다는 병사의 얘기를 들었거든요. 그때 그 얘기가 이상하게 잊히지 않았어요. 사람이 어디까지 몰리면 자살을 결단하게 될까 궁금했고 그 유류고 틈새에서 흔들리는 시체의 장면이 잊히지 않아서 그걸 제일 먼저 썼죠.

조 습작과 관련된 공부는 따로 했는지?

유 『유혹하는 글쓰기』는 읽어봤습니다. 그것밖엔 없습니다.

조 『유혹하는 글쓰기』는 어떠셨어요?

유 아주 재밌게 썼어요. 굉장히 웃기잖아요. 글쓰기 강의 같지가 않고 자기 체험을 굉장히 코믹하게 잘 녹여 쓰잖아요. 지금 기억나는 건 별로 없는데 부사를 아껴라, 수동태를 아껴라, 했던 건 기억이 납니다.

조 구체적인 집필 방식과 퇴고 방식이 있나요? 이를테면 김연수 작가의 경우에는 소설을 쓸 때 맨 마지막 장면부터 쓴다, 나중에 퇴고를 할 때는 토할 때까지 고친다, 이런 무시무시한 말들을 한 것 같은데요?

유 저는 이제 첫 소설을 썼는데, 집필 방법까지 얘기할 건 아닌 것 같고요. 다만 아까 말했듯이 어떤 한 장면이 생각나면 그것에서부터 곁가지를 붙여나가는 스타일인 것 같습니다. 퇴고는 처음부터 끝까지 읽고 통상적으로 하고요.

조 그럼 집필은 어디서 하신 건가요?

유 마포에 있는 회사 근처 찻집에서 썼습니다. 제가 편집을 하다 보니 월, 화, 수요일은 좀 일찍 퇴근할 수가 있어서요. 퇴근하고 두 시간 정도씩 쓰는 게 일상이 된 거 같아요.

조　노트북으로?

유　넷북으로요.

조　넷북은 화면이랑 자판이 작은데 잘 쳐지나요, 그게?

유　잘 쳐지죠, 익숙해지면 괜찮습니다.

조　스티븐 킹 같은 경우에는 데뷔작을 대형 트레일러의 세탁실에 서 무릎 위에 어린아이용 책상을 올려놓고 아내의 휴대용 타 자기를 두드려서 썼다고 하던데 그 수준이네요, 거의?

유　스티븐 킹이 훨씬 고생했겠죠, 저보다야. (웃음) 저야 뭐 일찍 퇴근해서 두 시간 정도 제 만족을 위해 쓴 건데요. 그리고 편집 부 야근조에 있을 때 기사를 기다리면서 대기하는 시간이 있 거든요. 그때는 마음이 조급해서 소설을 쓰지는 못하지만 구 상은 할 수 있었어요. 자료를 찾아 읽을 수도 있고요. 그런 자 투리 시간들을 모으면 아무래도 다른 직장을 다니며 글 쓰던 분들보다는 제가 더 시간을 많이 낼 수 있었던 셈이죠. 하루에 평균 이십 매 정도씩은 쓴 거 같아요.

조　우와, 겸손의 미덕도 갖추고 계시네요. (웃음) 말씀은 그렇게 하셔도 그처럼 마음대로 되는 게 아니잖아요. 어쨌든 당선작 을 읽으면서 자료 조사가 충실하다는 느낌을 받았어요. 아무 래도 언론사에서 일하시다 보니 습관이 된 건가요?

유　여러 가지 자료를 파일로 묶어서 컴퓨터에 저장시켜놓죠. 여 러 군데 취재를 다녔으면 좋았겠지만 편집부에 있다 보니 그 럴 수는 없고 신문과 인터넷과 그전에 제가 취재했던 내용들을 많이 섞어서 쓰는 편입니다. 특히 옛날 신문들이 참 좋아요.

조 옛날 신문이요? 어떤 점이 그렇죠?

유 이를테면 프로파일러의 활동을 신문 자료로 검색하면 엄청나게 많은 자료가 나오잖아요. 그것들만 쭉 읽어도 범죄분석관이 무슨 일을 하고 임무가 무엇인지 대부분은 나옵니다. 예전에도 옛날 신문들 읽는 것을 좋아했어요.

조 실제 취재 못지않게 자료를 잘 활용하는 것도 중요하다는 거네요. 그런데 작품을 쓰고 나서 처음 보여주는 독자가 있나요, 습작하시면서?

유 저는 와이프도 모르게 썼고요, 당선된 다음에 보여줬어요.

조 나중에 크게 칭찬을 들었을 것 같은데요. (웃음)

유 (웃음) 큰 칭찬은 안 하더라고요.

조 의외네요? 그럼 소설에 관심은 있으신가요, 원래?

유 아내요? 네, 원래 소설 읽는 거 좋아합니다. 되게 날카로운 평을 할 때도 있어요.

조 자음과모음 네오픽션상은 작년에 첫 응모를 받았는데 아쉽게도 당선작이 없었거든요. 실질적으로는 첫 당선자나 마찬가진데 소감이라면?

유 실질적인 첫 당선자라고 하니까 굉장히 영광이죠. 물론 상금도 반갑고요. 무엇보다도 제가 혼자서 즐겼던 시간이 결코 무의미한 시간이 아니었구나, 자투리 시간을 내서 썼던 이 작업이 결코 무의미한 것은 아니었구나, 이런 판결을 받은 것 같아서 정말 좋습니다.

조 국내에도 꽤 여러 종류의 문학상이 있는데 특별히 자음과모음 네오픽션상에 응모한 이유가 있으신가요?

유 제 작품이 이른바 순문학에 들어가는 건 아니고, 다른 문학상과 견주어보더라도 네오픽션상만 한 자리가 없었어요. 요즘 장르 코드를 가진 문학의 수요가 늘었다고는 하지만 이를 흡수할 수 있는 그런 공간이 많지 않다고 생각합니다.

조 그러면 본인은 네오픽션이라는 개념을 어떻게 생각하십니까?

유 아직 네오픽션이란 개념을 정확하게 이해하고 있지 않습니다만, 대략 장르적 코드를 가진 문학도 범주로 받아들일 수 있는 넉넉한 품이라고 생각합니다.

조 응모는 이번이 처음이신가요?

유 작년에 첫번째 소설을 모 신인장편문학상에 응모해서 본심까지 올라간 적이 있어요.

조 본선까지 가셨는데, 최종심에서 떨어진 기분이 어떠셨나요?

유 별로 기분이 나쁘지 않았어요. 오히려 저는 본심까지 올라갔다는 게 너무 즐거웠어요. 한 번도 제 작품을 평가받아본 적이 없는데 좋은 경험으로 생각했어요.

조 당선 소식은 어떤 상황에서, 언제 받으신 건가요? 회사에 있을 때 받으셨나요?

유 아니요, 밤에 찻집에서 글 쓰고 있을 때 받았습니다.

조 밤에, 심사위원 회의가 끝나자마자 당선 소식을 알려주었나

보군요. 그때 기분이 어떠셨나요?

유 아, 좋았죠, 정말 좋았죠. 사실 전 큰 기대는 안 했습니다. 근데 당선됐다니까 새로운 가능성을 발견한 것 같아서 그게 무엇보다도 좋았어요.

조 다시 한 번 더 축하드립니다. 간혹 당선자 중에서는 길몽을 꿨다고도 하던데, 그런 걸 꾸셨어요?

유 아뇨, 다만 제가 쓰고 있는 소설의 장면이 꿈에 나타난 적이 있어요.

조 그런 걸 보통 영감을 받는다고 하잖아요. 꿈에서 보거나 모종의 암시를 받는 것, 비몽사몽간에.

유 대부분의 꿈은 장르가 스릴러던데요.

조 그것도 영감의 일종이죠.

유 아침에 정리해서 적으려면 대부분은 까먹어요. 꿈속에서는 '야, 이거 정리해서 적으면 재밌겠다' 하는데 아침에 일어나보면 대부분은 까먹고 기억나는 게 없죠.

조 다음부터는 침대에 누울 때 필기구를 준비하세요. (웃음) 여하튼 찻집에서 당선 소식을 들었다고 하셨는데 처음에 알린 사람이 누구입니까?

유 와이프입니다.

조 지극하시네요, 사랑이. (웃음) 그런데, 당선작을 간략하게 소개를 한다면 어떤 내용이 될까요?

유 사건을 통해서 사람들의 어떤 상처가 드러나는 그런 유의 범죄물이라고 생각해주시면 됩니다. 사람은 누구나 배꼽처럼 자기만의 상처를 가지고 있는데, 그런 사람들 사이에서 일어나는 삶의 진실이랄까 이런 걸 밝히는 범죄물이죠.

조 사람들의 상처를 통해서, 어떤 사건을 통해서 진실이 드러난다는 거죠? 그럼 여기서 애기하시는 진실이란 건 어떤 의미인가요?

유 상처랑 똑같은 거겠죠. 자기의 상처처럼 자신에 대한 진실은 늘 대면하기가 어렵습니다. 대면하기가 어렵고 늘 감춰놓고 살게 되겠죠.

조 당선작을 보면 형사라는 직업 외에도 피해자심리전문요원이라든지 텍스트심리학자 등의 캐릭터가 여럿 등장하는데요, 이 중에서 분신처럼 애착을 가지고 있는 캐릭터가 있나요?

유 소설 속에서 류머티즘을 앓고 있는 형사에게 가장 애착이 가요. 그 형사는 마흔을 조금 넘겼을 뿐이지만 어쩔 수 없이 생의 다른 진로를 알아봐야 되는 상황이죠. 어찌 보면 막다른 골목에 처했다고도 볼 수 있는 상황인데, 그 상황에서 자기 생에 대한 의미 부여를 끝없이 생각하게 되죠. 사건에 집착하게 되는 것도 일종의 그런 의미 부여라고 할까요?

조 혹시 당선작에 나타난 형사나 프로파일러, 이런 직업을 꿈꾸진 않았나요?

유 아, 저도 프로파일러가 됐으면 좋겠다는 생각을 많이 했어요. 인간 심리에 대해, 특히 병적 심리에 대해 관심이 많고요, 프로파일러라는 직업이 아주 매력적이라고 생각하는데, 이미 늦었죠. 이십 대에, 좀더 일찍 생각을 했더라면 임상심리학과에 가거나 범죄심리학과에 가서 도전해볼 수도 있었겠죠.

조 당선작에는 편지가 매우 핵심적인 소재로 등장하는데 특별한 의도를 가지고 설정한 건가요?

유 편지는 무척이나 인간적인 건데요, 그 텍스트가 때에 따라서는 사람의 마음을 아주 교란시키죠. 그리고 진실이나 진심이 담긴 편지라면 한 사람의 인생을 바꿔놓을 수도 있죠.

조 요즘에는 이메일이라든지 메신저라든지 하다못해 휴대폰 문자라든지 하는 디지털 텍스트를 통해 커뮤니케이션이 이루어지는데 이에 비해 편지라고 한다면 굉장히 전통적인 방식인데, 오늘날과 같은 모바일 시대에 편지라는 커뮤니케이션 장치를 선택하신 건 의도성이 있는 건가요?

유 우선은 이메일을 쓰는 것보다는 덜 추적당합니다. 지문 같은 게 없다면 편지가 훨씬 안전하죠. 그런 개연성도 있고 두번째로는 이메일이라는 소통은 매우 호흡이 짧고 즉각적이잖아요. 편지라는 것은 순간적으로 전달되지 않고 공간적 이동을 거치면서 한 사람의 마음이 다른 사람에게 전달되는 거잖아요. 그런 것들에 의미가 있지 않나 생각합니다.

조 특별히 작품을 통해서 전달하고 싶었던 메시지가 있으셨나요? 독자들에게 하고 싶은 말이라든지.

유 요새는 어떻게 보면 복수나 폭력이라는 것들의 홍수 속에서 살고 있습니다. 우리는 어쩌면 막다른 골목에 서 있는 건지도 모르겠어요. 모든 매체와 예술작품에서 복수와 폭력이 대세가 되어가고 있는 현실이죠. 저는 뭔가 이 막다른 골목을 돌파하기 위해서는 우리가 증오하는 범인의 얼굴을 봐야 한다고 생각합니다. 그것이 아마 범인의 인격과 생각일 거고요. 저 역시 아직 그 답을 찾지 못하고 있지만, 만약 이 작품에 메시지가 있다면, 폭력의 막다른 끝에서 범인의 인격이랄까 악마성을 보아야 한다는 문제 제기를 하고 싶었습니다.

조 악마성에 대해 얘기하셨는데요, 예를 들면 오늘 기사도 났는데 어떤 어머니가 보험금을 노리고 연거푸 어린아이를 입양해가지고 죽여버리잖아요. 이런 범죄의 단면을 보면 인간에게 어떤 악마성이 있다고 생각되기도 하는데, 개인적으로 이에 대한 생각은 어떤가요? 인간에게 악마성이 있다고 보는 건가요?

유 아, 물론 있다고 생각하죠. 제가 작품에서 언급한, 범인이 처단한 죄인들은 지난 신문에서 영감을 얻은 거예요. 실제로 있었던 사건들이 모티브가 된 거죠. 현실에는 무수한 악이 존재하는데 그것들을 인간은 지옥에 다 파묻을 수가 없어요. 다 파묻는 순간 또 다른 악이 나타나죠. 인간에게는 물론, 세계에는 악이 분명히 존재합니다. 그러나 악을 처단하고 단죄하기 전에 악을 이해하려고 노력해야 하지 않나, 바로 그것이 악의 반복을 피할 수 있는 유일한 길이 아닌가 생각합니다. 그렇게 계속 문제 제기를 해야 하지 않나 싶어요.

조　악의 본질과 관련해서 좀더 얘기하자면, 아까 한 도스토옙스키의 경우 19세기 러시아란 배경을 가지고 인간의 악을 탐구했잖아요. 그리고 스티븐 킹이나 기리노 나쓰오도 이를테면 1960년대 미국이나 1990년대의 일본을 배경으로 악의 문제를 탐구했고요. 그렇다면 이제 막 작가의 길을 걸으려는 입장에서 이들 작가들과 비교하여, 악의 문제에 대한 탐구에 어떤 변별적인 지점을 가지고 있나요?

유　저는 일본에서 흔히 사회파라고 분류되는 작가들을 좋아하는데요. 악의 추상적인 측면보다 사회라는 텍스트에서 어떻게 작용하는가를 굉장히 중시해요. 따라서 저 같은 경우에는 악의 문제를 소설이라는 실험대에 놓고 계속 해부해보고 싶은 생각이 있습니다. 일단 생각은 그렇게 가지고 있어요. (웃음)

조　범인에 대한 이해, 즉 악의 인격에 대한 이해가 선행되어야 한다, 여기서 문제 제기를 시작할 수 있다, 이런 얘기를 하셨는데요. 구체적으로 당선작에서는 어떻게 드러나 있는 거죠?

유　보통 이런 장르에서는 범행동기가 주제를 드러내는 게 핵심이잖아요. 범행동기는 대부분 한 인간이 어렸을 때 받은 학대로부터 시작됩니다. 그것이 사회적인 문제든 개인적인 문제든 그런 사람이 자라나서 이상성격을 가지게 되고, 그것이 쾌락 살인으로 이어지는 것이 공식입니다. 이 공식이 좋은 이유는 살인 동기가 아주 단순하고 독자들에게도 매력을 주기 때문입니다. 여기에 장르적인 쾌감이 있죠. 그럼에도 범인은 자기 행위에 어떤 당위적 근거, 사회적인 의미를 뒷받침하기 위해 애를 씁니다.

조 이런 문제의식과 관련하여 어떤 문학적 금언을 가지고 있는지?

유 '사실에 집중하라', 이건 사실 자연주의의 슬로건이에요. 프랑스혁명이 좌절하면서 고귀한 이상이나 천재, 영웅이 아니라 우리 앞에 있는 사실에 집중해야 한다는 것이 자연주의의 슬로건이 된 것이죠. 저 역시 우리 시대에 가장 중요한 것은 우리 주변의 사실에 집중하는 것이 아닐까 생각해요. 이를테면 스티븐 킹을 좋아하지만, 저는 어떤 초자연적인 괴물이 나오는 소설은 쓸 수가 없고요, 우리 세계에 있는 모든 사실 속에서 공포가 시작되는 소설들을 생각하고 있습니다.

조 스릴러 말고 도전해보고 싶은 장르는?

유 역사물은 한번 써보고 싶어요.

조 아, 역사물? 어떤 시대에 관심을 가지시나요?

유 아주 먼 역사는 아니고 시간적 여건만 된다면 한국전쟁에 대한 소설을 써보고 싶어요.

조 최근, 소설의 영상화라든지 엔터테인먼트 기능이 강조되는 추세인데 이 점에 대해서는 어떻게 생각하는지?

유 영상화나 엔터테인먼트 다 좋은 거라고 생각해요. 그리고 소설은, 특히 장르소설은 대중소설이니까 엔터테인먼트 기능을 무시할 수 없고 장르의 법칙들을 무시할 수 없습니다. 근데 다만 그것들을 너무 의식하면 오히려 엔터테인먼트 기능이 떨어지지 않을까 생각합니다.

조 의식하고 쓰면 오히려 퀄리티가 떨어진다? 그렇다면 당선작 같은 경우에 영화나 드라마를 염두에 두고 썼느냐를 얘기할 때 예스냐 노냐, 라고 한다면?

유 전혀 아닙니다.

조 당선작을 보면 전체적으로 시각적인 묘사가 두드러져서 말씀 드린 거예요. 처음 시작 부분에서 가공의 도시인 영흥시 풍경 을 묘사해놓은 걸 보면 카메라의 앵글로 사건을 쫓아간다는 느낌을 받거든요.

유 그건 논픽션이나 르포의 영향이 크지 않을까 생각합니다. 그 리고 언론계에서 일하는 기자의 습성이기도 해요. 왜냐하면 기자는 내면을 깊이 보고 자기 주관을 드러내는 게 아니라 외 면의 모습을 충실하게 묘사하는 방법론으로 글을 쓰거든요. 그러다 보면 아마 시각적인 이미지가 더 나오지 않을까 하는 생각도 듭니다.

조 현재 국내 문학 시장 동향을 보면 영미 스릴러라든지 일본 추리 소설들이 상당한 점유율을 보이고 있는데 어떻게 생각하세요?

유 이유는 간단하죠. 그것들이 더 훌륭하기 때문입니다. 뛰어나고 재미있죠. 다만 우리 작가들이 작품을 발표할 수 있는 공간이 더 많아져야 한다는 생각은 합니다. 제 자신이 상을 받고 이런 말씀을 드리긴 좀 그렇지만, 문학상 위주로 가는 시스템이어서 는 안 된다고 생각해요. 다양한 출판사가 가능성 있는 신인들의 책을 계속 출간해내고 그게 선순환을 이루면 좋겠다는 거죠.

조 현재 구상 중인 차기작 및 향후 집필 계획은?

유 1990년대, 특히 1994년도를 배경으로 한 소설을 구상 중에 있습니다.

조 특별히 1994년도를 선택한 이유가 있나요?

유 1994년에는 많은 일들이 있었죠. 북핵위기도 있었고, 성수대교 붕괴도 있었고, 김일성도 죽었고요. 하지만 그해 가장 흉악했던 게 조직범죄잖아요. 지존파 등 여러 가지 사건이 많이 일어나서 김영삼 정부가 사회적 기강을 계속 얘기하다가 결국에는 그것들이 이 년 뒤에 대대적인 사형 집행으로 이어지고. 이게 다 1994년을 위시한 1990년대의 얘기죠.

조 마지막으로 미스터리나 스릴러를 쓰고 싶어 하는 습작생들에게 조언을 한마디 한다면?

유 (웃음) 제가요? 제가 감히 어떻게 조언을 하겠습니까? 저도 이제 겨우 첫 소설을 냈는데. 다른 분들을 위한 조언이라기보다는 저 자신을 향해 '정확하게 쓰면 좋겠다'는 바람은 가지고 있어요. 워낙 글을 잘 쓰는 작가들이 많으니까 제가 노력할 수 있는 부분은 아마 정확하게 쓰는 게 아닐까 합니다. 다른 분들은 다른 방식이 있겠죠.

조 오랜 시간 감사합니다. 앞으로도 멋진 작품 부탁드립니다.

유 감사합니다.

살인자의 편지

ⓒ 유현산, 2010

초판 1쇄 발행일 2010년 12월 3일
초판 3쇄 발행일 2018년 10월 30일

지은이   유현산
펴낸이   강병철
펴낸곳   더이룸출판사

출판등록 1997년 10월 30일 제1997-000129호
주소   04047 서울시 마포구 양화로6길 49
전화   편집부 (02)324-2347, 경영지원부 (02)325-6047~8
팩스   편집부 (02)324-2348, 경영지원부 (02)2648-1311
이메일   munhak@jamobook.com

ISBN 978-89-5707-534-0 (03810)